外国语言文学高被引学术丛书

陈福康 ◎ 著

日本汉文学史（下）

上海外语教育出版社
外教社 SHANGHAI FOREIGN LANGUAGE EDUCATION PRESS

图书在版编目（CIP）数据

日本汉文学史：上、中、下 / 陈福康著. -- 上海：
上海外语教育出版社, 2024
（外国语言文学高被引学术丛书）
ISBN 978-7-5446-7884-1

I.①日… II.①陈… III.①日本文学—文学史研究
IV.①I313.09

中国国家版本馆CIP数据核字(2023)第169578号

出版发行：**上海外语教育出版社**
　　　　　（上海外国语大学内）　邮编：200083
电　　话：021-65425300 (总机)
电子邮箱：bookinfo@sflep.com.cn
网　　址：http://www.sflep.com
责任编辑：梁晓莉

印　　刷：上海盛通时代印刷有限公司
开　　本：635×965　1/16　印张 62.75　字数 1052 千字
版　　次：2024 年 2 月第 1 版　2024 年 2 月第 1 次印刷

书　　号：ISBN 978-7-5446-7884-1
定　　价：228.00 元

本版图书如有印装质量问题，可向本社调换
质量服务热线：4008-213-263

目　录（下册）

第四章　明治以后 ………………………………………………… 1

一　引言 …………………………………………………………… 1

二　旧幕藩的儒臣 ………………………………………………… 6

佐藤牧山（1801—1891）—宇都宫龙山（1803—1886）—佐藤
蕉庐（1807—1879）—长谷梅外（1810—1885）—山田梅村
（1816—1881）—菊池三溪（1819—1891）—中内朴堂（1822—
1882）—栗本匏庵（1822—1897）—鹫津毅堂（1825—1882）—
向山黄村（1826—1897）—杉浦梅潭（1826—1900）—堤静斋
（1827—1892）—野村藤阴（1827—1899）—重野成斋（1827—
1910）—川田瓮江（1830—1896）—三岛中洲（1830—1919）—
冈鹿门（1833—1914）—福泽谕吉（1835—1901）—成岛柳北
（1837—1884）—大须贺筠轩（1841—1912）—市村水香（1842—
1899）—源桂阁（1848—1883）

三　星岩门人和淡窗门人 ………………………………………… 38

高井鸿山（1806—1883）—冈本黄石（1811—1898）—小野湖
山（1814—1910）—岭田枫江（1816—1882）—大沼枕山（1818—
1891）—草场船山（1819—1887）—森春涛（1819—1889）—伊
藤听秋（1820—1895）—山崎鲵山（1822—1896）—鲈松塘（1823—
1898）—江马天江（1825—1901）—楠本硕水（1832—1916）—
长三洲（1833—1895）—绪方南溿（1834—1911）—秋月天放
（1839—1913）—龟谷省轩（1838—1913）—片野栗轩（1852—
1901）—宜园无名诗人（绪方精川、长川晋斋、小山釜岳、饭田春
冈、犬塚瞰山、原口温岳、山室半村、河野健斋、田岛松洲、相良
兰雪、馆林清记、日高澹斋、西依基岳、藤井兰田、山田硕庵）

四 维新后达官文人 ·· 68
锅岛闲叟(1814—1871)—胜海舟(1823—1899)—小山春山
(1827—1891)—副岛苍海(1828—1905)—田边莲舟(1831—
1915)—依田学海(1833—1909)—中井樱洲(1838—1894)—
宫岛栗香(1838—1911)—股野蓝田(1838—1921)—伊藤春亩
(1841—1909)—竹添井井(1841—1917)—芳川越山(1841—
1920)—乃木石樵(1849—1912)

［附］甲午"军中诗"等 ··· 86
(仓辻明俊、立见尚文、加藤重任、高桥贞、高桥作卫、真境名安
兴、松井石根)

五 竹隐、竹磎等填词作家 ··· 89
山本鸳梁(1830—1912)—薄井小莲(1830—1916)—德山樗
堂(?—1876)—横山兰洲(1833—1892)—关泽霞庵(1854—
1925)—奥田抱生(1860—?)—高野竹隐(1862—1921)—藤本
烟津(1862—1926)—金井秋苹(1864—1905)—北条鸥所(1866—
1905)—森川竹磎(1869—1917)

六 森槐南和森门作家 ··· 108
铃木蓼处(1831—1878)—神波即山(1832—1891)—岩谷一六
(1834—1905)—桥本蓉塘(1844—1884)—永坂石埭(1845—
1924)—丹羽花南(1846—1878)—永井禾原(1852—1913)—
岩溪裳川(1855—1943)—阪本三桥(1857—1936)—阪口五
峰(1859—1923)—森槐南(1863—1911)—田边碧堂(1864—
1931)—佐藤六石(1864—1927)—大久保湘南(1865—1908)—
野口宁斋(1867—1905)—横山叔远—天岸静里

七 名记者和小说家 ··· 133
大江敬香(1857—1916)—国分青厓(1857—1944)—小室屈山
(1858—1908)—山根立庵(1861—1911)—西村天囚(1865—
1924)—宫崎晴澜(1868—1944)—森鸥外(1862—1922)—正
冈子规(1867—1902)—夏目漱石(1867—1916)—永井荷风
(1879—1959)

八　中村敬宇、本田种竹等 ·········· 153
伊势小漖(1820—1886)—沟口桂岩(1822—1897)—大森解谷—土岐支山—平山柳南—谷太湖(1822—1905)—河野春帆(1831—1886)—中村敬宇(1832—1891)—石川鸿斋(1883—1918)—秋山俭为—大岛怡斋—信夫恕轩(1835—1910)—高桥白山(1836—1904)—富田鸥波(1836—1907)—饭塚西湖(1839—1929)—土屋凤洲(1841—1926)—藤泽南岳(1842—1920)—山田子静—田部苔园—有马虔堂—石川柳城—土居香国(1850—1921)—末松青萍(1855—1920)—木苏岐山(1858—1918)—本田种竹(1862—1907)

九　服部担风、河上肇等 ·········· 178
冈仓天心(1863—1913)—永富抚松(1864—1913)—石田东陵(1865—1934)—落合东郭(1867—1942)—服部担风(1867—1964)—渡贯香云(1870—1953)—久保天随(1875—1934)—服部空谷(1878—1945)—河上肇(1879—1946)—今关天彭(1881—1970)—桥本关雪(1883—1945)—土屋竹雨(1887—1958)—滨青洲(1890—1980)—阿藤伯海(1894—1965)—富长蝶如(1895—?)—花村蓑洲(?—1932)—井上舒庵(1900—1977)

十　最后一批文章家 ·········· 200
日下勺水(1852—1926)—盐谷青山(1855—1925)—安井朴堂(1858—1938)—内田远湖(1858—1945)—牧野藻洲(1862—1937)—馆森袖海(1862—1942)—松平天行(1863—1946)—本城问亭(1864—1915)—泷川君山(1866—1945)—山田济斋(1867—1952)—川田雪山(1879—1951)—加藤天渊(1879—1958)—猪口观涛(1915—1986)

十一　旅游中国的汉诗 ·········· 216
日下部鸣鹤(1838—1922)—王半田—心泉(1850—1905)—松田淞雨(1845—?)—杉田鹑山(1851—1929)—田冈淮海(1864—1936)—简野虚舟(1865—1938)—内藤湖南(1866—

1934)—狩野君山(1868—1947)—山本二峰(1870—1937)—森沧浪(1876—1928)—佐贺保香城(1877—1945)—盐谷节山(1878—1962)—铃木豹轩(1878—1963)—吉川善之(1904—1980)—羽田武荣(1925—)—石川忠久(1932—)—入谷仙介(1933—2003)—松浦友久(1935—2002)

[附]琉球汉文学概述 ···································· 236

　一　琉球王国兴亡简史 ·························· 236

　二　琉球前期汉文学 ···························· 239

　三　琉球汉文学黄金时代 ······················ 243
　程顺则(1663—1734)—程抟万(1691—1704)—蔡铎(1644—1724)—曾益(1645—1705)—蔡肇功(1656—1737)—周新命(1666—1716)—蔡文溥(1671—1747)—蔡温(1682—1761)

　四　琉球后期汉诗人 ···························· 254
　杨文凤(1747—1805)—郑孝德(1735—?)—郑孝思—蔡世昌(1737—1798)—马执宏—毛世辉(1787—1830)—东国兴—阮宣诏(1811—1885)—郑学楷—向克秀

　五　琉球汉文学的绝唱 ························· 261
　林世功(1841—1880)—林世忠(?—1870)—蔡大鼎(1823—?)—毛有庆(1861—1893)—郑永功—阮超叙—梁学礼—魏学源—蔡如茂—毛凤来(1832—1890)—向德宏、魏元才

后记 ·· 270

校毕补记 ·· 276

第四章

明治以后

一、引言

　　明治维新和甲午之战后,中日文学关系发生了极大的颠覆性的变化和逆转。

　　首先是两国政治、文化地位的剧然替变。原先,中国一直以华夏中心自居,又是文明大国,日本则自扮学生的角色。后来,两国不约而同地闭关锁国,以抵御来自地球西半方的侵扰。然而,仅仅几十年时间,清政府腐败颟顸,国势日下,在列强(后来日本也加入其中)的侵略下,迅速沦为半殖民地半封建社会;而明治政府却精励图强,加上对外扩张,一跃进入资本主义社会,并跻身于凶恶的不仁不义国家之列。明治七年(1874),日本借口琉球船民在台湾遇难事,以三路兵船"征讨"中国台湾,后逼迫清政府赔偿五十万两白银。明治十二年(1879),日本悍然侵占历来与中国保持友好宗属关系的琉球王国,把它变成日本的冲绳县。明治二十七年(1894),日本侵略朝鲜,作为中国属国的朝鲜请求清军援助,甲午海战爆发,清军战败,日军占领安东及辽东半岛旅顺、大连等地。翌年,清政府被迫与日本签署丧权辱国的《马关条约》,承认朝鲜"独立",割让台湾及澎湖列岛、辽东半岛,赔偿天文数字般的二亿两白银等。后俄、德、法三国因各自利益出面干涉,日本被迫"放弃"辽东半岛,但又强迫清政府加付白银三千万两。明治三十三年(1900),日本以最多的兵力参加"八国联军",攻陷北京,烧杀淫掠,事后又分得"庚子赔款"3479.31万两白银。明治三十七年(1904),日本在中国领土、领海上发动日俄战争,独占辽东半岛。明治四十三年(1910),日本又悍然吞并朝鲜,进逼中国"满洲",未久提出所谓"满蒙五路"要求……就这样,中日两国变成了你死我活的被侵略和侵略的关系。

在文化上，本来日本两千年来一直热烈地、崇敬地、全方位地汲取中华文明的营养。在这一点上，汉文学就是最好的例子。如前所述，即使到幕府末年，那些维新志士在表达其新的政治理想时，仍然大多是用了汉诗汉文的形式。但是，随着明治政府推行"文明开化"政策，日本上层人士和文人的兴趣和目光大多转向西方欧美文化。一些人甚至狂热地鼓吹"脱亚入欧"。中华文化和中国文学在日本的地位开始一落千丈。一些日本人开始再也不以擅长汉文学为荣了。另外，与中国国势衰颓的同时，中国国内晚清诗坛也荒寂已甚。民国以后，更倡导白话文和所谓新诗。在这样的背景下，明治以后日本汉文学的衰退也就更是必然的宿命了。

不过，事物的发展往往不像后人的推论那样简单，常常有其特殊表现。在上述政治、文化巨大变化的背景下，按照现在一般人的推想，日本汉诗文应该立即同步地衰败下来；但实际上在明治前期约三十年间，汉文学，主要是汉诗创作，却继续保持了江户以来的兴盛景况。例如，明治著名俳人、歌人，同时也写汉诗的正冈子规（1867—1902），在他的随笔中便指出："今日之文坛，若就歌、俳、诗三者比较其进步程度，则诗为第一，俳为第二，歌为第三。"明治汉诗作者、评论家大町桂月（1869—1925）甚至将明治十年（1877）到三十年（1897）称为"汉诗全盛时代"。他在《明治文坛之奇观》中说：自入明治时代，西洋文学等骤然进入，这不足为奇；小说面目一新，勃然而兴，也不足为奇；新体诗大盛，仍不足为奇；然而一般认为应该衰亡的汉诗却兴旺起来，而且越来越出色，这才不能不令人惊讶。自汉籍传入二千年来，还没有像明治时代汉诗写得这样技术高超。1983年，日本学者木下彪发表的《森槐南与国分青厓》一文，也认为日本王朝时代以来有着千年传统的汉诗，至明治而臻其未曾有过之发达。从明治十年顷到明治三十年代初，为其全盛；此后则坠至衰落一途。1984年出版的猪口笃志著的《日本汉文学史》，引用并同意大町桂月的看法，甚至还认为像绝海、徂徕、山阳、星岩诸家，与后来的明治作者相比，也黯然失色；还认为不仅是汉诗，明治汉文也超过了从前。

我觉得，大町的话，尤其是猪口的话，似略有夸大之嫌。明治汉诗，从整体上看，怎么说也还是比不过江户汉诗；至于汉文则衰坠得更快，更明显。（猪口一书中，其实还把一些主要活动于江户后期的诗人，也写到了《明治时代汉文学》一章中了。）明治汉文学，毕竟是千余年日本汉文学盛极后必衰的总体趋势下的一段历史；但明治汉诗，尤其是其前期二三十年,确实还是很发达的,不可忽视。

那么,为什么会出现这样一种急剧衰竭前夕依然十分兴盛的似乎"回光返照"般的现象呢? 对此,日中两国学者都曾作过一些分析。综合起来,大概有这样一些原因。

首先,是巨大的历史惯性。明治时代紧接着江户后期,而江户后期是日本汉诗史上黄金时代。进入明治时代,老中青汉诗人庞大队伍依然存在,基础雄厚,他们写惯汉诗文,自然继续写作。在他们的心目中,能用汉语创作,仍然是显示高雅和水平的一件事。日本汉诗,到江户后期在艺术、技巧上也达到最成熟的阶段,有关指导汉诗创作的书也出得很多。这种影响,在短时期内是很强大的。汉诗高潮的消退,要等这几代人消逝以后。

其次,经济、工业、技术迅速发展。维新后,在东京这样的大城市里的印刷业、新闻出版业比江户后期更加发达。报纸杂志更多了,汉诗发表的园地也更多了。如森春涛主编的《新文诗》、佐田白茅主编的《明治诗文》、成岛柳北主编的《花月新志》、森春涛主编的《新新文诗》、森川竹磎主编的《鸥梦新志》、大江敬香主编的《花香月影》等等,都是明治前期著名的汉诗文杂志。如《新文诗》,日语发音与"新闻纸"(即报纸)完全相同,所以阪谷朗庐(1822—1881)在《赠春涛老人》诗中称之为"吾家吟坛新闻纸",认为"新闻纸示劝诫于新话,而《新文诗》放风致乎新韵,皆新世鼓吹之尤者"。

即使到明治后期,仍有上村卖剑主编的《新诗综》、野口宁斋主编的《百花栏》、大久保湘南主编的《随鸥集》等刊物。另外,当时的一些报纸,如《朝野新闻》《东京日日新闻》《大阪朝日新闻》等等,都辟有汉诗文专栏,由著名汉文学家主持,影响也很大。当时出版的汉诗文书籍也很多,如森春涛编选的《东京才人绝句》、鲈松塘编选的《七曲吟社诗》、大沼枕山编选的《下谷吟社诗》、矢上行等人编选的《宜园百家诗》(共三编),还有《明治三十八家绝句》《明治十家绝句》《明治百二十家绝句》《皇朝百家绝句》等等。还有大量的个人专集,这里就不列举了。据三浦叶《明治汉文学史》(1998)的不完全统计,明治元年至十八年发行的汉诗文杂志有六百八十四种,而明治元年至四十五年出版的汉诗文籍多达二千七百多种。新闻出版业的发达,为汉诗文的发展提供了强大的支持。

其次,政治环境比较宽松。正如黄遵宪在为城井国纲编选的《明治名家诗选》写的序中说的："德川氏中叶以后,禁纲繁密,学士大夫每以文字贾祸,故嗫嚅趑趄,几不敢执笔为文。维新以来,文网疏脱,捐弃忌讳,于是人人始得奋其意以为诗。"

其次,教育事业更加发达。江户时代以汉学和汉文学为主要教学内容的公学"昌平黉"虽然停办了,但一批著名学者主持的私塾却依然存在,并且还有大量新的私塾涌现。旧有而继续发展的私塾包括如广濑淡窗创立的咸宜园、海保渔村的传经庐、藤泽东畡的泊园书院、芳野金陵的逢原堂、安井息轩的三计塾等等,新创立的如岛田篁村的双桂精舍、冈鹿门的绥猷堂、草场船山的敬塾、三岛中洲的二松学舍、中村敬宇的同人社、福泽谕吉的庆应义塾等等,这些私塾都是非常有名的,培养了大批汉文学作者。像二松学舍,后来转变为私立大学,一直延续到今天,仍然以教授中国古典文学为特色。即使是官办的大学,虽然很快完成了向现代西方式教育体制和教育内容的转变,"全盘欧化",但也仍有一点反弹。如明治十年(1877),文部省重申了汉学的作用,同意在东京帝国大学文学部开设"和汉文"专业。1881年,在该部又增设了"古典讲习科"。明治时期有不少汉文学家出身于东京帝国大学文学部。

其次,文学社团蜂起,写作汉诗文的吟社、文会更多。如著名的有鲈松塘等的七曲吟社、大沼枕山等的下谷吟社、藤野海南等的旧雨社、森春涛等的茉莉吟社(小江湖社)、川田瓮江等的回澜社、成岛柳北等的白鸥吟社、向山黄村等的晚翠吟社、重野成斋等的丽泽社、大江敬香等的爱琴吟社、冈本黄石等的曲坊吟社、小野湖山等的优游吟社、森春涛等的星社、大江敬香等的花月会、石幡东岳等的以文会、大久保湘南等的随鸥吟社等等。

其次,中日两国文化界的交往较之以前更活跃,更广泛。由于锁国政策的取消,一些日本文人能较自由地来中国旅游、访学,亲临以前只是从诗文中想象的中国河山、古迹,直接结交中国文人、硕学。在旅游中或访学中他们常常写汉诗。中国文人也有不少赴日交流的。这也使日本的汉诗创作派了更多的交流的用场。

总之,明治汉文学在江户汉文学之后,又持续了二三十年花团锦簇的盛景,随后才一蹶不振地衰落下来。

明治共四十四五年,可分为前后期,大致以1894年甲午战争为界。到后期,约从1904年日俄战争后(名为日俄战争,主要却是在中国领土上进行的，日本打败沙俄后，更加蔑视中国)，日本汉文学急剧衰败。明治结束后，又有大正十四五年，昭和六十三四年，平成至今也有二十来年，汉文学日渐消衰，但也可说不绝如缕，至今日本仍有人在写汉诗，甚至仍存在一些小的诗社。但汉文学虽然前途莫测，"复兴"看来是无望的，尽管近年来日本学习汉语的人数大增。因为创作汉诗文谈何容易，即使是汉诗的发源本土中国，要想复兴传统诗文，在现在同样也是没有可能的。

前面我们在江户时代一章中讲到后期一些汉文学家，其中约有三十几位实际是跨入明治时代的，如刘石秋、刘冷窗、云井枕月、金木摩斋、柴秋村、青山佩弦斋兄弟、窪田梨溪、小原铁心、山田容堂、木内芳轩、广濑林外、山田翠雨、山田梅东、安井息轩、正墙适处、前田梅窗、西乡南洲、木户松菊、大槻磐溪、芳野金陵、林鹤梁、梁川红兰、村上佛山、土井聱牙、菊池溪琴、广濑青村、五岳、山本木斋等。不过这些人大多主要的创作活动应在江户时代，因而已放在上一章内论述(有的也考虑到叙述上的方便)，这一章里当然也就不写了。

明治以后的大正仅十四五年，不及前者三分之一。大正不仅年份少，而且其时汉文学已大为式微。大正时期的汉文学家，或往前跨至明治，甚至生于江户末期；或往后跨至昭和，甚至到平成年间。因此，本书不能勉强列出"大正时期"一节来写，猪口笃志一书也写的是"大正·昭和汉文学"。但他在这一章中写的很多作家，实际还是应该在"明治时代汉文学"中讲的。因此，本书此章就题为《明治以后》，笼而统之。

从人数上说，明治以后的汉文学家依然不少。本书仍然力求做到不将重要人物和优秀作品遗漏，但这方面的难度似比写江户时期汉文学更难，因为可利用的资料和可参考的专书更少。明治汉文学总集，当推神田喜一郎编选的《明治汉诗文集》为篇幅最大。他差不多编了二十年(1964—1983)，在《编者后记》中他感叹"资料搜集是极困难之事"。他下了很大功夫，但其选诗的眼力与俞樾《东瀛诗选》实在不能相比。因此，本书能从中选取的作品也不多。

对明治及其后的汉文学作家，如何用一个清晰的网络将他们串起来论述，实是一大难题。不少汉文学作者的"师承"情况不详，其社会身份、活动地点等等也频频变动。猪口一书绞尽脑汁，如将明治时期分为前期与中后期两部分，每部分又分为诗人和文人两类；前期诗人又分为"旧幕遗老""维新元勋及功臣"两类，后期诗人则分为春涛派、槐南派及独立派。其实明治仅四十多年,很多诗人的活动贯穿始终,根本无法硬作分期;诗人与文人也很难分开,很少有诗人而不写文章的,也很少有文人而不写诗的;至于分为春涛派、槐南派等,也时见勉强。因此,本书写到这里,为之笔涩达数月之久。最后实在想不出什么高招,只能仍旧参考猪口的写法,硬着头皮写成现在这个样子。至于昭和至今的日本零星的汉诗文创作,连日本人也没有整理出什么资料,也没见发表什么鸟瞰式论文来。我身在中国,当然就更难写了。我只能以这样的拙笔,来描绘日本汉文学史的最后一抹晚霞。

撰写中有一件事算是颇为用心的,就是我觉察到自维新运动以来,日本汉文学中有一股军国主义倾向越来越严重。虽然不好说它有多么强的力量,但对此作为中国研究者是必须加以批判的。否则对不起祖国,对不起祖宗,也对不起友好的日本人民。我在评述各个诗人、作家时,如遇到这一类作品,一定加以指摘和驳斥。此外,在明治初期达官文人一节后,特地附录了关于“甲午军中诗”等一段文章。可惜的是,如今我人在中国,无法更多更深入地发掘这类作品。我认为这是日本汉文学的另一面,是日本汉文学史研究中的一大被忽视的课题。

另外,我又想到了琉球汉文学。琉球汉文学的兴盛时代,相当于江户中后期至明治前期。其所以溘然而终,是因为琉球王国在日本明治十二年(1879)被日本帝国主义强行灭亡,变成了日本的冲绳县。琉球汉文学当然不隶属于日本汉文学,日本人写的本国汉文学史也从来不写它;但在这个现已强行归入日本版图的土地上曾经有过的汉文学的历史,我们难道可以不了解、不研究、不论述吗? 反复考虑后,本书决定作为特殊的附录,置于本章之后。

二、旧幕藩的儒臣

这一章先写曾在江户旧幕或旧藩任儒臣的诗人(其中也有在明治后仍旧为官者)。这些人本来就具有较深的汉文学修养,进入明治新时期后继续创作,自然为明治汉文学作出了贡献。

佐藤牧山(1801—1891),生活于江户末期、明治前期。尾张(今爱知县)中岛郡人。名楚材,字晋用,通称三右卫门,号牧山、雪斋。初从尾张藩校明伦堂教授鹫津松阴及名古屋的河村乾堂学，后赴江户入昌平黉，师事古贺侗庵、增田兰园、依田匠里，又向松崎慊堂、东条一堂学。业成，先在江户驹込收徒讲学；后仕尾张藩，为儒官、侍讲。后又任江户邸弘道馆总裁、督学。再后又归名古屋，任藩校明伦堂教授。废藩后，在大津町开塾教书。明治二十四年殁。一生著述甚多，有《牧山楼诗抄》二册。俞樾《东瀛诗选》从日本某选本中选录其诗两首。《渡矢品川》颇有气势，可是因涉及日本历史，中国读者很难看懂，此处不引。又一首《观谷文晁画龙图引》，句句押韵，神龙如在眼前：

> 鼎湖骑龙与天通，龙髯已拔何可从。
> 十二万年杳无踪，寻龙不见天冥濛。
> 不知龙藏向此中，谁其捕者谷文翁。
> 缣素浩浩开虚空，挂之堂上卷阴风。
> 灯火制电飞青红，炉烟合云雷隆隆。
> 见头见尾孰雌雄，砚池嘘吸涌洶洶。
> 吁嗟乎，明王所好是卧龙，今在何许昔隆中。
> 晁翁晁翁为我访西东，画之有如傅说于高宗！

宇都宫龙山(1803—1886)，本姓原田，名靖，字好直，通称清纪，号龙山，又号竹雪山房、百八山人、白茅生。伊予(今爱媛县)人。十二岁从伊予大洲藩儒山田东海(1788—1848)学朱子学，亲近徂徕古文辞学风，并究心文章。十六岁时任新谷藩(大洲藩的支藩)藩主侍讲，从藩主赴江户，入幕府儒官古贺侗庵门，研修性理之学达六年。文政六年(1823)归藩，任藩校教授。其间又师事伊予小松藩儒近藤笃山(1766—1846)，又向大阪篠崎小竹、丰后帆足万里等通信请教。天保九年(1838)脱藩，改名宇都宫龙山，赴尾道从事教育工作。弘化元年(1844)任三原城代浅野氏的宾师和乡校明善堂学头，参与邑政。明治后开设私塾朝阳馆，后又任中学教师。著有《竹雪山房诗钞》等。

俞樾《东瀛诗选》称"龙山有至性，笃于事母，常负母而游，故其诗有云：'饮食吾自进，起卧吾自扶。载疾周家园，以背代潘舆。'又云：'老亲在背宜徐步，好就花阴听鹤鸣。'可谓思慈爱忘劳者矣。云如山人题其集，有'孝子能诗丁鹤年'之句，洵得其实。诗亦清迥多可诵者。"如《夏日杂咏》七律三首，颇有佳联：

夕溉晨培事亦多，山园夏月趣如何。

巾车屡到陶彭泽，种树时延郭橐驼。

红吐葵花依旧井，翠抽匏蔓施乔柯。

虽居城里不知热，即是先生安乐窝。

大如银竹细如丝，五月江城霉雨时。

石气侵床晨坐冷，泉声鸣枕夜眠迟。

溪庄难践观棋约，山寺堪寻瀹茗期。

闲拂乌皮读花谱，林兰近雪正猗猗。

王豹河西未善讴，穷经笑我尚淹留。

三旬苦热过残夏，一味新凉待早秋。

原欲避人兼避世，不妨呼马又呼牛。

朱门今日谁忘势？珍重当年乐正裘。

其七古《雪日访渔家》亦堪讽诵：

日午江天孟婆怒，压江冻雾逼鸥鹭。

斯须积素没汀莎，也随老马认前路。

枯荻丛中访渔家，家向烟波寒处住。

鹤发老翁出应门，门无来耜唯渔具。

今朝有获急击鲜，一炉荜火温村酤。

我非渭滨贋钓叟，风云何觅西伯遇？

一舸载珠亦自奇，斗大铸金固不慕。

与翁大笑立矶头，又得寒江独钓趣。

钓名网利事纷如，孰苦斯境守寒素？

呜呼，孰如斯境守寒素，宦海波深不可渡！

佐藤蕉庐（1807—1879），名信古，字子老，号蕉庐、残翁，通称彦吉、次左卫门。江户人，曾为幕臣。著有《蕉庐诗钞》四卷。余不详。俞樾《东瀛诗选》说："子老为铸金局长吏，以言局事，与当局者忤，遂辞职而去。此集中皆隐居之所作，淡而能腴，颇耐寻味。"如《骤雨二首》：

蕉叶悬泉荷转珠，池亭骤雨乍来时。

顷间一掬新凉味，早有无心草木知。

晚间一雨暑才醒，犹看痴云未放晴。

幽径草濡残滴少，轻雷声里早蝉鸣。

又如《移竹》，写出作者书生本色：

架上不可无书，窗前不可无竹。

书以修吾心，竹以养吾目。

移自南郊挺且猗，翠玉成行环书屋。

新梢铮铮韵难写，凉叶筛筛影可掬。

居然胸怀觉爽清，积帙千卷可立读。

有书人自高，有竹居不俗。

君看世间多少人，一物争得容易蓄，

吾侪安逸非易求，况又有书有竹是何福！

长谷梅外(1810—1885)，名允文，字世文，号梅外、南梁。丰后(今大分县)人。他是广濑淡窗的学生，曾为儒医，长门侯宾师。后住东京，以诗书闻，有《梅外诗钞》二卷。俞樾《东瀛诗选》对他评价不低，称其"诗抒写性情，不事摹拟，而字句锻炼，又不流于率易。五言小诗亦有味外味。观其《客中论诗》五古一章，可知其诗学最佳也。佳句之未入选者，五言如'凫鹥浮柳外，妇女语花间。''映日人烟紫，涵山海气苍。''移屏展灯影，闭户划溪声。''九州愁外月，四国梦中山。'七言如'三山春浪神仙远，四寒秋风战伐多。''砚馥朝磨幽菊露，瓶红夜煮落枫泉。''断岸人来枯叶径，高原鸟立夕阳村。''莺花院落春如海，蜃气楼台雨欲烟。''隔浦远村千树小，衔山落日一帆孤。''远鹤寒沙人独立，落枫斜日雨纷飞。'皆不愧晚唐名句。至如'老树不花春自到，孤舟无楫浪还生。'则寓情于景，其意尤微婉也。"

俞樾提及的《客中论诗，偶有怀故人，寄示儿光，在天草》，很长。程千帆评曰："纵论华夏诗歌源流正变，是非得失，如史官之纪事，老吏之判牍，信乎其诗学之深也。后幅写索居寡欢，缅怀良友，而图绘风物，情景兼备，非胸无丘壑者所能为。"因确实值得一读，不嫌其长录于此：

作文忌虚构，虽美等玩具。

赋诗主形似，剪彩而泥塑。

不用下流沿，直须本源溯。

郁郁三百篇，振古难再遇。
悠然陶彭泽，绝景而独步。
《国风》以后人，汉魏殆不如。
李杜万丈光，韩公相驰骛。
东坡百世师，山谷相倾慕。
右丞与苏州，霭霭如春煦。
柳州殊凛然，亦得陶妙悟。
香山及放翁，平稳寄奇趣。
青邱及渔洋，后世之翘楚。
举头望诸公，茫如隔云雾。
咳唾成珠玉，缤纷自天雨。
唐诗温而腴，余响言外露。
宋诗冷而瘦，隽味语中寓。
风会有升降，性情无牴牾。
譬如春与秋，止竟天有数。
昔我菅公时，翕然推白傅。
有时伤浅俗，取断于邻姐。
至其天然妙，在世亦无斁。
物子一唱明，尔来生好恶。
好者如婵娟，恶者如泥淤。
唯是七子诗，汲汲摹拟务。
毋乃优孟冠，欲使看者误。
今时盛推宋，范杨人争附。
琐琐事咏物，无以存讽谕。
每惜三者失，诗终分歧路。
要之天下公，无遗一偏赴。
登高放远目，万象共森布。
着眼古之人，免被流俗污。
裁句贵俊峭，押韵要牢固。
恍如游仙境，森如入武库。
如剑斩长蛇，如犬逐毚兔。
不为蚓声咽，休作蛙鼓怒。

雕巧存斧凿，浑成在镕铸。

文章欠自然，性命戕天付。

浩浩多寿人，与物不相忤。

我久倦栖栖，北行更南渡。

片梦失邯郸，万危经滟滪。

肌冷月穿衣，足寒霜入屦。

子夏空索居，渊明未归去。

吟声似饥鸢，佳句无神助。

异乡谁论心？空想平生故：

村树一片青，中城在何处？

书楼来远帆，村庄隐绿芋。

缥缈知雨园，阴沈月隈树。

佛山诗中佛，妙不在字句。

梅西舍淡淡，不是美人赋。

真率村生风，清远岛郎度。

伯起翩翩才，伯扬欲相妒。

余外几故人，落花复飞絮。

拭泪倒吾指，历历三尺墓。

谁为后进者？应使天葩吐。

为官戒贪婪，味道宜蘖饫。

人固有知言，我岂无愚虑。

一箴告阿儿，聊以当面晤。

怅然倚小轩，鹭鸣斜阳暮。

　　此诗内容有三：论诗、怀故人、训子。主要精华在论诗，包括论中国诗史及日本汉诗史。梅外认为日本平安时代推崇白居易，荻生徂徕提倡明七子，江户后期盛行南宋范、杨，三者都未免有失有偏。他提出了自己的一些主张，很值得后人参考。他怀念的诗友有广濑青村(一号中城)、恒远醒窗(有《远帆楼诗》)、刘石秋(有《绿芋村庄诗钞》)、僧五岳(号古竹)、玉井元纯(号月隈)、村上佛山、佐野东庵(有《梅西舍诗》)、村上醒石、辛岛春帆、刘伯起、园田伯扬等(其中有几位本书已写到)，据考，大多为广濑淡窗的学生。最后，梅外要求其子长三洲(光)为官莫贪，也是非常对的。

梅外的七律也颇有佳作。如《秋尽》,一气流转,格局整合,尤其颔联天趣浑成:

> 断续沟流听欲无,转知寒意晚来殊。
> 秋兼木叶同时尽,山与诗人一样癯。
> 风急飞云挟归鸟,霜清荒草带鸣狐。
> 西邻已寐东邻未,机杼声中灯影孤。

《雨中作》写乡思亦极佳:

> 暗湿无痕上客衫,单身吊影瘦巉巉。
> 树翻新叶风声绿,潮卷平沙雨气咸。
> 迢杳乡书恨黄耳,艰难旅食叹长镵。
> 小窗日暮独敧枕,梦里归舟忽挂帆。

颔联"风声绿""雨气咸"是极妙的"通感"写法。大学者钱钟书曾引过中国冷僻诗人的句子"风随柳转声皆绿,麦受尘欺色易黄"来作例说明。上句可以与梅外媲美,下句就远不及了。此诗颈联"黄耳"句用晋代陆机典,陆有犬名黄耳,能传送家信。"长镵"为古代耕田农具,杜甫有诗云:"长镵长镵白木柄,我生托子以为命","叹长镵"当取义于此,言生活之艰难。

梅外的七绝《长崎杂咏》反映中日文化交流,充满想象力:

> 几只唐船帆影开,雾罗云锦烂成堆。
> 不知谁著新诗卷,却载吴山楚水来。

俞樾《东瀛诗选》在补遗卷内又选录了梅外几首诗,其中《题冰画石》一首尤令人爱读:

> 石也我所爱,石不得苔无姿态;
> 苔亦我所爱,苔不得石无依赖。
> 苔石相得妙无尽,可使米颠为一拜。
> 竹或依其根,兰或生其背。
> 枯木交其间,清泉绕其外,有时白云来映带。
> 石丈默不言,可以怡我辈。

山田梅村(1816—1881)是高松(今香川县)藩儒,名亥吉,字乙生,号梅村,又号小田园主人、三圣庵主人,通称胜治。曾师从近藤笃山(1766—1846)、广濑淡窗等人。有《吾爱吾庐诗》。梅村善于写乡景和闲适生活,如《盐江山中杂诗》四首,其四随意吟来,全无做作:

> 独摩倦眼望农郊,残日轻阴淡欲交。
>
> 樵父柴担藤蔓束,村童田饁竹皮包。
>
> 好诗只是偶然得,尘念已从闲处抛。
>
> 多谢邻翁何厚意,劚来晚笋助山庖。

又如《晚眺》一诗,中国学者孙望认为"颔联技法格调嫌熟,结得却轻巧清新,有诗兴无穷之致"。而程千帆则指出诗中"远山兼雁低"佳句也,而对之以"归客与风急"乃大不称:

> 晚霁开佳眺,寒烟渺欲迷。
>
> 斜阳枫寺外,流水竹庄西。
>
> 归客与风急,远山兼雁低。
>
> 闲行皆熟路,即目亦新题。

菊池三溪(1819—1891),名纯,字子显、士显,号三溪、晴雪楼主人,通称纯太郎。初从仁井田南阳(1770—1848)学,后赴江户,从林桋宇(1793—1846)和安积良斋学。后任和歌山藩儒(赤坂藩邸内明教馆教授),安政五年(1858)为幕府儒官,任德川家茂将军侍讲。明治初,受竹中竹香之嘱,参加《日本野史》的校订工作,又曾在东京警视厅任职。

三溪的诗颇有奇气,季节感很强。有人称他为明治的袁枚。如《四月四日晓雨乍晴小园散步书事》,清人陈鸿诰评曰"脱胎少陵,亦成佳句":

> 芭蕉抽大叶,夺我小窗明。
>
> 细雨蛛丝重,斜风燕羽轻。
>
> 门无车马迹,树杂鹊鸦声。
>
> 日午饶幽趣,茶香扑鼻清。

又如《新凉读书》:

> 秋动梧桐叶落初,新凉早已到郊墟。
>
> 半帘斜月清于水,络纬声中夜读书。

又如《春晓》：

> 半规落月望朦胧，人立春烟漠漠中。
> 栏角冷云吹不散，梨花影白一帘风。

又如《初夏园中即事》：

> 梅时喜雨只蜗牛，欲上芭蕉不自由。
> 高处元非置身地，移家徐下竹篱头。

七律《花后出城所见》，中间二联极妙：

> 逝水年华转眼新，满城芳事半成尘。
> 风中花似飘零客，雨后山如出浴人。
> 残梦醒来醒亦梦，三春老矣老犹春。
> 也无士女赠红药，溱洧江头吹绿茟。

他的《春晚访广泽文城青山寓居》写出了士人的清高：

> 才大薄官懒屈身，衡门逃迹养清真。
> 鸟如落第归乡客，花似深闺卧病人。
> 诗境多从穷后进，家山自入梦中新。
> 廿年交友半亡在，唯有青樱长管春。

他还写了写真镜(照相机)、人转车(自行车)、博览会、楮币(纸币)、蝙蝠伞(折伞)等新事物，此处不一一引了。江马天江称赞曰："三溪翁诗有三奇：寻常烂熟之景，写之以新警语，令人不欠伸，此一奇也；事物之琐屑，他人口噤手棘难著语者，以灵细之笔容易点出，此二奇也；时用经语，极意追琢，翻旧为新，此三奇也。"

三溪亦善文，虽然当时有人认为他的文章浮靡纤丽，但猪口笃志认为他取法中国的野史小说，因此别开生面。他晚年著有《译准绮语》一书，乃取日本名作《南总里见八犬传》《源氏物语》《椿说弓张月》《东海道中膝栗毛》中的妙篇予以汉译。猪口《日本汉文学史》中引录其《白峰陵》一文的开头部分，以见其才笔。这里我们选录《市川白猿传》为例，亦可当短篇小说或寓言读：

> 称江户俳优者，必以市川白猿为巨擘矣。白猿为人豪宕，尚义气，每观其门下众优演剧，诟骂曰："剧部虽小技，亦不可以无气也。儿辈迁拙，

其所为皆傀儡之属焉耳！宜乎观者厌弃不顾也！"众唯唯而退。白猿骂詈，日甚一日。众皆愤怨，谋托事杀之。一日，众优潜挟利刃，登场演剧，直薄白猿。凡剧部演击刺之故事，悉须没刃刀，故白猿不知其利刃，机变百出，纵横当之。众优无隙可投，辟易而遁。既而剧讫，白猿欣然，令人招众优。众优惶惧，相告诫曰："事已发露，吾辈不知死所也！"骈首俯伏，莫敢仰见。白猿大具酒馔，自饮一觥，且嘱之曰："卿等今日伎俩，绝类逸群，视诸平日，巧拙天渊，如出别手。"因其问其所自焉。皆俛首不答。研诘百方，始首其实。白猿大笑，抚掌曰："不负我所见！"不复问其罪。闻者吐舌，服其宏度。

三溪氏曰：物之巧拙利钝，皆一气所贯穿。气盛者必克。俳优虽小技，不可无气者如此。况士而韦脂软弱，毫无气力，一戏剧不如，岂不可愧之甚邪？孟轲氏说养气，文天祥赋正气，盖有慨于此也。

中内朴堂(1822—1882)，伊势(今三重县)人，名惇，字五惇，号朴堂、柳山。其父是津藩士。他十二岁入斋藤拙堂门学习。弘化元年(1844)为有造馆教师。嘉永元年(1848)移住伊贺，为伊贺上野的崇广堂讲官。明治三年(1870)归津藩，任有造馆督学参谋。废藩后历任丰受大神官主典、津中学教员等。明治十四年(1881)刊行其师拙堂的文集。俞樾《东瀛诗选》称："朴堂性耿介，不乐仕进，教授于伊二十年，多所造就。其为学淹贯经史，读其《述志》一章云：'自宋儒以来，圣道落荆棘。性理盗庄禅，传注恣胸臆。吾生愚且暗，自顾无一得。甘拾毛郑唾，誓为董韩仆。'可知其有志于朴学也。卷首钤一印，曰'进览称旨，留在御前。'盖在彼国曾尘乙夜之览也。"

他的《秋日廨舍书怀》写出孤高心怀：

廨舍三间窄似龛，秋来又见雁初南。

学流同异识才定，世路险夷心渐谙。

满地新霜悲落木，半窗残月梦归骖。

此生犹未逢知己，何日能成抵掌谈！

《纪新事》一诗，则对当时一些趋时崇洋文人深表鄙夷：

书生衮衮上朝班，不见当时憔悴颜。

谁道仕途无捷径？西洋毕竟是南山。

七古《道人画松歌》颇有气势，仿佛唐音：

> 道人手叩天关折，天门夜开飞列缺。
>
> 忽惊神手天上降，一挐一蟠据嵝嵸。
>
> 骨角崚嶒屈老铁，鳞甲错落凝黑血。
>
> 干摩苍穹日月死，根穿黄壤石壁裂。
>
> 道人画杰兼书杰，为题吾诗成三绝。
>
> 千载茯苓若一遇，同驾灵虬破云霓。

栗本匏庵(1822—1897)，名鲲，字化鹏，通称瑞见、濑兵卫，号匏庵、锄云。其父和继父均为幕府医官。初从安积艮斋学，后入昌平黉师事佐藤一斋及古贺侗庵，修朱子学。又从多纪乐真院、曲直濑养安院学医，嘉永三年(1850)成内班侍医。安政二年(1855)因登上荷兰船观光而犯了所谓洋医之禁，被除名侍医，后被命移住蝦夷(今北海道)，在函馆工作十年。期间为函馆的卫生文教事业作出成绩。文久二年(1862)被列士籍，任奉行组头。翌年归江户，为昌平黉头取。后参与幕府有关开港等谈判，并奉命赴法国访问。访法期间发生明治维新，归国后即隐退。明治五年(1872)入《横滨每日新闻》社，从此成为名记者，与同为旧幕臣而成记者的成岛柳北、福地樱痴齐名。1879年，清末文人王韬访日，就是匏庵与佐田白茅、龟谷省轩等发起邀请的。著有《匏庵十种》等。

他的《题渊明先生灯下读书图》便作于归国后，反映了一个幕府遗臣的心情：

> 门巷萧条夜色悲，鸺鹠声在月前枝。
>
> 谁怜孤帐寒檠下，白发遗臣读《楚辞》。

他的《诗阁龙》则可能作于出国途中。所谓阁龙，即哥伦布，意大利航海家。诗中对中国秦代航海技术的嘲讽显然是非常荒唐的，因为那是比哥伦布要早一千七百年！此诗其实也反映了当时日人开始崇拜西方、蔑视中国的心态：

> 漂叶流尸验有年，磁针不误达遥天。
>
> 蓬莱咫尺犹迷雾，愧杀秦皇采药船。

鹫津毅堂(1825—1882)，名宣光，字重光，通称郁太郎、九藏，号毅堂，又号苏洲。出身于书香门第，从小跟父亲学习经史，弱冠师从津藩有造馆猪饲敬所(1761—1845),后赴江户入昌平黉学习。学成,于嘉永六年(1853)任上总(今千叶县)久留里藩儒臣。庆应元年(1865),又应尾张藩主之邀任侍读。翌年任该藩校明伦堂教授,后又任该校督学,提倡古义学。又富勤王之志。维新后任大学少丞,又出仕司法省书记官、司法权大书记官等职。俞樾《东瀛诗选》云:"毅堂诗乃从《六家诗钞》中录出,未见全集。其诗才力沈雄,长于古体,即近体亦无柔曼之音,非苟作者。观其论诗绝句,以一洗李王为功,而又以缔章绘句为枉寻直尺,可以知其诗品矣。"

毅堂古体确实不错,如《小豫山石歌,为掬霭道人》,声声促,句句韵:

> 豫山不合生羽翮, 何物挟来置几侧?
> 万峰突起骇我魄, 少定视之乃拳石。
> 掬霭道人风流伯, 千古米颠同一癖。
> 嵌根巧妙作龛积, 珍惜须比和氏璧,
> 攀跻不著谢公屐。
> 移人尤物非明姬, 攫取何辞类盗蹠。
> 拜跪朝朝手加额, 究竟嗜好归惑溺。
> 彼都人士骄奢剧, 治园筑山竭物力。
> 一石搬运卒五百, 夸多斗丽漫珍饰。
> 重叠反背费指画, 斧凿痕多俗态极。
> 今来道人移杖策, 携石暂住都门宅。
> 文场传玩声籍籍, 赋诗图石谁复啬。
> 天然人巧原别格, 丑额相见有愧色。
> 况复富贵易颠踣, 庄宅卖帖风翻白。
> 君家清贫徒四壁, 烟霭依然绕茵席。
> 其石与人守玄默, 冷眼傍观沧海迹。

又有一首《草书歌》,略有太白神韵,题曰《二月十六日同梅痴上人、横山舒公、福岛柳圃过泰宗寺,观米白上人作草书,因赋草书歌赠之》:

> 僧家往往出善书, 前有智公后素公。
> 上人放出一头地, 奄有众美腕更雄。
> 健如长波撼绝岛, 欻如奔蛇入深草,
> 牵如一缕贯明珠, 罗如群星向紫枢。
> 今日高堂满宾客, 对之悚然不出息。

况有天公弄奇变，骤雨旋风兴触激。（是日暴雨。）

上人据地如虎狞，神旺手到不暂停。

绢楮千张一时尽，书罢迅雷收怒霆。

张观剑器发书帖，余自书帖悟文法。

但恃一种流动气，自然妙运成开阖。

世间庸工徒纷纷，尽是家婢作夫人。

予逢此奇观，为赋草书歌。

惟愧才非李太白，师乎师乎奈汝何！

向山黄村（1826—1897），本姓一色，名荣，通称荣五郎，字欣夫、一履，号黄村。因仰慕苏轼，名其书斋为"景苏轩"。初从古贺精里门下千坂莞尔（1787—1864）学习，后入昌平黉。学成仕于幕府，官至目付。庆兴二年（1866）任幕府驻法国公使，曾谒拿破仑三世。明治初回国，以"先朝遗臣"自居。善诗，明治十一年（1878）在东京小西湖畔的长酡亭，与大沼枕山、小野湖山、鲈松塘、田边莲舟等江户遗老结成晚翠吟社，以与森春涛创立的茉莉吟社对峙。著有《景苏轩诗钞》等。

黄村颇有牢愁之作，如《失题》：

南北东西任所之，丈夫踪迹等儿嬉。

生来不是庙廊质，晚节犹持丘壑姿。

著述千秋功末了，豪华一世梦回时。

囊中剩有未焚稿，几首流传身后诗。

又如《偶感，奉呈林祭酒》：

半生碌碌走风尘，命不尤天况是人。

毕竟石顽难媚世，可怜鸠拙亦谋身。

奋飞安得凌云翼，穷困真成失水鳞。

白发倚门情未慰，草心何日报三春！

他的《郑所南墨兰》歌颂了中国宋末诗人郑思肖的爱国精神：

一叶一花抽断魂，人间无土托芳根。

赵家三百年清气，独赖先生笔墨存。

黄村常与中国友人唱和。如乙酉（1885）四月八日中国驻日使馆人员姚文栋因将归国省亲而设宴于不忍池长酡亭,黄村便在席上率先吟诗三首送别。见光绪十五年(1889)刊《归省赠言》。其第二首尤佳。颔联将宴会场所的名字巧妙地嵌入,颈联更有自注:"'官壁题诗遍',项斯赠姚合句;'醉后家山入梦多',姚岩杰句。俱是君家故事,故用之。"

> 池亭把酒唱骊歌,奈此风前景物何。
>
> 再会有期谁不忍,相逢难得面长酡。
>
> 三年官壁题诗遍,万里家山入梦多。
>
> 衣锦羡君归省日,更披莱衫舞婆娑。

1890年,中国浙江桐乡学者严辰(达叟)将自己辛勤编撰县志的情景请人绘成《墨花吟馆辑志四图》,并题诗其上,寄往日本。黄村便题写了《庚寅春奉寄题达叟先生》,四首皆有味。见光绪刊本《海外墨缘》:

> 芸窗辑志侍萱堂,万卷书堆七尺床。
>
> 比却儿时授经夕,青灯白发味殊长。
>
> 百壶酒借百城书,书味清醇酒味如。
>
> 童子亦知崇俭素,抱来提去不佣车。
>
> 泛宅浮家张子同,笔床茶灶陆龟蒙。
>
> 画图传世俱千古,目送青山倚短篷。
>
> 闭门静把简编钞,江上客居嫌客敲。
>
> 乱帙纵横可容膝,宛然陆子旧书巢。

他暮年所作《栗本匏庵挽词二首》,感情甚挚。黄村本人于五个月后亦病故。

> 髯兄与弟义相亲,出处升沉五十春。
>
> 曾愧为医长卖药,遂能报国不谋身。
>
> 晚年有子尚总角,旧雨于今存几人?
>
> 碑石凭谁题七字:江都幕府一遗臣。
>
> 江都幕府一遗臣,鹤发童颜乌角巾。
>
> 夜壑藏舟谁负者?星槎梦客独伤神。
>
> 澜翻有舌存三寸,电抹流年过七旬。
>
> 可惜惜红园里暮,狂香浩态照荆榛。

他也擅写古体，五古《栖碧饷笋，赋此为谢》颇诙谐可读，因为太长，这里就不引录了。

杉浦梅潭(1826—1900)，本姓久须美，名诚，字求之，通称兵库头，号梅潭。曾从大桥讷庵学，又向小野湖山、大沼枕山学诗。仕幕府，任开成所头取、函馆奉行等职。维新后出仕外务省，任开拓权判官等。他也参与创设晚翠吟社。著有《梅潭诗钞》。他的《移竹》诗，清高幽雅，寄托情操：

> 小园移植碧琅玕，闲洒清泉珠未干。
>
> 疏叶生风遮淡月，新根添石接幽兰。
>
> 虚心自古医尘俗，高节于今保岁寒。
>
> 吾聘此君忘有夏，吟窗已觉葛衣单。

俞樾的《东海投桃集》里，收录了梅潭于1890年底为祝贺他七十寿辰而写的四首诗，乃用俞氏《山居》诗韵，今录其三、其四二首：

> 缥帙牙签积满床，何人入室更升堂？
>
> 几行弟子眼前列，万里江山胸次藏。
>
> 带艾梅花今日色，生苓松树古时香。
>
> 一齐来助先生笑，双眼更青眉更黄。
>
> 墙是编茅篱是芭，山房容膝缩如蜗。
>
> 长生海外不求药，清课园中惟种花。
>
> 自道病魔连岁扰，人传逸兴近时加。
>
> 挥戈尚有鲁阳手，不许桑榆暮日斜。

堤静斋(1827—1892)，名正胜，字威卿，通称十郎、省三，号静斋。伊予(今爱媛县)人。曾师从广濑淡窗、安积艮斋，又入昌平黉。据长泽孝三《汉文学者总览》，知他原为幕臣，维新后在东京知新学舍工作。他的《题画》诗，为中国学者程千帆击赏："真如画。"又指出其诗中"疏字、柔字、懒字却画不出"。

> 残日在寒山，疏钟送柔橹。
>
> 溪云懒不飞，晚作半村雨。

他的《雪后问梅》亦令人爱诵：

> 远峦雪尽露青鬟，便为梅花出竹关。

> 无路不缘谿势转，有香浑在水声间。
>
> 郊寒岛瘦清如鹤，闲酌孤吟静似山。
>
> 醉上小航天已晚，一汀幽梦月潺湲。

俞樾《东瀛诗选》选录其《咏怀》一诗，颈联颇佳，亦可知诗人颇为潦倒：

> 久客逢秋魂欲销，满庭残叶乱萧萧。
>
> 名如画饼终何补，身不琴材亦屡焦。
>
> 破壁残灯悲落魄，纸鸢竹马梦垂髫。
>
> 回思今昔偏多感，午夜空林月色饶。

他又有《国姓爷》一诗，歌颂明末坚决抗清四十年(诗中误作八十年)的中国民族英雄郑成功。此诗证明自江户时代以来，日本民间一直是同情于明朝而否认清朝的入侵的：

> 抵死回天志岂空，移军孤岛气逾雄。
>
> 中原芳草饱胡马，南渡衣冠仍故宫。
>
> 乞援包胥徒洒泪，渡江祖逖竟无功。
>
> 偏安八十年神鼎，系在一家兴废中。

野村藤阴(1827—1899)，名焕，字士章，号藤阴、毂堂，通称喜三郎新之助。美浓(今岐阜县)人。曾在大垣藩校致道馆学习，嘉永三年(1850)拜大阪的后藤松阴为师，翌年又师从斋藤拙堂。学成，于安政元年(1854)归藩任藩校讲官、侍讲。受藩老小原铁心知遇，主持大垣藩学政。明治元年(1868)任督学，继为大垣藩权少参事。六年(1873)辞官，开鸡鸣塾授徒。著有《藤阴诗文稿》等。陈鸿诰《日本同人诗选》选有其诗，如《自宫下抵三枚桥道中口占》，陈鸿诰评曰："奇险之景，写得令人胆慄。想蜀道难不过如此。"

> 细径如蛇随涧转，奔泉似马啮崖鸣。
>
> 危桥过去又崩栈，各附藤萝鱼贯行。

又有《韩信出袴图》，陈鸿诰评曰："隐带讥讽，不似山膏骂人。"

> 出胯心同进履情，也知忍辱事终成。
>
> 惜君手定乾坤后，不似留侯早遁名。

重野成斋(1827—1910),名安绎,字士德,通称厚之丞,号成斋。萨摩(今鹿儿岛县)人。原为萨摩藩士,曾入藩校造士馆学习,后入昌平黉师从古贺茶溪(1816—1884)、羽仓简堂(1790—1862),学宗程朱,精于史学,亦善文。元治元年(1864)成为造士馆助教,兼掌修史。维新后为文部省编修官,又为东京帝国大学教授,文学博士。明治十二年(1879)发起丽泽社,并为盟主,为维持明治汉文学作出贡献。同年王韬访日时,他同王韬唱和甚多,并为王著《扶桑游记》作序。王赞扬他"学问渊邃,文章浩博"。他还撰有《本邦汉文沿革史》。

成斋以汉文著称,执明治文坛牛耳达三十年,世推为泰斗。其文初学欧、苏,晚宗桐城。有《成斋文集》三编。但猪口笃志认为他的文章还是初编(前期作品)中的好,而受桐城派影响的三编中文反而见劣。松平天行(1863—1946)评论说:"先生之文,尤重体格,庄重典雅,如束带立朝。昔陆士衡,人患其多才;先生虽亦多才,务敛其华,隐约出之。"其名文有《霞关临幸记》《盐谷宕阴先生墓表》《大久保公神道碑》等。今举其记游、说理各一篇,以见其文才。《锦江秋泛记》:

> "蒹葭苍苍,白露为霜"。诗人之托兴,正在此时也。晚潮渐进,叙舟抵园洲,傍大小矶而东。到三船,则月出于高熊之顶,倒影大江,金波万道,渊中之怪可窥也。时风恬澜稳,乃放棹。樱峰巍立中江,舟与之左楫右接,或近或远,依依不能相离,诗所谓"溯洄从之,道阻且长,溯游从之,宛在水中央"者。因记癸亥夏,洋舶入港,余与之接话,洋人睨江面,指樱峰而谓曰:"好景胜,江户无有矣。"既而余东行,时方八九月之交,观月于轮台,往复乎金川、横滨之地,每思曩时之语,窃服其赏鉴不左。盖关左之海,与此港酷肖然,而弥望烟水,无山岳为之映带。故其观每失之于空阔,不能如此港之洋峨相逢,峭丽两获,而尤于观月为宜焉。夫品评各地之胜,率皆好胜自私,彼劣此优,狗一己之见;今洋外万里之人,而有此评语,岂非的确不可易欤?众皆大悦,曰:"然。吾今而后,知锦江之胜甲于天下!"于是小酌大斛,颓然醉卧乎舟中,不知月落参横,舟已碇于鹤汀矣,而梦犹在水之中央。

《镜喻》说理颇有妙胜,发人深思:

> 古镜破矣,新购一镜于市。归以自照,觉面目须眉之微,不予似也。如与旧镜所见有异也。以为镜之质使然。既数日,人与镜惯,形与影昵,

则面目须眉渐复其故，依然旧镜之所见也。夫所贵乎镜，以其无私照耳。妍媸肥瘠之不差锱铢，而终始如一，故曰明镜。今乃始之有异，而终之复故，何也？物固有相惯相昵，以为私者；镜者无心，宁有惯与昵哉？人自取之而已矣。夫面目须眉，受之于天，不可移易者。然人孰不欲其姣？以欲姣之心，求之于镜，朝夕临照，颡之高者渐平，颊之杀者渐丰，痘疤冻梨亦如有可观者，以为此镜善写吾影，不知是即前日之不予似者也。呜呼，心之惑，自私之至此！以有心临无心，而犹如是；况以有心接有心乎！可不戒欤？

成斋的诗也有可读者，如1888年他代表日本帝国学士院出席维也纳国际学士院联合会大会，途中横穿西伯利亚，他在列车上曾作《西伯利车中作》：

> 无边丰草饱羊牛，日没平原余景修。
> 说是苏卿牧羝处，雁声独带汉时秋。

他还有一首《清国公使参赞官陈哲甫明远任满将归，俾小苹女史制〈活叶馆话别图〉，索题咏，为赋一律》，可作外交史料和旧画看：

> 万里秋风慰倚闾，云帆夕日渺蓬壶。
> 锦衣乡国荣归客，红叶楼台话别图。
> 沾醉华筵忘宾主，喧传盛事满江湖。
> 丹青为倩名姝笔，脉脉离情画得无？

川田瓮江(1830—1896)，名刚，幼名竹次郎，后改城三郎，字毅卿，通称城之助，号瓮江。备中(今冈山县)人。初从山田方谷(1805—1877)学，后赴江户昌平黉向幕府儒官古贺茶溪及大桥讷庵学经史，又向藤森天山学诗，与安井息轩、盐谷宕阴诸老交游。安政初(1854年顷)，任近江大沟藩宾师，参与藩政。后因田方谷之荐，应备中松山藩主之招任江户邸督学、监察。维新后，出仕文部省、宫内省，历任图书寮博物馆、华族女学校、东宫侍讲、宫中顾问官、东京帝国大学教授等。

瓮江以文章著称，与重野成斋齐名，为明治文坛二大宗。松平天行评论他说："唐之韩柳，明之宋刘，并世出为泰斗。重野、川田二家，于明治亦然。彼有《大久保公碑》，此则有《木户公碑》；彼有《宕阴墓表》，此则有《息轩墓铭》。堂堂钜制，二力相敌，未易轩轾也。而先生格法之奇，文字之古，戛戛独造，为余子所不及。但喜用突起格，或用层句法，虽为惯家手法，厌其间见累出。又好杂谐谑，颇伤文品。今夫衣冠之会，若厕以侏儒倡优，人将何谓？若曰大家无所不有，则非吾所知矣。"内田远湖（1858—1945）则认为"瓮江所撰铭辞，大率浅俗，不见古劲，如《息轩碑铭》，亦其一例"。所见与松平甚异。但瓮江在当时文坛上建树甚大。明治七年（1874）他创立回澜社，参加者有鹫津毅堂、四屋穗峰、依田学海，后又有植松果堂、矢土锦山，最后又有中村樱溪、松平天行、内田远湖、佐藤双峰、本城问亭、石川文庄、冈本韦庵、河野笙汀等人加入。

据牧野藻洲（1862—1937）回忆，明治初成斋、瓮江二人一起负责国史编修，但成斋认为所谓"楠公父子樱井诀别"等不合史实，应该删去，与瓮江意见冲突，遂形成两派。成斋派有久米易道、星野丰城、藤野海南，瓮江派有依田学海、信夫恕轩，成斋派较胜，于是瓮江便退出文部省而入宫内省。从此撰史便为成斋一人之天下。

瓮江之文，猪口笃志《日本汉文学史》引录《花月新志引》一篇。《花月新志》是成岛柳北于明治十年（1877）创办的汉文学杂志。

> 艳莫艳于花，而韶光九十，动多风雨；清莫清于月，而团圆无缺，一岁止十二回，除去阴霾薄蚀，所余几夕？是故春宵一刻，抵千金之尊；扬州无赖，夸二分之明。若夫西苑摇落，前绿缀英，方丈说法，天女现身，嫦娥窃药，吴刚斫桂，青樽绿酒，寻春于醉乡，银烛画屏，身据不夜城，则王者、佛者、仙者、富贵者流之事，而非吾辈所与焉。呜呼，缺陷世界，孰能手握如意珠？唯文人才子，藻葩灿然，笔有光彩。余尝赋二十八字赠成岛君曰："润笔钱充买笑钱，秋波春月入新篇。载将艳福兼清福，人在垂杨柳北船。"若谓余言不信，请视之《花月新志》。

瓮江赠柳北诗的末句，还巧妙地将"柳北"二字嵌入。文中"扬州无赖"句，出自唐代徐凝名句："天下三分明月夜，二分无赖是扬州。"汉文学史家猪口笃志注解不出，还把"赖"字误改作"类"，又将"吴刚"误注为"吴之干将莫邪之剑"，并将"斫桂"误为"斫柱"，把"买笑钱"误为"买笑戏"。由此亦可窥知当今日本本国汉文学研究水平之一斑。

猪口书中还引录了瓮江的《文章指归序》，这是日本汉文学史上重要文论：

> 元禄中，园诸子倡李王古文词，开口辄曰秦汉秦汉，而吾未见其能秦

汉也。及宽政三博士出，更崇尚韩欧，驱一世纳之唐宋八家范围之中，而吾未见其能唐宋八家也。何者？五帝不同德，三王不相袭礼，文章之道与时变化，不必是古非今，又不必爱新厌旧。是故我写吾意，斐然成章，谓之能文。彼曰秦汉，曰唐宋，未下笔时共挟巳亡国号于胸中，断断乎坚持门户者，过矣！方今词坛无盟主，后进子弟喜讲清文，气运所赴，势不得不然。唯是一代大家，朴如亭林，炼如尧峰，正如望溪，高古如竹垞，雄伟奔放如雪苑、勺庭，异曲同工，皆足以相师法。乃置而不问，顾学李渔、张潮小说家者流，自诧曰新奇。夫果僻于所好，秦汉唐宋且不能无流弊，况近作者，詹詹绮语，其何可取之有？山梨县有泉生著《文章指归》，首举清文，而明，而元，而宋，陟远自迩，不画年代，而又每篇附以诸儒评论，使读者除去偏见，兼收众美。吾窃嘉其用心之公且平也。向者吾选历代古文若干首，字栉句梳，细加批评，名曰《文海指针》，持以其清文一卷先脱稿，付之剞劂，一时流传，殆遍海内。于是世或有谓今日文格一变，吾为之首倡者。盖彼未见全书，辨针尖所指，其致疑亦不为无以。此编一出，一则为我补阙，二则代我雪冤，吾安得不喜而序之！

瓮江的诗也写得不错，如《偶作》一首，可见其鲠介。中国学者程千帆却戏和之："竹固有劲节，柳亦多柔情。寄语竹次郎：何妨共地生？"

> 性癖恶娇揉，同心谁好友？
> 窗前地数弓，栽竹不栽柳。

瓮江还有一首《书感》，也非常痛快：

> 糟粕尝来愚益愚，一朝抛笔大轩渠。
> 何当倩得祖龙手，焚尽人间无用书！

瓮江也时与中国诗人唱和，如1876年送别中国教习叶炜的《送松石叶君西还支那得绝句五首》，其三、其四写出了对方书生本色：

> 君乡秀水我曾闻，购去奇书谁与看？
> 一部《吾妻镜》犹在，九原呼起竹垞难。

> 洋场趋利较刀锥，未必人人稇载归。
> 争及风流松石子，一诗囊蓄万珠玑。

三岛中洲(1830—1919)，名毅，字远叔，通称贞一郎，号中洲，别号桐南、绘庄。备中(今冈山县)人。十四岁时受教于松山藩儒山田方谷(1805—1877),二十三岁入伊势的津藩儒斋藤拙堂门学习五年。安政四年(1857)赴江户入昌平黉,师从佐藤一斋、安积艮斋。同寮中有藤野海南、冈鹿门、股野蓝田、松林饭山、高杉东行等,此时学业更为大进。学成于六年(1859),应板昌侯邀仕于松山藩,任藩校有终馆学头。维新之际辅助老臣,完成藩封。明治五年(1872)后历任司法官、新治裁判长、大审院中判事等。十年(1877)退官,在东京创办私塾二松学舍(今二松学舍大学前身)教授汉学。该塾与庆应义塾、同人社一起,被誉为日本三大私塾。后又任高等师范学校教授、东京帝国大学教授等,二十九年(1896)又任东宫御用系、东宫侍讲,大正二年(1913)任宫中顾问官。

中洲治汉学,初学朱子,后喜清儒考据,晚年改学阳明,重实用。他善文章,有人将他与重野成斋、川田瓮江并列为明治三大文宗。松平天行评曰:"清汪尧峰以文法胜称,亦未若先生之细密。先生之作,大题小题,规模画一,必设照应,必点字眼,秩然整然,如田之井,如棋之罘。或曰孔明节制之师,或曰赵括胶柱之兵。碑文尤多杰作。至于叙述之巧,成斋、瓮江亦当虚左以待。"他的名文有《榴窠遗稿序》《拙堂纪行文诗序》《玉川网香鱼记》《山高月小亭记》《观桂瀑记》《与土井聱牙翁论史书》等。今录《山高月小亭记》以鉴赏:

> 江户川东注,本乡、骏台之间,地卑而水驶,舟筏上下,仰瞻两岸,壁五千尺,丹树翠竹,蒙络阴翳,仅见一线天。人呼曰"小赤壁"。吾友柴原子节,自千叶县令升元老院议官,购宅骏台,适当壁顶。乃筑一亭,为偃息之所。岁之五月,设落宴,会都下文士,问所以名之。此夜月白风清,水声潹然,如在空山穷谷。试倚栏角,有攀栖鹘危巢、俯冯夷幽宫之想。降阶取崖路,屈曲上下,有履巉岩、披蒙茸之概。而觞于亭,成岛柳北携吴江干鲈来,巨口细鳞,如薄暮网中物。一座皆曰:"此宴有此物,亦非偶然。"兴益旺,展纸舐毫,挥洒助欢。时月方中天,小如星。崖影落水,摇曳皴瘘,为高山层叠之状,岩迁堂呼曰:"奇奇!"乃大书"山高"二字。日下鸣鹤次之以"月小"二字。众哄然同辞曰:"此可以名亭也。"遂属余记之。余曰:"同是山高月小之景也,东坡以漏贬谪之忧,而子节以寓荣迁之喜,何忧喜之相距,而遭遇之各异也!虽然,遭遇天也,非人所及,人唯尽己而待命已。今子节之与东坡,同以儒生为牧民官,施所学于政治,

治绩共显，尽人事于己，而付遭遇于天。于是乎超然游心于山水风月之间，有忧不足为忧、喜不足为喜者，又何问区区异同？善哉，诸子之取名于此也！"子节闻之，肃然危坐，曰："山虽高，或崩；月虽小，复大。盈亏盛衰，天地之数也。但君子谦卑自牧，保盈于未亏，持盛于未衰。吾请以坡老不遇自鉴，以答圣明恩遇！"乃并书其言以为记。

中洲诗亦有可诵者，如《矶滨登望洋楼》，作于明治六年(1873)，反映了当时日本人极欲了解西方国家的心情：

> 夜登百尺海湾楼，极目何边是米洲？
> 慨然忽发远征志，月白东洋万里秋。

他与中村敬宇是好友，有《哭中村敬宇》写得极沉痛：

> 苍天何事夺名流，昂首空望白玉楼。
> 卅岁久交归昨梦，一朝永别奈今愁。
> 人间教育称湖学，海内文章推柳州。
> 君去儒林俄萧寂，斠经酌史与谁游？

他与中国文人也多有交流，1879年王韬访日时互有唱答。几年后作《重九，支那公使黎庶昌招都下名流开登高会于上野精养轩，余亦与焉，赋此博笑》一诗，亦可存史：

> 千里秋风黄菊新，喜君高阁会群宾。
> 即今四海皆兄弟，休说家乡少一人。

《二松学舍》一诗则表达了这位教育家的心怀：

> 托迹城中下绛帷，隐居何必向山移？
> 十年刀笔添蛇足，一卷诗书坐虎皮。
> 明几净窗连塾舍，古松顽石筑园池。
> 不知咫尺市声聒，风送呷唔断续吹。

俞樾《东瀛诗选》选有他《铁铉噉己肉图》一诗，乃是歌颂中国明代忠臣铁铉宁死不屈精神的：

> 暴风蓦然起自北，中原一朝云雾黑。
> 诸道镇兵尽南奔，独见济南护孤城。

张巡守淮竭精忠，吴玠全蜀奏奇功。

城墉仡仡谁能当，陷阱却是诱毒龙。

毒龙遁逃不复至，更由别地吞南地。

虎豹失窟鸟迷巢，回顾徬徨兵不利。

就擒天祥气尚豪，骂贼秀实口不挠。

铁公忠节坚于铁，百方劫剒何曾摇。

剜肉投口极惨毒，齿牙淋漓血逬玉。

我啜吾肉又何辞，此口不食不义粟！

　　遗憾的是，中洲的个别作品也留下了支持、美化军国主义战争的污点。中国研究者高文汉《日本近代汉文学》就指出，中洲写过"春满吹遍大东洋，正值膺惩皇武扬""天佑我皇安东亚，扶韩征清弘王化"等赤裸裸的侵略诗句。

　　冈鹿门(1833—1914)，名千仞，字振衣，号鹿门。有意思的是他姓冈，而名、字均出于中国晋代左思《咏史》诗中的名句"振衣千仞冈"。而他的号，也与左诗表达的"高步追许由"的退隐遁耕思想有关。因为鹿门山(在今湖北襄阳)自汉代庞德公携妻子登山采药不归后，历代诗人均以之为隐居之地的隐喻，如唐代孟浩然便在此做隐士。鹿门幼名修，字子文、天爵，通称启圃。仙台人。初入藩黉养贤堂学习，后入昌平黉师从安积艮斋，同窗有重野成斋、松本奎堂等。学成仕于仙台藩，为养贤堂教授。与斋藤竹堂、大槻磐溪被人称为"仙台三才子"。虽其才不及竹堂，其学不及磐溪，但其文章气力则胜之。同学松本奎堂即认为其文"以气胜"。维新之际为勤王大义奔走呼喊。明治三年(1870)去东京，开设私塾绥猷堂教授学生。至十八年(1885)关闭，共授学生达四千之多，当时也被称为"冈塾"。其间又出仕太政官修史局，又任东京书籍馆馆长。

　　鹿门为文慷慨激昂，在明治文坛上独树一帜，猪口笃志认为可谓陈龙川之流亚。其文之长处在其史笔，在游记、日记中亦能见之。黄遵宪称赞他的《请藩公奉敕入朝书》为"卓识伟论，忠肝义胆，足以感天地泣鬼神，字字血泪，至文至文"。王韬在《扶桑游记》中也说："日国人才，聚于东京，所见多不凡之士，而鹿门尤其矫矫者。"猪口《日本汉文学史》中全录鹿门《答松林伯鸿书》，确实是铿锵有情而具见功力之文，而且也是有关汉文学家、志士松本奎堂及松林饭山的极重要史料，因其文太长，引录前半：

伯鸿足下：

仆东归以来，不复知海内旧友何状。忽接吾兄二通，忙手拆视，读至所示《松本奎堂传》，投书失声。荆妻在旁，怪问何故。噫，此事岂妇女子所知乎！

往事仆闻重野士德在江户见英虏论战事，起程往见，逢堤正胜，曰："子知奎堂致死十津川乎？"余愕然，正胜说其兵败殉节之状，且曰："道路所传如此，未知实否。"此夜士德邀余品川一楼，红灯绿酒，弦歌嘈杂，而余以闻奎堂是报，终夕不乐。尔时作一书，报状吾兄，寻得复书，曰："奎堂佯死，遁托长藩。"读至此，喜极而哭。后乡人樱井生东归，其所说亦同，愈以为信。而今吾兄所草《奎堂传》，备叙死状。前日以为死而哭，以为不死而喜，一喜一哭皆不实。而今日之一哭，真情实泪矣！

往年奎堂西归，余送至豆州，访一知人，留饮三日而别。奎堂谈胸膈间事，且曰："他日闻余举事不成，幸铭墓上。"因谈平生甚悉，曰："在京之日，协谋赖、梅田诸人。诸人系狱，余出在十津川幸免。"奎堂谋是事，已在赖、梅田诸人系囚之时，而吾兄草《传》略之，岂有所忌讳而不叙及与？

余常规奎堂，莫近危机。盖恐斯人一死，天下无复读书种子也。奎堂文才敏捷，其初入昌平黉，温温谦抑，其所作诗文，亦未见太奇。刻苦一两月，超然悟入，直逼古作者。当时同学，不乏才俊，而莫能出其右者。犹记一日大雪，与诸子出观，奎堂肩一弦琴，踉跄行雪中，市人尽顾。行至墨陀堤，踞白须祠栏，顾满江风雪，抚琴调曲，声出金石。其襟宇潇洒，超然于风尘之表，往往类此。此日叠韵至三十首，一时传诵。后恃才跅弛，遂至与黉友争事除籍，而非其罪也。

后余病目，请简堂先生借闲室养病，奎堂亦在，相得甚欢。奎堂悦魏冰叔文，日取《易堂集》背诵，至《彭躬庵文集序》《大铁椎传》，击节和之，朗朗之声，今犹在耳。其《拟进戒疏》《清水宗治碑》《送鹤田玄编序》诸篇，纡余曲折，殆不让冰叔。

己酉岁，余访奎堂名古屋寓，日与无赖博徒饮，曰："是辈不畏死，可用也。"余留寓一月，不见一篇文，问之，曰："吾已废。"时赋七绝，纤丽奇峭，出入晚唐。学草书，春蚓秋蛇，趣致横生。好诵"痴儿不解公家事，男子要为天下奇"句。呜呼，为天下唱大义，遂以身殉之，可谓不负其志矣！

……

　　鹿门亦能诗。俞樾《东瀛诗选》云:"鹿门于明治戊辰之乱,移家至东京,及己卯航海东旋,乃取途中诗订为一集,自序云:'余生长道途,中遭兵乱,百年城郭荡为丘墟,亲戚情话恍如梦寐,俯仰今昔,不觉慨然。乃作诗若干首以纪游。'诗虽不多,然奥羽之乱,一一出于目睹,而词气激昂,令人读之有唾壶击碎之意,亦奇士也。"今举《廿七日与石田、梅村、永井诸子饮于竹逅楼》二首:

> 匆匆别后十年过,其奈人生朝露何!
> 诗酒追随疑梦寐,功名潦倒愧山河。
> 交情旧雨兼今雨,世事长歌又短歌。
> 休向公园载樽去,五城楼破夕阳多!
>
> 秋风一剑赋归田,乱后江山几变迁。
> 丹碧寺荒长荆棘,金汤城废锁云烟。
> 夕阳林外吊魂墓,枯草原头表烈篇。
> 当日恩仇冰释尽,共庆皇泽洽遐边。

　　福泽谕吉(1835—1901),出身于丰前中津(今大分县)奥平藩的士族家庭。其父也懂汉学,喜收中国古书。诞生那天,其父购得清朝上谕条例六十余册,欢欣无比,于是给他取名谕吉。十八个月后父亲逝世,他从小备尝贫困之苦,直到十四五岁才开始读书。二十一岁时到长崎学习兰学。后又于安政二年(1855)拜绪方洪庵(1810—1863)为师,研习兰学。五年(1858),受奥平藩聘,到江户教授兰学。这所粗具规模的兰学塾,就是后来谕吉所创立的著名的庆应义塾的嚆矢。他又开始学英语。从安政六年(1859)到庆应三年(1867),曾三次随幕府使团游访欧美,眼界大开,并写了《西洋事情》等书。明治十五年(1882),他创办了《时事新报》,亲自撰写社论。他一生译著的书共有六十余部,涉及政治经济、军事外交、历史地理、制度风俗等等,范围极广。谕吉是日本幕末明初最有影响的启蒙思想家和教育家。在目前流通的最大面值的一万元日币的票面上,就印着他的头像。同时,他也会写汉诗。例如,他四十四岁旅欧时,在《西航日记》中即有一诗:

> 一是一非谁能知,五十人生须有为。
> 请看三年不鸣鸟,迩来无听发声时。

1883年他送两个儿子赴美留学，所作《思二子航米国而在太平海上》充满父爱：

月色水声绕梦边，起看窗外夜凄寒。
烟波万里孤舟里，二子今宵眠不眠？

他晚年写的《赞击剑》亦可一读：

腰间秋水一挥扬，亦是乃翁养老方。
二竖多年侵不得，知他宝剑放龙光。

中国研究者高文汉指出："福泽谕吉的诗极其普通，没有多少文学价值。但是作为日本近代最激进的启蒙思想家，福泽谕吉创作汉诗本身具有非常重要的象征意义，它说明明治时期即使以研究西方文明、西方学术为己任的日本西学学者，也没有与汉学绝缘，他们也具有一定的汉学素养。"所言甚是。

成岛柳北(1837—1884)，初名温，字叔厉，号确堂，后改名惟弘，字保民，通称甲子太郎，因家在柳原之北故号柳北，又号濹上仙史、何有山人等。其祖、父皆幕府儒官。安政元年(1854)他十八岁继承家业，为幕府见习侍讲。安政三年(1856)升侍讲，为德川家定、家茂两代讲经学。后研修兰学和西方军事学。庆兴元年(1865)任步兵头、骑兵头，翌年任外国奉行、勘定奉行、会计副总裁等职。维新后辞官。明治三年(1870)，在浅草本愿寺设学舍。五年(1872)随本愿寺法主大谷光莹游访欧美。翌年归国。七年(1874)，任《朝野新闻》社长。以轻妙洒脱的文笔批评维新后的社会，使该报成为当时东京四大报纸之一。他与《东京日日新闻》的福地樱痴一样，以旧幕臣而一变为新文人。十年(1877)，又创办汉诗文刊物《花月新志》。

柳北遍游东京、京都"花街"，写诗文反映衰靡世风。猪口笃志认为他的汉文有袁枚的才气，诗则近于陆游、赵翼。他在《朝野新闻》上以专栏发表汉诗，引人注目，翌年森春涛即在他启示下创刊《新文诗》。他主编的《花月新志》也对明治汉文学的维持作出了贡献，大沼枕山、冈本黄石、森春涛、鲈松塘等人的作品在该刊争奇斗艳。

他的《岁旦口占》作于明治三年(1870)元旦，表示宁愿受穷也不在新政府当官：

妇子朝来扫甑尘，萧条破屋又新春。

> 卖书卖剑家赀尽，幸是先生未卖身。

他又有七律《秋怀》二首，亦表达隐居不仕的心境，颇有佳句：

> 北窗高枕诵陶诗，大马长枪彼一时。
> 病客身边秋早到，醒人宅里月来迟。
> 少年感慨老应悔，浮世交情穷始知。
> 忘却从前荣辱事，琴书消日不围棋。
>
> 借将诗酒弄风光，多谢乾坤容此狂。
> 纵有定评棺未盖，岂无善贾玉应藏。
> 一镰新月虫声白，半沼斜阳鹭影黄。
> 清浊元来吾自择，任他孺子唱沧浪。

1872年他出国一游，写下很多描写外国风土人情的精彩诗篇如《航西杂诗》等，在这类诗的创作上著了先鞭，颇似我国的康、梁诸子。如写我国南方的《香港》：

> 层层巨阁竞繁华，百货如丘人语哗。
> 此际谁来买秋色？幽兰冷菊几盆花。

他的《苏士新航渠》二首，以汉诗首次描写了新开凿仅三四年的苏伊士运河。第二首中"喜望峰"即非洲南端的好望角，说明该河开通后从东方到欧洲就不必远绕好望角了：

> 凿得黄沙几万重，风潮濯热碧溶溶。
> 千帆直向欧洲去，闲却南洋喜望峰。

《伦敦杂诗》之一，反映了当时伦敦工业发达而空气颇为污染：

> 汽车烟接汽船烟，四望冥冥不见天。
> 忽地长风来一扫，伦敦桥上夕阳妍。

《塞昆》一诗则写身在异国想念故乡：

> 夜热侵人梦易醒，白沙青草满前汀。
> 故园应是霜降节，惊看蛮萤大似星。

其最精彩的当推《那耶哥罗观瀑》一诗，写的就是在美国和加拿大之间的世界最大的尼亚加拉瀑布。"珠帘卷月"本是经常入诗的俗套，用在此诗却令人感到新奇：

> 客梦惊醒枕上雷，起攀老树陟崔嵬。
>
> 夜深一望乾坤白，万丈珠帘卷月来。

他的《丙子岁晚感怀》作于1876年四十岁时：

> 隙驹驱我疾于梭，四十星霜容易过。
>
> 文苑偏怜才子句，教坊徒听美人歌。
>
> 青云黄壤旧知少，绿酒红灯新感多。
>
> 好是寒梅花上月，稜稜风骨奈君何。

他还有《偶得》一诗，似是作于晚年赋闲之时：

> 深锁衡门经几旬，自甘天地一闲人。
>
> 计非未觉诗为祟，酒竭始知钱有神。
>
> 三寸舌存于我足，五噫歌在向谁陈？
>
> 如今无复风尘念，老藕池头睡小春。

又有《自嘲》一诗颇可回味：

> 忙里匆匆节物徂，十旬囊底一诗无。
>
> 公孙徒说马非马，尼公应嘲舫不舫。
>
> 洗热暮天飞白雨，惊魂秋信动青芦。
>
> 从来侬是闲人耳，何苦狂奔负故吾？

大须贺筠轩（1841—1912），名履，字子泰，通称二郎，号筠轩、鸥渚、舟门。其父为盘城（今福岛县）平藩儒官。及长，入昌平黉，师从安积艮斋。学成仕平藩。元治元年（1864）游仙台，见大槻磐溪，磐溪读其诗叹曰："奇才奇才！后必成名家！"明治元年（1868）因奥羽之乱家财荡尽，逃至仙台，乱平任藩督学。废藩置县后，曾任行方、宇多二郡郡长。未久辞官隐居。明治三十年（1897）为仙台第二高等学校教授。筠轩善诗能画，为佐泽香雪的白鸥社、永沼柏堂的啮啮社的盟主。重野成斋称赞他是地方杰出的诗人。有《绿筠轩诗钞》。

筠轩诗颇有可诵者。如《题画》一诗，三个动词炼字甚佳：

> 云白埋樵语，江青蘸雁声。
>
> 孤帆掠崖树，一片夕阳明。

《牛蛊行》一诗,颇有长吉鬼语风格,写的是日本民间流传的一种咒术:

> 草木夜眠水声冷,神灯欲死瘦于星。
> 千年老杉半身枥,仄立古庙鬼气腥。
> 缠素娘子蓝如面,头戴银镯手铁钉。
> 长发栉风鬓松乱,石坛无人影伶仃。
> 泣掣铃索拜且诉,此恨不彻神无灵。
> 捉钉响绝夜阒寂,长枭一声山月青。

七律《与乡友松本磐水晤》写乡谊友情颇动人,其颈联十四字,程千帆认为抵得上一篇《感士不遇赋》:

> 客意乡情老可怜,风萍相遇岂无缘。
> 磨来一剑风霜节,话到垂髫竹马年。
> 志大空甘糊口禄,才多难蓄买山钱。
> 何时同赏家溪胜,花亚书楼柳舻船?

筠轩亦颇擅古体。《野狐婚娶图》颇风趣,极易引起我们想到鲁迅写过的中国的老鼠嫁女图:

> 日光斜斜雨萧萧,西郊之狐嫁东郊。
> 绥绥成队卤簿族,妖蠲来迎竹舆轿。
> 中载婵娟阿紫娘,一点红粉眉目妆。
> 野花为笄草为服,维尾曳来黄裳长。
> 婿也拥右媒也左,横波一眄增娇娆。
> 傔从陆续及其门,玄丘校尉纷满座。
> 同穴契成合卺杯,一死共期首丘来。
> 曾是结缡经母诲,肯以赠芍破圣戒?
> 君不见,郑姝春心蔑父母,白日青天逾墙走!

其《寄赠福岛中佐》一诗,从技术上看水平还可以,但思想上则歌颂了军事间谍福岛安正(1852—1919),公然赞扬和鼓吹伺机侵略吞并他国领土的行为。该诗如下:

> 君不见,乌拉岭高界青天,独横长剑据孤鞍,

阿尔泰山拔地一万尺，顾眄八纮啸绝巅。

鸡犬无声人烟绝，决眦穷北青一发。

骄魑逗毒热铄肤，旋飙卷雪寒刺骨。

壮志百难不少挠，笑算前路更迢迢。

爽飒英姿激昂气，势如快鹘搏九霄。

岂啻一路驱魍魉，俯察地理仰天象。

东西二万三千里，历历山河在指掌。

自古蛮奴利刀弓，盖世豪雄起此中。

铁木真又帖木儿，席卷欧亚如疾风。

知君慷慨按战迹，参酌古今讲何策？

北有猛鹫西黄龙，锐觜利爪孰强弱？

我邦屹立海一隅，四开航路廓版图。

秘记行军屯营处，欲际时机赞庙谟。

归来凤阙谒皇帝，恩赐勋章耀一世。

都下百万争欢迎，伟名一朝达四裔。

呜呼，男子生有四方志，君独大胆吞舆地。

一鞭凌驾古豪雄，横绝大陆惟单骑！

市村水香(1842—1899)，名谦，字士谦、士牧，通称谦一郎，号水香、强堂、梅轩、锦洞仙客。摄津(今大阪府)高槻藩士。安政五年(1858)，十七岁为徒士，七年(1860)为藩校菁莪堂世话方、出纳方。明治二年(1869)辞职。他自幼好学，曾师事藤泽东畡(1794—1864)、宫原节庵(1806—1885)，又向藤井竹外学诗。有诗集名《锦洞小稿》，其诗曾被选入《明治三十八家绝句》和《皇朝百家绝句》。今录其祝俞樾七十寿辰诗二首：

寿骨峥嵘雪满头，研精经义未曾休。

学无党派能平议，身在山林得自由。

一代名声惊四海，半生著作足千秋。

东方我亦遥瞻仰，赫赫奎光射斗牛。

离乱当年避贼尘，安闲今日卜仙邻。

世间功业委侪辈，天下文章谁替人？

楼对湖山无限好，园栽花木四时新。

谈经讲道堪娱老，坐守书城七十春。

清人陈鸿诰《日本同人诗选》收其《西京博览会》一诗，写1876年在日本京都举办的世界博览会。陈氏评曰："收束处引到学问上，知此会之设，非专谋利。议论阔大，与寻常铺叙者自别。"

世运与时偕兴起，万国交情通彼此。

骎骎风俗臻文明，取新舍旧人所喜。

明治丙子九载春，开场沿例傍枫宸。

瑞霭氤氲腾绮殿，奇珍异宝纷列陈。

制作百出巧思至，造化千般妙理备。

乃知天地生生德，日向人间浚灵智。

人作天造无穷期，新奇逐日增新奇。

毕竟后生甚可畏，来者胜今谁不知。

即今天下几万校，诱人循循布文教。

呜呼，就学问道入室须升堂，穷理格物宜精详。

岂夸货萃五都市？博览场原学问场！

最后我们介绍一位藩主源桂阁(1848—1883)，名辉声，号桂阁。因祖居大河内，故亦以大河内为姓。世袭高崎藩主，食禄八万二千石。维新后废藩置县，任高崎知事，未久辞官归乡，改封为五品华族，入修史馆。后闲居东京墨江(隅田川)畔。桂阁其人，日本人写的汉文学史书中均未提及。桂阁虽不通汉语，但精通汉诗文，嗜爱翰墨，广交文士，尤喜与旅日的中国、朝鲜文人用汉文笔谈，乐此不疲。甚至不分尊卑老少，从旅日中国公使、参赞，直到仆役、小孩(如中国公使何如璋的十二岁的儿子)，都与之笔谈，并将这些笔谈文字精心保存下来。今存《大河内文书·清韩笔谈》共有九十六卷，记载了数百次笔谈，极富史料价值。他在《芝山一笑后序》中说："结交清人，相识日深，情谊日厚"，"高卧幽栖、诗酒自娱之人，宜交清国人也。"

他所交清人中情谊最深的，当数著名诗人、驻日使团参赞黄遵宪(1848—1905)。如他所保存的1878年3月30日与黄遵宪第一次见面的双方笔谈，我们今天读来有如一部话剧剧本，并可见他笔下汉文之流利：

桂（即桂阁）：弟梅翁（沈梅史）一知己，源辉声。初见君。君乃黄大官人乎？

公（即黄遵宪，字公度）：仆姓黄，名遵宪。前闻梅史盛推阁下，亟欲一见。昨访王黍园，见君书"不陋居"匾，剧佳。今日得见，甚喜！

桂："不陋居"颜字，弟匆卒之作也，何渎尊览！幸蒙过誉，弟惭汗耳。弟尝往筑地山田金太郎家，时君亦在其处，会君公务鞅掌，乘车而归，故致失礼仪。而今日得相见，盖萍水之欢，可谓不尽矣。希自今缔交，为莫逆之好。

公：当时匆匆，未通谒，交臂失之，极以为歉！自今缔交，敢不如命？惧仆学识芜陋，未敢以辱君子耳。

桂：如弟，扶桑黄口小儿，不足以践君子之庭，而多受诸君之爱顾，盖大幸也！

公：新作必多，暇日造庐，幸出一读。

桂：玉作固多，章章出金玉，希取出一册而见示，弟写完而藏库笥。如拙稿，则仅仅二三篇耳，何触电览？

公：弟素不工文，又生性疏散，随作随弃，更无清本。亟欲读大著耳。

桂：东洋鄙人，何与中华雅客相斗乎？宜师事而受教也。希赐一读！

桂阁时与中国诗人唱和。如同年4月中旬，中日诗人聚会观赏樱花，桂阁当场吟诗两首：

> 绝胜西园雅会开，春光烂漫似雪堆。
> 樱堤休作桃源认，为赋渊明归去来。
>
> 墨堤十里放莺桃，诗酒来游快此遭。
> 博得笔筵才子赋，洛阳纸价一时高。

黄遵宪在日本撰著《日本杂事诗》，初稿后由桂阁埋于东京隅田川（墨江）右岸其家之庭院，立冢树碑，并作《葬诗冢碑阴志》记其事。桂阁此文乃成日本汉文学史上一佳篇，文中他和黄遵宪一诗亦甚佳：

> 是为公度葬诗冢也。公度姓黄氏，名遵宪，清国粤东嘉应州举人。明治丁丑随使来东京，署参赞官。性隽敏旷达，有智略，能文章。退食之暇，披览我载籍，咨询我故老，采风问俗，搜求逸事，著《日本杂事诗》百余首。一日过访，携稿出示，余披诵之。每七绝一首，括记一事，后系以注，考记详核。上自国俗遗风，下至民情琐事，无不编入咏歌。盖较《江户繁昌志》《扶桑见闻记》尤加详焉。而出自异邦人之载笔，不更有难哉！余爱之甚，乞藏其稿于家。公度曰："否。愿得一片清净壤，埋藏是卷。"殆将效刘

蜕之文冢，怀素之笔冢也乎？余曰："此绝代风雅事，请即以我园中隙地瘗之。"遂索公度书碑字，命工刻石。工竣之日，余设杯酒，邀公度并其友沈刺史、杨户部、王明经昆仲等，同来赴饮。酒半酣，公度盛稿于橐，纳诸穴中，掩以土，浇酒而祝曰："一卷诗兮一抔土，诗与云兮其千古。乞神佛兮护持之，葬诗魂兮墨江浒。"余和之曰："咏琐事兮着意新，记旧闻兮事事真。诗有灵兮土亦香，我愿与丽句兮永为邻。"沈刺史等皆有和作，碑隘不刊。

　　明治己卯九月桂阁氏撰并书。广群鹤刻。

　　桂阁上文中的诗的末句，显然用了杜甫名句之诗意："清词丽句必为邻。"源桂阁死后，葬于琦玉县平林寺，其后人又将此诗冢亦移至平林寺，真的让它与桂阁"永为邻"！

三、星岩门人和淡窗门人

　　明治前期汉诗坛上影响最大的派系，当数出于梁川星岩门下的诗人群。星岩虽然死于维新前十年，但确实为明治汉诗的繁荣作出了重要贡献。以下列举几位从江户后期跨到明治的星岩的学生。

　　高井鸿山(1806—1883)，名健，字子顺，通称三九郎，号鸿山。信浓(今长野县)小布施人。本姓市村，其家为豪农。曾师从梁川星岩和佐藤一斋等。其诗《伏水城古瓦歌》很有历史教育意义，丰公指丰臣秀吉：

> 有客示吾半缺瓦，云是获之伏水之故墟。
>
> 城废隍填二百岁，败瓦依稀金色余。
>
> 忆昔丰公雄飞日，威服诸侯意气溢。
>
> 竭工尽力役民庶，结构雄丽无俦匹。
>
> 长沟远引菟道流，叠石筑成大城楼。
>
> 自谓基业盘石固，一朝零落成荒丘。
>
> 由来天道有泰否，人事一张复一弛。
>
> 吾观此瓦见公心，骄慢奢侈绝古今。
>
> 吁嗟乎，朱楼碧殿世岂少？何至瓦饰用黄金！

　　冈本黄石(1811—1898)，名宣迪，字吉甫，通称半介、半助，号黄石。

近江(今滋贺县)彦根人。其父为彦根藩家臣。黄石本姓宇津木,十二岁时因过继给藩老冈本业常为嗣,故改姓。天保七年(1836)为中老,赴江户。嘉永五年(1852)升家老。安政五年(1858)辞官归乡。他初向中岛棕隐学诗,后师从梁川星岩及菊池五山、大窪诗佛、赖山阳等,又向安积艮斋学经学。明治四年(1871)定居京都,后又移东京,于十五年(1882)创立曲坊吟社。社员有杉听雨、田中青山、岩谷古梅、日下部鸣鹤、矢土锦山、田边松坡、福井学圃、安田老山、金井金洞等数十人。其作诗宗杜甫,又喜白居易,有《黄石斋诗集》六卷。他被胜海舟誉为幕末诸藩家老中仅有的两位"人物"之一。

俞樾《东瀛诗选》说:"吉甫为彦根世臣。是时藩国多故,吉甫能力除弊政,广举贤才,以辅幼主,颇负一时之望。及诸侯纳土,有荐之于朝者,掉头不顾,卜居华顶山下,角巾野服,环堵萧然。亦可想见其志节矣。少时曾游梁星岩之门,星岩称其诗'忠厚恻怛,爱君爱国,得三百篇遗意',知诗哉,知人哉!"今读其诗,凡忠君之作倒并不怎么吸引人。可诵者如《夏日田园杂兴》,写农人紧张割麦插秧如画。此诗与同时诗人村上佛山《即事》"卷尽黄云展绿云"相似,亦不知谁先谁后,是巧合还是"窃意":

> 秧针寸寸露如珠,节过麦秋看忽殊:
>
> 十里平畴三日际,黄云收尽绿云铺。

《松岛》生动描写在仙台北部的松岛,为日本三景之一:

> 大小参差峰又峰,树无他树尽青松。
>
> 譬如争宠三千女,一一凝妆各异容。

他送别中国友人的《饯松石先生于鸭沂水亭》十分感人:

> 无复清光照夜筵,雨声灯晕满川烟。
>
> 姮娥似亦惜离别,掩镜与人同黯然。

他的一些七律反映了他甘于"角巾野服,环堵萧然"的心态,如《夏日书怀三首》,今选其一:

> 槐柳扶疏荫更稠,闲窗独坐不胜幽。
>
> 除诗之外我无事,经国有材谁用筹?
>
> 身后荣名悲马骨,世间躁进笑猹头。

散樗赢得生花吻，千首真轻万户侯。

《九日感怀》则感慨亲人存殁：

暮寸秋风惨满城，失群孤雁唤愁鸣。

比年生意伤存没，每度重阳忆弟兄。

往昔来今同一梦，云流水逝共无情。

只须酌此黄花酒，暂解中肠百感萦。

《秋夜读九歌》也颇有深意：

奈此秋风萧索何？空江木落月明多。

时清那用怀孤愤，宵永唯宜诵九歌。

枫树夜猿悲欲断，女萝山鬼语相和。

五更掩卷恍无寐，心远天南湘水波。

他晚年写的《八十自寿》，尾联尤其警辟：

世事由来等幻尘，优游静养苦吟身。

半生未获三千首，百岁犹余二十春。

野鹤风前清骨相，红梅雪里古精神。

原知天地无声色，删尽浮华只贵真。

俞樾七十诞辰时，黄石已八十一，号九九老人，也为俞写寿诗，俞氏《东海投桃集》敬置于贺诗之首：

曾读先生自述篇，文章经术见双全。

论才我固避三舍，序齿君犹小十年。

偃盖乔松蟠大壑，将雏老鹤舞春天。

称觞遥祝古稀寿，养誉芳声中外传。

黄石的古体也写得不错。如他四十岁时所作《草书歌，送牧野天岭东归》，其小引云："天岭寓吾藩一岁余，其将东归也，饯于芹水别墅。是日天气清朗，山水澄爽，天岭酣畅之余，挥笔如飞凤舞龙。跳之妙与风景之美①足以相发挥，举座叹称不已。于是余与诸客各作诗若文，裒为一卷，

---

① 俞樾所录(陈鸿诰未录)小引此处当失一字。疑"跳"应为"墨跳"(清代保培基《沁园春·和黄云渡述怀韵》："笔惊墨跳，不类狂奴")，或为"脱跳""跳脱"等。

以为贶。天岭旅次孤灯之下，试展此卷，则鸥鹭之盟，宛乎在眉睫间。会者中川渔村、广濑涛堂以下凡十五人，于时庚戌中秋前三日也。"此诗在中国人陈鸿诰编的第一本日本汉诗集《日本同人诗选》和俞樾编的《东瀛诗选》中都选了，可见深得我国诗人喜爱。今据《东瀛诗选》抄录：

> 大唐颠张醉素死后一千年，
> 后代谁能继其醉与颠？
> 继之者我菱翁乎？翁之狂笔自通天。
> 一饮百杯神转王，风雨忽从毫端旋。
> 有时一字两字大如斗，长蛇郁律横林薮。
> 有时纵横挥尽数千张，群松偃蹇连冈阜。
> 排拶澜腾势益雄，状与神龙战野同。
> 更有一种之情趣，飞花散雪乱春空。
> 菱翁绝艺难再现，人间又见天岭子。
> 廿岁随翁授妙诀，笔锋劲利干莫似。
> 八月天凉白雁横，远山遥水带秋清。
> 野堂会客客云集，送子东归万里行。
> 蜀素与吴笺，歙州一大砚，
> 醉来提笔睨乾坤，为我一扫作龙变。
> 风云阵发愁魑魅，唯看霹雳声中飞闪电。
> 砉然掷笔连声号，逸气尚压秋天高。
> 满堂词客皆叹赏，持比菱翁有余豪。
> 嗟哉，天岭墨狂有如此，
> 他日捲起东海万丈黑云涛！

又，陈鸿诰曾为此诗改动十一处。例如，其中"蜀素与吴笺，歙州一大砚"，后句被改成"晋转复汉砚"，就成了工对，雅多了。

黄石的《越溪观枫》，状景奇绝：

> 越溪霜叶天下绝，不数通天与高雄。
> 山深地古自灵境，中有一条寒玉碧琮琮。
> 累年遥想今始到，但觉幻奇荡心胸。
> 是时宿雾辟霜，旭影瞳瞳。
> 千树万树殷猩血，绚烂胜于百花红。

> 吴江朝霞疑染水，楚岸夜火欲烧空。
>
> 阴崖云忽起，乱雨乘回风。
>
> 黯惨中闻魑魅哭，咫尺只愁神怪丛。
>
> 岂知晦极明乃来，丹碧依然灿眼中。
>
> 山灵狡狯殆难测，翕忽变化奚太工。
>
> 人世荣悴旦暮异，向来幻景将无同。
>
> 劝君濯足振衣从是始，不待向平婚嫁终。

又有《寒郊瘦马歌》，发抒老骥伏枥不获壮骋之感：

> 龙颅虎脊蹄如铁，千尺层冰蹴可裂。
>
> 骁腾经百战场来，万里纵横无一蹶。
>
> 此马知堪托死生，千人万人观者惊。
>
> 岂同凡马徒多肉？神骏锋稜瘦骨成。
>
> 天寒日暮行人断，郊野漫漫风霾满。
>
> 宿草半枯食亦乏，连嘶如欲诉忧懑。
>
> 公家一旦光宠之，及其貌老忽如遗。
>
> 君不闻，骥也不称其力称其德？
>
> 而况未失犹龙姿！
>
> 世无田子方，谁复问其御？
>
> 我闻千金买骨古所称，何使神种不屡饫！
>
> 呜呼，比年海内满腥氛，神州士气渐将泯。
>
> 安得如斯铁蹄三万匹，一时蹂躏犬羊群！

黄石是梁门最重要的弟子，据小野湖山《黄石斋诗集序》："往年远山云如、竹内云涛将镌梁翁门下《玉池吟社诗》，询余曰：'谁当置开卷第一？'余曰：'亦从翁意耳。然以吾拟之，其大沼枕山、冈本黄石乎？'二子取决于翁，翁遂以黄石为第一。"

小野湖山（1814—1910），原姓横山，初名卷，后改名长愿，字怀之，又字舒公、士达、侗翁，号湖山，别号玉池仙史、狂狂生、晏斋，通称侗之助。近江（今滋贺县）人。其父为乡村医师。早年他学医，后从邻村大冈松堂学经史。天保元年（1830）去江户，入玉池吟社，从梁川星岩学诗。后又师尾藤水竹、藤森天山。嘉永四年（1851）任吉田藩儒员。湖山主张尊王攘夷，与水户的藤田东湖交厚。安政六年（1859）因从事反幕活动而被捕，关囚八年。出狱后改姓小野。明治元年(1868)出任总裁局权办事,后又任丰桥藩权少参事兼时学馆督学。十六年(1883)在京都与冈本黄石、江马天江、赖支峰等结交,后赴大阪创办优游吟社。三十年(1897)再上东京,后被特旨授从五位。

小野湖山与大沼枕山、舻松塘被共称为"明治三诗宗",著有《湖山楼诗钞》等。俞樾《东瀛诗选》云:"侗翁人品高迈。自少壮时以教学自给,晚年名闻朝廷,特起之于家,为文学侍从之臣,旋即辞归。诗有云'名在朝班仅十旬',举其实也。生平有经世之志,不欲以诗人名,而诗甚工。《湖山楼诗稿》中,几于美不胜收。兹所采撮者,固未尽其美也。有《郑绘余意》一卷,乃观山本琴谷所作《流民图》二十二幅,各系以五古一章,其言切至,因太长故不录云。"黄遵宪评《湖山楼诗钞》云:"诗于古人无所不学,亦无所不似。其中年七律,沈著雄健,剧似老杜,尤为高调。每读至佳处,或歌或舞,或喜或涕,或沉吟竟日不能已已。"

湖山也是幕末"志士诗人",写过一些"志士诗"。如作于癸丑(1853)的《闻浦贺报,寄人》中即写到"近闻诸夷事航海,巨舰三桅影出没。""今年癸丑六月初,何物黠虏称使节。宽待退谕谕不听,踊险过关尤唐突。利诱威劫一函书,虏情强傲我情屈。千古金瓯玷缺生,此辱后来谁能雪?"他作于同年的《癸丑至日》更是忧愤异常:

> 至日之会年年有,今年至日常岁殊。
> 心之忧矣不可忘,何得岁月付游娱?
> 主人出令属诸客:试论今古辨紫朱,
> 就中急务在边警,防御孰是最良图?
> 我听此言起且拜,久矣洪量容狂疏。
> 事关家国无可默,谈限风月胡为乎?
> 痛哭之书思贾傅,审敌之篇推老苏。
> 和番娄敬言空巧,卖国秦桧繁有徒。
> 巨舰大炮抑亦末,只期庙略固根株。
> 呜呼,一呼吸间剥复变,待看乾坤瑞气敷。
> 事机之会君须记:烈士忠臣无代无!

他的《镰仓杂感》八首,怀古论史中亦洋溢忠愤之气。如其三:

> 义肝忠胆无多士,怪雨盲风更几年。

> 政柄浑归儿女手，老奸兼执舅家权。
>
> 世间往往狐欺虎，天下滔滔海变田。
>
> 闻道谋臣似王猛，可能正朔谏秦坚？

俞樾提到而未录的《郑绘余意》二十二首，实是好诗。宋代郑侠曾绘《流民图》，故湖山称日本画家山本琴谷之画为"郑绘余意"，其意甚切。清国公使何如璋评曰："摹写饥民情状，读之欲涕！"有人跋其诗云："诗作于幕吏虐政之时，故句句含愤闷之气矣。"如《第一图，霖后田畴渺如大湖》，写水灾：

> 一望如大湖，津涯不可及。
>
> 本是沃饶地，树艺宜五谷。
>
> 沴气祸吾民，淫霖几旬历。
>
> 阴风翻浊浪，暗惨无霁色。
>
> 只恐耕桑徒，化为鱼鳖属。
>
> 万家失生业，相顾空叹息。
>
> 争得补天穿，世无娲皇石！

湖山诗深受白居易的影响，他有《论诗》一诗说：

> 诗人本意在箴规，语要平常不要奇。
>
> 若就先贤论风格，香山乐府是吾师。

湖山对中国颇有感情，他的《兰亭集字诗》共有十首，具见对中国文化的熟稔。他的《铃水蓼处见示海外唱和之什，率尔次韵二首》，其二显示他对清朝诗坛的神往和对中日交流的渴望。其实他提到的程可则、厉太鸿，均早他一二百年了，且程氏也没什么太大诗名：

> 闻说苏诗满浙东，尔来硕学足清通。
>
> 才兼古今程南海，名压中原厉太鸿。
>
> 同气相求吾辈事，邻交非复昔时风。
>
> 二豪知有联翩作，应赋云霞瑞日红。

他曾为俞樾七十寿辰赋诗。1879年中国文人王韬访日时，他也曾赠诗欢迎，充满友好之情：

> 虽云殊域岂其然？文字相通兴欲仙。

蓬岛风光尚如旧，迟来徐福二千年。

他青年时代所作《朱舜水先生墓》也颇值得中国人一读：

安危成败亦唯天，绝海求援岂偶然。

一片丹心空白骨，两行哀泪洒黄泉。

丰碑尚记明征士，优待曾逢国大贤。

莫恨孤棺葬殊域，九州疆土尽腥膻。

岭田枫江(1816—1882)，名隽，字士德，号枫江钓人。江户人。曾师事林复斋和梁川星岩。曾任田边(今和歌山县)藩儒，后为房总(今千叶县)儒者。余不详。《玉池吟社集》载其《夏日闲咏》一诗甚佳：

绿树重层雨正晴，眼前景物有余清。

满园青藓随行席，一架紫藤醒酒羹。

家本长贫谙米价，心耽闲咏记山名。

何须洗耳临溪水？嘎嘎幽禽尽日鸣。

《春兴次霞亭先生韵》也可一读：

雨便闲眠晴便行，双柑斗酒寄幽情。

花前雾障开无影，柳上风梭织有声。

孤枕长牵胡蝶梦，新诗岂要鹧鸪名。

此身跑落终何用？只合烟霞了一生。

大沼枕山(1818—1891)，名厚，通称舍吉，字子寿，号枕山、台岭。其父是尾张藩儒官，亦是汉诗人。他十岁丧父，寄居叔父鹫津松隐家读书，初从菊池五山学诗。十八岁回江户，跟从梁川星岩入玉吟诗社，诗名始驰。后在东京下谷仲御徒町开设下谷吟社教授学生，不拒贫贱。三十年间，门生俊才甚多，俨然诗坛一领袖。在明治七年(1874)森春涛入京开茉莉吟社之前，为下谷吟社的全盛时代。他主张学宋诗，尤喜陆游，还擅长咏物。但俞樾《东瀛诗选》则认为"枕山于诗学颇近香山一派。其论诗有云：'诗无定法意所属，不要疏宕要精熟。不古不今成一家，枯淡为骨菁华肉。'可得其大概矣"，又提及"东国人诗集，每集必有数序。此集(按指《枕山诗钞》)止于卷首自题'千古寸心'四字，不乞人一序，颇有名贵之气"。

枕山有《读放翁诗》：

> 宋余才俊各骎骎，窥见陆家诗境深。
> 别有天成难学得，青莲风格少陵心。

他的杂感诗颇有佳作，如《岁晚书怀》：

> 门冷如冰岁暮天，衡茅林麓锁寒烟。
> 床头日历无多日，镜里春风又一年。
> 技拙未成求舍计，家贫只用卖文钱。
> 闲来拣取新诗句，市酒犹能祭浪仙。

又如《岁晚杂感》二首之二：

> 功名博得一闲眠，范釜生尘亦偶然。
> 毳衲蒲团仍故我，梅花雪片又新年。
> 只销杯里忘忧物，敢乞人间造孽钱？
> 自笑身谋迂阔甚，欲将破砚当良田。

再如《感事》：

> 到手金钱转手空，一朝暴富十朝穷。
> 妻孥数口无微禄，诗赋千篇有寸功？
> 惊世终非不鸣鸟，谋生枉作可怜虫。
> 繁华阅尽遭衰薄，也是人生小业风。

再如《暮春感兴》：

> 特地蜂愁蝶也惊，流光向老太怜生。
> 风前花碎残春色，烟外钟传薄暮声。
> 人入中年先抱感，天于三月最钟情。
> 碧窗纱外朦胧月，满自伤心画不成。

再如《偶感》：

> 孤身谢俗罢奔驰，且免竿头百尺危。
> 薄命何妨过壮岁，菲才未必补清时。
> 莫求杜牧论兵笔，且检渊明饮酒诗。
> 小室垂帏温旧业，残樽断简是生涯。

有《新绿》一首亦颇有妙句：

> 天造琉璃帐样新，将言浅夏胜深春。
> 柳堤凉匝楼三面，松寺青遮塔半身。
> 人厌繁华心始静，树收花絮色方真。
> 莓苔也补清幽趣，并得重阴及四邻。

应该指出的是，枕山也写过鼓吹军国主义的诗。例如所谓《征蛮歌》，恶毒污蔑被侵略国人民，美化日本侵略军：

> 蠢尔蛮奴是鬼魁，食人人骨白成堆。
> 日东飞将自天降，红旭一旗妖雾开。

草场船山(1819—1887)，名廉，字立大，通称立太郎，号船山。他是汉诗人草场佩川之子，从小继家学跟父读书，后入昌平黉师从古贺侗庵，后又随梁川星岩、筱崎小竹学诗。十九岁归乡，在乡校教书。后又应对马严原藩之邀，到该藩校小学任教。明治初在东京任教。有《船山遗稿》二卷。

船山的诗略举几首。其《樱花》颇自傲：

> 西土牡丹徒自夸，不知东海有名葩。
> 徐生当年求仙处，看作祥云是此花。

又有《那护屋怀古》一诗。按，"那护屋"即"名护屋"的异写，在日语中与"名古屋"读音一样，连很多日本人都将这两个地方错误地混为一谈，例如猪口笃志的《日本汉文学史》就称"那护屋一作名古屋"。其实，船山"怀古"的地方不在名古屋，而是在今佐贺县唐津市。十六世纪末，丰臣秀吉在那里筑城，作为侵朝日军的总指挥部。此诗即缅怀丰臣，诗中所含军国主义毒素十分明显。所谓"决溃八道"就是侵略朝鲜，其更大的野心则是进而侵略中国(从"临渤海"一语即可知)！而且诗中还讽刺了日本国内的反战声浪：

> 兴亡今古不可期，取快一时是男儿。
> 结发起身奴隶伍，只手折尽扶桑枝。
> 余波直及鸭绿水，决溃八道东海归。
> 飞花扑杯芳山宴，想见战血红陆离。
> 岂图一旦将星落，北风吹送班军旗。

群喙啧啧放讥议，或日黩武或儿嬉，

或日漫被黜儿赚，末势不振国本瘘。

呜呼，燕雀安知鸿鹄志？有似蠡壳测天池。

英雄襟怀元落落，不因得丧为喜悲。

偶历旧墟吊鬼雄，宁将涕泪沾残碑。

哑然大笑临渤海，水天一碧鹏云飞。

森春涛(1819—1889)，名鲁直，字方大，后改字希黄，通称浩甫，号春涛，又号九十九峰轩、三十六湾书楼、香鱼水裔庐等。尾张(今爱知县)人。其家世代为医，他开始也跟岐阜一医生学过眼科。但他志不在医，好诗喜吟，十五岁时入尾张名儒鹭津益斋(毅堂之父)门修汉学，同门有大沼枕山，时相唱和。嘉永三年(1850)赴江户，寄寓上野东叡山某学寮，又与住在近处的大沼枕山时相往来。因生活困难，又患疟疾，便归尾张。安政三年(1856)赴京都入梁川星岩之门，又与斋藤拙堂、广濑旭庄、池内陶所等人交游，诗名大振。文久三年(1863)移居名古屋桑名町三丁目，开设桑三轩吟社，求教者甚多。其中丹羽花南、奥田香雨、永坂石埭、神波即山被人称为"森门四天王"。永井荷风的父亲禾原，也是当时他的学生。明治六年(1873)至岐阜寓木叶庵，写有《岐阜杂诗》一卷。七年(1874)移住东京下谷某处(称"茉莉巷凹处")，又创茉莉吟社，教授门生。八年(1875)创办《新文诗》杂志。诗名益盛，风靡一时。从他的名鲁直、字希黄来看，似乎该是推崇宋诗人黄庭坚的；但其时他则力倡学清诗，所以诗风以香奁加"神韵"为主，诗体以绝句为多。这些颇与明治初日本诗坛喜欢新奇的时尚相合。于是茉莉吟社的作品便与小野湖山、冈本黄石等人风格不同。鹭津毅堂、丹羽花南、岩谷古梅、股野蓝田、神波即山、德山樗堂、蒲生褧亭、长三洲、永坂石埭、桥本蓉塘、杉山三郊、岩溪裳川、永井禾原、坂本园等人均是该社的社员，春涛在当时诗坛的地位可知。但明治末，横山健堂在《新人国记》中认为春涛是代表中京(按，即名古屋)趣味的诗人，因其香奁体诗受世俗欢迎，所以侥幸成功，其实乃是俗才。小野湖山批评这派诗作是"诗魔歌"。而春涛则自称："昔王常宗以文妖目杨铁崖，盖以有《竹枝》《续香奁》等作也。予亦喜香奁、竹枝者，他日若得以文妖、诗魔并称，则了一生情愿矣。"

俞樾《东瀛诗选》称"其诗甚多"，其诗集大多以其诗中语题名，如

《三十六湾集》《丝雨残梅集》等，"颇涉纤小"。"其诗亦多小题，然清新俊逸，自不可掩。"俞樾还摘录了一些未选诗的秀句，如"松高秋色王，寺古磬声沈。""鸭声春水岸，人语夕阳舟。""南浦依然暮，东君何处归。""雨痕初散日浮水，山色欲来云扑门。""僧影随云归远岫，笕声分雨到寒泉。"还说"论友无如幼时友，看花最好故园花"一联"亦殊有当于予心也"。

春涛的《岐阜竹枝》算是他的代表作。其最后一句诗，后来又做他的别号，又做他的诗集名，当是从王安石六言绝句来。王诗云："柳叶鸣蜩绿暗，荷花落日红酣。三十六阪春水，白头想见江南。"而春涛诗云：

> 环郭皆山紫翠堆，夕阳人倚好楼台。
>
> 香鱼欲上桃花落，三十六湾春水来。

《春寒》则是其"香艳"之作的代表：

> 六扇红窗掩不开，半庭丝雨湿残梅。
>
> 春寒冻了吹笙手，妙妓怀中取暖来。

他的一些小诗确实不愧"清新俊逸"之誉。如《秋景》：

> 山骨瘦如人，峻嶒落照间。
>
> 看山秋入骨，人更瘦于山。

又如《老杉园听雨》：

> 苔痕无俗屐，窗影带秋衫。
>
> 四五点秋雨，二三株老杉。

他的《春雨中读书于桶间村相羽子辰家》一诗，孙望认为"气氛阴森，近昌谷一派"。程千帆则赞为："抵得一篇《吊古战场文》，所谓以少胜多也。"

> 古垒云荒惨不开，残碑近在乱峰堆。
>
> 夜深休读英雄传，雨逼山窗鬼哭来。

《风怀》一诗更得程千帆击赏，认为"此鲁迅论陶之先驱。所谓'倘有取舍，即非全人'也。春涛自比靖节，想见此老兴复不浅。"由此启示我们：看森涛的诗也不能片面于所谓"诗魔歌"。

> 风怀未废才人笔，血性将赓壮士歌。

　　笑比柴桑陶靖节，赋闲情了咏荆轲。

他确实也有发牢骚、批评社会之作，如《文字》一首，置诸今日中国也是抨击时弊的好诗：

　　文字获钱能几多，笑颜呈媚奈君何？
　　可惜措大终年业，不抵珠娘半夕歌！

其七律也很有佳作，如《锦云亭观枫》：

　　裁锦为云叶染时，霜枫晚映碧山陲。
　　千年艳诵流红记，万口喧传坐爱诗。
　　残绮如霞秋色丽，余明在水夕阳迟。
　　小春时节寻君去，也学停车杜牧之。

《九月四日夜梦得三四，即醒足之》，可知他连在梦中也会吟出佳句：

　　半生心事一长嗟，梦里搔头感鬓华。
　　秋近重阳偏有雨，天教才子例无家。
　　路旁愁煞王孙草，篱下羞看隐逸花。
　　寒枕犹余慷慨泪，五更残滴响檐牙。

《山中》写隐居生活：

　　独向山中老荜门，人间百事不堪论。
　　野云生屦寻碑寺，溪雪扑衣沽酒村。
　　如此优游天所许，纵令穷死世无冤。
　　一生赢得诗多少，未必钞誊贻子孙。

《将移家有作》也写清贫而高雅的生活：

　　虽然僦宅亦吾家，床上列陈琴酒茶。
　　书卷乱撑空屋子，梅花斜出小檐牙。
　　可怜夜月无点尘，谁识春风是梦华。
　　踽踽缩头须一睡，不需名姓博虚哗。

再如晚年的《七十自述》：

　　北马南船阅历频，归来对酒正逢春。
　　山中犹有伪君子，城里岂无贤主人？

> 世事饱看云变幻，诗情不损竹精神。
>
> 头颅今日聊如此，独与梅花笑且亲。

春涛七十一岁时写的《秋雨》则颇多感伤：

> 岂借韩家鸣不平，壁寒灯暗太怜生。
>
> 谁知唧唧啾啾响，便是淋淋滴滴声。
>
> 君子花零无一语，美人蕉破欲三更。
>
> 三更更尽五更尽，伤破骚翁无限情。

还有一首《秋晚出游》，常为人吟咏。程千帆则指出："重叠回环，自具意致，歌谣之遗也。然偶一为之则可，屡见则耽于文字游戏矣。"

> 三四五里路，六七八家村。
>
> 西有秋水涧，东有夕阳山。
>
> 来自黄叶里，身立白云间。
>
> 去自白云里，路出黄叶前。
>
> 捕鱼谁家子，黄叶纷满船。
>
> 负薪何处叟，白云随在肩。
>
> 相视忽相失，古林生夕烟。

春涛弃世前的绝笔是一首绝句：

> 七十一年一梦非，茶烟禅榻倚斜晖。
>
> 儿曹若问三生事，蝴蝶花前蝴蝶飞。

春涛也偶尔作词，如《喜迁莺》一阕，是次韵其学生德山樗堂的：

> 烟中舫，月前萧，遥处客停桡。者边舟子手招招，乘我趁春潮。
>
> 花映衣，香生缝，柔舻溶溶相送。酒醒人影淡于烟，摇曳沙鸥梦。

遗憾的是，春涛也写过一些具有军国主义色彩的作品。他编的《东京才人绝句》也选收了这类诗，例如所收他自己写的《都督凯旋歌》即赤裸裸写出这种侵略心态：

> 谕彼冥顽语太温，特令降虏感皇恩。
>
> 功名不让哥舒翰，平定生蕃胜吐蕃。

伊藤听秋(1820—1895)，名起云，字士龙，通称介一、祐之，号听秋，别号默成子、瓢庵。淡路(今兵库县)人。其家祖辈为蜂须贺藩家臣。嘉永三年(1850)游京都,师事梁川星岩,被称为门下三秀之一。又与赖鸭厓、藤井竹外、松本奎堂、藤本铁石等交游,为尊王事奔走。安政三年(1856)建议藩侯组建兵队,并亲率农兵。文久三年(1863)因起事被捕,明治初被赦,在德岛县为官吏。八年(1875)被召回京,出任太政官民制局。二十一年(1888)退休,卜居向岛,诗酒为生。著有《听秋书阁集》等。

他擅写七绝。《湖海》一诗,豪爽洒脱:

> 湖海余豪迹未闲,又将书剑出乡关。
>
> 马头数朵青如染,浑是平生梦里山。

《澶上所见》则幽淡隽永:

> 星河有影夜迢迢,小步幽庭酒未消。
>
> 竹树风摇凉不定,流萤如雨点裙腰。

《墨上漫吟》更有沧桑之感:

> 不将往事问沙鸥,明月芦花无限秋。
>
> 隔水楼台新结构,吹笙人是故诸侯。

《过星岩先生旧寓有感》则是想念其师之作,颇带感情:

> 翰墨场中老伏波,菩提坊里病维摩。
>
> 平生爱诵涪翁句,移赠无人奈我何!

山崎鲵山(1822—1896),名吉谦,字士谦,通称谦藏,号鲵山。陆中(今岩手县)人。十七岁时赴江户,受业于安积艮斋、佐藤一斋。后又赴京都,向梁川星岩学诗。他与小野湖山、大沼枕山,时有"三山"之称。又一说他曾师从昌谷精溪、尾藤水竹。安政中(1854—1860)曾应南部侯之聘任侍讲,名声颇彰。明治后开私塾授徒。有《鲵山诗稿》。

他的诗略举二首。《偶成》作于晚年,反映其清贫生活:

> 少达多穷文士常,室如悬罄亦何伤。
>
> 老妻苦诉米盐尽,搅人吟思絮絮长。

《过不孝岭》是青年时在京都求学时代作品,思念父母,触景生情:

> 身落丹波丹后间,飘零何日慰慈颜。

二千里外漫天雪，簑笠啼过不孝山。

　　鲈松塘(1823—1898)，本姓铃木，因日语中"鲈"与"铃木"发音相同，故改姓用以作诗，更具诗意。名元邦，字彦之，号松塘，又号十髯叟堂、东洋钓史、晴耕雨读斋、怀人书屋等。安房(今千叶县)人。祖辈以农、渔为业，其父为医生。十七岁时赴江户，入梁川星岩门受学，与小野湖山、大沼枕山并称为星岩三高足。明治元年(1868)定居东京浅草向柳原，创办七曲吟社，教授学生，终身未仕。七曲吟社与大沼枕山的下谷吟社齐名，有门人数百。因各地学生众多，所以他经常旅游。诗擅七律，亦作绝句、古体，人云得高青邱神髓，逼肖袁随园。鹫津毅堂称他"句炼字锻，沉郁深稳，兼之闲雅澹远"。七律如《同星岩先生、红兰夫人、横山怀之游墨水》：

静岸深坊次第通，潮平十里不生风。
远山泼黛新经雨，漫水拖蓝似坐空。
官渡莺啼疏柳外，夕阳船转落花中。
隔桥遥望长堤树，一片娇云映浪红。

又如《秋怀诗，示怀之》：

山川如画入秋新，对酒当歌莫说贫。
千古英雄皆白骨，百年风月独精神。
中心何有不平事？大块能容无用人。
勿动扁舟五湖兴，明朝去作水云身。

《秋日写怀》表明他在闲雅淡远中蕴藏着愤世嫉俗之情：

慵把文章谒相门，秋残抱病卧江村。
霜于枫叶偏留色，月到芦花似有痕。
热不因人身自冷，贫能对酒意常温。
知心千古灵均在，哀些欲招湘水魂。

又如《入都访子寿芝山寓院》，也表露了不平之气：

暮烟锁树影苍茫，细雨僧衣夜对床。
聚散经来情益厚，荣枯阅尽感偏长。
无根毁誉因诗起，有限生涯为酒狂。
但得故人知此意，孤行乖世亦何伤。

他的五言如《送鹫津文郁游野岛崎玩月》,末句尤其警拔:

> 瀛海环孤岛,蓬莱一气通。
>
> 三更天半月,万里大洋风。
>
> 才逸诗无敌,秋高兴自雄。
>
> 赋成休朗咏,脚底即龙宫。

松塘的七绝《芳山怀古》颇受日人重视,认为是仅次于赖杏坪、藤井竹外、河野铁兜的"芳野三绝"的杰作:

> 青山满目恨难消,陵树花飞春寂寥。
>
> 犹有残僧守兰若,御容挂壁说南朝。

松塘重视中国文物,并吟诸于诗。如七律《用吴梅村诗韵似鹫巢上人》,就是因鹫巢上人藏有吴梅村真迹七律一首而作。其古体《三铜器歌》,更是描写中国上古重器,极值得重视。其序云:"三铜器,初不详其所由来。相传藏于丰太阁内库,后流转归于故姬路侯老臣河合汉年家;汉年殁后,又转入浪华大贾钱屋某许;近日东海老公出重价购之,命邦作之歌。盖周世所制之物云。"诗曰:

> 岣嵝之碑迹茫然,岐阳石鼓歌空传。
>
> 韩公当日恨生晚,髯苏又洒涕泗涟。
>
> 何况今日距千载,周制型模接目前。
>
> 三器骈列森古气,石绿黛青光照甗。
>
> 稽之《博古图》,其一曰麟盉,高八寸强匾而圆;
>
> 其二曰夔匜,口径五寸椭且偏;
>
> 其三曰□敦,腹围二尺有奇重千钱。
>
> 云是宗庙之彝器,荐诸鬼神致恭虔。
>
> 忆昔秦皇灭六国,僇辱侯王肆捶鞭。
>
> 销兵咸阳铸钟镰,一扫诗书付飞烟。
>
> 是时此器窜何处?神呵鬼护免牵连。
>
> 恰是徐福浮海日,无乃与坟籍同载一船?
>
> 竭来桑沧几易主,阅尽刘蹶与嬴颠。
>
> 我公好古韩苏匹,重购不惜黄金千。
>
> 获之何啻享拱璧,大会宾从开盛筵。

君不见，世上近来贵异学，书生争诵蟹文编。

先王大典束高阁，鴂舌哓哓事精研。

衣冠礼乐委尘土，谁复宾筵陈豆笾？

我公好古良有以，要使后生知周年。

摩挲一日三叹息，玩丧之徒岂并肩？

却忆往昔明代事，老奸分宜弄国权。

京口周鼎传入耳，奇祸中人逞毒拳。

可怜宝物蒙污秽，摈弃焦山伴老禅。

器分器合何多幸，公然托身大邦贤。

魏公遗笏文山履，果知物以人传焉。

后五百年遭博雅，声价一朝更腾骞。

縶余鉴赏眼故卑，品题漫拟珠探渊。

歌成逡巡还自失，愧无才敌韩苏篇。

松塘古体佳作还有《中秋吞海楼观月醉中作歌》：

天上何夜无明月，中秋月色分毫末；

人间何处无清景，锯山景物非尘境。

君不见，锯山峰峰如剑矛，割破人间万古愁。

我来适逢中秋夜，坐看冰轮出九幽。

西风吹暑天高朗，寒光横海万丈流。

浮云明灭千山影，独立绝顶缥缈之飞楼。

夜深山愈静，万壑绝鸣籁。

光射魑魅惊，明逼鬼神怪。

恍然坐我上清界，但觉萧爽襟怀快云间。

玉箫一声落，仰见飞仙驾鸾背。

招我同斟沆瀣杯，一醉杳然忘形骸。

吾将挥手从此去，云雾咫尺是蓬莱。

千年华表见老鹤，便是吞海楼上客。

松塘曾应邀游北海道，归来编有《超海集》，取《孟子》"超北海"语也。俞樾《东瀛诗选》曾择录之。如其写始发的《品川港上舟作》，中国学者孙望评曰："胸次壮阔，有冲波逆浪、一往不顾之概。用入声韵，尤得声情相应之妙。"

> 北道有主人，招我嚼冰雪。
>
> 身无扶摇翰，舰有车轮铁。
>
> 千里瞬息争，一气蓬莱接。
>
> 长风卷紫溟，涛澜十丈立。
>
> 天地忽黯惨，鱼龙争出没。
>
> 壮哉今日游，心肠散郁结。
>
> 去矣勿回头，穷海可横绝。
>
> 雪山行在眼，安知人间热。

他的七绝《函港杂咏》八首，写北国函馆风光逼真如画。如其一：

> 绕港群山列画屏，明波一片镜光青。
>
> 谁知浩荡北溟水，汇作弯环巴字形。

又如其七：

> 一望川原不见家，疏林落日带啼鸦。
>
> 几群野马无人牧，恣嚼秋芜满地花。

其八，不写风光而现奇闻奇景：

> 奇闻忽递坐生风：昨夜山氓擒老熊。
>
> 果见今朝市担上，斓斑血肉压肩红。

江马天江(1825—1901)，名圣钦，又名正人，字永弼，通称俊吉，号天江。近江(今滋贺县)人。本姓下阪，后为江马榴园收为养子，遂改姓。初学医，后赴大阪从绪方洪庵学洋书。又因笃好诗文，遂成了梁川星岩的学生。明治元年(1868)任史官，改名正人。免官后从教，讲授儒学。有《退享园诗稿》。他的诗意境雅深，如《歌中山》：

> 钟声寥寥不见僧，寺门锁在白云层。
>
> 空山霜后无人扫，红叶秋埋古帝陵。

又如《偶成》，对仗两联尤耐咀嚼：

> 鸟语皆天籁，林居趣自长。
>
> 苔衣装败壁，藤蔓补颓墙。
>
> 拙是逃名策，懒知省事方。
>
> 老来情味淡，得失两相忘。

又如《晓发》,情景俱佳,程千帆认为"不让温尉'鸡声茅店月'及坡老'独骑瘦马踏残月'也":

> 群鸦乱噪树冥冥,残睡据鞍过短亭。
>
> 一道朝晖破寒雾,马头突兀数峰青。

他亦有感叹世路艰险之作,如《杂感》:

> 各场出没竞奔驰,不省云梯颠坠危。
>
> 怜杀畏途糜岁月,霜风吹入鬓毛丝。

《自题竹与书屋》写出东方知识分子最大的需求,和"鱼与熊掌不可兼得"时的取舍:

> 莫使尊有酒,莫使厨有肉;
>
> 莫使床无书,莫使居无竹。
>
> 买竹两竿又三竿,栽向窗前碧檀栾。
>
> 手把奇书读其下,清影映人须眉寒。
>
> 若能十年不饮酒,一生买书钱常有;
>
> 若能十年不食肉,一生与竹同其瘦。
>
> 自从鸭厓来卜居,稍觉尘事比旧疏。
>
> 不须结屋东溪上,此处生涯竹与书。

俞樾七十寿辰时,他也曾寄去祝寿诗二首。其一云:

> 泰斗声华耳久闻,每于梦寐把清芬。
>
> 毕生心血藏山业,百代馨香载道文。
>
> 交臂无缘思缩地,盖簪何日赋停云。
>
> 身兼齿德真人瑞,拟问前贤谁似君?

陈鸿诰编《日本同人诗选》,首选天江诗,如《椋湖观莲》二首,陈氏评曰:"一生只为看花忙,未肯因讬病减兴。我辈中人大半如此。"

> 平生托病卧茅庐,便与人间事事疏。
>
> 我懒有时还不懒,远来湖上看芙蕖。
>
> 无复渔灯一点红,夜深湖面正溟濛。
>
> 不妨回棹迷归路,且泊荷花荷叶中。

明治前期活跃于汉诗坛的,还有一群是江户末期广濑淡窗的咸宜园的学生。如前面一节写到的山田梅村。这里再写几位。

楠本硕水(1832—1916),名孚嘉,字吉甫,通称谦三郎,号硕水、天逸。肥前(今长崎县)人。初跟平户藩儒浅野鹑庵学,后师从广濑淡窗及草场佩川、佐藤一斋、月田蒙斋等人。又与春日潜庵、大桥讷庵、吉村秋阳等人交游。曾仕平户藩,任维新馆教授。明治元年(1868)为贡士,赴京都,出任朝廷汉学讲官,叙大学少博士。三年(1871)辞职归平户,在私塾凤鸣书院教书。1890年俞樾七十诞辰时,他曾写上祝寿诗:

> 先生七十益康强,天为斯文作栋梁。
>
> 议必持平经与子,纂能合杂汉兼唐。
>
> 书来海外皆争购,名在寰中已遍扬。
>
> 但恨东西千里隔,未由堂上捧霞觞。

淡窗弟子中此时较出名的,有长三洲(1833—1895),本姓长谷,是长谷梅外的儿子,名光,又名主马,字世章、秋史,通称富太郎、光太郎,号三洲、韵华。丰后(今大分县)人。十五岁时入广濑淡窗咸宜园学习,十八岁时应广濑旭庄招赴大阪任都讲。万延元年(1860)赴长门藩任明伦馆讲师。此时关心国事,多与志士交往。元治元年(1864)因外舰炮击下关,曾加入奇兵队奋战。明治元年(1868)又参加讨幕军。维新后仕于木户孝允,后任文部大丞兼教部大丞,又举一等编修官。明治八年(1875)辞职,专事诗文约二十年。明治二十七年(1894)拜东宫侍讲,翌年授正五位。其学奉程朱,主张实践。有《三洲居士集》。俞樾在《东瀛诗选》中说:"三洲诗未刻,余从小雨山人处得其钞本一册。近体清妙,古体奇横,盖亦近时诗人之杰出者也。因录其诗十余首。其佳句之未录入者,如'秋月过邻墙,离树高一尺。''归时天在水,一棹乱秋星。''送我故山青,渐被远云隔。'皆有意至。七言则如'市声在水晚樯乱,鸥梦倚天春浪间。''嫩日行空梅欲活,残云压谷雪犹肥。'皆佳句也。又有五古一篇云:'山月如老人,凄凉不堪瘦。水月如仙姬,色腴而神秀。'品评甚妙。惜通篇钞写有脱落处,不能录也。"俞氏的评价不可谓不高。而神田喜一郎则认为三洲"作为宜园派的正统,是唯一能同明治以后特别荣耀的梁川星岩门下一派抗衡的隐然重要人物"。

三洲在明治四年(1871)任大学少丞时,曾随钦差大臣伊达宗城、外务大丞柳原前光来华。明治政府的这次派使,是签订所谓《日中修好条规》。在谈判中,日方已经显示出侵略中国的野心。不过三洲在华时却留下了几首可以一读的诗。如《燕山杂句》:

> 渚宫水殿带残荷,秋柳萧疏太液波。
>
> 独自金鳌背上望,景山满目夕阳多。

还有《题石鼓,在燕京文庙戟门内》:

> 团团十个古光同,剥蚀篆文谁勒功?
>
> 阅尽兴亡千载事,伤心无语卧秋风。

又如《天津城晚望》:

> 草树连天绿似苔,白河引带抱城回。
>
> 苍茫客思欲无际,七十二沽秋色来。

他的七绝,还可举一首《残菊》:

> 秋老一枝香未销,傲霜气节更风标。
>
> 恰如栗里贫无酒,犹向人间愧折腰。

《有人以涵星石研遗余,赋刻其背》一诗极有韵味:

> 曾经百战石堪铭,满腹文章气未停。
>
> 半夜草成修月赋,无端摇动一天星。

他晚年在1892年写的《哭堤静斋》,友情颇深,为俞樾选诗时所未见:

> 交友晨星几个存?就中形影最怜君。
>
> 少游甫里同耕学,老住都门共卖文。
>
> 人间沧桑诗有泪,天悭簪组命如云。
>
> 如何弃我九原去,萧寺鸣虫空夕曛!

他的古体,可举一首俞樾所选的写刻字工人的为例。《余校刻胡忠简〈经筵玉音问答〉,刻工忠平,苍颜白发,嗜酒如命,坐常置一壶,醉后奏刀,精巧无比,为赋此诗》:

> 一枝刀,一杯酒,杯在口,刀在手。

> 刻一字，饮一杯，杯舞刀跃何快哉。
>
> 二千六百三十有二字，字字带酒气。
>
> 愈刻愈精绝，老眼透森如明月。
>
> 安得醉汝伊丹九百车，刻尽古今才子未刻书！

他的古体《杨贵妃樱歌》从技术上看也写得不错，不过诗中流露了较强烈的蔑视中国的态度。而他写的《送秦生东归》，更有"剑首日落琉球红，目眥涛飞三韩白"之句，暴露其军国主义错误思想，今人必须痛斥之。兹录其诗示众：

> 秋风心肠冷如铁，梦中饱嚼芙蓉雪。
>
> 浪华江上马折蹄，满面风沙剑光灭。
>
> 忽逢秦生唤奈何，握手江上话落魄。
>
> 秦生眼若九秋鹰，躯干虽小不可折。
>
> 独携大胆游关西，万里风霜洒毛发。
>
> 剑首日落琉球红，目眥涛飞三韩白。
>
> 天寒日短桑梓愁，秦生东归骊歌咽。
>
> 吾今铩翎不能飞，霜心逐汝横寥廓。
>
> 安得共立芙蓉巅，笑见下界乱云裂。

另外，《三洲居士集》中还编有一卷他写的词，共有一百二十多首之多。猪口笃志的书里对此提也不提，是不应该的。三洲词风调婉约，写景优雅，但模仿南宋周密所编《绝妙好词》之迹明显。今引一首《玉树后庭花·寄旭庄翁》：

> 落霞积水相思路，镇西何处？梦魂不管波拦住，和鸥飞度。　　海棠残月牡丹雨，悄春归去。看看绿尽庭前树，燕儿双语。

还值得一提的是，大约是明治十年(1877)，三洲为提倡写词，还专门成立了一个香草社，自任社长，他的父亲和弟弟也参加，共有十多名社员，曾多次聚会填词。这在日本汉文学史上是罕见的，神田喜一郎称之为"空前的盛事"。

绪方南溲(1834—1911)，本姓西，名羽，字子仪，通称卓治，号南溲，别号拙斋、孤松轩。丰前小仓(今福冈县)人。初从广濑淡窗学，后赴大阪从广濑旭庄学。更向绪方洪庵学医。文久二年(1862)，洪庵被任为幕府奥医师兼医学所头取后，他便继承其医塾。明治二年(1869)，任大学中助教，四年(1871)升文部权大助教。五年(1872)，任职造币局。二十年(1887)任绪方病院院长。二十二年(1889)，创立大阪慈惠病院。二十八年(1895)退休，以文墨度余生。著有《南湫诗稿》。其诗此处选录《电气灯》一首，可能是最早描写电灯的汉诗，记录了这一伟大发明最早从西方传入亚洲(1884年)的历史。美国人"赋氏"指谁？爱迪生被南湫误记成富兰克林？待考：

> 维岁明治十七年，电灯新自海外传。
>
> 天柱千尺拔地起，一团玻璃挂其巅。
>
> 中心气脉从铜线，不借膏油火自然。
>
> 祝融猛威无由施，况复不要费多钱。
>
> 比之石油与轻气，得失何啻异天渊。
>
> 白气横空流星外，清晖射眼非月前。
>
> 此灯莫是鲁阳戈？挽回颓轮照虞泉。
>
> 此灯莫是周郎舰？烧尽凶贼光涨天。
>
> 米国赋氏深哲学，刻苦经岁石可穿。
>
> 奇外之奇奇不极，笑鹏斥鴳真可怜。
>
> 呜呼，此灯一出照人界，公然夺取化工权。
>
> 呜呼，灵妙休说神仙术，人智毕竟胜神仙。

秋月天放(1839—1913)，名新，字士新，通称新太郎，号天放、必山。丰后(今大分县)人。其父是幕末汉学者秋月橘门(1809—1880)，为广濑淡窗学生。天放继承家学，入咸宜园亦师事淡窗。维新后在兵部省任职，又曾任女子高等师范学校校长、文部省参事官等。退职后被选为贵族院议员。天放诗风学杜甫、苏轼，曾被人列为明治十二诗宗之一。有《天放存稿》《知雨楼诗存》等。天放诗略举数首，如《椿山庄》：

> 秋人宛在画图中，占断秋光倚绮栊。
>
> 昨夜枫林霜始下，溪阴染出一枝红。

《踰信浓阪》：

> 篱落萧萧日欲西，行临修阪马长嘶。
>
> 褰蹄稳下溪间路，隔树青山次第低。

《步虚记梦》：

> 空山铁笛白云飞，月满层霄星斗稀。
>
> 欲向仙坛偷宝篆，天风吹鹤夜深归。

龟谷省轩(1838—1913)则是广濑旭庄的学生，亦在此一叙。省轩名行，字子省、子藏，初名行藏，号省轩、土藏。斋名惜阴书屋、搜奇窟等。二十四岁时赴大阪，师从旭庄学诗。旭庄颇赏识其才。后又从安井息轩学经义文章。省轩亦是幕末志士，鼓吹王政复古。维新后仕于岩仓具视，参与机密。明治二年(1869)任大学教官，未久因所谓皇汉二学纷争而辞职。晚年好《周易》《庄子》，旁研佛典。时人认为其诗长于咏史，足与山阳、米华鼎立；文则简练，尽汰赘沉之句。松平天行认为："清人沈炼一派，为先生所尸祝。淘汰渣滓，妙得净洁，孤芳独喷，风韵欲绝。然其失在瑟缩不振，萎花冻蝇，令人恻然。其贵简与鹿门相反，'赐也过，商也不及。'"意思是省轩文过简，冈鹿门文则过繁。

省轩《曝书》一诗，颇风趣，当为天下读书人爱读：

> 英雄爱剑美人镜，迂儒爱书书为命。
>
> 曝书殷勤戒小奴："尘埃可拂蠹可驱；
>
> 古人精神钟文字，人若污之招鬼诛！"
>
> 奴云："先生爱书却不读，书中有鬼鬼应哭！"

省轩与中国文人交流颇多。1879年王韬(兰卿)游日，归国时省轩曾有《赠王兰卿》，甚佳：

> 雄心欲著祖生鞭，游遍欧洲路八千。
>
> 慷慨谈兵辛弃疾，风流耽酒杜樊川。
>
> 世无知己堪惆怅，天付斯才岂偶然。
>
> 新史好藏东海外，芙蓉峰耸郁云烟。

据源桂阁记录的《庚辰笔话》，黄遵宪曾读此诗，亦认为"极佳"。省轩当年与黄遵宪也多有笔谈，如己卯(1879)笔谈中他曾对黄写道："长夏无事，日把《少陵集》读之，似少有悟。"又道："敝土诗近来纤靡成风，识者愧之。与栗香辈谈，亦慨之。与有志之士二三辈约，欲矫之以宋唐，愿得阁下提撕，一振颓风，以扶大雅。"从这些笔谈中，一是可见他汉文工力甚深，二也可见他对汉诗写作是有高见的。黄遵宪对他的评价很高，在《致冈千仞》中说："于诗最爱龟谷省轩。"在己卯笔谈中甚至说："仆来此，最钦慕者，龟谷子一人。"黄遵宪还曾恳请省轩为他的《日本杂事诗》增删并作序。在庚辰(1880)笔谈中他对省轩说："足下古诗大可成家数，今日之所造诣，既非余子所能及矣。"可惜我只从俞樾《东瀛诗选》补遗最后一卷中读到省轩的一首古诗《谒楠公祠》，风格类似赖山阳，宣扬尊皇思想，艺术性不高，此处不引。

因俞樾在《东瀛诗选》补遗卷选了省轩一首诗，省轩为此深感荣幸，在俞氏七十寿辰时曾献诗二首：

> 湖山秀气萃斯人，古貌古心长葆真。
> 绛帐摛文笔扛鼎，青灯注易思通神。
> 关西夫子推杨震，天下儒宗属贾循。
> 早有白家传乐府，蓬莱岛里听韶钧。

第二首中还不忘感谢俞氏的青睐：

> 通德门高毓俊贤，茫茫洙泗有真传。
> 簪毫曾草金銮赋，采药将随玉涧仙。
> 自愧原非千里骥，长鸣空慕九方歅。
> 感君珊网搜沧海，我亦微名列简编。

1889年他还有和我国驻日公使黎庶昌的诗六首，第一首云：

> 蓬岛寻仙几千载，徐生遗迹尚堪探。
> 幽岩绝壁攀萝上，断碣残碑触眼谙。
> 今日文章绍欧九，当时夜学仿孙三。
> 搜罗古佚盈书篋，不让传经伏济南。

首联所咏是前一年的阴历七月，黎公使曾特地到纪州(今和歌山县)去寻访传说中的徐福东渡遗迹。尾联则咏黎公使刻印的已在中国国内失传而在日本访求到的古籍的《古逸丛书》。

省轩的文章，此处选录短篇《卖冰者言》，值得一读：

> 一叟鬻冰于街，笋笠茅蹻，尘汗满颡。有扬扬跨马佩陆离长剑者笑曰："汝何为暴于赤日？汝冰将融。甚矣，汝愚！"叟答曰："口饫甘旨，目眩艳色，身安车马，耳耽笙笛，浚膏血，列琼璧；德泽不施，仇怨日积。

果如是乎？楼阁之巍巍，忽化丛棘；缨绥之若若，变为纠缠。是之谓冰山，何独疑于吾冰？"跨马者怲怩，加鞭遽去。叟乃歌曰："晶晶如雪，莹莹如琼。冰兮冰兮，何洁而清。一嚼可以润唇舌，一嚥可以消中热。"

这里附带写到片野栗轩(1852—1901)，名绩，字伯嘉，号栗轩，别号不可无竹居。大分县人。他也是咸宜园的学生，不过他的老师已是广濑青村。他与宫城县知事胜间田云蝶交厚，又与北条鸥所、大久保湘南、本田种竹等常有唱和。著有《栗轩遗稿》。其诗宗性灵派，诗风清丽，如《鸭东杂诗》：

> 红楼倒影蘸斜阳，花外画船过柳塘。
>
> 偷眼春波漂绉碧，浣纱少女白于霜。

他也有慷慨之诗，如《吊林子平先生墓》。林子平(1738—1793)是江户中期的经世家，曾著《海国兵谈》，力主加强海防，为当局所忌，书被毁版，人遭幽囚，郁郁而死。林与同时的高山彦九郎、蒲生君平被合称为"宽政三奇人"。栗轩诗云：

> 荣辱生前何足言，眼光千古彻乾坤。
>
> 新鹃呼起当年恨，月照英雄未死魂。

看来栗轩也是不得志者，其《书怀》一诗也可证。诗中提到的李膺，在东汉末独持风裁，士有被其容纳者，名为"登龙门"；而栗轩则耻笑之：

> 龙门争路试先登，堪笑世间多李膺。
>
> 烂醉骂时三寸舌，穷愁照梦十年灯。
>
> 疾风卷野身如鹬，锐气横秋眼似鹰。
>
> 中夜不眠起看剑，精光依旧冷于冰。

其《清奇园雅集，分韵得麻》，则表明他还是沉酣于诗酒之中：

> 一园水木极清华，山色当轩日夕嘉。
>
> 千古风流托文字，百年痼疾在烟霞。
>
> 鸭头绿似杯中酒，人面红于槛外花。
>
> 满引不辞金石罚，诗成只恐夕阳斜。

诗中"金石"当为"金谷"，用晋代石崇金谷园赋诗罚酒典故。又，诗中出现两个"夕"字，若非刊误，便是可惜的败笔。

最后，我们再集中写几位今天已完全不了解其生平与生卒年的宜园派诗人。本书前一章已写过,广濑淡窗从文化四年(1807)起,在家乡丰后(今大分县)日田开设家塾,后定名为咸宜园;广濑旭庄后也参与主持。先后培养学生登录在册者四千六百多人。这些门人相当一部分成为诗人(较为著名者本书前已论述过不少)。据近藤春雄《日本汉文学大事典》,天保十一年(1840),矢上快雨刊行《宜园百家诗》八卷,共收二百一十五人,数百首诗;嘉永七年(1854),桦岛芹溪续刊二编六卷,共收一百零七人;同年,广濑棣园又续刊三编六卷,共收一百九十六人。那么,这三编书中所收诗作,均当作于江户后期(当然,这些诗人绝大多数都生活至明治以后)。而俞樾编《东瀛诗选》,也选用了《宜园百家诗》,却写明是山田常良所编,而且书中收有可断定作于明治时期的诗。因此,这也许是较后出版的。俞樾从中精心挑选了很多诗,编入《东瀛诗选》补遗卷中。如果没有俞樾的这一劳绩,今天就很难看到那么多不知名的宜园诗人之作。本书从俞氏所选中再选述若干,以存史,以欣赏。

绪方精川,名达,字世义。肥前田代人。《送大石生游南丰》颇有深意:

> 一朝何意罢谈兵,独向南风薰处行?
> 隈市芳尘迎剑佩,菽川清水濯冠缨。
> 药非瞑眩安瘳疾,士历艰难始达情。
> 行矣事师须自重,文人不似武人轻。

长川晋斋,名德,字士恒。长崎人。有《辛亥春二月二十九日,有一诸生来,极疲困,如有所求,不敢发而云,盖见屋不润也。感而赋此》,当作于1851年,反映了民生的艰辛:

> 有客来通谒,就我似有需。
> 相见问来意,长揖片言无。
> 去年大风暴,百谷属荒芜。
> 今春又多雨,世路转崎岖。
> 倦翮试决起,旅雁迷天衢。
> 蓬发且蓝缕,长铗不胜癯。
> 求食得土块,数被野人诬。
> 蕨薇或可食,春山路盘纡。
> 恨无数金贮,以致彼欢娱。
> 安有夺母食,以充客之餔?

> 滴水难疗渴，决泊却穿湖。
>
> 官卑策亦拙，财乏事乃迂。
>
> 客去日已暮，书窗影模胡。
>
> 追欲问名姓，落花白庭隅。

小山釜岳，名颖，字君秀。长门人。其《送某生归备后》，表达了同学分别之情。第五句显然用"滥竽充数"之典，不过瑟与竽是不同的乐器；第六句李君疑当为季君，指孔子不仕于季桓子。该诗如下：

> 咸宜园里学斯文，雪案萤灯凤夜勤。
>
> 画舫荡过坛浦月，玉箫吹彻马关云。
>
> 不须抱瑟干齐主，好诧执鞭陪李君。
>
> 今且分襟莫惆怅，人间本是有离群。

饭田春冈，名丰。筑前甘木人。其《新寒》一诗，前两句写初冬山景，恍在眼前。惜尾联稍落凡套：

> 山山霜后瘦，突兀势将倾。
>
> 秃树失风响，残禾聚鸟声。
>
> 宿云含雪意，老菊尚秋情。
>
> 羁客千峰外，寒衣犹未成。

犬塚暾山，名庭，字道馨。肥前寺井人。有《寄怀故乡友人》：

> 文章事业近如何？欲寄音书少雁过。
>
> 客里逢人知己少，愁中有梦见君多。
>
> 索居三月鱼离水，古籍千编鼠饮河。
>
> 尚喜黄金在囊底，破愁聊买竹枝歌。

原口温岳，名谷，字士戬。肥前人。《雪夜煎茶》末句出人意表：

> 醉余眠觉好煎茶，月照窗前树影斜。
>
> 欲掬南园墙上雪，不知一半是梅花。

山室半村，名元真，字廉平。日向人。《废寺》写尽荒庙破敝景况，结句突显亮色：

> 夹路幽篁夕照青，妖狐欺昼嗅空庭。

> 香花不荐坟多怪，斤斧无痕树有灵。
>
> 枯骨戴霜依野草，阴燐冒雨现林坰。
>
> 寺门萧索谁相访，只见寒梅一朵馨。

河野健斋，名贯，字子豁。亦日向人。亦有《废寺》诗：

> 灵坛香火绝，钟磬委埃尘。
>
> 雨藓侵僧座，烟萝缚佛身。
>
> 寻幽犹有客，求福竟无人。
>
> 要问前朝事，林花犹笑春。

又有《岁暮日田作》，作于咸宜园：

> 故山千里望中赊，心绪何堪乱如麻。
>
> 岁暮愁人犹作客，夜长旅梦屡归家。
>
> 寒云在岫看成雪，春信到梅初著花。
>
> 方朔三冬功未就，枉将壮志付诗葩。

田岛松洲，名匡，字子赐。肥前岛原人。《破闷》一诗有慷慨豪气：

> 百炼长刀腰下霜，不平几岁晦辉光。
>
> 医病只有一年艾，忍饿曾无三日粮。
>
> 破屋茅飞风势劲，荒庭菊乱露痕香。
>
> 丈夫心事君知否？要蹈艰难锻铁肠！

相良兰雪，名熙，字大雪。日田人。其《再游京师》一诗当作于维新之际：

> 廿载重来京国春，满城风物属维新。
>
> 名师都作九原客，后学唯多希世人。
>
> 花柳东山仍旧好，烟霞西涧向谁亲？
>
> 自怜淮海除豪气，无意敖游醉洛滨。

馆林清记，名远，字万里。日田人。《街居》一诗写市街之隐：

> 不向山林卜草庐，街头数亩景光余。
>
> 钱渊秋晚鱼龙寂，镜坂霜飞草木疏。
>
> 家有琴棋常会客，身无疾病饱看书。

> 傍人误比樊笼苦，谁识孤云任卷舒？

日高澹斋，名彰，字明卿。日向富高人。《夕阳》一诗末联新奇：

> 青天如拭暮云清，多少行人弄晚晴。
> 已带布帆归别浦，又随归鸟上荒城。
> 半村春树重阴合，百里秋沙一片明。
> 斜卷疏帘何所见？陌头牛影大于鲸。

西依基岳，名孝，字德基。肥前田代人。其《贫居》颇可诵，颔联尤佳：

> 世上浮名何足论，投簪嘉遁住溪村。
> 月如有旧宵窥室，山不嫌贫日到门。
> 岚气袭衣起岩腹，泉声绕枕落云根。
> 寄言名利遑遑者：人爵何如天爵尊！

藤井兰田，名德，字伯恭。浪华人。《题秋景》写深山深秋，落叶竟有"一丈"：

> 疏林摇落响飔飔，山下茅茨秋更幽。
> 坠叶埋溪深一丈，寒泉别向树根流。

山田硕庵，名正俊，字子德。安艺西条驿人。其《秋日垂钓》并不写垂钓之趣，而是写野景：

> 沧溟一望渺秋天，泛泛波间放小船。
> 知有人家岛间住，黄芦深处起苍烟。

《夜读义山剑南二集》，诗人写深夜读中国唐宋两位大诗人之集，体会其不同的风味：

> 雨打寒窗灯不明，远钟何处报残更。
> 巴山夜与锦城夜，一样天涯两样情。

四、维新后达官文人

本节叙述的，是在明治前期政界、军界担任较重要官职的汉文学作家。其中有个别的曾在旧幕藩中也当过儒员，甚至当过藩主，但维新后在新政权中的职务更为重要。他们有的还曾是幕末时期的"志士"，有的则出洋见识过西方文化。维新后，他们在大倡"文明开化""欧化"的潮流中，不仅执掌政权，而且继续以汉诗文的形式寄托自己的感情与思想。由此可见汉文学在当时上层社会中的作用和地位。另外值得注意的是，在这些人中，也有用汉诗文来宣扬军国主义的。

猪口笃志的《日本汉文学史》，在《维新的元勋及功臣》一节中，最先写到锅岛闲叟；而一般的日本汉文学词典、名录中却连提也不提他。那大概是因为闲叟虽然也写汉诗，但水平并不怎么样的缘故吧。作为某种诗人的代表，聊备一格，本书也在此先写到他。锅岛闲叟（1814—1871），初名齐正，后改直正，幼字贞丸，号闲叟。他生于江户樱田邸，天保元年（1830）继封为佐贺藩主。进左近卫中将。任藩主期间积极吸收西方文明，奖励兰学，振兴产业，充实军备，重视教育，颇有治绩，被称为"名君"。后首唱藩籍奉还。维新后，初为议定官。明治二年（1869）转任上议院议长，累进至开拓使长官大纳言，负责北海道开发。四年（1871），咯血而死。维新前后，佐贺人才辈出，当与他的指导劝奖有关。他留有诗文若干卷，其诗议论较多，水平不高。如《偶成》：

> 孤岛团结意气豪，西南决眥万重涛。
> 黠奴若有窥边事，殪血饱膏日本刀。

而《山园》一诗，则是要别人勿多议论：

> 正议纷纷乱似麻，不如掷去弄韵华。
> 山园数亩栽何树，只有不言桃李花。

《呈水户黄门》，是赠水户藩主德川齐昭的，也表明了自己的志向。最后两句颇可作反腐倡廉的口号：

> 回头世上谤纷纷，敢以毁誉付白云。
> 天下英雄才屈指，平生知己独逢君。
> 林梢风敛鸟声滑，栏角日暄梅气薰。
> 自戒宴安如鸩毒，从来治国要劳勤。

《偶述》也可见其立身的志向：

> 堂堂大路久荆榛，天以苍生付此身。
>
> 腰下常横三尺剑，胸中别贮一团春。
>
> 千年学术推元晦，万世英雄见守仁。
>
> 寒月寥寥小窗底，焚香默坐养精神。

胜海舟(1823—1899)也是一般日本汉文学书籍中见不到的人物，但猪口笃志把他列入明治前期诗人中的《维新的元勋及功臣》一节中，是有点道理的。因为他毕竟留下了近百首汉诗，尽管他的主要身份是军事家、政治家。他原名义邦，后改名安芳，通称麟太郎，号海舟。从小向岛田见山习剑，又向长井助吉学兰学。其后自开私塾，教授兰学与兵学。安政二年(1855)因大久保越中守的推荐，为幕府从事蕃书的翻译，又任长崎海军传习生头役，滞在三年。归江户后，为军舰操练教师方头取。安政六年(1859)任咸临丸舰长赴美国。归国后累进，文久二年(1862)为军舰奉行，办海军操练所，培育海军人才。元治元年(1864)任海军奉行。后因招忌而辞职。1868年戊辰战争时，奉幕府将军庆喜恭顺之意，与西乡隆盛谈判，让讨幕军得以和平进入江户城，使生民少受杀戮之灾。明治初历任新政府兵部大丞、海军大辅、参议兼海军卿、元老院议官、枢密顾问官等。晚年专事著述，能诗文，与向山黄村、冈本黄石为友。

从上述其简历看，海舟似未曾受过传统的汉学教育。但他的汉诗写得还不错。明治十年(1877)西乡隆盛自杀后，他写有《弔南洲》一诗，也表达了自己的政治见解：

> 亡友南洲氏，风云定大是。
>
> 拂衣故山去，胸襟淡如水。
>
> 悠然事躬耕，呜呼一高士。
>
> 只道自居正，岂意紊国纪。
>
> 不图遭事变，甘受贼名謷。
>
> 笑掷此残骸，以附教弟子。
>
> 毁誉皆皮相，谁能察微旨？
>
> 唯有精灵在，千载存知己。

他的《露国东渐》一诗，对沙俄的向东扩张表示了愤慨和忧虑。诗中

出现两个"高翔"、两个"肉"字,实属败笔:

> 北溟垂天翼,高翔大东洋。
>
> 一啄鸡林肉,再啄群岛梁。
>
> 强食弱者肉,虎吼恐狐狼。
>
> 何人令鸷鹕,高翔水云乡?

更早,他在驾舰赴美时,曾作有《安政六年航于米国,舰中赋古诗一篇以遣闷》:

> 君不闻,火船雄飞数万里,宇宙虽广咫尺里。
>
> 飚举长驱入苍茫,恍然恰如游海市。
>
> 车轮辗涛鲲尾动,高帆飏风鹏翼起。
>
> 南极沉沉初月辉,冰山垒垒连天峙。
>
> 俯按海图仰窥天,形象历历掌上视。
>
> 无数岛屿翠一痕,翠里包含几洲里?
>
> 一自宇内归指呼,竟恣吞噬碧眼士。
>
> 呜呼,人世局促何足恃,小信大疑错非是。
>
> 既将功名附云波,向谁更说海军技?
>
> 安得远识如伯氏,大令天下定基趾!

小山春山(1827—1891),名朝弘,字毅卿、远士,号春山、杨园。下野(今枥木县)人。其家代代从商。从小好学,二十七岁师从会泽正志斋,又受藤田东湖、丰田天功等人知遇。后赴江户从藤森天山学习。师友中多讨幕志士,他也参与其中,曾被幕府当局逮捕。维新后,任史官试补、大宫县权大参事,又历任于大藏省、司法省。春山善诗文,刻有《官暇剩游小稿》。1890年俞樾七十诞辰时他曾寄祝寿诗二首。其一提到俞樾精选日本汉诗:

> 耳根久熟曲园名,万里空驰仰慕情。
>
> 学海经神超马郑,光风霁月继周程。
>
> 多年在野一身洁,七十著书双眼明。
>
> 真个大家无不有,采风余力及东瀛。
>
> 学派流传渐欲微,忽看继起有光辉。
>
> 龆龄背讽一过目,白首手编三绝韦。

> 载道文章仍富丽，传经门户自崔巍。
>
> 汗牛著述传千载，岂止区区颂古稀。

约同年，春山写给中国驻日公使黎庶昌二诗亦极佳，并为中日文化交流的极重要史料：《莼斋黎先生见惠新刻禊帖，盖原本陈君衡山在我东京市中所获者，首有赵松雪之画，后有鲜于伯机之跋，真奇品也，赋二律奉谢并政》，收入孙点编《庚寅谶集三编·题襟集》：

> 永和帖在海东天，真赏千年非偶然。
>
> 不效苦辛须赚策，孰如容易掷闲钱。
>
> 元知尤物有神助，何况完笺无蠹穿。
>
> 松雪精工伯机笔，并将双美入新镌。
>
> 一从真迹殉昭陵，肥瘦纷纷任爱憎。
>
> 久怪神鳌负图晦，忽逢典午蹴云腾。
>
> 千年旧搨犹完美，今日新工亦异能。
>
> 好事钦君捐厚禄，刻将百本赠亲朋。

春山也写过有错误的侵略扩张思想的诗，如《望大坂城有感》：

> 壮矣丰家旧霸都，繁华景象见规模。
>
> 皇天若假十年寿，定使三韩入版图。

副岛苍海(1828—1905)，原姓枝吉，名种臣，幼名龙种，通称二郎，号苍海、一一学人。父为佐贺藩士、国学教授。其兄也是藩校教授。苍海从小受家学，在兄的感化下，二十五岁时赴京都，作为藩士副岛利忠的养子，为国事奔走，与维新志士交往。安政五年(1858)起大狱时，他曾归藩欲促劝佐贺藩出兵京都。后为藩校弘道馆教授。文久三年(1863)其兄病故，他便代兄督理藩校，宣传尊皇思想。元治元年(1864)，佐贺藩在长崎建致道馆以教洋学，苍海作为监督在长崎住了四年，带头学习有关法律、制度、经济等新知识。庆应三年(1867)曾向德川庆喜进言，主张"大政奉还"。明治元年(1868)，应新政府之招，任参与、制度局事务判事，后又历任参议、外务卿、宫中顾问官、枢密院副议长、内务大臣等要职。因政见不合也曾几度辞职。明治六年(1873)，时任外务卿的他以日本特命全权公使身份驾军舰率六百人来华，借琉球船民为台湾高山族人误杀一事，试图讹诈清政府。据日本人写的《副岛大使适清概略》载："我国派遣大使，驾本国军舰出海，以今为始；本国军舰航行海外，也以今为始；更何况，各国众人所闻者，大使已奉伐蕃之旨，将将有事于台湾，故而今发军舰，内外拭目。是以提督舰长等人，于此役万般注意，夙夜绳勉，纪律津津(按，此两字乱用)，合舰赳赳，奋励踊跃之色溢于面目。"其实，这是日本妄图侵略中国之真面目难以掩饰！副岛作为日本首次驾驶军舰来华挑衅的人物更是如此，声称"六百之心乃六军也"。他还在航海途中作诗一首：

> 风声鼓涛涛声奔，火轮一帮舰旗翻。
>
> 圣言切至在臣耳，保护海南新建藩。

所谓"新建藩"即琉球。其实，直到此为止，琉球仍然还不是日本的属藩，仍然处于中国的册封之下。在谈判交涉中，由于有某清官员说了台湾高山族是"生番"，如同日本之"虾夷"，故置之"化外"这样的话，副岛便抓住"化外"一词，妄图以此证明台湾是中国化外之地，以作为日本侵略的口实。在这些事情上，他是欠了中国人民债的！明治九年(1873)，他还曾漫游中国，以观察中国实状。

苍海自称菅原道真之后，作诗提倡汉魏古调。但猪口笃志说，其诗古今冠绝，直逼汉魏，摩李杜壁垒云云，那简直是胡吹。他的诗精彩的并不多。如《春日闲居》，是故作淡适之作：

> 同舍行藏各有宜，隐居本意在无为。
>
> 不言世道言天道，非恐人訾恐鬼訾。
>
> 后进今多奇杰士，当朝方肇太平基。
>
> 逍遥坐卧残生足，兴至口号闲适诗。

而《解嘲》一诗，则已见心态不平：

> 青年自觉气如虹，老去唯看发若蓬。
>
> 聊复与人闲作句，屠龙手竟换雕虫。

他的《偶吟》，据猪口笃志解释，"朔河"指鸭绿江，"天兵"当然是天皇之兵，而"鞑靼"则是指中国。那么，便也是一首鼓吹军国主义的诗：

> 战胜余威震朔河，秋高群雁乱行过。
>
> 天兵所向卷枯叶，鞑靼胡王奈汝何！

田边莲舟(1831—1915)，名太一，字仲藜，号莲舟、可斋主人、倦知。

江户人。其父是幕末儒官。嘉永二年(1849)受教于昌平黉,毕业时甲科及第,被幕府聘为徽典馆教授。庆应二年(1866)赴法国工作。明治元年(1868)辞官,在藩校任教。四年(1871)岩仓具视出访西欧诸国时,他被特选为随员,随行始终。七年(1874)日本侵略台湾,并派大久保利通为全权大使到中国"谈判",他也是随员。十三年(1880)任驻华大使。十六年(1883)任元老院议员、贵族院议员。晚年任维新史料编纂会委员长。

在日本人写的汉文学史及汉文学大事典中,均未提及莲舟其人。但他实是一个汉诗作者。少年时曾在乙骨耐轩(1806—1859)处学过诗(耐轩与野村篁园、友野霞舟是同社友)。有的诗也写得颇不错。例如,他似来过我国江南,有《吴江舟中》一首:

> 雨蒙蒙里一刀轻,截水橹柔微有声。
>
> 两岸桑田青不了,塔尖遥认嘉兴城。

他晚年生活似乎并不富足,《寄内》一诗可见端倪。诗中"肯堂肯构"出自《尚书·大诰》,指儿孙懂事能继家业。此语知者不多,显示他汉学造诣:

> 奉帚殷勤五十秋,量盐数米尽分忧。
>
> 偶偷余眼操彤管,能守长贫到白头。
>
> 入世眉无凭我画,游山酒每向卿谋。
>
> 肯堂肯构孙儿在,俱喜从今百不愁。

又一首《秋蝉》,亦写老境悲凉:

> 阅尽人间炎与凉,萧条身世黯心伤。
>
> 半年餐饱露华白,一片抱牢风叶黄。
>
> 昔梦难醒同瘦蝶,新交更缔有寒螿。
>
> 飙可怜肃杀金底,旧调于今犹未忘。

莲舟还曾写过词,如《长相思》:

> 天盈盈,水盈盈,天水微茫一色青。扁青萍样轻。　　笛声清,雁声清,笛雁声中月渐生。秋潮上暮城。

又如《浪淘沙》:

> 细雨蓼花红,水国秋风。渔舟容与曲湾中。欸乃一声烟欲破,摇曳江枫。

独倚小楼东，目送征鸿。何来暮色乍冥濛。看不分明排字去，咄咄书空。

依田学海(1833—1909)，名朝宗，字百川，通称七郎，号学海。下总(今千叶县)人。其父为佐仓藩士。学海初在藩校成德书院读书，后从藤森天山学经史。学成仕于佐仓藩为儒臣，任教于成德书院。文久二年(1862)为代官役，庆应三年(1867)任藩邸留守役。维新后为该藩的权大参事。明治九年(1876)为修史局编集官，十四年(1881)为文部省权少书记官。十八年(1885)辞职，专事著述。学海善文，并喜稗史、小说、戏剧，并为戏剧改良运动尽力。他喜读韩非子、苏老泉、魏叔子，称之为"文章三大家"。尤其像松本奎堂等人一样喜欢魏僖，认为魏叔子文章适切事理，不涉陈腐，议论新奇，不饰不伪，为天下至文。学海自称为文"不见血不止"，但也有人认为他的文章有才气而失诸率易粗犷。猪口《日本汉文学史》引录其文一篇《本朝虞初新志序》，可以见其文才：

太史公以惊天动地之才，奋翻江倒海之笔。其《史记》数十万言，可惊又喜，可泣可笑，莫不极天下之壮观焉。而其人则圣贤豪杰，大奸巨猾，妇人孺子；其事则礼乐刑政，战斗言论，滑稽伎艺。凡人间所有，洪纤毕备，巨细无遗。呜呼，何其奇也。或以为史公之文奇矣，然非六国争强之战、刘项斗智之乱、及游侠刺客日者龟策之奇，虽有史公之笔，何以肆其力、逞其才哉？不知史公未下一笔之间，胸中早已有一部《史记》。其所谓圣贤豪杰、礼乐刑政，不过借以发胸中之蕴蓄，放笔端之光芒。故其于事也，或增或削，或点染生色，或夸张成势。订之经传，有牴牾不合者。则知先有文章，然后有事迹，非有事迹然后有文章也。呜呼，是可以读吾三溪菊池先生《本朝虞初新志》矣。

先生弱冠以文章著名江门，仕升幕廷儒员，夙有修史之志。所著《国史略》《近事纪略》，既见其一斑。然自谓未足逞其笔力也。顷读张山来《虞初新志》，意有所感，乃遍涉群书，博纂异文，体效前人，文出自己，厘为若干卷。示余曰："子好读《史记》及历世小说，此书非子，谁可评者？"余受而阅之，笔力劲健，纵横变化，其写伟人杰士则电掣雷激，写娇女艳妇则花笑鸟啼，写妖怪鬼神则枭啸鸱号，极力刻画，活动如生，可谓得马迁之神髓矣。或疑其纪事与史传有异同，又夸张甚过，不得其实。呜呼，是固然。盍尝见《史记》鸿门会乎？数百卫士不敌一哙，斗酒彘肩殆同戏剧。又不见《张良传》乎？赤松黄石，巧成对偶；圯上授书，事涉神怪。是皆史公胸中之《史记》，特借舞阳留侯，以成其奇文者也。学者能知《史记》，是能知《本朝虞初新志》矣。

中井樱洲(1838—1894)，名弘，又名鲛岛云城、后藤休次郎、田中幸介，号樱洲。本姓横山，其父为萨摩藩士。早年受教于藩校造士馆。幕末纷扰之际，十六岁脱藩，二十二岁到江户，因主张尊王攘夷被捕，解送回鹿儿岛。两年后被赦免，再次脱藩，游学京都、土佐，依从后藤象二郎。后藤重其才，庆应二年(1866)与坂本龙马出资，助他赴英国留学。但时间很短，翌年回国，改名中井弘，应宇和岛藩主之邀任周旋方，居京都。明治元年(1868)任神奈川、东京府审判官。二年(1869)辞官回乡。四年(1871)随岩仓具视使节团赴欧美考察。回国后任外务书记官，在英国公使馆工作。七年(1874)再次巡视法、德、俄等国，九年(1876)回国，任工部省书记官、仓库局长。十七年(1884)任滋贺县知事，在职七年。后任元老院议员、贵族院议员、京都府知事。

樱洲通晓中、英文，善诗。因其两次出国，其诗最吸引人的就是那些描写海上风光和西方世界的作品，多为七绝。如《发长崎赴上海》：

> 遥指扶桑以外天，三山五岳在何边？
> 火船蓦忽如飞鸟，截破鲸涛万叠烟。

《西红海舟中》("亚罗比亚海"即阿拉伯海，"亚弗利加洲"即非洲)：

> 烟锁亚罗比亚海，云迷亚弗利加洲。
> 客身遥在青天外，九万鹏程一叶舟。

《巴里》(即巴黎)：

> 玻璃城郭一眸看，十门炮台战后寒。
> 孤客登临无限感，欧洲犹未保平安。

《埃及金字塔》：

> 我来吊古立斜曛，沙没荒陵路不分。
> 唯有巍然三角冢，塔尖高在半天云。

《尼罗河畔》：

> 麦田菜陇倚河畔，无限春风暑仅消。
> 绿阴夹路墓村远，人骑骆驼过小桥。

　　宫岛栗香(1838—1911),名诚一郎,字栗香,岩代(今福岛县)人。其父是米泽藩儒。初从山田蠖堂(1803—1861)学。幕末维新之际,曾携奥州诸蕃的建议书历经千辛万苦送达朝廷。明治三年(1870)应征出仕待诏院,后转左院,十年(1877)为修史馆御用系,十七年(1884)为参议官补,二十九年(1896)为贵族院议员。栗香善诗,与同门窪田梨溪、云井龟雄同为米泽出身的知名诗人。其诗曾得黄遵宪的夸奖,有《养浩堂集》,黄遵宪为作跋。但黄在与他的笔谈中说:"足下七古似稍逊一筹",并建议他"多读李、杜、苏三家"。他二十七岁时写的《晓发白河城》,写出了维新志士的豪气:

> 悲歌一曲夜看刀,风雨灯前鸡乱号。
>
> 宿酒才醒驱马去,白河秋色晓云高。

他的《江村春晓》,写尽水乡风光:

> 家家垂柳绿丝轻,水外晴霞一抹明。
>
> 昨夜江天春雨足,卖花声杂卖鱼声。

《梅花书屋》数首也颇佳,写出情操,如:

> 其花洁者香最多,其人静者德愈和。
>
> 人与梅花趣相似,不怪前贤爱此花。

上诗以吴音读方合韵。又一首:

> 万树梅花一书屋,棐几明窗焚香读。
>
> 窃比林逋卧孤山,其德其花同芳馥。

又一首:

> 屋不栽梅无丰姿,士不读书骨不奇。
>
> 安得一脉春风力,吹送清香天下知。

　　1882年春黄遵宪调任驻美旧金山总领事,临行作留别日本诸君子五首。栗香亦作《黄参赞公度君将辞京,有留别作七律五篇,余与公度交最厚,临别不能无诗,黯然销魂,强和其韵,叙平生以充赠言》,今选其第二、第三、第四首:

> 凤以文章呼俊豪,连城有价格尤高。

老成方见波澜妙，结构须知根柢牢。

劲比穿岩李广簇，快如剪水并州刀。

驽骀难及追风骏，把笔逡巡冀独搔。

幸然文字结奇缘，衣钵偏宜际此传。

霞馆秋吟明月夜，鞠街春酌早樱天。

佳篇上梓人争诵，新史盈箱手自编。

恰爱过江名士好，翩翩裙屐若神仙。

自昔星槎浮海到，看他文物盛京华。

相将玉帛通千里，可喜车书共一家。

使客纵观新制度，词人争赏好樱花。

墨江春色东台景，分与天工著意夸。

1895年，在中日甲午海战中中国海军提督丁汝昌战败拒降，自杀殉国。栗香作有《乙未二月十七日闻丁汝昌提督之死》：

同合车书防外侮，敢夸砥柱作中流。

当年深契非徒事，犹记联吟红叶楼。

"当年"句，指1891年7月丁汝昌曾应邀率北洋舰队访问日本东京，日本官员在红叶馆设宴招待，栗香时为宫内省爵位局主事，接待过丁汝昌，并诗酒唱和。身为日本高级官员，写诗悼念交战国的前线指挥官，算是颇为难得的。但是中日战争的双方，是有侵略和反侵略、正义和非正义之分的。栗香诗中完全不提这一点，只是强调两国文化相同和共防外侮（指对沙俄等），就显得极其虚伪。更须指出的是，栗香虽然对中国人自称炎黄子孙后裔，又热衷于与清国诗人学者交往，但在"文化交流"的背后却干起了间谍的勾当！在他的《养浩堂私记》里，就记有他利用自己与何如璋、黎庶昌等人的友情，刺探清政府对日本吞并琉球、中法战争及朝鲜甲申事变等的政策内幕，暗中向日本高层直至天皇禀报，读来令人惊心动魄！

股野蓝田(1838—1921)，名琢，字子玉，号蓝田、邀月楼主人。其父为播磨(今兵库县)龙野藩儒。他初受家学，后师从林复斋。仕龙野藩，为藩校敬乐馆教授诸生。明治四年(1871)出仕教部省，其后历任内阁记录局长、宫内省书记官、帝室博物馆总长、宫中顾问官等。他于明治四十一年(1908)

曾来华游历，著有《苇杭游记》，其中记有他大量纪游诗作。如是年10月9日他游北京昌平居庸关，咏长城云：

> 瓦壁犹存亦一奇，长城万里果何为？
>
> 始皇旷古大英主，三世而忘知不知？

翌日游明十三陵，作诗云：

> 雕楹画栋玉栏干，古庙犹观王气残。
>
> 无复后人修废宇，秋阶草老夕阳寒。

又如是年10月1日他游辽宁本溪市南钓鱼台，认为风景奇绝，尤胜日本的耶马溪，因而想起赖山阳的"耶马溪山天下无"的诗句，予以婉讽：

> 山骨屼然苔作衣，钓鱼台锁古禅扉。
>
> 赖翁不识此奇绝，漫道马溪天下稀。

10月19日他游湖南洞庭湖，"渐进至□尽处，浊浪滔天，不见际涯"，于是想象岳阳楼上之伟观，感叹自己绝不可能写得出范仲淹(希文)那样的稀世名文《岳阳楼记》，并作一诗：

> 城楼矼立气氤氲，水蘸吴天卷晓云。
>
> 湖上伟观千古是，记游无笑继希文。

是年11月2日他游苏州寒山寺，有诗云：

> 月落乌啼惊客魂，乾坤犹有一诗存。
>
> 古钟声断新钟续，夜半江枫渔火村。

所谓"新钟"，乃因原钟约于明朝嘉靖年间被盗卖至日本，且已被毁，三年前，明治三十八年(1905)日本友人摹铸仿唐式青铜乳头钟送归。(此钟至今悬于大殿右侧，但如今每年除夕所撞非此钟。)这也是中日关系史上的一个见证了。

11月8日，他又游上海，用诗记录下百年前申城的繁华景象：

> 申浦繁华胜所闻，埠头船舰簇如云。
>
> 人言市况压香港，大厦康衢车马纷。

伊藤春亩(1841—1909)，人们更熟悉的是其名博文。幼名利助、俊辅，号春亩、沧浪阁主人。十七岁时师从吉田松阴，投身尊攘运动。明治元年

(1868)任兵库县知事,翌年转大藏少辅兼民部少辅。三年(1870)赴美考察,
归国后调任工部大辅。四年(1871)又任岩仓出访团副使,巡访欧美各国。
六年(1873)归国,"征韩论"派退出政府后,他升任参议兼工部卿。十四
年(1881)大隈重信辞职后,他权倾一时。十五年(1882)赴欧洲考察各国
宪法,回国后主持拟定帝国宪法。十八年(1885)出任首届内阁总理大臣。
后来又曾三次组阁担任首相,还曾任枢密院议长、贵族院议长等。他在任
内发动了侵华甲午战争,迫使清政府签订《马关条约》。又出任韩国统监,
加深朝鲜殖民地化。1909年,他为吞并朝鲜事同沙俄谈判而到中国哈尔
滨,在火车站前被朝鲜爱国志士安重根枪杀。他也会写汉诗,中国学者胡
怀琛《海天诗话》称其"兴酣落笔,目空一切。尝有句云:'高楼把酒看明
月,天下英雄在眼中。'可想见其气概。"这类诗还有如《日出》:

> 日出扶桑东海隈,长风忽拂岳云来。
>
> 凌霄一万三千尺,八朵芙蓉当面开。

　　但他的诗中常流露出侵略的霸气,如《北海道巡游中作》,竟梦想打
到中国的黑龙江来了:

> 寒寒匪躬奚念归? 满天风露湿征衣。
>
> 秋宵石狩山头梦,尚向黑龙江上飞。

　　1896年,他到台湾参加所谓"台湾始政"周年的纪念活动,曾赋诗得
意地吹嘘日本的"皇谟",以为他们的侵略"新版图"将永固:

> 战后烽烟迹欲无,百年长计在皇谟。
>
> 节旄衔命辞天阙,去见海南新版图。

　　竹添井井(1841—1917),名光鸿,幼名满,通称进一郎,字渐卿,号井
井、独抱楼。肥后(今熊本县)人。其父是广濑淡窗的学生。据说他自小颖悟,
四岁诵《孝经》,五岁学《论语》,七岁读《资治通鉴》,其父亲自教其作诗。
那就简直是神童了。安政三年(1856)受教于木下韦华村(1805—1867),学
程朱学。与同门井上梧阴、坂田警轩并称木门三杰。后师从安井息轩,学
古注学。后在熊丁藩校时习馆任训导。维新后辞职,自开私塾。明治七
年(1874)移家东京,入修史局任二等编修。八年(1875)随森有礼公使赴
中国天津任随员。翌年辞职,与友人津田君亮游历河北、河南、陕西、四川、
湖北诸名胜。其所游历,更超过前述的股野蓝田,且作诗文更多,写下《栈

云峡雨日记并诗草》三卷。还到杭州拜访俞樾，可惜俞去苏州了。(后在1887年他再度游华，特地再去苏州，拜识俞樾。)十三年(1880)，被任命为驻天津总领事。十五年(1882)出任朝鲜公使。十七年(1884)辞官，后曾在东京帝国大学等校任教。死后被授从三位勋三等。

俞樾《东瀛诗选》中写道："井井在东国即慕余名。及来中华，访余于西湖第一楼，不值，遂至吴中春在堂，修相见礼，出所著《栈云峡雨记》索序。盖其自我京师首塗，由直隶、河南、陕西而至四川，又由蜀东下道楚，以达于吴，记其所经历也。于山水脉络、风俗得失、物产盈虚，言之历历。余甚奇之，为制序于其简端。嗣后遂频通音问，又承以所刻《栈云峡雨诗草》见赠，则苏杭游览之诗亦附焉。蜀中山水本奇，其诗足以副之。余兹选东瀛诗，因列为一家，井井全集固未之见。然即此一集中，已美不胜收矣。"俞氏又云："集中有赠余诗，并附刻余和作云：'东瀛仙客驻幨帷，游览都忘归计迟。万里云山俱入画，一门风雅自相师。青衫旧恨关时局，黄绢新词斗色丝。自愧迂疏章句士，感君欣赏奈无奇。'附录于此，以存海外文字之缘。井井之内子同行，亦能诗，故有'一门风雅'之句。"(按，据俞樾《春在堂随笔》卷七，井井称其妻"止能为本国歌谣，中国文字则不能解"。)

井井的记游诗确实佳作不少。如《将抵清风店，大风扬沙，雨亦从至》，令我们得知百余年前河北一带就沙尘甚暴：

> 野宽风力大，尘卷夕阳黄。
>
> 雨声追客到，心与马蹄忙。

其《穴居歌》反映了中国北方农民以洞穴为居的贫困生活和奇特景象；但诗的后半部却冲淡了社会意义：

> 凿崖为室土为席，只有扃扉不须壁。
>
> 屋上坦坦广几弓，牛挽碓车人晒麦。
>
> 在屋戴地出践天，上天下地距咫尺。
>
> 垂髫黄发长团栾，终身唯知穴居适。
>
> 竹生竹生欲何为？十年敝尽远游衣。
>
> 病妻稚子天一角，楚水秦山鬓欲丝。
>
> 呜呼，何不掷书买耒耜？穴居子笑远游子！

他一路访古迹,时有咏史诗,如《始皇》:

> 法如牛毛吏如虎,却嗤秦网太恢疏。
> 销兵未到泽中剑,劫火犹余坭上书。
> 徐福三千携艳玉,祖龙一夕化游鱼。
> 经营别见英雄迹,万古长城铁不如。

《鸡头关》一诗,景奇诗亦奇。诗中"凤嘴""鸡头"皆为岩名:

> 七盘之路何峥嵘,水啮山根山欲顷。
> 人影高从九天落,吟肩耸与乱峰争。
> 岩留凤嘴云常护,石化鸡头夜不鸣。
> 百二秦关从此尽,平原开处见襄城。

《栈中杂诗》亦可圈可点,如其中一首:

> 送胜迎奇日日忙,者番游景满诗囊。
> 山遮马首疑无路,峡听鸡鸣别有乡。
> 一涧白云人影淡,千林绿雨客衣凉。
> 旗亭酒熟宜微醉,野蕨溪鱼饭亦香。

上诗颔联于陆游名句"山重水复疑无路,柳暗花明又一村"有青出之胜。又一首描写栈中风光亦奇佳,惜尾联轻浅:

> 山家枕水小于船,豚栅鸡栖共一椽。
> 衣带栈云疑有雨,日蒸关树欲生烟。
> 怪峰危嶂犊耕石,黄麦绿苗鸠唤天。
> 蜀道虽高多坦路,乘舆安稳不妨眠。

《蹦山泉辅》写景新奇而结尾幽默:

> 石气濛濛白,散作万山云。
> 马影当面失,铃语到耳闻。
> 行至天近处,忽然吐朝暾。
> 一半是浑沌,阴阳犹未分;
> 一半金世界,万象粲成文。
> 自疑化瞿昙,不然入仙群;
> 须臾云卷尽,仍是风尘人。

他描写的《盐井》还歌颂了制盐工人的壮美劳动场景：

> 盐井至小可覆掌，接篾袅袅几百丈。
>
> 远送竹筒取盐水，牛车挽之冉冉上。
>
> 桶承觅送长不绝，泻入红炉鸣活活。
>
> 火候渐进水气尽，无端高堆万斛雪。
>
> 闻说巴东朐忍井，盐水自凝形如笋。
>
> 碎来万点吹不飞，咸中别带甘味永。
>
> 君不见，蜀江如箭石巉巉，万里不通海客帆，
>
> 天心巧作生生计，海有海盐山山盐。

描写舟过险峡的《人鲊瓮》可谓惊心动魄，"人鲊瓮"是令人毛骨悚然的险滩名：

> 滩声怒欲卷城走，晴天雷在地中吼。
>
> 孤舟不啻一叶轻，千涡万涡涌左右。
>
> 左舷桨折去无痕，右舷幸有两桨存。
>
> 迁右就左浑不定，努力撑舟抵峡亹。
>
> 宛似睢阳婴孤垒，力抗千军争生死。
>
> 又似李陵战方苦，裹创犹闻鼓声起。
>
> 忽堕涡中势不测，舟人相看惨无色。
>
> 握糈投水祷江神，合掌瞑目念菩萨。
>
> 菩萨于我无宿缘，江神与人亦漠然。
>
> 独有周孔真吾师，为我尝说涉大川。
>
> 邪许声中共击楫，转舟稍得就利涉。
>
> 此生初能出万死，譬之冲围得凯捷。
>
> 惊魂未定青山送，半日朦朦心如梦。
>
> 谓君勿复说既往，掩耳怕闻人鲊瓮！

他在上海写的一首《送人归长崎》，也颇有味：

> 懒云如梦雨如尘，陌路花飞欲暮春。
>
> 折尽春申江上柳，他乡又送故乡人。

俞樾提到的《呈俞曲园太史》如下：

> 霁月光风满讲帷，薰陶自恨及门迟。
>
> 汉唐以下无经学，许郑之间有友师。

> 金印终输经国业，尘心不系钓鱼丝。
>
> 玉堂若使神仙老，辜负湖山晴雨奇。

另外，井井还有一首《黑人泣》，自注云："印度人之避难于我邦者，悉被逐去，应英国之请也。"诗中体现了作者的人道精神：

> 白人怒兮黑人泣，黑人向谁诉窘急？
>
> 穷鸟休投黄人怀，白人一吓黄人慑。
>
> 君不见，无事排斥有事亲，白人谲诈愚黄人。
>
> 不为鸡口为牛后，黄人昔武今何文。
>
> 邦交由来视国力，唯有强弱无曲直。
>
> 均是两间横目民，黄人何必逊白色？

井井还偶尔填词，今见其《满庭芳·燕京重阳》一首，清末张之洞评曰："初为倚声之作，即已如许清隽，大是玉田门庭中语。文人游戏，无所不可，泂是才人！"词如下：

> 蓟树风高，燕山云锁，满城寒色重阳。短衫破帽，犹未授衣裳。十岁乘槎作客，鬓边丝已失苍苍。望乡有台望不得，天末是吾乡。　　秋来音信绝，云间只见，雁字成行。记家园对菊，踞石倾觞。兴到三公不换，爱东篱晚节凌霜。临风忆，枝枝冷蕊，今日为谁香？

井井更雄于文章。猪口《日本汉文学史》中引录其《可栖园记》一文颇佳，惜本书引其诗已甚多，不拟再录其文了。而其实他的《浅云峡雨日记》就是奇谲美畅之文，也因顾虑篇幅而不引录了。

总之，井井是明治时期第一流的汉文学家。不过，他在乃木希典夫妇为明治天皇双双自杀后写的《双殉行》，则是一首思想、艺术均下劣的诗。其中写到"旅顺巨炮千雷轰，骨碎肉飞备雨腥"，还鼓吹"以身殉君臣节坚，舍生从夫妇道全"，腐朽血腥之至。

芳川越山(1841—1920)，名显正，号越山。阿波(今德岛县)人。少时在德岛读书，后游学长崎、鹿儿岛。明治三年(1870)在政府中任职，累进文部大臣、内务大臣、邮政大臣、枢密院顾问官等要职。越山属古文辞派，修徂徕学，与本田种竹交厚。有《越山遗稿》。其诗似无特别杰出之作。如《德岛蛾眉山眺望》，尚清通：

> 红蔫白惨送春还，新树阴浓且可攀。

> 剩看依稀旧时色，蛾眉滴翠雨余山。

又有《大津访樱洲知县》，所赠者即本书前面写到的中井樱洲：

> 不须千里恨离群，邂逅有期还可欣。
> 柳绿桃红君访我，菊花枫叶我寻君。

《湘南偶成》也还可读：

> 茅屋竹篱松作关，余生寄在翠微间。
> 烟波不背鱼虾侣，簑笠还浮七里湾。

最后我们讲到乃木石樵(1849—1912)，名希典，幼名无人，号石樵。出生于江户武士家庭，其父为长州藩士。安政五年(1858)回长州就学于藩校明伦馆。庆应二年(1866)加入报国队参加征长战争。明治元年(1868)参加讨幕军。四年(1871)任陆军少佐。后参加戊辰战争、西南战争，升至陆军少将、旅团长。十九年(1896)留学德国，专修军制、战术。从此积极为明治天皇的扩张政策效力。二十七年(1894)参加中日甲午战争，战后出任"台湾总督"，镇压当地人民，并升陆军中将。三十七年(1904)又参加日俄战争，为陆军主将，曾率日军攻克俄军坚守的旅顺，死伤甚多，对日俄战争进程影响很大。为此他又升大将，被授予伯爵，从二位。明治天皇称誉其"忠贞勇武"。他与妻子为表示对天皇"尽忠"，竟于1912年9月13日明治天皇下葬日，在家中一人剖腹、一人割喉而殉。日本军国主义分子对此大加渲染，把他称作所谓"忠节、武勇、廉洁、仁恕、诚质"的"武士道"的化身，奉其为"军神"，入祠靖国神社，并在各地修建许多"乃木神社"，以宣扬军国主义。此人虽为武夫，但也能汉诗。最有名的一首就是1904年6月日俄战争时写的《金州城下作》，金州即指旅顺：

> 山川草木转荒凉，十里风腥新战场。
> 征马不前人不语，金州城外立斜阳。

此诗后又刻石，据说至今仍立在旅顺的白塔山上。就诗论诗，写得不算坏。但它反映的是帝国主义的不义战争！我也并不主张毁掉这块诗碑，但我们应该在旁边另立字碑如实介绍历史。此人的另一首诗，作于乙巳(1905)冬日满洲的《凯旋有感》，也是歌颂"皇军"的：

> 皇师百万征骄虏，野战攻城尸作山。
> 愧我何颜看父老，凯歌今日几人还！

[附]甲午"军中诗"等

明治时期日本一些军政官员在吞并琉球、甲午海战、侵占台湾、吞并朝鲜等军事行动中,也时有汉诗写作的。汉诗竟成了他们歌颂强权、侵略、屠杀的工具!这方面的特殊史料很值得研究者发掘。我读过夏晓虹教授在1999年《读书》杂志第十一期上发表的《日本汉诗中的甲午战争》一文,深受启发。这可能是中国研究者第一次写的这方面的文章。可惜我读到此文时,已经从日本回国,没法在该文的启发下进一步查阅彼邦的有关旧书刊。现在只能主要从该文中辑出一些甲午战争时的军国主义者的诗为例,加上我另外看到的一些相类作品,来让读者增长见识。

出版于1895年的《大东军歌》中,就选录了日本军官的几十首汉诗。编者有意用逸事诗话的形式来引其诗,或题作"英雄闲日月",或写为"某某之风流",以显示作者在战场上之所谓潇洒从容。如时任征清第二军第一旅团长、陆军少将的乃木希典,于1895年2月攻占太平山前曾作诗一首:"稀有杨柳无竹梅,满州春色又奇哉。飞云塞下尚冰雪,何日东风渡海来?"编者便赞曰:"面对大敌云集于目前,尚有此雅怀,将军胸中真可谓有闲日月。"书中更有用一首汉诗使中国百姓俯首臣服的"佳话",称日军某舰艇军需官田中在大连为部队"征集"(抢掠)鸡豚,因其陆军已先行"征集"过,故一无所获,忽遇一"村夫子",田中便将日本战国时代武将上杉谦信的军中诗(按,本书前已写到)改易二三字以赠该中国人:"霜满阵营秋气清,数行过雁月三更。连山并得金州景,遮莫家乡怀远征。"该人得诗,赞美不已,遂亲自奔走,为日军募得公牛四头。如此神话,是只有鬼才会相信的!

更出人意料的是陆军工兵大尉仓辻明俊的《渡鸭绿江》:"鸭绿江头万里秋,人间为客亦风流。扁舟行载渔郎去,欸乃声中下义州。"竟把侵略军说成是"风流"的客人!如不知此诗写作背景,人们或许真的以为作者是一位与柳宗元《渔翁》诗中意趣相近的世外闲人了。但正如夏教授说的:"而真相却是,其所过之处,山河易色,草木皆腥。"

征清第一军第十旅团长、陆军少将立见尚文的《凤凰城中偶作》就写得赤裸裸了:"留守凤城四阅月,每闻捷报剑空鸣。难忍功名争竞念,梦魂一夜屠清京。"连做梦都在屠戮中国首都!在该书《战余闲日月》题下,还收有一个姓秋山的日军大队长写的一首诗："北京城下日章红,奏得征清第一功。半夜眠醒蹴衾坐,枕头惟有剑光雄。"也是梦想将膏药旗直插北京城头。而在海军少尉加藤重任的七古《军中作》中,这一血淋淋的目标写得更为明确。已在丰岛、牙山取胜的日军,并不满足于战胜朝鲜,其侵略行为的最终目的地是中国,是北京!故该诗末段云："呜呼!八道掌大不足与争衡,只合长驱略满清。一战拔旅顺,再战屠盛京,三战四战前无敌,旭日旗高顺天地。"

1897年出版的高桥贞(白山)的汉诗集《征清诗史》,共收其一百七十九首七绝,又有纪事评说文字。高桥在序中希望此书"传之家庭,使我子孙日夕讽诵,如置身于苦战间,而存爱国之念焉"。他所谓的"爱国"居然就是侵略他国!此书由征清大总督彰仁亲王题词"一德唯忠"。可见是作为宣扬军国主义的教科书的。高桥完成此书时,由于三国干涉还辽,使日本未能完全遂其初愿,因此高桥最后竟作《尝胆卧薪》,还要求后人："须记奉天南部地,一朝在我版图中。"值得提及的是,高桥之子高桥作卫,当年即从军侵华,后又供职于征清海战史局,因此他后来有机会查阅档案,"征之公报,改其传闻有异同者",从而使这本《征清诗史》更具有特殊的史料性质。例如其《定征清战略》一诗云:"作战先开第一期,直前扬荡北洋师。幄中夙有筹边策,渤海湾头树旭旗。"不打自招地供认日本发动对华战争是蓄谋已久的既定战略。

以汉诗的形式,来写侵略中国的内容,这对中国人来说,真是莫大的刺激和辱耻!而这些汉诗中,竟又常常用"神州""尧天"一类原指我中华的名词来自称日本,并用"虏""夷""狄"这样的词来称中国。如《征清诗史》中有《安城渡夜战》一诗:"神州男子不思生,铳剑连锋毙敌兵。横道遗尸清劲卒,纪胸直隶练军名。"这里的"神州男子"可是指侵华日军!夏教授说,她看到这些词语时,常常想起"刻毒"二字。我想凡中国人必都有同感!《征清诗史》殿尾的《告子孙》中说:"试看忠士征清绩,日本隆兴新纪元。"日本正是从这次"征清"开始,走上了军国主义的绝路,而不是引来它的"隆兴"。今天,我们重读这类汉诗文,不禁感慨万分!

1914年,日本参加第一次世界大战,以向德国宣战的名义,派兵侵占我山东省。这时,也有日本汉诗人以诗为武器,狂热支持政府的侵略行为。如真境名安兴(1875—1933)在大正三年(1914)10月发表《秋夜怀征夫》:

> 满庭风物总秋声，半夜鸣蛩闺梦惊。
>
> 闻道皇军频破虏，凯旋何日系离情。

11月7日，日军攻陷我国青岛，真境名在9日出版的《冲绳每日新闻》报上，又立即发表《闻我军陷青岛之报喜赋》，竟然说是报了"宿恨"，不知道我们中国什么时候得罪过日本！

> 多年报复誓神明，今日膺惩宿恨晴。
>
> 皇国执戈言有理，胡人乞降岂无诚。
>
> 饶歌惊浪胶州凑，旭旆连云青岛城。
>
> 好战古来危社稷，怜渠残败虎威倾。

后来，他还发表《寄怀远征友》：

> 士气鹰扬吞八纮，羡君抚剑入边城。
>
> 祸根已绝东洋地，从此长年浴泰平。

又一首：

> 碧血腥风里，征人感有余。
>
> 梦回南海浒，寒入铁衣祛。
>
> 落日嘶戎马，平沙卷炮车。
>
> 殊勋振凯日，千古表乡闾。

真境名原是琉球王国人，他的唐名叫毛居易，有中国血统。他在二十一岁时便在《学友会杂志》上发表《毛氏先祖由来传》，可知他对自己祖先的来历是十分清楚的。在琉球被日本亡国后，明治当局加紧军国主义统治与教育，使真境名这样的青年不仅迅速忘记了亡国的惨痛，并且转而疯狂支持日本政府对自己的母国进行侵略。这真是非常可怕的事情！尽管他在诗中说"好战古来危社稷"，但他是反诬中国"好战"，他根本不能认识到日军侵占了中国山东，绝不意味着所谓的"祸根已绝"，"从此长年浴泰平"。日本紧接着便向中国提出"二十一条"，随后中国即爆发了"五四运动"。任何主权国家的人民，都是绝对不会屈服于外来的侵略的。日本既然自己种下了祸根，它也就别想从此长年太平！

我读到的最令人发指的侵华汉诗，是第二次世界大战中日本甲级战犯松井石根（1878—1948）所作。松井是爱知人，1904年参加日俄战争。

1906年陆军大学毕业后进参谋本部。1907年至1911年曾在中国广州、上海等地任公使馆武官等。1915年至1919年又到中国。1922年任哈尔滨特务机关长。1933、1934年任台湾军司令官。1935年编入预备役。1937年日本全面侵华战争开始后，因为他曾多年在华活动，8月即被重新起用，任上海派遣军司令官，率侵略军猛攻上海。10月，又被任命为华中方面军司令官，仍兼前职。12月13日率军侵占中国国都，制造了惨绝人寰的南京大屠杀！战后，他被远东国际军事法庭判处绞刑。我所读到的松井的汉诗，即是他在南京屠城时写的：

> 以剑击石石须裂，饮马长江江水竭。
>
> 我军十万战袍红，尽是江南儿女血。

　　这真是杀人恶魔的自供状！真如中国作家杜宣说的：“以杀人为乐，以杀人为荣，滥杀无辜之后，还以诗自娱，在二十世纪中竟出现这种野蛮行动，真是人类的耻辱。”（《读松井石根屠城诗后》，载1995年9月1日《新民晚报》）而且，据杜宣揭露，原来松井这首“诗”竟然还是剽窃来的。（宋末元初，元朝伯颜将军侵入江南时曾有诗曰：“剑指青山山欲裂，马饮长江江水竭。精兵百万下江南，干戈不染生灵血。”）这真是日本汉诗史上最最丑恶的一页了！

五、竹隐、竹磎等填词作家

　　本书前已写到，日本人填词，自平安时期嵯峨天皇起就已有了。但词作者及作品一直很少。中国在宋代，词的创作达到巅峰，当时在中国有很多日本留学僧，但他们一般都不写词。这是为什么呢？日本当代学者青山宏认为，词是与音乐相结合的文学，如撇掉音乐光是词传入日本的话，是有其困难的。还有，与诗相比，词的句法更复杂，内容更带有个人色彩，一般多写男女之情，而留学僧的首要目的则是学习汉学和佛教，他们有着作为留学入选者的名誉和责任，因此词就不为他们所重了。再者，在歌咏男女恋情方面，和歌本来就很擅长，可以无须借于词这种形式。青山宏的这种解释看来是有道理的。而到了江户后期，才出现像田能村竹田、日下部查轩、野村篁园这样写过很多词的作者。不过他们大多仍是作为诗人而闻名于世的，写词不过是"诗余"。

　　然而进入明治时期，前面已写到，有长三洲专门成立了以写词为主的香草社，还努力传授填词方法。该社社员有森春涛、山本鸳梁、松本白华、堤静斋、秋月天放、辻青湎、长梅外、长古雪、森槐南、西岛青浦、瓜生梅村、城井锦原、池上秦川、寺西痴云、江间万里、芜城秋雪等。虽然这些人未必都写出了好词来，但正如神田喜一郎在《日本填词史话》中说的："如此设立一社，同人们相集，专为填词之作的精进而努力，这在日本填词史上是值得特书一笔的。将这称之为空前的盛事，我想也一定不为过言。"正是在长三洲的有力提倡下，明治中后期日本出现了不少词作者，而且还出现了高野竹隐、森川竹磎这样的专门以词名世的汉文学家。为什么在这时日本会出现这一现象呢？青山宏认为可能与清朝出现词的中兴，以及一些中国词作家(如王国维)来日有关。同时，这时词已经与音乐无缘，已经从歌唱的词变成读看的词了。这些中国的词(包括过去的作品)当时曾通过长崎等地大量传入日本。

　　这一节就写除森槐南以外的几位以词名世的作者。他们几乎都是久被湮没，直至神田喜一郎《日本填词史话》才被发掘出来的填词名家。奇怪的是，神田这部名著初版于1965年，但到1979年出版的长泽规矩也监修的《汉文学者总览》这样的大型名录上，竟然仍找不到他们的名字！甚至在1984年出版的猪口笃志的《日本汉文学史》中，竟依然几乎一点也没有写到这些以填词名世的作家！

　　山本鸳梁(1830—1912)，原姓横山，后改斋藤，再改为山本，名世吉，又名邍，字永图，通称清介、修三，号鸳梁，又号拜石。居东京不忍池畔天留庵，又称闻鱼书屋。可惜我们对其生平仕履等尚不详知。此外，仅知他的篆刻艺术是当时第一流，香草社同人的印章均出其手下。置盐棠园所作《山本拜石墓志铭》云："翁通众艺，而其所长在铁笔与填词，而书亦与此不相下。填词以玉田为宗，私淑于淮海、稼轩，唐以后集，莫不搜罗收蒐，其所填小令长调，累累充册。"可惜他的词多已散佚，今所见者刊于明治中期的《鸥梦新志》杂志上。森槐南在该刊上还曾对其作品作了很高的评价："鸳梁填词，小令瓣香南唐，清丽可爱；中调大调兼擅玉田、碧山之长。于作家寥寥中，独能含商嚼徵，唱出金石之声。可谓二百年来绝无而仅有者。"可见在汉文学史上不写到他是不妥的。

　　鸳梁的《清平乐·春怨》，颇得槐南推许，评曰"南宋佳境。末句则入花间一派"：

> 一春红事，过了三之二。笑语尊前相共醉，只仗夜来梦寐。　　深庭得意苔痕，无情又长愁根。不奈这般时候，落花微雨黄昏。

《蓦山溪·遣怀》一阕，槐南指出是模仿李渔词的，但认为"然亦不损其词品"：

> 兴衰旦暮，今古如斯耳。叱咤忽风生，气盖世、重瞳儿戏。积珠堆玉，金谷一时豪，浮云散，逝水空，赢得伤心泪。　　一齐休问，讨个安心地。欢笑且随缘，消受了、风流三昧。百年之后，墓道使人题：湖山长，花月颠，词客鸳梁子。

他的《忆秦娥》中，自言心醉于张炎、秦观之词：

> 秋如水，纱灯一点光凉始。光凉始，虫声桐影，夜惜惜地。　　漫吟低唱消斯际，风流词句心如醉。心如醉，清空骚雅，玉田淮海。

《柳梢青·夕阳》也颇可回味：

> 黄叶村幽，上方钟动，人倚高楼。袖影寒生，笛声怨咽，正是深秋。
> 长天水色悠悠，目送尽、飞鸿去舟。今古兴亡，江山平远，无限诗愁。

薄井小莲(1830—1916)，名龙之，字飞虹，信州(今长野县)饭田人。年轻时曾参加尊攘活动，曾向赖鸭厓和同乡先觉佐久间象山学习。曾亲身参加战事，十七次负伤。明治维新后历任山形县参事、名古屋裁判所长、山梨县大书记、大审院判事、秋田地方裁判所所长等。明治二十五年(1892)致仕，在东京过着悠闲的欣赏古书画的生活。有《历劫诗存》《论画绝句》等书，但神田说："所收不过极少的作品而已，不足以了解其全貌，令人遗憾。"他也喜填词，神田认为大概是直接从佐久间象山处承继来的。因此，仍可看作是昌平黉一派的余波。他的《双调南乡子·闲居答人》作于退官以后，发表在《花香月影》杂志上时，还有田边莲丹的评语："白石之词华，稼轩之风骨，双有之。"

> 结习已全删，但把琴书送暮年。不道退官多好处，飘然。月命扁舟花命鞍。　　透破死生关，富贵功名总等闲。底事黄金高撑斗，萧然。老骨如松未怯寒。

他有一首《减字木兰花》是纪念森春涛的,小序云:"辛丑十一月,值春涛先生十三回忌辰,令嗣槐南词宗设奠星冈,招饮诸同人,余亦与焉。因填一小词,聊表追悼之意。余之官秋田,与先生邂逅仙台,后二年先生仙去,一别终成永诀。"词云:

> 花天月地,风流尚记当年事。才俊如云,彩笔谁如鬓绝伦?　仙台赋别,十有三秋归一瞥。回首茫茫,落月如人照屋梁。

神田认为:"以昌平黉为中心的江户填词之命脉,随着小莲之死而一同绝矣。"

小莲的诗也略引一首《星冈燕集诗》,这次宴集的主人是时任明治政府枢密顾问的田中梦山,森槐南也在座,小莲当时分韵所作:

> 林峦雨敛尚霏微,高阁呼杯到夕晖。
> 小坐阑干闲索句,绿阴如水一鹃飞。

昌平黉以外,森春涛的门下聚集着的一批诗人,其中也有几个是写词的,较有名的有德山樗堂(?—1876)。名纯一,字公秉,号樗堂,又号梦梅瘦仙。越前(今福井县)人。明治初年任职东京司法省,后于出差途中病逝客舍。在春涛所编《东京才人绝句》中便收有他的诗,均为绮靡别愁之作,如:

> 京城十载旧知名,沦落相逢一怆情。
> 不听琵琶多涕泪,芦花水外月盈盈。

又如:

> 西风吹柳易生秋,月照离人暮色愁。
> 一声长笛雁横塞,忆杀能诗赵倚楼。

内容姑且不论,才气确实是有的。当时在东京教汉语的清人叶松石(炜),归国后在《煮药漫钞》(1891年刊)中说,德山樗堂与丹羽花南、永坂石埭"诗学西昆,为东国之秀。余尝欲选三家诗合刻,未果"。樗堂不仅其诗可与同为春涛学生的花南、石埭相比,而且他还尝试作词。如《极相思》一阕,题曰《鹭津判事宅赏梅花,诸公皆有诗,予亦填词》,清人叶炜评曰:"梦窗、玉田以后,唯乡前辈竹垞检讨有此风雅。三百年来,未闻继响。不图海外复有替人,词祧不斩,喜何如之!"词云:

一声长笛谁家？吹月上梅花。鹤归天杳，星摇水皱，今夕寒些。
春雪扑帘香暗渡，爱美人、玉骨清华。歌边影瘦，酒边梦白，门扇窗纱。

又如《罗敷媚·相思》，亦极香艳：

情思难系真珠泪，月亦生烟，水亦生烟。尘蚀菱华失故圆。　相思
自惜蛾眉损，恨也缠绵，梦也缠绵。花瘦如人剧可怜。

他的《喜迁莺·墨水夜泛》甚得春涛击赏，评为"樗堂善词，真起予者"，还特次韵和之(已见前述)。樗堂该词如下：

三围水，一枝箫，人倚木兰桡。柳丝风外酒旗招，鬟影落春潮。
波有痕，云无缝，袅袅花迎花送。吾妻桥北月黄昏，天地皆如梦。

他的《鹧鸪天·黄石先生将还京师，填词一阕为贶》亦得春涛赞扬，春涛并亦"伎痒不禁，倚声效颦"。原作如下(春涛和词从略)：

春思无凭谱玉琴，雨丝风片且追寻。蘼芜绿入行人梦，杨柳愁催词客吟。
花溅泪，鸟惊人，那堪离绪又相侵。京华归老青山在，短发天涯霜一簪。

横山兰洲(1833—1892)也是春涛门下词作者。他名政和，字敬夫，号兰洲。加贺(今石川县)人。出身于金泽藩食万石世禄之世家，其父亲就是本书前已写到的江户后期知名诗人横山致堂。致堂晚年亦喜填词，编写《诗余小谱》以便初学，其中例举作品多为自作。书稿未竟而逝世，兰洲继补之，并于明治辛未(1871)作序。可惜此书似未出版。兰洲的词略举二首。《调笑令·湖上晚步》：

双屐，双屐，欲问湖邨清夕。前山敛尽残阳，柳外荷边趁凉。凉趁，凉趁，皎月随人远近。

《杏花天·杏花双燕图》：

杏花风里双栖羽，睡方足、绣帘朱户。红襟湿遍腻支雨，问着如何意绪。
怕荏苒青春欲暮，又争奈、蝶猜蜂妒。痴愁娇恨无由诉，脉脉千丝万缕。

兰洲的诗则举明治九年(1876)《春多雨诗屋邂逅叶松石先生，时将归国，出其留别佳什见示，爱步元韵奉呈》二首之一。当时兰洲与中国教习叶炜相识不久，但感情已很深，诗写得很动人，载叶炜归国后刊印之《扶桑骊唱集》：

> 欲叙冰壶一片心，离亭漫鼓七弦琴。
>
> 愁云笼月如残梦，凄雨和秋遍故林。
>
> 纵是新知同旧识，那堪握手便分襟。
>
> 南湖东海茫茫水，孰与相思别后深！

春涛门下词作者还有关泽霞庵(1854—1925)。名清修，字士节，通称力藏，号霞庵，别号花庵居士。羽后(今秋田县)人。晚年出版《霞庵诗钞》，其序中云："余明治之初，在秋田椿台藩塾学诗，寻移岩崎塾，后归东京，与友人创梦草吟社。十四年(按，1881)罹灾，诗稿荡尽。寻入晚翠吟社。二十三年(按，1890)参星社，三十年(按，1897)与同人创雪门会，后为随鸥吟社客员。其他参加檀栾会、一半儿社、榴社、澹社等，每月诗酒徵逐。此间所得诗一千数百首。"可见他是完整跨越整个明治、大正时期的汉文坛上活跃人物，亦可知明治汉文坛的兴盛情形。其中涉及的诗社，除晚翠吟社是旧幕藩遗老向山黄村创立外，其余均是森春涛、槐南父子系统。可惜其汉诗尚未经研究者发现，今从神田的书中见明治二十年(1887)他送奥田抱生因病归乡的诗二首，其二云：

> 吾友风流士，如君有几人？
>
> 浮舟绫濑月，置酒镜湖春。
>
> 偶示维摩疾，忽思张翰莼。
>
> 秋风回棹去，从此梦相亲。

其词今则由神田的书中见引十七阕。如《南歌子·小督弹筝图》，咏及日本古史人物：

> 四壁虫如雨，虚堂月满帘。钿蝉零落玉人琴，谱致想夫怜曲，夜沉沉。
>
> 奉勒人鞭马，嵯峨月下寻。松风仿佛认幽音。敲户细传天语，泪沾襟。

《鹧鸪天·湖楼早起》：

> 镜面微茫天始明，有人早起倚窗楹。一套鬟雾如香腻，半岸兰风吹气清。
>
> 疏磬罢，澹烟生，天妃祠畔水盈盈。露荷珠碎风零乱，疑是湘灵鼓瑟声。

《柳梢青·春游》：

> 报道春风，墨沱堤上，草碧花红。扇影相连，衣香轻袅，争向江东。
>
> 游人几队青骢，系杨柳、诗边画中。早是黄昏，那边筝笛，谁氏帘栊？

奥田抱生(1860—?),名晋,字式卿,通称一夫,号抱生,别号莺桥楂客。名古屋人。其父是当地老儒,他幼承家学,又到东京森春涛处学诗。明治二十年(1887)秋,因病而归乡里。此时关泽霞庵曾作诗送别(前已提及)。而抱生亦作有留别诗,感情真挚,其颔联颇佳:

> 寒烟漠漠雨丝丝,杨柳秋风送别离。
>
> 不得意人须对酒,真销魂事在吟诗。
>
> 行看红叶停车日,便是青山展墓时。
>
> 未必故乡无限好,忍教松菊恨归迟。

抱生的词也颇佳,小令如《十六字令》:

> 残,一片银蟾照画栏。林间路,灯火影阑干。

长调如《长相思慢》,序云:"丁亥(按,1887)一月六日,降雪至夜方罢。月色玲珑,湖山如画。因想与家翁曾同游墨水,感而有作。"词云:

> 雪满西湖,月涵寒碧,眼看玉树玲珑。珠楼琼阁,粉壁银墙,浑成造化奇工。雁字排空,问何人赠致,意思无穷? 应是故园来说,当时去向江东。
>
> 记一带长堤如画,梅花院落,柳絮帘栊。骑驴侧帽,唤渡尖风。吟探王孙寺,又低徊玉笛声中。赢得如今,空剪烛裁书寄鸿。只依然江山一片,容我独卧渔篷。

高野竹隐(1862—1921),名清雄,号竹隐,别号修箫仙侣、白马由人等。尾张(今爱知县)名古屋人。从小在名古屋老儒佐藤牧山(1801—1891)门下学习经史,天性富有诗才。二十一岁时跟从其师牧山到东京,其才华惊倒中央诗坛。据说其七古《热海温泉寺古松歌》,为初登中央诗坛之作,颇受注目,同当时风靡诗坛的森春涛一派的经薄浮靡诗风显然不同。当时森槐南即盛赞为"才思劲鸷,自谓'不读本朝(按,即本国)人诗'。予因永坂石埭订交,促膝论文,倾倒无极。其诗以近古人拟之,盖在蒋士铨、吴锡麒之间云。"又说:"竹隐初学樊榭,而骨气沉厚,实远驾其上。宪章汉魏,俎豆陶谢,无施不宜。其古乐府辞,渊渊作金石声,有近代梦文子之风。此真旷世逸才。"可谓推崇之至。

可是,现在日本很多汉文学史论著中,论及明治后半期汉诗时,往往最先提起森槐南、国分青厓、本田种竹三人,这与明治前半期常以大沼枕山、小野湖山、森春涛三家并提相类似。但1937年服部空谷写的《日清战争和明治诗坛》一文中,则认为在槐南心目中更畏惧竹隐,认为是青厓、种竹之上的劲敌。更早,在大正初年松村琴庄的《日本诗话》中已认为,如欲论大正初年诗坛三家,首屈一指的当属竹隐。因此,神田在《日本填词史话》中指出,他的诗名现在几乎不为人知,是不可思议和十分可惜的事。这可能是因为他的诗风不投合时俗,其人又很早离开中央诗坛(东京),以地方中学教师终其生,加上临死前又遗嘱不许刻其诗集,所以便被湮没了吧?猪口的《日本汉文学史》倒是提到了他,但仅从野口宁斋编的《大纛余光》中引录了他的一首《东门行》。该诗艺术性较差,又是写中日甲午战争中丈夫弃家从军,其实乃歌颂不义战争,不值一读。神田的书中又辑得他的五首论词绝句,也算不上佳作。倒是他的词,神田作了大量发掘。尤其是他先与森槐南的词彼此角逐,后又与另一作词大家森川竹磎相互唱酬,成为明治后期汉文学史上一道夺目的佳景。

竹隐的词,有秾丽缠绵的,也有豪放铿锵的,后一类作品在日本词坛并不多见。今选录其佳词以为鉴赏。《水龙吟·夜泊有感》可圈可点:

斜阳衔去斜湾,寒山一面钟声暝。归渔何处,篝灯未点,唱声更永。忽笛声飞,渐风声紧。月波无定。况遥空乱雁,声声似怨,分离也一行影。

无计凭他酒盏,易销魂词人常性。潮欺梦浅,霜期鬓薄,寒欺酒醒。十岁飘零,更番触热,衣衫顿冷。看银涛卷雪,澄辉历乱,泻蓬窗顶。

《水龙吟·结城公墓下有作》是怀念南朝忠臣结城宗广之作,森槐南评为"音韵豪宕,词锋横溢":

岭头一片青山,一抔留取南朝土。大都能尔,人生忠义,来今去古。折戟沉沙,勤王两字,神呵鬼护。算东来王气,怎生消尽,剩半夜鱼龙怒。

仿佛当年战血,血淋漓杜鹃啼诉。枫林月黑,涛声卷入,悲风恨雨。料得明朝,山头应见,阵云凝聚。是英雄未死,忠魂毅魄,趁潮来去。

有一首《水调歌头》亦豪情洋溢:

天风吹散发,倚剑啸清秋。功名一念销尽,况又古今愁。漫学宋悲潘恨,休效郊寒岛瘦,恐白少年头。我欲乘槎去,招手海边鸥。　吹铁笛,龙起舞,笑相酬。大呼李白何处,天姥梦游不?杯浸琉璃千顷,月照山河一片,万古此沧州。何似控黄鹤,飞过汉阳楼。

又如《满江红·自题看剑引杯小照》：

> 山碧河黄，使千古、英雄难活。是一片、从天忠义，铸成心铁。留得人间遗爱物，声名敢没沙场骨。想军门、提出倚青天，三军别。　　苔花散，心花灭；成败恨，应难说。向高台击筑，满襟清血。酒热为君撑起看，寒光三尺肠如雪。甚奸雄、魂死一灯前，冤声蔑。

竹隐与森槐南唱和角逐之作甚多，这实在是互相激励、互相学习的好办法，也是日本词坛此前未见的好现象。他俩填词唱和，始于明治十七年(1884)，至十九年(1886)暮达到高潮。这年底，槐南一口气写了六阕叠韵的《百字令》，并将两阕寄竹隐索和。竹隐毫不示弱，也一下子和了叠韵六首，小序曰："槐南词宗见示此调六阕，依韵如数酬之，并付拍正，亦只藉君酒杯浇我磊块，未知合节否。"今录其中二阕：

> 酒酣而往，敢三分割据，曹刘三国。天下英雄君与我，谁管沉沙折戟？破帽残衫，长安大道，落拓何人惜？悲歌半夜，苍茫如墨天色。　　恍然而醒灯前，翻然而悟，顿觉心缘寂。凭借陈编镇奇气，易传玄经无极。欲慰穷途，除非豪客，吹裂龟兹笛。珊瑚碎也，请君一再休击。

> 古今如此，骂文人游戏，何关经国？或者沙中如杂铁，锻炼来成剑戟。策奏天人，记陈灾异，抵死无人惜。窥园种菜，惊云民有斯色。　　经济岂忍私图，萧条环堵，米乞斜阳寂。仰问青天天曰咄，汝妄男儿罪极。行乐为佳，及时休误，笑会湖中笛。临流濯足，沧浪渔父舷击。

翌年(1887)10月，槐南主编的《新新文诗》发表竹隐的《满江红·遣闷》二阕，但这回槐南没有与他较量，只是赞扬"二阕飞扬跋扈之气又进一层，真是雄视文坛，睥睨一切"。那大概是因为这时槐南被内阁总理大臣伊藤博文看中，任其秘书官，无暇专注于填词了。次月，连《新新文诗》也停刊了。竹隐的《满江红·遣闷》二阕如下：

> 滚滚长江，流不尽、乾坤日夜。秋更老、萧萧落木，西风如洒。决眦山河入飞雁，挥弦和者从来寡。谢江湖、对酒论兵人，应休罢。　　徒慷慨，乍叱咤；龙虎变，风云化。笑纷纷作事，尘埃野马。大抵称为时杰者，临风一睨皆堪骂。试渔阳、节拍第三挝，声声下。

> 呼吸商声，和托出、新词数阕。试掷地、情之至者，有如金铁。难得

有心人一读，悲哉如意壶敲裂。为乾坤、一泄不平鸣，声声热。　谁把酒，嘲风月？独拔剑，吞冰雪。且沧浪濯足，灵山晞发。处世都悲燕筑破，失时一似吴钩屈。笑从天、空付古狂生，多心血。

明治二十二年(1889)秋，经槐南介绍，竹隐与小七岁的森川竹磎以诗词订交。当时，竹隐曾写五首七绝赠竹磎，其第五首曰：

> 拍罢红牙有所思，竹山竹屋竹垞词。
>
> 竹磎竹隐应相许，只此虚心即我师。

诗中提到的竹山为宋词人蒋捷，有《竹山词》；竹屋为宋词人高观国，有词集《竹屋痴语》；竹垞则是清初朱彝尊，有《曝书亭词》。此句可知竹隐对中国词坛的熟悉。从此，日本词坛上最亮丽的风景，就是二竹之唱酬了。如明治二十四年(1891)4月的《鸥梦新志》杂志上，便发表了竹隐和竹磎唱和的《沁园春》各三阙。7月，该刊又发表二竹唱和的《水龙吟》各一阕。兹录竹隐《水龙吟》：

> 梢梢瑟瑟菰蒲，水亭早已成秋味。黄梅送后，翠帘垂处，闲情幽意。怅怅于怀，玉人天际，梦飘风细。甚风之为物，清凉无体，才吹着遗尘世。
>
> 湖上藕花开几？最难忘神魂梦寐。黄昏渐近，新愁来也，嗟侬身计。独自临风，徘徊延伫，更无人会。料琼楼玉宇高寒，空共月明千里。

竹隐也写了不少惨绿愁红类词，本书不欲多引。因为连当时的槐南也指出："此种填词，非详悉温柔乡里消息者，不能泛下一字。吾辈美人香草，大抵寄托之词，故难极浓艳，难得逼肖。竹隐本称端人，乃尔如此，竹垞《琴趣》，恐不得专美于前也。"

藤本烟津(1862—1926)，名节二，播州(今兵库县)神崎郡福崎人。他是大正时期很少见的填词作者。其生平、师承等未详，仅知他很早便来大阪，曾在大正二年(1913)森川竹磎创刊的《诗苑》杂志上发表小令、中调、长调共四十五阕，颇为难得，殆可称为日本词坛袅绕之余音。其作品如《唐多令·中秋有感》：

> 月下桂树稠，清辉一半秋。几关心、尘暗西州。一片感怀谁共说？难消遣，又登楼。　今古水悠悠，苍天颢气流。乍征鸿、影度前洲。莫向军营鸣且过，恐惹起，健儿愁。

《踏莎行》：

> 树拖余霞，鸦迷落日，断云孤影飞无迹。登楼望远易伤心，山重水复人相隔。　　烟雁迢遥，露蛩啾唧，愁心难寄空相忆。绮棂秋雨洒黄昏，香消酒醒新寒逼。

《摸鱼儿·秋晚还乡，诸友招邀欢饮，赋此道谢》：

> 客归来、故乡村巷，水容山态依旧。白云红树秋方好，怜杀渡头杨柳。情谊厚。更喜是、年时莫逆知心友。相逢邂逅。趁鹭约鸥盟，相欢与我，同酌碧尊酒。　　阶前菊，清艳凌霜耐久。帘波微漾香透。白头词客无才思，只得学他清瘦。寒翠袖。浑不管、归鸦逐逐投林后。从教尽漏。便明日分襟，江云渭树，后会甚时又？

其香艳之调亦引《南乡子》为例：

> 妆阁昼萧条，细雨窗棂销绣绡。鬓也懒梳衣懒整，无聊。炷烬沉烟篆气消。　　倦枕梦魂遥，醒记分明步步娇。最是凭肩低语处，魂销。翠柳依依拂画桥。

金井秋苹（1864—1905），名雄，字飞卿，通称雄次，号秋苹，别号画眉娇客。上野（今群马县）人。其父为元老院和贵族院的议员，1874年曾作为内阁书记官来华，记录了有关侵略台湾事件的"谈判"过程。其祖父是有名的画家。秋苹家境优裕，从小聪明，长大后入蒲生裳亭（1833—1901）门学汉学，后入庆应义塾、大学预备门等处学习。明治十七年（1884）赴德国留学，进柏林大学修国家学及理财学等，滞留长达九年。与森鸥外留学德国大体同时。回国后曾被金泽第四高等学校聘为德语讲师。三十五年（1902）春，被聘为中国常熟竢质学堂附设的东文学舍的总教习，在任一年余。回国后，因脑出血而逝世，年仅四十二岁。

就在他二十五年那年，在德国柏林读书时，却创作起词来了。如《望江南·戏咏巴黎四时景》四首，用词的形式写西洋景，是颇为新奇和罕见的：

> 巴黎好，春圳马蹄骄。柳外雕鞍公子骑，花间绣帕玉人招。夺下郁轮袍。

> 巴黎好，夏木绿阴繁。风透罗衫香远近，天低铁塔月黄昏。乘暮访公园。

> 巴黎好，秋水照新妆。堪笑柳腰如许大，不知莲步为谁忙。卖菊近重阳。

巴黎好，冬夜舞筵开。曲奏离鸾鸣不住，人如飞蝶去还来。窗外晓寒催。

这一年法国巴黎举办了万国博览会，并为此建造了埃菲尔铁塔。上引第二首当是东方人最早吟咏该铁塔的作品。第一首写的是每年春季的巴黎赛马，"郁轮袍"用唐朝王维故事，王维弹奏琵琶曲《郁轮袍》赢得公主的欢心，秋苹却把它变成了法国赛马场上的锦袍。第三首写的是万圣节。第四首写冬季的歌舞宴。总之，是他在留德时游玩巴黎，随后抓住巴黎最有特点的事物写入词中。当时也在德国留学的入泽达吉于1938年出版的《伽罗山庄随笔》中写到秋苹，说他在柏林时常出入中国公使馆，同中国人诗酒征逐，自己的本专业则不下功夫，并常逃学。我们现在知道的他在柏林熟识的中国人中，就有一位广东诗人潘兰史，擅长写词。秋苹曾作《卖花声·题潘兰史光禄珠江顾曲图》二阕。兰史于1890年回国，秋苹曾赠《满江红》：

落拓潘郎，听夜雨、残灯萧瑟。记旧日，珠江游冶，风流无敌。荳蔻春深添半臂，酕醄雪霁吹长笛。奈车书万里忽西征，年年客。　家世盛，单于识；诗赋健，鸡林索。恨风云未曾，天涯旅食。窄袖胡姬能荐酒，魁头弟子知磨墨。问海山消息更何如，东归日？

1893年秋苹回国后，又立即给兰史寄去了《水调歌头·寄怀潘兰史光禄在番禺》：

交友遍天下，最忆是潘郎。临毫才思坌涌，议论挟风霜。已有屠龙本事，又解雕虫小技，名姓噪词场。犹记柏城夕，同醉酒千觞。　经年别，劳梦寐，叹参商。虽然聚散前定，此恨不寻常。好在珠江画舫，孰与墨堤霞障，待尔细评量。一苇是蓬岛，何日着仙航？

秋苹的诗也颇有功力。如他回国后在金泽任教时曾作《金城客中偶感》：

八载欧西赴远征，轻衫细马一书生。
空怜磊块填胸尽，漫道功名唾手成。
紫陌筑毬春结客，青楼掉臂夜谈兵。
而今风雪金城路，可是屠龙技未精。

他在中国常熟任教时，曾凭弔过清初钱谦益的墓，并写下一绝句。诗中以钱氏比拟苏轼，对钱氏大表同情。用"乌台"对"乌程"，"东坡"对"东

涧",极妙。惜乎后来中国大学者陈寅恪写《柳如是别传》时未曾读到:

> 乌台诗案乌程狱,才大其如命蹇何!
>
> 若说文章千古事,只应东涧似东坡。

秋苹逝世前,明治三十七年(1904)更作有七古长篇《读史》,大力歌颂太平天国,痛斥曾国藩诸人为卖国贼,又抨击保皇派康南海徒为搬弄口舌。这种立场颇引人注目。诗中说的读后雀跃的"新编"《太平天国史》,当指清末革命党人刘禺生同年在东京出版的《太平天国战史》一书。可见此诗是送给刘禺生的。诗中说"千古龙门堪媲美",把此书比作司马迁的《史记》,是极高的评价:

> 昔读《扬州十日记》,不禁冲冠发上指;
>
> 今览《太平天国史》,掩卷长叹频拊髀。
>
> 女真遗孽豺狼心,乘乱斩关覆明祀。
>
> 维雀有巢鸠居之,鱼肉民人没天理。
>
> 龙蟠虎踞十五年,金陵复见真天子。
>
> 可憾东王藏祸心,一朝变起萧墙里。
>
> 从此南风不复竞,繁华空付东流水。
>
> 腐儒勿谩论英雄,刘项兴亡亦偶尔。
>
> 当其都城失陷时,十万义民同日死。
>
> 虽曰雄图中路颠,可无词官立本纪?
>
> 谁也曲笔谀蛮夷,恶名冠之以"粤匪"?
>
> 张弘范与洪承畴,屈膝犬羊不知耻。
>
> 人天共怒卖国奴,何图再见曾、左、李!
>
> 走狗争肉声喧阗,今古人小同一轨。
>
> 孰与忠王李秀成,杀身成仁有终始!
>
> 新亭对泣年复年,不戴长毛戴豚尾。
>
> 先王礼乐安在哉?满目贪官更污吏。
>
> 读君新编跃三百,千古龙门堪媲美。
>
> 大振木铎分华夷,铁鞭欲挞睡狮起。
>
> 频年白祸争朝东,不至瓜分势不止。
>
> 谁从既倒迴狂澜,日英联盟宁可恃?
>
> 必须发奋而自强,传檄声明满虏罪。

> 逐之旧窟冰雪乡，甘心秽宫老阿紫。
>
> 整顿乾坤须及时，纷纷口舌徒喧耳。
>
> 呜呼，纷纷口舌徒喧耳，保皇还有康南海。

北条鸥所(1866—1905)比金井秋苹还不幸短寿。他也是久已被忽视的人物。青年时他曾在东京外国语学校学习中文。老师是颖川重宽，长崎翻译司出身；还有中国人教师关桂林，与他关系极好。他后曾任职司法省，做过大审院书记长。1886年，曾来华旅游。在汉文化领域，他首先是一个诗人。大久保汀南曾说其诗峭削奇隽，为调自成一家，实为难得。而森槐南更指出："鸥所诗初以绮丽称；中辄才气喷薄，珠玉披离，烟云缭绕；近来所诣日上，登峰造极，直将不可量。"能得到槐南如此激赏，当然不可忽视，据说其遗诗有两千多首，可惜未曾出版。森川竹磎所编《明治名诗钞》中仅选其诗八十来首，可惜笔者亦未能读到。今只能根据神田喜一郎的发掘，仅介绍其作词的成就。

其最早的词，据说是明治十六年(1883)发表的《醉落魄·春夜》。槐南曾评说道："诗语入词，清新可爱。'这月''那人'两句绝妙，一篇'梨花雪后酴醿雪，人在重帘浅梦中'注脚。"这里说的，就是清诗人厉鹗的名作《春寒》："漫脱春衣浣酒红，江南二月最多风。梨花雪后酴醿雪，人在重帘浅梦中。"鸥所词曰：

> 江南一别，多风正是愁时节。今宵酒醒何凄绝。楚管谁家，吹上昏黄月。　　这月曾经光皎洁，那人瘦影春寒彻。梨花雪后酴醿雪。浅梦重帘，多病都休说。

鸥所似乎很喜欢这样将中国名诗改写入词。又如《双调南歌子·春雨词》：

> 金鸭香犹袅，珠帘晚不钩。一奁秋水懒梳头。闲对海棠赢得，几分愁。　　料峭余寒重，凄凄院落幽。浓春真个似残秋。十日雨丝风片，锁妆楼。

这里显然是用了清诗人王士禛《秦淮杂诗》："年来肠断秣陵舟，梦绕秦淮水上楼。十日雨丝风片里，浓春烟景似残秋。"

明治十九年(1886)，他发表了现今所知最后一首词《寻芳草·暮雪》。这样，他从咏春到咏冬，结束了竞逞才华的填词创作。这首咏雪词的末尾，令人击节：

　　不是一天暮，却都是冻云封住。乍飘飘、谢女吟边絮，已吹上墙东树。

　　且好唤丫鬟，把帘卷、细寻佳句。正何来、小犬阶前路，排几点梅花去。

　　最后要写到森川竹磎(1869—1917)了。神田认为他在"日本填词史上是声名显赫的唯一专家"，亦即认为他是日本词坛第一人。其实连他的老师森槐南都说："竹磎词优于诗，几乎宇内无敌。"他享年不足半百，却填词约六百阕之多！可惜他连专门的词集亦未出过，在神田《日本填词史话》问世之前亦几被湮没。他名键藏，字云卿，号竹磎，别号鬈丝禅侣，斋名听秋仙馆、忏绮庵等。东京人。其家在幕末为知名富豪。他自幼聪颖，曾向大沼枕山的学生沟口桂岩学诗，又向梁川星岩的学生马杉云外(1840—1899)学习。明治十九年(1886)，竹磎仅十八岁，便与同学藤泽竹所、筱崎柳园一起创立了欧梦吟社，并发刊了《鸥梦新志》月刊，发表汉诗文及和歌。从第六期开始，又设立了"诗余"一栏，专刊词作，一开始主要发表竹磎自己的词。

　　不过不知为何，竹磎最早发表的《调笑令·晚步》，似乎是抄袭六年半前横山兰洲在《新文诗》上发表的《调笑令·湖上晚步》(本书前已引及)的。短短三十二字中竟有十五字全同！此事似未经揭露，神田书中两词均引录，也未提及其相似，奇怪！请看：

　　携杖，携杖，欲散襟怀炎快。前山敛尽斜阳，缓步微吟趁凉。　凉趁，凉趁，皎月清风阵阵。

　　竹磎填词的第一步，似乎迈得并不好，但他后来的成就却是很大的。据说，他曾受到当时在东京清国公使馆任翻译官的中国人陶杏南的指导。明治二十一年(1888)春，他又执贽入拜只比他大六岁的森槐南之门。从此，《鸥梦新志》便成为森门阵营之机关刊，由竹磎主宰发表大量词作，使日本词坛呈现出活跃状态。竹磎也写过大量绮靡艳情之词，虽亦有其艺术性，但本书不拟多录，只选述笔者欣赏的若干作品。

　　二十一年(1888)，他创作了《婆罗门引·空念上人发绣蔓荼罗》，写的是延宝中(1673—1680)僧人空念聚八万四千人头发绣成的诸佛菩萨像。二十岁少年写出这样的词，而且特意选了这个少见而又合适的词牌，令人刮目相看：

　　锦贉珠蹼，世间谁识至今传。已经二百余年，乐土光明五色，九品尚依然。看慈云缥缈，现大罗天。　绣丝发䰂，一缕缕繁因缘。度得婆夷婆塞，八万四千。知他发愿，愿斩绝一切死蚕缠。省无数广舌方便。

翌年，森春涛逝世。竹磎的《满江红·哭奠森髯先生墓下》是当时许多哀挽之作中唯一的词，写得悲婉动人：

> 天道如何，将此恨向谁言说？唤难醒、庄周昔者，梦为蝴蝶。短句早成今日谶，青山添个诗人磎。叫千回、魂魄不归来，香烟结。　　风中柳，凄伤别；窗外雨，还呜咽。见遗诗满壁，九回肠裂。春水香鱼休再唱，桃花乱落红飘瞥。料明年、三十六湾头，鹃啼血。

二十三年(1890)新春，他写的《东风齐着力·上日漫填》既喜庆，又幽默：

> 一阵东风，初番春信，又早新年。辚辚匈匈，车马去朝天。看见梅花始笑，晓光丽柳吐晴烟。街头闹，男歌女踏，兴满情圆。　　我亦有辛盘，其外只、零纵断墨残笺。乞君莫笑，旧物个青毡。此里横陈仄卧，是疏懒趣味依然。朝来醉，低回顾影，独自相怜。

这年6月，竹磎大病一场。病后所作《如此江山·遗怀，即自题小照》，反映了他的处境和心情：

> 封侯于我元无分，斯人岂非穷士。小技文章，虚名到老，只恐无闻而已。风流歇矣，恨人物如今，欲呼难起。乌鹊南飞，江山千古只如此。　　悲夫天地逆旅。算人生百岁，如梦如寄。一世之雄，今安在也？飘尽平生涕泪。风尘万事，叹天下滔滔，是谁知己？对酒须歌，苦心无益耳。

同时作的《解佩令·竹磎题壁》则胸襟潇洒得多：

> 无鱼也好，无车也好，有千竿修竹便好。修竹千竿，看绿玉琅玕围绕，没些儿俗扰。　　前磎秋早，后磎秋早，若清愁一片还早。静里填词，拟竹屋竹山精巧，更竹垞新调。

前已写到，竹磎与竹隐在年前订交时，竹隐就赠有诗句云："拍罢红牙有所思，竹山竹屋竹垞词。"可知日本"二竹"均以高观国(竹屋)、蒋捷(竹山)、朱彝尊(竹垞)这几位中国词人之调为模范。

二十四年(1891)新春，竹磎又作在日本罕见的二百四十字长调《莺啼序·自题花影填词图》。这一词牌，是字数最多的一种，即使在中国古人的诗作中，今也只找见十来阕而已。而这位年仅二十三岁的日本青年，有意尝试和挑战，虽然词中颇有失律之处，但全篇意气轩昂，表示自己与鸳梁、竹隐、槐南等人将填词视作"无双事业"，令人感动：

> 东风一番入柳，并梅花放入。更吹送、廿四番番，一年春事如许。惹牵了、蜂酣蝶闹，无端听到啼鹃老。好风光，多恨词人，那堪孤负。　减字偷声，未足满意，又移宫换羽。便豪宕秾艳双宜，北宗南派排谱。太风流、红牙版拍，任雄快、铜弦琶鼓。此情怀，无限酣嬉，共何人语？　新愁沁骨，旧恨萦怀，总笔头写取。最不耐、雨丝风片，草长莺乱；寒食清明，落花飞絮。人遥水远，山重云叠，灯前月下相思候。正香消、酒醒魂销处。今非昨是，兼将好梦心欢，短长任意成句。　周郎去矣，世少知音，叹阿谁顾误。只有个、鸳梁才子，竹隐词人，那更秋波，有情禅侣。晨星落落，词坛寂寂，都来斯道无人讲，把无双事业捐如土。须知吾辈前身，敢是词星，向天问与？

森槐南对这首词有这样的评语："《莺啼序》是词中第一长篇，古来作者无几。偶一仿之，不绝膑断胠者鲜矣。近日竹磎词境一变乃尔，视难若易，令予辈不得不避席而走。由此而进，苏辛秦柳，可以窥其堂奥，犹何有于陈检讨哉！"槐南这里提到清词人陈维崧，是因为当时竹磎偶尔获得陈的《湖海楼集》，欣喜若狂；而槐南认为竹磎已可直接上窥宋贤，不必神往于清人了。

这年他写的另一首二百多字长调《哨遍·论诗，与小川岐山》，也是少见的词作。竟是以词的形式来写如何作诗的对话，极为有趣。词中的"客"显然就是小川岐山，即本书后面将要写到的木苏岐山。竹磎的诗学见解也是很值得注意的。

> 客语主人："诗贵自然，汝未知其义。吾说之，君莫谓吾欺，请前来闻吾言矣：欲作诗，先当以唐为祖，须知格调可三思。如谩斗清新，徒求奇巧，何为足挂于齿？自今来、莫误所归依，不然则、人呼鹤林鸡。若不从吾，请问何如，主人之意？"　"噫，客说何微，"主人长叹喟然对："客既知其一，殊堪怜不知二。夫五帝殊途，三王异法，一人自有一人志。把无数诗人，强为同调，得非天下难事？念好新好古总由伊，君不见、三唐亦参差？到如今、勿怪相异。吾元学浅才拙，常恐陈难避。但知奇句新声别调，能使吾诗清脆。客休重说是兼非，我从吾所好而已。"

二十五年(1892)年底，竹磎填《满江红·壬辰岁晚作》，竟一口气写了五阕，且都是牢骚不平之作。尤可一提的是，从这壬辰年起，直到辛丑年(1901)，他几乎每年年暮都填写这样的《满江红》，且大多写五阕(有一次竟是六阕)之多；特别是丙申年末写了五阕以后，丁酉年岁旦又再赋三阕。而且大多十分精彩。这样的才思和笔力是很少见的。下面便选录壬辰年写的五首中的第一首。词中写到"中年感"，其实那一年他才二十四岁！

> 屈指心惊，问今岁、更余几日？看人世、光阴如水，去乎何急！不遇生前天所与，无名身后吾偏惜。叹呕来心血少知音，诗词客。　　胸里事，谁能识？中年感，百端集。向灯前呵个、冻余吟笔。无月楼头鸿雁叫，欲霜夜半江湖寂。把一年生事数从头，空悽恻。

再选辛丑年写的最后一阕：

> 一醉无聊，更漏瘦、一灯无力。寒料峭、雁声凄苦，百端交集。半世生涯云出岫，百年天地驹过隙。莽苍苍、逆旅内之人，闲难得。　　虽词意，无人识；此屏骨，还堪惜。问苍天公道，把伊抛掷？锦瑟华年魂冷落，鬓丝骑省霜堆积。对一枝瓶里早梅花，嗟岑寂。

竹碶也偶有一些反映民生的词，值得重视。如他写过《水调歌头·地震纪异》，还有同调一首写岐阜水灾的：

> 水侵美浓国，闻说使人惊，金华山动，黄流混混与天平。失却千村万落，泛尽儿童老弱，生死不分明。一半葬鱼腹，谁肯吊其灵！　　果何罪？仰天哭，甚无情。回头历历，去年此日记曾经。三十六湾秋冷，十八楼头夜静，乌鬼获鱼鸣。想见无人地，一段月光青。

然而非常遗憾的是，在日本军国主义侵略中国的时候，竹碶也写过一些站在反动、不义一边的词作。如《破阵乐·闻早川峡南谈太平山之战赋》。早川是一名军医，随军侵华。明治二十八年(1895)二月，在中国辽东半岛的太平山地区发生激战，死伤甚烈。明明是日军到中国烧杀抢掠，竹碶却诬称清军为"虏""匈奴"，还特意挑了一个《破阵乐》的词牌，甚至还表示自己也想亲自参加侵华：

> 朔天雁杳，龙堆雪满，平野千里。立马高丘一望，早虏阵、旌旗迤逦。宵打严更，晨传军号，三军共起。看茫茫一白乾坤净，被笳声吹替，修罗之地。

战马嘶鸣，将军咄咤，匈奴奔矣。　犹记，战息人劳，风寒日暮。临毳帐，倾冷酏，只食些儿冰酪粥，强似玳筵醅酵。故人楼，初还日，今宵乐只。叹我长征随不得，郁胸中如山磊块，依君浇尽。我且为我豪乎，客能许未？

他的《满江红·乙未岁晚赋五阕》，竟歌颂、庆祝日本侵占中国台湾，并认为继续镇压台湾民众是所谓"行教数""皇恩渥"，真是强盗的逻辑！如其第四阕云：

朔北征人，既奏凯、和成于约。台湾岛，归吾版籍，伟谟恢廓。为是蕃奴犹抗我，又劳将士行教数。便迎来送往任其私，皇恩渥。　榛芜界，蛮荒落；马皆瘦，人如削。痛貔貅多年，骨埋荒漠。阴火游魂长血污，獐花狨鸟空行乐。想岁晏、威海守兵情，还应恶。

森槐南随伊藤博文作为占领者赴台湾时，他作《瑞龙吟》一首送行，又说什么"版图新拓，扬扬皇武"：

长亭暮。千里万里斜阳，碧云新树。时光容易牵愁，那堪又听，催人杜宇。悄无语。将似者番离别，怎生成赋？明朝蓦看天涯，波涛莽莽，星槎泛去。

迢递南荒孤岛，版图新拓，扬扬皇威。回首战尘才收，民始安堵。炎威赫赫，闻道行人苦。唯赢得、獐花狨鸟，心情容与。最是伤脾腑。恼人一样，蛮烟瘴雨。真个无凭据。今日里、思量关心如许。点煞别也，酒醒何处？

这些词作，只能留作日本侵华的自供了。

竹碢除了主要作词以外，有时也写诗，也有佳作。如七律《雨夜读〈牡丹亭传奇〉》三首，今录其三如下：

千古伤心杜丽娘，半生薄福梦梅郎。
花魂不恨三年土，月色应回两处肠。
我辈钟情看不耐，此时愁绪为谁长？
无端掩卷又无语，更漏沉沉残篆香。

竹碢还写过散曲和套曲。这在日本汉文学家中颇罕见。今录其《小病无聊，谩填南曲一套》：

［商调集贤宾］秋阴黯淡风影微，更秋雨霏霏。断续寒蝉零曲哀，和萧萧落叶高低。垂杨瘦倚，压倒这芙蓉憔悴。深院里，没那个沉香心死。

　　［猫儿坠］疏帘低贴，萩萩嫩寒推。时节黄昏感惨悽，床边络纬数声催。悲嘶，病里情怀，伤心无比。

　　［尾声］销魂谱出灯花底，一往情深独自知。又早是、蜡炬风前暗泪催。

六、森槐南和森门作家

　　在明治中后期的汉文学界，森春涛、森槐南父子都是重要人物。中期诗坛，活跃着春涛的门人；后期则有槐南的学生。春涛的创作地位与成就，本书前已讲过；春涛和槐南的一些主要从事填词创作的门人，前亦已写过。这里补充论述春涛的其他一些门人，槐南本人及槐南的一些弟子，亦略以生年为序。

　　铃木蓼处(1831—1878)，名鲁，字敬玉，号蓼处。越前(今福井县)人。入森春涛的茉莉吟社学诗。安政四年(1857)任福井藩校明道馆之句读师，明治七年(1874)去东京任教部省权大丞。与川田瓮江、小野湖山、三岛中洲、野口松阳等昌平黉派学者亦有亲交，相互研讨诗文。著有《蓼处诗文稿》等。他的《题风船图》写西方的新轮船，有韵致，用典亦好，被视为明治前期的代表作入选于各种诗选：

　　　　西人技术亦奇哉，身在青空尽溯洄。
　　　　见得谪仙诗句是：孤帆真个日边来。

他的《暑日记事》一诗，读了令人莞尔：

　　　　决西江水太迟生，争得暑襟俄尔清？
　　　　谁也使人肌起粟，街头忽叫卖冰声。

　　神波即山(1832—1891)，他本是尾张(今爱知县)甚目寺僧人，法名圆桓。维新后还俗，名桓，字猛卿，号即山，并出任过太政官。中国学者胡怀琛《海天诗话》称其"诗画皆工。七律云：'桥市人归垂柳雨，寺楼春倚落花风。'风韵甚佳。"他是春涛的学生。有《贺春翁新居》一首七律，写尽春涛之潇洒儒雅和近禅，颈联尤奇辟可玩：

　　　　新买闲园十余亩，此间堪引故人车。
　　　　山光泼翠开帘处，泉味流甘啜茗初。

> 种竹诀如删冗句，爱花心似购奇书。
>
> 小楼近与丛林并，时有咿唔和粥鱼。

《花月吟》，仍可见僧气：

> 伤心月下了迷因，刻意花前证幻尘。
>
> 月易亏残花易散，就中易老看花人。

他的《题画二首》，意趣盎然：

> 山色挟虚岚，天光落秋水。
>
> 归舟穿峡来，残日半帆紫。
>
> 日落远山平，天长归鸟疾。
>
> 人家深树中，一缕孤烟出。

其古风《陆放翁心太平庵砚歌，为日下部内史东作赋》，写了极为难得的中国文物，诗亦极酣畅淋漓：

> 内史示我一片石，滑于珪璧莹于铜。
>
> 八稜端正无缺陷，著指痕湿云梦梦。
>
> 背镌心太平庵字，笔画瘦硬工藏锋。
>
> 抹眵明窗细谛视，乃知此砚出放翁。
>
> 翁也南宋老学士，冰河铁马从远戎。
>
> 醉墨倒泻三峡水，淋漓欲洗胡尘空。
>
> 骑鲸一去尘劫换，砚亦韬晦冯夷宫。
>
> 灵物一朝托渔网，免与鳞介长没踪。
>
> 项（锡胤）毕（际有）相传比赵璧，
>
> 王（贻上）陈（维崧）题咏垂无穷。
>
> 老山画师曾航海，赍归万里扶桑东。
>
> 内史获之踊三百，锦袱珠匣加尊崇。
>
> 观德宜与君子伍，玉清仙境相追从。
>
> 况复内史颜柳亚，诏黄字大蟠蛟龙。
>
> 覆毡草檄浑无用，日磨御墨声隆隆。
>
> 嗟我笔砚欲焚久，作诗聊与常人同。
>
> 安得奇才副此砚，光焰万丈如长虹。

岩谷一六(1834—1905),名修,字诚卿,号一六,别号迁堂、古梅园、金粟道人、噏霞楼。近江(今滋贺县)人。其家世代为水口藩侍医,他也于嘉永三年(1850)赴京都学医。归藩后,从中村栗园(1806—1881)读汉学。明治维新后,历任一等编修官、修史局监事、内阁大书记官、元老院议员等,明治二十四年(1891)任贵族院议员。他不仅擅诗文,而且还是有名的书法家,与日下部鸣鹤、长三洲并称为"明治三大书家"。

一六曾学森春涛写诗,其七绝颇有佳作,如《折梅寄人》:

> 凌霜冒雪又回春,折取殷勤寄故人。
> 纸帐铜瓶须爱护,一葩一蕊一精神。

《雪意》:

> 纸窗如墨点寒蝇,孤坐炉边兀似僧。
> 欲束邻翁谋一醉,呼童先炙砚石冰。

《醉中漫题》:

> 不求成佛不求仙,结习难除翰墨缘。
> 岂有文章惊海内,题花赋月过年年。

《霜夜闻钟》:

> 声落寒林起宿鸦,满天霜气月方斜。
> 何人同我发深省? 尘梦城中百万家。

《纸鸢》则是讽刺诗:

> 岂是不平鸣半空? 扬扬意气驾春风。
> 一丝才断忽无势,堕落污泥粪土中。

七律《杂感》亦清雅之至:

> 附热趋炎吾不曾,平生心地淡于僧。
> 静观自得道深味,妙悟了来诗上乘。
> 栖鹤踏翻松顶雪,侍童敲破涧中冰。
> 清茶一啜清无寐,别尽茅堂半夜灯。

桥本蓉塘(1844—1884),名宁,字静甫,号蓉塘、慎斋。京都人。早年学于立命簧。明治初赴东京,入森春涛的茉莉吟社,诗名渐盛。与上梦香、神田香岩并称为"西京三才子"。明治五年(1872)在宫内省任职。逝世时仅四十一岁,被授三等掌典补兼式部三等属。有《琼予余滴》《蓉塘诗钞》。蓉塘喜读白居易和陆游的诗。森春涛曾评价他说:"若以才量论静甫,则余一言断之曰:子建八斗。"小野湖山则称:"静甫之于诗,实天下奇才也。"俞樾在《东瀛诗选》中选录其诗,并评论说:"静甫诗清丽芊绵,令人百读不厌。集中未选佳句,五言如'水枯桥脚瘦,树老店身寒。''清风长在竹,明月不离松。'七言如'春埒踏花红叱拨,秋楼倚月玉参差。''霞光烟彩画前易,牧笛樵歌删后诗。'皆晚唐名句也。其次伊藤士静韵诗,至六叠韵,止为一妓者而作,初意殊有士衡才多之诮;然反复读之,绮思艳句,齿颊皆香,仍不忍割爱也。"

　　俞樾提到的"未选"而仅录"佳句"的第一句的那首,实际上他还是选录了,题曰《冬暖》:

> 冬暖似春煦, 悠然步鸭干。
>
> 水枯桥脚瘦, 树老店身寒。
>
> 佳句有时得, 好山随意看。
>
> 一枝方竹杖, 终日伴盘桓。

　　他的《花下睡猫》,读来解气,妙在末句,只是那些尸位素餐辈未知能懂其寓意不?

> 花阴满地午风和, 不省三春梦里过。
>
> 懒睡应无尸素责, 陶鸡瓦犬世间多。

　　蓉塘写得最好的还是七律。如《感事》,慨感怀才不用,而又豪情不减。颔联新警,颈联壮阔:

> 感事秋来易怆情, 疏慵不点读书檠。
>
> 云间月似强留客, 雨后暑如将溃兵。
>
> 奇梦连宵落鲸海, 壮心万里托鹏程。
>
> 忽疑杀气鞘中动, 三尺蛟龙吼有声。

　　《移居追次厉樊榭韵四首》,今引二首:

> 误婴世网十年余, 西徙东迁欠定居。
>
> 事往何须长大息, 兴来未害小轩渠。

也知墨子无黔突，不及焦先有敝庐。

山约水盟休见外，已移生计就樵渔。

门临流水小桥斜，如是幽栖尽可夸。

簷不太低能贮月，园虽然窄亦容花。

扁舟未与鸥分渚，老屋聊同燕作家。

牧笛樵歌耳常惯，此间敢信市街哗。

《秋夜书感》的颔联极佳，但是却显然与村上佛山的七律《夜坐》的颔联"一江星彩闪鱼脊，大野霜威彻鹤身"相似，且不可能是巧合，必然是二人之中有一人袭用另一人。即袭用亦极妙，但袭用者理应说明一下才是。佛山比蓉塘年长三十四岁，逝世时蓉塘三十六岁。估计可能是后者袭用前者。

秋光夜色共阑残，默坐灯前弔影单。

星彩射江鱼脊闪，霜威压野鹤身寒。

论兵策比苏明允，忧国意同辛幼安。

一局闲棋争胜败，不知奇著在旁观。

《端居写怀二首》均极佳，其一：

白日青天不可升，仙翁真诀在无能。

贫来门巷闲如野，病起心情澹似僧。

嫩竹当轩吹绿雪，新瓜上市荐红冰。

人间蚁垤吾嗤汝：争似闲窗梦一肱！

此诗以"红冰"咏西瓜，就比本书前面写过的斋藤竹堂《西瓜》诗的"红玉"（按，元人顾瑛就有"刀分红玉故侯瓜"之句）更妙，更新奇。但这也不是蓉塘的创造，元明以来杨维桢《内人剖瓜词》、顾璘《同鲁南祝禧寺结夏》、袁华《美人剖瓜图》、徐勃《夏日田园杂兴》、葛一龙《触热过曹去非山馆》、陈维崧《西瓜》、汪筠《食瓜》、吴嵩梁《夜凉》等诗均用"红冰"咏瓜。又可惜诗中出现两"闲"字。

其二：

不与人争打劫棋，平生战影掩茅茨。

高官方怒水中蟹，达者甘为泥里龟。

　　月竹横斜天造画，风蝉断续自然诗。

　　吟哦聊写闲边适，一卷陶诗是我师。

　　蓉塘特别爱写感怀诗，他还写有《冬日杂感三十首》，这里选录其中一首：

　　煮字炊文太苦辛，频年桂玉混风尘。

　　数茎白发难瞒老，半世虚名不救贫。

　　要路曾闻钱使鬼，名场真觉墨磨人。

　　从今拟领南华旨，修到华胥国里身。

　　《雨后俄凉》：

　　不著人间半点埃，池光山影映楼台。

　　无关心事卧终日，有得意诗吟百回。

　　荷叶齐鸣新雨过，竹梢微战晚风来。

　　黄昏悄立凉阶畔，满地秋痕在古苔。

　　他敬赠森春涛的次韵诗共有四首，秀句甚多，如第一首《新年次春涛翁六十自赠韵》：

　　邻鸣啼破五更天，春在团圆笑语边。

　　犹有狂奴存故态，曾无朝士贺新年。

　　冻笺试写有声画，矮榻好参无眼禅。

　　桂玉任佗贫透骨，由来夷甫不言钱。

　　其第四首《同，四叠韵》：

　　领取华鬟第一天，才人家住小湖边。

　　青山订得三生约，白发迎来本命年。

　　绮语犹余牙后慧，妙机时示指头禅。

　　卖文饱买黄垆酒，不乞城中司业钱。

　　他的《同春翁游上野公园》亦描写如画：

　　急携双斗赏山樱，可负黄公唤客声。

　　门下偏多诗弟子，湖亭遍识醉先生。

　　烟霞三月原如梦，丝竹中年难忘情。

　　未害烦君灿花笔，水边重赋《丽人行》。

永坂石埭(1845—1924)，名周、德彰，字周二、希庄，号石埭，别号一桂堂。名古屋人。其家世代为医，仕尾张(今爱知县)德川家。石埭早年在东京学西医，曾任东京帝国大学医学部教授，后在神田松枝町开业行医。同时随森春涛及鹫津毅堂学诗。与神波即山、奥田香雨、丹羽花南并称春涛门下四天王。明治七、八年(1874、1875)顷卜居神田玉池的梁川星岩旧宅址，称玉池仙馆。曾创办剪淞吟社、一半儿诗社。中国诗人郁达夫与他唱酬时，称他为"诗坛盟主"。石埭还有诗书画三绝之美誉。七十岁回故乡名古屋，以文墨娱老，逝世时已是大正十三年。

石埭善七绝。曾作有《横滨竹枝》一卷，如其中一首可想象明治时代的横滨港夜景：

> 港楼暮色接沧溟，起卷湘帘酒未醒。
> 是水是天难辨得，蛮船灯火小于星。

《冬晓》末句自嘲，令人莞尔：

> 憔悴堪怜是菊枝，深霜和月逗疏篱。
> 一庭晓趣荒凉甚，略似先生近日诗。

《春仲卧病》一诗，程千帆赞为"清丽宛转，甚有风调"：

> 药炉经卷伴萧条，一半春从病里消。
> 五日轻寒三日暖，孱人天气近花朝。

《冈山少林寺诗碑》，使我们知道在日本冈山也有少林寺。诗中"应真"即罗汉。

> 梅花如雪寺门深，薄夜寻诗到少林。
> 五百应真默无语，一天明月照禅心。

他的《雨窗偶吟》颇耐读，对埋头著述的读书人来说是很感到共鸣的。"仰屋著书"现在也成僻典了，出自《梁书·王伟传·附恭》："下官历观世人，多有不好欢乐，仍仰眠床上，看屋梁而著书。千秋万岁，谁传此者？"

> 可将时事付休休，半壁疏灯雨打秋。
> 仰屋著书聊复尔，人生难免是穷愁。

他又有一首《题篁村山人梅兰画册》，咏及宋元之际郑思肖的露根墨兰图和元明之际王冕的自题墨梅绝句。将这两项极富深刻意象的诗画合在一直，本身就已发人沉思。所谓"间气"，乃谓英杰人士上应星象，禀天地特殊之气，间世而出。而作此画册的篁村山人似极有才气，可能即岛田篁村(1838—1898)，亦为东京帝国大学教授，而专业乃文学。

> 郑所南图王冕诗，谁能收拾两家奇？
>
> 怜君快笔存间气，兰作露根梅倒枝。

他的《题归恒轩书幅》，题咏的是明清之际著名爱国诗人归庄的墨宝，亦极精彩。归庄作有《万古愁曲》：

> 劫余翰墨倍精神，复社风流奇绝伦。
>
> 浩浩乾坤愁万古，文章肯拟楚灵均。

丹羽花南(1846—1878)，名贤，字大受，通称淳太郎，号花南。尾张(今爱知县)人。猪口笃志《日本汉文学史》和长泽孝三《汉文学者总览》都称他曾受业于奥田莺谷(1760—1830)。但那是不可能的。不知何故误说如此。他最初在藩校明伦堂读书，由藩主擢拔为学官。在"王政复古"之际，于庆应三年(1867)升为参与，与闻藩政之枢机。废藩后，任三重县权令、县令。明治五年(1872)，迁司法少丞，兼权大检事。未久又任五等判事。可惜年仅三十三而殁。花南善诗，初学西昆体，后出入森春涛的桑三轩吟社和茉莉吟社，学习春涛之诗风。他是森门的重要作家之一。前已提及，清人叶炜对花南之诗十分赞赏，在《煮药漫钞》中说："花南与德山樗堂、永坂石埭，诗学西昆，为东国之秀。余尝欲三家诗合刻，未果。"他有《花南小稿》，亦可惜未刊。猪口书中引录其诗三首。《失题》有西昆风味：

> 夜色胧胧春可怜，轻云罩月澹于烟。
>
> 杨妃樱又赵妃柳，清瘦丰肥一例妍。

《秋日杂感》亦凄婉缠绵：

> 冰绡帘幌月如烟，风露萧萧络纬天。
>
> 一样红颜怜薄命，断肠花瘦暮寒前。

《偶咏》则有愤世嫉俗之意：

> 性命高谈各擅名，一朝其奈渡河声。
>
> 诸儒不救宋天下，蔓草寒烟五国城。

又有《题春涛森翁茉莉巷新居》一诗，颇可读：

> 寺门香火市街尘，不损鬈翁面目真。
>
> 疏柳有枝低挂月，小梅和影欲生春。
>
> 自非诗笔压前辈，焉得江湖署散人？
>
> 琴砚一床书数卷，只应为酒乐清贫。

永井禾原(1852—1913)，名匡温，字伯良、耐甫，通称久一郎，又称禾原侍郎，号禾原，别号来青山人。尾张(今爱知县)鸣尾人。初从青木树堂(1825—1881)学，后师从鹫津毅堂，随毅堂赴京都、江户，寄寓昌平黉，并向森春涛及大沼枕山学诗。明治四年(1871)留学美国，六年(1873)归国，后在工部省、文部省、内务省任职。三十年(1897)辞官，入日本邮船会社，任该会社上海支店长，居沪四年。三十三年(1900)归国，任横滨支店长。三十七年(1904)辞职，创立随鸥吟社。禾原娶鹫津毅堂之女为妻，其子永井荷风后成为著名小说家，也会汉诗。禾原诗深受春涛影响，有《来青阁集》等。

禾原留美时，写过一首《自桑扶兰斯西克赴纽约克，铁路入落机山，车中小占》，虽地名译法与我们今天不同，但理解一点不难，且诗句很有异国风味，反映当时美国的先进发达("汽车"即火车)：

> 一条铁路乱云间，红叶秋寒湾又湾。
>
> 但恨汽车无定止，不教人饱看名山。

禾原在中国时更写过不少诗，也最引起我们的兴趣。如《雪晓骑驴过秦淮》，令人想起唐人"诗思在灞桥风雪驴子背上"的名言，没料到秦淮河畔也有如此诗情：

> 满江飞絮不胜寒，绣阁无人起倚栏。
>
> 只有风流驴背客，秦淮晓色雪中看。

《镇江夜泊》，提到了杜牧名句"二十四桥明月夜"：

> 金山寺下泊孤舟，忆起当年小杜游。
>
> 二十四桥何处在？月明依旧是扬州。

他在上海工作时作的《沪上题寓楼壁》写到了外滩、浦东和外白渡桥：

> 浮海萍随遇合缘，异乡风物又缠牵。
>
> 暂将鸿迹留江上，其奈秋霜到鬓边。
>
> 桥影高跨虹口水，笛声遥起浦东烟。
>
> 举杯一笑乾坤小，门泊俄英法美船。

禾原在中国广交文友，其中交往密切的有著名诗人文廷式、易顺鼎等，文氏还曾给他的诗集写序。如他有《次文芸阁学士见赠韵却呈》三首，其中有一首有自注："余九江舟中有'寒河枯荻茫茫水'句，君赠余诗有'重过浔阳江上路，寒河枯荻诵君诗'句。"诗云：

> 茫茫寒水动相思，无限悲欢再会时。
>
> 何料浔阳江上路，愧吾俚句入君诗。

在他正式离开上海回东京就职时，曾留下《庚子三月重来上海，留两旬，将归往东京，留别诸友人三首》。其一云：

> 浦口垂杨绿湿衣，晓风残月促人归。
>
> 酒诗有约三年住，鸿燕无端千里违。
>
> 上国名流容我栖，家山旧友似君稀。
>
> 今朝忽作销魂别，一片春帆载梦飞。

看来，他对中国，对上海，是有感情的。他后来写的《过故里题草堂壁》中，也流露出曾"浪游"（当包括中国游）而写下很多诗篇，因而感到欣慰的意思：

> 半生违志客他乡，卅载重过旧草堂。
>
> 寺古鹫山烟树暗，舟来星渚芰荷香。
>
> 几人得学陶潜逸？到处还夸杜牧狂。
>
> 只剩浪游千里迹，一囊诗句满头霜。

他回国七年后，还曾给叶德辉《昆仑硐咏集》步韵题诗四首，其四谈及时事，反对列国侵华，还认为日本吞并辽东半岛未必是福，颇引人注目：

> 争雄列国瞰昆仑，岂许天骄逞噬吞！
>
> 略地功名终是梦，防边筹策与谁论？
>
> 海云红照万烽火，江草碧深新血痕。
>
> 九死唯期关虎穴，辽东一角事难言。

岩溪裳川(1855—1943)，名晋，字士让，号裳川，别号半风瘦仙。但马(今兵库县)人。其父达堂是汉学家岩垣月洲(1808—1873)的门人。裳川早年承家学，稍长向森春涛学诗，被认为是春涛的高足。与本田种竹、森槐南交游密切。他是横跨明治、大正、昭和三代的诗人，有人认为他晚年与国分青厓并列为两大诗宗。裳川性格恬淡，飘然若有仙骨，诗崇杜甫、白居易，造诣颇深。曾任二松学舍教授，兼为艺文社顾问。听过他讲课的人，都称其妙语解颐。有《裳川自选稿》五册。裳川《松岛》一诗写景奇特，但与本书后面将写到的同时诗人小室屈山的《金华山》有相同处，亦不知是谁学谁：

> 水寺茫茫日暮钟，惊涛万丈荡诗胸。
>
> 海龙归窟金灯灭，雨送余腥入乱松。

裳川的《插梅》颂扬清贫，有积极意义：

> 铜瓶手插一枝花，疏影灯前横又斜。
>
> 自信对君无愧色，清贫二字是传家。

《舟行》写水乡亦极精彩：

> 橹枝柔划水，摇梦几桥过。
>
> 人语渡边聚，鸡声村处多。
>
> 浮云轻紫绶，明月忆青蓑。
>
> 已隔市朝地，看山眼忽摩。

《乙亥年迎八十一年春》是昭和十年(1935)他八十一岁时所作：

> 椒颂邀春各有娱，陋居岁岁守吾愚。
>
> 求名不愿骥从尾，过世何为狼跋胡？
>
> 数卷诗劳吟友校，三杯醉被老妻扶。
>
> 昨来谁了消寒事，圈出梅花九九图。

"椒颂"一语见《晋书·列女传》，晋代刘臻妻陈氏在正月初一作《椒花颂》。后用为新年祝词之典。"狼跋胡"见《诗经·豳风·狼跋》："狼跋其胡，载疐其尾。"胡是老狼项下的悬肉。狼向前踩到了自己头颈的赘肉，向后则绊住自己的尾巴，喻进退失据、狼狈不堪。颔联对仗甚工，意思也好，颇堪吟赏。

阪本三桥(1857—1936),本姓永井,名敏树,字利卿、百炼,通称钐之助,号三桥,别号苹园、宾燕。尾张(今爱知县)鸣尾人。为启井禾原之弟。其子高见顺为小说作家。三桥于明治十二年(1879)出仕内务省,二十六年(1893)任滋贺县书记官。后任奈良县、冈山县、东京府和内务省的官僚,三十五年(1902)任福井县知事,后任鹿儿岛县知事、名古屋市长等。后为贵族院议员、枢密顾问。他与永井禾原一样,先向青木树堂学汉学,后从森春涛学诗。其诗当时颇有才名,浅见绫川的《东京十才子诗》(1880)即采录其诗。春涛逝世后,他又跟随槐南,在《鸥梦新志》《新诗综》《百花栏》《随鸥集》等书刊中常发表作品。曾访华,有《西游诗草》《台岛诗程》等。

他的《辛丑新秋送禾原兄重游清国,次其留别韵》,末联对遭受八国联军抢劫的北京表示了同情:

> 客感何须叹暮年,壮游重赋北溟边。
> 风声涛怒津沽树,鹘影帆飞渤澥天。
> 骨肉尊前多远别,文章海外有奇缘。
> 可堪月下燕台过,劫后山河秋惨然。

《镰仓》一诗也有兴亡之感:

> 山河销霸气,折戟见沉沙。
> 乔木将军墓,斜阳卖酒家。
> 老鸦饱残果,秋蝶抱寒花。
> 一笛西风里,行人万感加。

三桥颇多席上应酬诗,有的颇可读,如《午节后一日,星冈茶寮,梦山枢相招饮席上》:

> 薰风又过浴兰时,珍重尊前笔一枝。
> 廊庙江湖谁意气,茶寮禅榻此襟期。
> 雨余新水荷初见,叶底残花蝶不离。
> 世局偏同棋打劫,傍观笑付掌中卮。

阪口五峰(1859—1923),名恭,字公寿、德基、思道、温人,通称仁一郎,号五峰,别号听涛山人。越后(今新潟县)阿贺浦人。出身于当地富家。明治四年(1871)受业于大野耻堂(1808—1885)。七年(1974)后数次赴东京,师从森春涛学诗。十二年(1879)归乡,任米谷取引所头取代理、头取(理事长)。十七年(1884)任县会议员,年仅二十六岁。二十四年(1891)任《新潟新闻》社长。三十五年(1902)后,八次当选众议员,又任宪政会新潟支部长、总务等,与犬养毅、加藤高明等政界要人关系密切。他同时又很早以汉诗人出名,常出席关泽霞庵的雪门会及森槐南等的随鸥吟社的活动。

中国寓日文人王治本(桼园)于明治十六年(1883)游新潟,作有《舟江杂诗》,年纪轻轻的五峰即在卷首题诗二首,其一曰:

> 浮槎八月大瀛东,遍赋新诗拟采风。
>
> 外国竹枝多杜撰,从今不复说尤侗。

五峰的诗,尤以描写新潟县的佐渡岛的七律组诗《狭门杂诗》为佳。如一首有跋曰:"佐渡,古作狭门,岛中山脉两断,称大佐渡、小佐渡。龟田鹏斋有诗云:'鲽海云腥鞑靼雨,蟹乡月黑任那风。'"其诗曰:

> 扁舟散发狭门东,恍驾扶摇九万风。
>
> 山势乍离分大小,涛头相趁判雌雄。
>
> 千樯雨宵飞鹄外,一笛秋生落日中。
>
> 今我褰裳凌鲽海,愧无豪语塞鹏翁。

又一首跋云:"夷辈与凑辈相邻,一桥分界,后濒鸭湖,前临北海,远望见龙山岩于乱涛中。"诗曰:

> 飙帆百里破沧溟,来宿津亭酒始醒。
>
> 岛市咸烟千灶白,浦桥渔笛一灯青。
>
> 革香早动鸭湖水,海气骤吹龙窟腥。
>
> 我有新诗无客知,夜深吟与大鱼听。

又一首云:

> 坐啸澄天秋月凉,不贪夜识亦何妨。
>
> 沙含珠玉海生彩,矿秘金银山有光。
>
> 毒水谣残夷冢黑,阴崖燐走鬼城荒。
>
> 探奇未尽扁舟兴,极目烟涛晓渺茫。

这组诗中还有纪述镰仓时代顺德天皇逃难遗址的两首,此处不录。总之,将海岛风光写得如此动人,是令人叹服的。

这里,我们要着重写到春涛的儿子森槐南(1863—1911)。他被认为是明治汉文学坛上的第一流作家,成就超过乃父。他与本田种竹、国分青崖被并称为"明治后期汉诗三大家"。又有人推其为明治汉诗十二诗宗之首。槐南名公泰,字大来,通称泰二郎,号槐南,别号秋波禅侣、菊如澹人、说诗轩主人等。他还是填词名家,秋波禅侣就是他填词时常用的号。他曾在《麹尘闲谈》中透露此号的由来:"明之邱琼山游一古刹,见四壁皆《西厢》之画,怪而问僧人:'禅门怎有如此之物?'僧曰:'老僧按此参禅也。'又问:'如何参禅?'答曰:'怎当她临去秋波那一转。'此乃《西厢记》第一折《惊艳》中词。"由此可见槐南对中国文学的熟悉,也可见他继承了乃父擅长香奁的特点。

槐南从小承家学,曾受教于鹫津毅堂、三岛中洲和清人金嘉穗。他于明治七年(1874)十二岁随父由故乡尾张到东京时,已显示出诗才,被春涛的学生称为"老师家的诗种子"。但春涛却不希望儿子像自己一样成为穷诗人,命他进外语学校读书。岂料槐南不喜欢上学,常去图书馆读他喜爱的诗词、小说、传奇等,所作诗词已入佳境。当然他还听从父命,研读经史。十四年(1881)十九岁时,出任太政官修史局掌记,后历任枢密院属、帝室制度取调局秘书、图书寮编修官、皇室令整理委员、宫内大臣秘书官、式部官等。他颇受内阁总理大臣伊藤博文看重,二十九年(1896),曾随伊藤到新侵占的我国台湾参与殖民统治。三十一年(1898)又随伊藤到中国"旅游"。四十二年(1909)又随伊藤到满洲"视察",伊藤在哈尔滨遭朝鲜志士枪杀,槐南也中弹受伤。他随即写了五言长诗《归舟一百韵》,痛悼伊藤。日本汉文学界对此诗评价极高,但因是歌颂侵略当局,自为我们所不取。槐南晚年任东京帝国大学文科大学讲师,四十四年(1911)获文学博士。同年病逝,享年四十九岁,授正六位。有人说他的早逝与受枪伤有关。

他在十三岁时,就作过《雪朝早起》一绝句,惊动了当时诗坛:

> 屋簷寒雀一群喧,数点疏梅照短垣。
>
> 应有客携佳句到,山童扫雪晓开门。

他少年时代写的《湖上次韵》也颇有韵味:

> 雨过池塘绿骤加,好移渔艇占鸥沙。
>
> 更须棹入荷花去,风有清香露有华。

他有不少诗也是清新闲雅,而不涉艳纤的,如《访三桥新居,次其题壁诗韵》：

> 绿阴如画夕阳疏，清簟无尘养静虚。
>
> 小鼎香残风袅后，古琴韵澹雨凉余。
>
> 是花是石是修竹，宜醉宜吟宜读书。
>
> 潇洒庭阶幽趣足，仙人何必要楼居？

又如《坐雨无聊，百感填臆，赋诗自遣》四首之二：

> 绿阴门巷冷于秋，燕子帘疏雨扑钩。
>
> 茗气三分消宿醉，蕉心一寸长新愁。
>
> 谁能遣此人无赖，姑妄言之鬼亦羞。
>
> 莫使苔钱缘上壁，微名已付小蜗牛。

槐南在华期间写的诗，颇有佳作。如《夜过镇江》三首，极有风调，不让渔洋。如其三：

> 他日扁舟归莫迟，扬州风物最相思。
>
> 好赊京口斜阳酒，流水寒鸦万柳丝。

《晓入长江过通州即目》一诗，中国学者程千帆赞为："写江景明秀可玩，一结跳出题外，殊有远致。"孙望则认为："前半即目所见，后半就景抒情。信笔所至，看似不着气力，然非老手，难克臻此。"

> 平远江山始，微茫塔树分。
>
> 人家稀可数，舟语近堪闻。
>
> 触目生秋意，回头问白云。
>
> 天涯谁避弋，惊雁落纷纷。

槐南深爱中国小说《红楼梦》，写过四首《题〈红楼梦〉后》，还写过词《贺新凉·读〈红楼梦〉，用孙苕玉女史韵》，兹录其诗一首：

> 天荒地老奈情钟，愁销红楼十二重。
>
> 有梦提醒长恨客，为郎憔悴可怜侬。
>
> 春痕素月迷零蝶，花影香奁隐暮钟。
>
> 惆怅铢衣云样薄，仙城缥缈隔芙蓉。

槐南还从少年时起即喜填词，在他二十二岁写的《夏初杂吟》即提到。

该诗有注："予十三四时，髯髯者已遍腮下，友人三郊每嘲之，目予为小森髯。"诗云：

> 少时惯是读香奁，余绪更将词谱拈。
>
> 山抹微云方澹雅，花经疏雨免秾纤。
>
> 情多自信风流甚，才减谁夸格调严。
>
> 孤负传家诗法在，被人枉唤小森髯。

他的词大量属于风流销魂或多愁善感一类，但也颇有有力者。如他二十岁时写的《水调歌头·自题〈深秋草〉》：

> 文章固小技，歌哭亦无端。非借他人杯酒，何以沥胸肝？毕竟其微焉者，稍觉可怜而已，到此急长叹。精神空费破，心血自摧残。　论填词，板敲断，笛吹酸。声裂哀怨第四，犹道动人难。摩垒"晓风残月"，接武"琼楼玉宇"，酒醒不胜寒。谱就烛将灺，泪影蚀乌阑。

"晓风残月"为柳永《雨霖铃》中名句，"琼楼玉宇"为苏轼《水调歌头》中名句，少年槐南要迫这样的垒，接这样的步，可见抱负之大了。他二十三岁时写的《酹江月·题髯苏大江东去词后》，再次表明他要学习苏词的雄心壮志：

> 我思坡老，铁绰板歌，是森然芒角。便把大江东去意，试问南飞乌鹊。斜月荧荧，明星烂烂，撑拄曹瞒槊。人生知几，仰天长啸寥廓。　渠固一世之雄，而今安在也，江山如昨。君岂灰飞烟灭去，剩此文章卓荦。曲误谁知，词成自笑，杯影须眉落。小乔佳婿，向人频顾遮莫。

同年所作《台城路·七月三日纪事》，关心水灾农民，情见乎词，较为难得：

> 江南人说伤心话，千村万村遭水。舮趁风前，黄梅雨后，节候常年如此。今番但是，见桥堕隄崩，决涛奔骊。惨祸滔天，众其鱼也可知耳！　农夫鸣咽暗哭，似哀鸿遍野，闻者酸鼻。唤女爷娘，寻亲姊妹，儿魄妻魂泥里。天乎忍矣，蓐荡尽田庐，漏生知几。便漏残生，也当饥饿死！

明治十九年(1886)初，槐南作《十二时·亡儿生日填此写恨》，长调三叠，字字句句都浸透血泪，令人感动：

> 小魂灵、夜梅坟下，吁汝无声埋矣。梦听得、呱呱啼起。八九屋头乌子。

苦竹敲风，寒花写月，影在床疑是。猛一觉、欲唤无因，欲见不能，摇幌
灯痕如水。　　在眼前、心头追忆，尽是彭殇一理。此日汝生，今宵我哭，
一岁中间耳。十二时不断，斑斑是血是泪。　　又雨连、清明寒食，断鼓
黄昏墟里。拜佛纸钱，哺儿麦饭，草树冥漠寺。杜宇声不断，斑斑土花凝紫。

十九年(1886)末，槐南一口气填了四阕叠韵的《百字令》。神田喜一
郎《日本填词史话》认为实在是激昂排宕，完全可称得辛稼轩之真髓。词
前小序云："夜与客饮，酒酣兴王，走笔填词，自题小照后，以代答宾戏。"
今录两阕，其一、其四：

仆心如水，住如烟、如梦、如秋诗国。偶尔引杯留小照，更飒须髯如戟。
客曰："忧哉，斯才佳矣，清瘦还堪惜。不知何苦，嗜诗仍甚于色？"
答道："风月江山，人间万事，何景非萧寂？试架凭空楼一听，莽莽苍苍之极。
外有愁城，中多乐地，醉按呜呜笛。此声堪听，请君燕筑同击。"

客能歌否？有弹箜篌者，李凭中国。锦瑟年华行乐耳，酒是割愁戈戟。
泣露衰兰，萦烟蔓草，提起谁怜惜？古伤心语，黯然天地无色。　　几处
华屋山丘，园陵乔木，赢得斜阳寂。石马临风悲缺耳，维昔繁华穷极。我
偶言愁，君胡不饮，为弄桓伊笛？恨无言处，破窗枯叶飘击。

此后他意犹未尽，又叠韵两阕《百字令·用前韵简坂口五峰、高野竹
隐索和》，其简竹隐的一首如下：

吾乡高子，偶江湖载酒，相逢京国。胆破将军铜铁响，久已辕门倒戟。
君尚虚心，独于空谷，翠袖相珍惜。竹山遗韵，竹坨何肯争色？　　徙倚
自念平生，天寒日暮，只是耽岑寂。忽掷酒杯酣以往，颇谓淋漓豪极。愿
把琅玕，试调商徵，截作苍烟笛。临风一和，戛然鸣玉双击。

上词动用了大量有关"竹"的典故，技法巧妙，用神田的话来说，"实
际上是激烈的挑战书"，逼着竹隐酬和。比槐南大一岁的竹隐当然不甘示
弱，立即以叠韵六阕回答。而槐南在尚未得到竹隐的次韵之作时，又情不
自禁地再叠韵四阕。槐南十阕，竹隐六阕，都发表在当时的《新新文诗》上，
轰动整个汉文学界，神田称之为"我国填词史上的川中岛之战"。(川中岛
之战是日本战国末期的一场著名的激战。关于槐竹两家角逐中竹隐的作
品，本书前已举例论述过，请参看。)

槐南还喜欢同中国人诗词酬唱。如当时到日本的中国文人孙君异(圣与)善填词,槐南与孙在明治二十年(1887)用《沁园春》叠韵酬唱,槐南六叠,孙君异五叠。这次槐南的对手是来自中国的填词好手,正如神田指出的,这在日本填词史上是值得特别一书的空前盛观。兹录槐南第二叠《沁园春·孙圣与次韵见寄,再用前韵》。词中提及"中年",其实那年他仅二十五岁。

> 屈指人生,每听清歌,举几酒杯?算少年裙屐,醉醒难记;中年丝竹,哀乐闲摧。麓短吹愁,铗长弹泪,不独花销英气来。无聊赖,但知音相遇,一笑颜开。　　休思月地云阶,肉食者、何曾解爱才?料与其痛饮,混荆卿市;不如东蹈,登鲁连台。握手论交,拈毫换舌,肯觅蓬莱仙药哉?谈心曲,待玉池楼榭,吟侣同陪。

还应写到的是,槐南在少年时就曾尝试作曲,甚至还试作了两出传奇《补春天》和《深秋草》。这真是惊人的天才,连黄遵宪也大为赞叹,黄在己卯年(1879)写给森春涛的信中说:"承示令郎《补春天传奇》,……展卷细读,一字一句皆有黄绢幼妇之妙,愈读愈不忍释手矣。父为诗人,子为词客,鹤鸣子和,可胜健羡!"又说:"郎君天才秀发,不愧'浓笑书空作唐字'之誉,仆既为击案叹赏,益望先生更以其大者远者教之也。"黄遵宪还曾为该传奇题曰:"以秀倩之笔,写幽艳之思,摹拟《桃花扇》《长生殿》,遂能具体而微。东国名流,多诗人而少词人,以土音歧异,难于合拍故也。此作得之年少江郎,尤为奇特,辄为诵'桐花万里''雏凤声清'之句不置也!"他又进而指出:"此作笔墨,于词尤宜。若能由南北宋诸家,上溯《花间》,又熟读长吉、飞卿、玉溪、谪仙各诗集,以为根柢,则造诣当未可量。后有观风之使采东瀛词者,必应为君首屈一指也。"另有清朝文人王韬,也为该传奇题曰:"春涛先生,今代诗人也;令子槐南,承其家学,又复长于填词,工于度曲,年仅十七龄,而吐藻采于毫端,惊泉流于腕底,词坛飞将,复见斯人。"并为题六首绝句。因此,神田指出:"我国人试作传奇,实以槐南为嚆矢。"

二十三年(1890),因中国公使、诗人黎庶昌任满归国,槐南还创作了南北曲一套。神田认为此作在日本是绝无仅有的。槐南在小序中说到:"仆本不娴词令,直抒胸臆,所谓东洋问题者,触绪一发,语涉忌讳,知不免矣。顾以巴人之调,写杞人之忧,各言其志岂一端。公使洪量如海,请付之一

笑,并赐顾误为幸。"这里引其中几曲:

> 〔南江儿水〕四坐休哗处,百端交集来。是几时兵洗条支海?是何人马饮长城界?更谁家猻动卢龙塞?放眼高句丽外,君不见虎视眈眈,直北浮云情态?

> 〔北雁儿落带得胜令〕白骨田黄尘匝地霾,黑龙江浊浪粘天洴。鄂罗斯山河健鹘盘,萨伽连草木腥风洒。雪菲菲听一阵朔鸿哀,野茫茫看无数穹庐盖。到如今彼我漫疑猜,怕他年兵甲谁担戴。嗟哉!请看古今来成和败,哈也么哈,只愿笑谈间绝祸胎。

> 〔北收江南〕呀,活神仙岂可隔蓬莱,莽风涛只恐连蛮貊。天孙民国早丢开,古河湟地今安在?使邻交益谐,使邻交益谐,才信道中流共楫定无灾。

槐南所谓的"东洋问题""语涉忌讳",就是上引曲中写到的当时俄罗斯等帝国主义国家对中国的虎视眈眈和血腥侵略。但是中国人都知道,日本虽然与它们有利益上的冲突,却同样也是、而且更是侵略中国的虎狼之国!槐南身入伊藤幕中,对自己国家的侵略行径未及一辞,相反却大谈"邻交益谐""中流共楫",实在也是非常虚伪的!槐南因为热爱中国文学,有许多中国友人,因此他的诗文中赤裸裸地咒骂中国的文字似乎少有;但是如同这里引述的散套这样的中了军国主义流毒的作品还是不少的。例如,1895年底,土居香国从台湾回来,给槐南带来一方清初朱彝尊用过的砚台,槐南即作《朱秀水天地储精砚歌》,其中称我国宝岛为"南荒",虽承认"此地曾经亦姓朱",但竟得意地说:"舆图忽已拓日域,梯航竟欲朝尧天"!不仅赞美自己国家的侵略扩张,而且竟然将中华民族的老祖宗名字"尧",来称他们的天皇!

1898年,槐南作词赠中国来客,《沁园春·玉池席上赠清国姚石泉(锡光)、徐凤九(钧溥)》:

> 濆洞乾坤,沧海横流,白日欲趱。叹职方图里,吐蕃突厥;羁縻州外,德法英俄。万里氛烟,三年战垒,赢得沉沙折戟多。望威、旅,正不知何国,楼船频过。　任他铁券山河,猛骤雨飘风可奈何。且早防强敌,长城饮马;休思前衅,同室操戈。有客观风,凭谁回日,渺渺愁予三岛波。春光好,蓦伤心溅泪,花鸟知么?

在这首词中,他又只写"德法英俄"等帝国主义国家,又提及威海、旅顺等地的战舰;但是"三年"战后,朝鲜"独立",中国割让台湾,赔日本二亿三千万两白银,死伤那么多百姓,这些难道是什么"同室操戈"? 在当时他另填的《沁园春·重野成斋博士招同都下》中,因席上有中国人而写道:"和局生春,战场如梦,我亦他时游蓟燕。乘风下,向金陵重见,淡粉轻烟。"但日本对中国的侵略,难道可以这样轻描淡写?

1900年,中国文人文廷式访日,槐南作诗唱酬,诗中又道:"我歌朱鸟悲不禁,近闻禹迹洊降昝。南金东箭纷辞朝,北虎西狼或问鼎。"还说:"几人恸哭问庐陵,梦见江山沦昆冈。"好像他也在为中国而哭。同年,他为永井禾原诗集《淞水骊歌》题了一首《满江红》,其中还写到慈禧太后孤寡逃难的事:

> 如此江山,放屠伯、公然排闼。好宴席、黄须碧眼,请来哺啜。海岱惊风残日陷,燕都古水荒沟咽。痛苍黄、孤寡走秦川,龙楼诀。　淞水上,骊歌烈;声变徵,冠冲发。饯日东佳士,鲁连高节。四百州尘腥羯满,三千年国坤维折。纵颠危,相济仗同舟,今难说。

这好像是与中国人民"同仇敌忾"了。然而,中国人知道当时有北虎西狼,也知道有东方鳄鱼;中国人反对黄须碧眼的强盗,也反对所谓"同文同种"的屠伯! 在日本疯狂侵略中国之际,槐南曾多次随从日本首相到中国活动;但他在诗词中丝毫不提及本国政府的行为,而侈谈所谓"同舟共济"。这不是显得太虚伪了吗?

特别是槐南于1896年写的长诗《丙申六月巡台篇,用蒋苕生〈台湾赏蕃图〉诗韵兼效其体》,竟然用像到动物园里观赏奇异动物一样的笔调来描写中国台湾的人民,还胡说什么"而今乃沐日域恩,圣朝拓地万里岂凭杀戮事穷黜,誓师仗义适应威弧弯,辽阳沈阳一旦撤烽堠,揖让之间直取台湾澎湖列屿供篱樊。"此诗步清诗人蒋士铨原韵,一韵到底,有相当的难度;但并无"诗意"可言,只能作为日本侵略无耻的自供!

田边碧堂(1864—1931),名华,字秋谷,通称为三郎,号碧堂,别号红稻道人。备中(今冈山县)长尾人。幼年在私塾读书,青年时多病不上学,以诗画为乐。很早就去东京,到森春涛、槐南父子的茉莉吟社学诗。壮年曾入政界,两次任众议院议员。期间还曾访问过中国、朝鲜,与当地文人交游唱和。后任大东汽船株式会社社长、日清汽船株式会社监查役十余年。晚年任大东文化学院、二松学舍教授，又任大东美术振兴会顾问兼艺文社顾问。

碧堂诗以清丽潇洒取胜，擅长七绝，当时有"绝句碧堂"之称。其诗亦受国分青厓的影响。有《碧堂绝句》《凌沧集》《衣云集》等七绝诗集。中国学者胡怀琛在《海天诗话》中则称赞碧堂"律诗为他家所难及"，同时引了他的诗句："如'人乘白云去，诗与碧山留''禅心余芍药，松色上袈裟'等句，皆极工稳。"此外，他的画也颇有名。其诗我们选几首来欣赏。《还乡》一诗写到江户时代著名诗人赖山阳曾到备中游历，为田边祖居题"映碧堂"三字。碧堂之号，显然亦取自此：

> 水色山光入户长，吾家先世宰江乡。
>
> 山阳外史过中备，三字留题映碧堂。

1909年他新造房屋，作《己酉春构别墅于狐岛，乘兴率赋》：

> 紫绶金章耳不闻，渔翁樵叟席相分。
>
> 柴门咫尺青山浅，欲种梅花补白云。

他访华期间留下不少好诗。如《万里长城》，不仅描写了长城的雄伟气势，同时也哀叹了中国的衰落。此诗与国分青厓的《芳野怀古》、久保天随的《那须野》一起，曾被人称为"大正三绝"：

> 雄关北划古幽州，浩浩风沙朔气遒。
>
> 不上长城看落日，谁知天地有悲秋？

《洞庭湖》也甚有气势：

> 七十二峰安在哉？岳阳日暮独登台。
>
> 洞庭秋水东南坼，天末苍苍楚色来。

《西湖岳王坟》凭吊歌颂了岳飞：

> 金牌十二枉班兵，空使英雄涕泗横。
>
> 遗恨岳王坟上树，还成风雨渡河声。

《湖上杨柳》写杭州西湖美景，末句尤佳：

> 苏小坟前烟染黛，白公堤上曲吹尘。
>
> 西湖万树垂杨柳，半属诗人半美人。

碧堂也偶尔填词，如《极相思》一阕，可惜未脱陈调：

> 王孙不返魂赊，忍负好韶华。泪珠红透，栏干一角，白是梨花。
>
> 人远春残花也落，趁黄昏、弄笛谁家？燕酣莺懒，风颦雨恨，愁绝天涯。

森槐南门下，有佐藤六石、大久保湘南、野口宁斋、上村卖剑等人。佐藤六石(1864—1927)其实只比槐南小四个月还不到。六石名宽，字子栗、公绰，通称和田藏，号六石，又号爱香、乌玉、麹亭饭人、燕喜堂主人、鲈十六居主人、占多假屋叟等。越后(今新潟县)人。他少年时从藩儒大野耻堂(1808—1885)学，明治十五年(1882)入《新潟日日新闻》社，任编辑长。后因议论贾祸下狱，遂转而治学。十七年(1884)去东京，入皇典讲究所学习三年。二十一年(1888)成为该所讲师。翌年文部省任为《古事类苑》编纂委员。二十三年(1890)，任庆应义塾幼稚舍及普通部讲师，并兼国学院讲师。二十五年(1892)，任庆应义塾大学教授。在京期间，他向森春涛学写诗，春涛逝世后跟槐南，后被人称为"槐门门下四天王"之一(另三位是野口宁斋、宫崎晴澜、大久保湘南)。他积极参加星社的活动，又为很多报刊的汉诗栏写诗和评论。他模仿国分青厓的"评林诗"，大写时评诗。他还得到伊藤博文的赏识，三十九年(1906)因"韩国统监"伊藤的推荐，赴韩任李王家所谓顾问，并兼英亲王的侍读。四十三年(1910)归国。大正年间，为随鸥吟社的主干。著有《六石山房诗文钞》。

六石的七律，我们引一首他题森川竹磎《得闲集》的诗：

> 卧看袅袅药烟幽，诗句偶然来枕头。
>
> 院小无风花气淡，帘空于水月痕流。
>
> 瓣香应祭灵芬馆，低首偏钦湖海楼。
>
> 自是洛阳高纸价，新篇竟合百年留。

他还有一首七古长诗《闻土耳古舰纪海之灾，长歌志痛》，是写明治二十三年(1890)一艘土耳其轮船在日本沿海遇难的惨事：

> 纪伊之海何险绝，危礁攒戟势屹嵲。
>
> 就中大岛难可航，风涛卷起百丈雪。
>
> 维时太岁在庚寅，星槎西来大国宾。
>
> 龙颜咫尺天日丽，负将玉帛辞枫宸。
>
> 月旗去向土耳古，岂图纪海激风雨。

大雾四塞天地昏，群灵悃恍走水府。

冯夷击鼓川后逃，飞廉加威海若号。

席卷万片之喷雪，簸扬百丈之怒涛。

高岩腾身入寥廓，低疑失脚陷那落。

艨艟灭没人苍黄，电火直与水击搏。

俄焉摧藏沉百雷，鲸呿鳌掷天亦颓。

六合晦冥忽失色，众其鱼矣吁悲哉！

是时死者不可算，蛟鳄吞噬浪淘乱。

生者漏网才脱身，关节破摧皮肉烂。

或见四肢碎四飞，躯挂岩角头触矶。

或见手足异其处，是谁遗尸知者稀。

闻言西使元华阆，远持虎节诣凤阙。

天乎何忍言不应，烦冤空葬鼋鼍窟。

即今四海皆弟兄，闻之谁复不怆情！

事既如斯岂忍说，太息唯觉双泪生。

呜呼，丙戌之变犹在目，死伤无算舟颠覆。

老天何意重降灾，漫把民庶捐鱼腹！

君不见，纪伊之海大岛头，白骨往往渔人收。

阴风吹火风雨怒，新旧鬼哭声啾啾！

　　大久保湘南(1865—1908)也只比槐南小两岁。名达，字隽吉，号湘南，别号小青居士、春草庐主人。佐渡(今新潟县)相川人。早年在乡里随圆山滇北(1818—1892)学汉诗文。父母去世后，赴北海道，任函馆区役所书记。明治十八年(1885)去东京，历任内务省属官、高等商业学校讲师、法典调查会书记等。后又任《北海新闻》《函馆日日新闻》主笔等。他参加发起星社，后又参加发起随鸥吟社，为两社的重要骨干。湘南的诗选录两首。《病中杂句》：

燕归梁后雨无痕，垂柳如人瘦叩门。

病已缠绵情更恶，最凄凉候是黄昏。

《送田边碧归里，次其留别韵》：

红花照前渡，碧树罩归程。

> 翻思重来日，应吹落叶声。
>
> 鸿踪秋水别，马背夕阳平。
>
> 嗟我望云切，风尘未出城。

野口宁斋(1867—1905)，名一，字贯卿，通称一太郎，号宁斋，别号谪天情仙、啸楼、疏庵、莺金公子等。肥前谏早(今长崎县)人。其父野口松阳亦是汉诗人，为河野铁兜高足。宁斋幼承庭训，从小就有宁馨儿的美誉。后入槐南门下，倍加研磨，更为出色。维新元勋副岛种臣(苍海)爱其才，曾突然到其居处看望，宁斋受宠若惊，随后用李贺名诗《高轩过》韵呈上。这算是明治诗坛的佳话而流传。这首《次李贺〈高轩过〉诗韵呈苍海先生》如下：

> 远树衔雨绿郁葱，短檐铁马声珑珑。
>
> 高轩一过盛谊隆，惊瞻紫气连天红。
>
> 邻人不识前相公，温容下士披心胸，
>
> 大雅扶轮方寸中。
>
> 狄门桃李才不空，文章要补黼黻功。
>
> 小子陋巷坐断蓬，楼倾价尺寒秋风。
>
> 邀公目送天外鸿，城松矫矫如游龙。

宁斋在1890年出版了只有十几页的一小册诗集《出门小草》，竟由槐南和竹碶分别次韵姜白石著名的《暗香》《疏影》二阕为其题咏，可见其"面子"之大。该书还印有森槐南、永阪石埭、岩溪裳川、大久保湘南、佐藤六石的题诗。槐南诗称"开卷忽惊万丈焰""始识君才不可量"，可见评价之高。该集中的《熊谷寺怀古》《恭挽春涛森先生》均是长篇古风，因篇幅甚巨，此处不引。这里引见其两首诗。《自题少年诗话后》，可知他少年时曾撰有诗话：

> 毕竟古贤糟粕余，霏霏谈屑竟何如？
>
> 烹文炊字闲生计，我是人间一蠹鱼。

《送宇田沧溟归土佐，次曾寄怀诗韵》，对在京城怀才不遇的失意文友深怀同情，对世俗市侩社会婉而多讽：

> 笑谢长安轻薄儿，文章不愿市人知。
>
> 黄金马骨自高价，野鹤鸡群多逸姿。

> 客鬓飘萧诗亦飒，剑花历乱舞何奇。
>
> 醉中分手笛悲壮，吹断垂杨绿万丝。

他的《寄怀森鸥外在台湾》，在怀念怀念侵略中国的朋友时却将日军侵占台湾称作"征蛮"。

> 炎风朔雪去来闲，奏凯凤城何日还？
>
> 流鬼潮通天水外，大冤暑入鼓笳间。
>
> 从军儿女文身地，立马英雄埋骨山，
>
> 飒爽英姿酣战后，又挥健笔纪征蛮。

1895年，宁斋编有所谓"征清诗集"《大纛余光》一书，收有日本近两百人写的近五百首支持赞美当局侵略中国的诗。这可真难为他了，为后人留下了一部难得的反面教材和保存了不打自招的侵略罪证。

横山叔远，名邵，字叔远，肥前(今佐贺县)岛原人。余皆不详。仅知他是藤野海南(1826—1888)创立的旧雨社的成员，其诗为森春涛选入《旧雨诗钞》(1877年刊)，因附于此处一述。其中《访鲈彦之限均》一首，又为俞樾选入《东瀛诗选》。而鲈彦之即本书前已写到的鲈松塘。其诗写出松塘为人慷慨激昂，为诗奇莹豪放，而又不屑仅以诗人被目之：

> 吾党鲈子国之杰，一念所注在济物。
>
> 慷慨愤世口吐沫，坐上击贼屡掉舌。
>
> 天怜其屈赐奇景，奇景几处为君设。
>
> 就中镜浦之波富岳雪，并及锯山为三绝。
>
> 鲈子对之诗辄成，不须三杯金谷罚。
>
> 天机所触诗亦真，与人凿撰自别。
>
> 吾来游房二三月，偶尔访君解胸郁。
>
> 一见宛如旧相识，留吾连句投车辖。
>
> 明窗试取君诗读，其清者如镜浦月，
>
> 其奇者如锯山石，其莹者如富岳雪。
>
> 此是满腔忠愤气，勃勃触境所涌出。
>
> 读之使人胆力壮，坐间欲抚腰间铁。
>
> 陆剑南，元遗山，首首较来无优劣。
>
> 鲈子闻之频掉头：诗人目吾吾不屑！

天岸静里,名宁,字士宁,伊予(今爱媛县)松山人。生卒年等不详。其诗为森春涛选入《旧雨诗钞》(1877年刊)。可知他亦为明治旧雨社成员。《次均近藤伯恭近作》二首颇可读:

> 白首难期班仲升, 家居碌碌百无能。
> 自怜傲骨坚如石, 且笑贫厨冷似冰。
> 营室宜风宜月地, 论交嗜酒嗜诗朋。
> 鹪鹩只守一枝分, 不说南冥有大鹏。
>
> 名利之心薄似烟, 老来高蹈志逾坚。
> 樽中无酒惭文举, 马上敲诗学浪仙。
> 身已抛官犹受禄, 性虽多癖不贪钱。
> 休言家尚邻城市, 竹隔松遮自别天。

班仲升即东汉名将班超,曾投笔从戎,战场立功。文举即东汉孔融,孔常云:"坐上客恒满,尊中酒不空,吾无忧矣。"诗人是说自己惭愧做不到孔融这样无忧。浪仙即唐诗人贾岛,他推敲诗句的典故是人皆知之的。此外鹪鹩一枝、鲲鹏万里等典故,作者都用得很恰当,体现了他对中国文史的造诣。

七、名记者和小说家

前已提及,明治时期报纸、刊物和图书的出版十分繁荣。由此,出现了一批名记者和小说家。在这些人中也有从事汉文学创作的。如前面我们已写过的栗本锄庵、成岛柳北等人,就都是名记者兼诗人。这些在市民中有较大影响的公众人物出而发表汉诗,自然对汉文学的生存发展具有重要的作用。这一节我们再论述明治中后期几位名记者和名作家。

大江敬香(1857—1916),名孝之,幼名小太郎,字子琴,号敬香,别号爱琴、枫山、谦受益斋主人、澹如水庐主人等。其父为德岛藩士。早年入藩校修文馆学习汉语、英语。十三岁奉藩命赴英国留学。十六岁去东京入庆应义塾。毕业后,经外国语学校入东京帝国大学专攻理财学,后因病退学。明治十一年(1878)起,任《静冈新闻》《山阳新报》(冈山)和《神户新闻》的主笔。期间还参加大隈重信的改进党,又在东京府厅任职。

二十四年(1891)辞职,致力于汉诗的普及工作。三十一年(1898)出版汉诗杂志《花香月影》,四十一年(1908)出版《风雅报》。敬香诗学白乐天、陆放翁、高青丘。他曾向菊池三溪学文章,与森春涛、槐南父子以及日下勺水、松平天行等人交厚。据说他是因为敬慕中村敬宇的为人,征得其同意,取号为敬香的。

他的七绝澹静优雅,如《新秋夜坐》:

> 吟哦琢句到三更,开卷疏帘对月明。
> 阶下芭蕉窗开竹,萧萧无物不秋声。

他善写思乡之情,缠婉动人,如《春晚有感》:

> 都门落托费经营,输与田家乐耦耕。
> 梦里家山春历历,月明愁听子规声。

又如《秋感》:

> 尘劳空促鬓边愁,落日思乡悄倚楼。
> 吹冷吴枫红处水,今年又负碧鲈秋。

其《惜春词》,颈联也是写乡愁的佳句:

> 满庭新绿雨如尘,断送韶光又一年。
> 婀娜坠楼金谷怨,婷婷归房汉宫怜。
> 故山在梦淡于影,芳草吹愁浓似烟。
> 窣地茶炉香炧尽,一帘暮色更凄然。

他晚年写的《甲寅岁朝》,娓娓如唠家常,显示他恬澹宽豁、热情好友的性格:

> 五十又添八,门多通刺人。
> 移家儿作主,伴婿女如宾。
> 势利澹于梦,交情浓胜醇。
> 一枝春信动,不害乞其邻。

国分青厓(1857—1944)亦是记者出身的汉诗人,但其成就特别大。他名高胤,字子美,号青厓,又号太白山人、仙台老隐。仙台人。早年从藩校养贤堂教授国分松屿学汉学,从落合直亮学国学。明治七年(1874)

十八岁上东京,入司法省法律学校学习。三年后回乡,任《仙台日报》记者,从此投身新闻界。他常常寄汉诗文给森春涛主编的《新文诗》,得到春涛的赏识,春涛并介绍与其子槐南相识。(但青厓与槐南诗风有异,后来又各树旗帜,此为后话。)青厓于十二年(1879)任《大阪朝野新闻》记者。十八年(1885),有东海散士柴四朗出版了政治小说《佳人奇遇》,一时轰动,天下竞读。人皆称书中汉诗比小说原文写得更好,青年们往往能脱口记诵。据说其诗即为青厓代作。二十二年(1889),青厓任《日本新闻》记者,为其主编《评林》栏。他在该报工作十多年,在该栏用汉诗形式抨击讽刺当时的大臣、官僚、政客、商贾,很受读者欢迎,其作有数千首之多,时人称之为"评林诗"。二十三年(1890),他与森槐南、本田种竹、大江敬香等创立星社,所作汉诗皆在报刊上发表,很有影响。曾受内阁总理大臣三条实美的邀请赴日光别墅,又作《风雨观华严瀑布歌》,在报上发表。政府要人副岛苍海读后颇受感动,曾数次次韵唱和。由此名声更大。后因与槐南意见不合,遂疏离诗坛。他与槐南、种竹被推为"明治后期汉诗三大家",在种竹、槐南逝世后,更成为诗坛祭酒。大正十年(1921),他与田边碧堂、胜岛仙波等创立咏社。十二年(1923)大东文化学院创立,他被任为教授,讲授汉文学。又从雅文会开始,担任咏社、兴社、兰社、朴社等诗社的主盟,又担任《昭和诗文》《东华》等刊的顾问,和随鸥吟社、艺文社的顾问等。昭和十二年(1937)被推举为艺术院会员。由于他寿至八十八岁,所以横跨明治、大正、昭和三朝诗坛,实际成为日本汉文学史上最后撑持局面的人物。

青厓诗宗李白、杜甫,这从他字子美、号太白,也可看出。李白有一首《山中答问》:"问余何意栖碧山,笑而不答心自闲。桃花流水窅然去,别有天地非人间"。青厓则仿此而作《山中歌》:

> 问余山中栖几年,世间甲子如云烟。
>
> 采药归来日犹早,独听松风石上眠。

他的《读〈十八家诗钞〉四首》之一,表明了他的诗学见解,也表明他最爱的是李白、杜甫:

> 诗有源流远愈新,兴来岂独限风神。
>
> 忧存社稷辞皆泪,迹托仙灵笑绝尘。
>
> 变雅亦遵规矩正,危言不失性情真。

> 三唐谁与李侯敌? 除却少陵无一人。

青厓对中国历史十分熟悉,曾写《咏史三十六首》,歌咏中国历史上的著名人物,令人爱不释手,今录其中若干。如《屈平》:

> 孤忠窜逐忆沅湘,枯槁形容惨自伤。
> 恋阙忧君常眷眷,握瑜怀瑾问苍苍。
> 层霄鸾鹤已藏翮,幽谷蕙兰空吐香。
> 剩得《离骚经》一部,粲然丽则大文章。

又如《诸葛亮》:

> 诸葛大材无匹俦,远凌管乐轹伊周。
> 风云难老英雄器,鱼水齐分社稷忧。
> 感义一心扶正统,出师二表见深谋。
> 后人吊古哀炎运,巴蜀河山黯带愁。

又如《陶潜》:

> 板荡山川感慨钟,拂夜归去欲何从?
> 英雄韬志田园兴,天地留名隐逸宗。
> 霜下琼瑶晨采菊,风前琴瑟夜听松。
> 草庐三顾无先主,寂寞柴桑一卧龙。

又如《杜甫》:

> 诗到浣花谁与衡? 波澜极变笔纵横。
> 读书字字多来历,忧国言言发性情。
> 上接深雄秦汉魏,下开浩瀚宋元明。
> 灵光精彩留天地,万古骚人集大成。

又如《岳飞》:

> 龙虎蟠胸韬略存,干戈誓欲复中原。
> 金牌忽废十年业,钟室惨同千古冤。
> 报国尽忠肤涅字,松风潭月墨留痕。
> 后人起敬西湖地,应有英雄未死魂。

又如《陈亮》：

> 儒林异彩士林雄，慷慨谈兵气吐虹。
>
> 正厌穷经争琐屑，何堪作赋事雕工？
>
> 机存风雨纵横日，策在龙蛇变幻中。
>
> 谁道大言徒骇世？几回诣阙献葵忠。

又如《文天祥》：

> 奈此天荒地老何，文臣投笔事干戈。
>
> 一生空剩浮萍迹，支手难扶倒海波。
>
> 耻取功名元宰相，愿留魂魄宋山河。
>
> 风檐吟就神人哭，日月争光《正气歌》。

青崖的某些诗则富有社会批判性，其所谓"评林诗"，被称为"诗董狐"。例如《唯射利》一诗，入木三分，即置诸今日禹域，仍不失现实批判锋芒：

> 操觚有弊几时除？著述仅成多鲁鱼。
>
> 乘势奸商唯射利，投机猾士欲求誉。
>
> 人情原好新奇事，世俗争传猥亵书。
>
> 名教更无毫末补，汗牛充栋遂何如！

他的一首《固无学》，表达了对明治以后轻视、废弃汉学的强烈不满，讽刺矛头直指当局：

> 汉字数太夥，六书称多端。
>
> 不如节且减，爰除记诵难。
>
> 字画多从略，字体务期俗。
>
> 讹谬不必问，存石以弃玉。
>
> 昭代重文学，庠序图一振。
>
> 宰相固无学，养成无学民。

青崖的七古《泣孤岛》，是为挣扎在死亡线上的绝望无告的煤矿工人申冤控诉的。字字血泪，尤为难得，虽长亦录于下：

> 仰告皇天天不答，俯诉后土地不纳。
>
> 三千坑夫苦倒悬，帝泽所及何褊狭！

炭脉层层断复连，暗中匍匐踵接肩。

瘴烟疠气塞坑底，呼吸逼迫步且颠。

有人有人何残毒，手提棍棒日督促。

千鞭万挞尚不厌，气息仅苏又驱逐。

皮败肉烂无完肤，乱头蓬松发不梳。

裸体起卧乱沙上，面容仿佛昆仑奴。

昔闻苛政猛于虎，苦役惨虐所未睹。

岂啻农夫使马牛，甚于狱吏役囚虏。

病无汤药寝无衣，糟糠食尽日呼饥。

父母卧病不得省，妻儿在家几时归？

一身羁缚脱无计，故犯法网陷罪戾。

自曰缧绁非不酸，尚胜孤岛坐待毙。

坑夫坑夫有何辜？唤苦叫痛形槁枯。

剑山血池非夸诞，眼见佛氏地狱图。

触头屠腹自摧殒，草间鲜血痕未泯。

鬼哭啾啾燐火青，风浪澎湃带余愤。

呜呼明治陶朱公，家累巨万人尊崇。

吾闻炭坑为其有，何不锐意除弊风？

何物凶奴逞奸狡，巧假虎威贪不饱？

日月不照无告民，三千余人泣孤岛。

　　他还有一首涉及南朝后醍醐天皇史事的《芳野怀古》，写得不怎么样；但此诗与田边碧堂的《万里长城》和久保天随的《那须野》，被人并称为"大正三绝"：

闻昔君王按剑崩，时无李郭奈龙兴。

南朝天地臣生晚，风雨空山谒御陵。

　　小室屈山(1858—1908)，名弘，字毅卿，通称重弘，号屈山。下野(今栃木县)宇都宫人。初为小学教师，后受自由民权运动的刺激，于明治十二年(1879)顷入《栃木新闻》报社，未久为主笔，又未久因笔祸而入狱。被赦后，去东京，在《团团珍闻》上发表狂诗和新体诗，颇有影响。后赴名古屋创办《新爱知》，又被选为众议院议员。三十五年(1902)，在总选举中失败，转入《山阳新闻》《大和新闻》报社工作。晚年在沉寂中逝世。

屈山一度以记者和政论家闻名,但颇擅汉诗,可惜日本人的汉文学史书中从未提及。明治二十九年(1896),他在《东京日日新闻》上发表《飞纪行二十绝》,所附森槐南的评语中暗暗诽谤攻击了国分青厓和本田种竹,因而引起一场激烈的大纷争,轰动一时文坛。

　　屈山的纪游七绝确实颇有佳作。今引《奥东纪游诗》中数首,以见一斑。如《金华山》,其末句与前述岩溪裳川《松岛》"雨送余腥入乱松"相似,不知是谁仿谁:

> 黄金石柱屹撑空,直下狂涛碎作虹。
>
> 出窟神龙卷风雨,余腥吹入乱松中。

《北上川舟中》后半也颇妙:

> 长江雨霁水烟空,棹破溶溶凝碧中。
>
> 一阵风来疑是雪,岩花无数扑归篷。

又一首《盛冈》:

> 碉道余寒马踏冰,终朝行尽乱雪层。
>
> 辛夷四月花初发,一路春风入杜陵。

还有一首失题诗亦甚有意境:

> 满庭新绿鸟声闻,茅屋归来诗欲删。
>
> 一榻茶烟枕肱卧,梦魂仍绕万重山。

　　山根立庵(1861—1911),名虎臣,字炳侯,通称虎之助、深山虎之助,号立庵,别号晴猎雨读楼居士。长门(今山口县)荻城人。他幼年时即父母双亡,由祖父母养育成人。中学时代又不幸耳聋而辍学。然为人坚毅,自学成才,善作汉诗。二十五岁时,任《周南》《长州日报》主笔。明治三十一年(1898)来中国上海,创办《亚东日报》。与章炳麟、文庭式、张元济、李伯元、丁祖荫等人交往。四十四年(1911)因病归国,不久去世。有《立庵诗钞》等。

　　立庵一些诗流连景物,抒写性情,清空流利有法度。如《西都连日雨》:

> 柳下凉棚水上楼,红灯绿酒记曾游。
>
> 重来方过秋霖涨,烛影滩声动客愁。

《题画》一首，颔联颇妙：

> 一溪隔世尘，家与病僧邻。
>
> 芳草低牛背，青苔肥佛身。
>
> 鸟声山欲答，潭色鉴无尘。
>
> 无事春耕辍，参禅了净因。

他有一些慷慨悲愤之作，更值得重视。如《读史》：

> 古宫月色有余悲，荆棘铜驼双泪垂。
>
> 竖子成名因侥幸，英雄无策救时危。
>
> 李牛分党唐家替，王谢专权晋鼎移。
>
> 千古兴亡金鉴在，不将成败问蓍龟。

又如《感怀》：

> 丈夫心事有谁知，慷慨平生托酒卮。
>
> 漫拟文章传后代，愧无功业答明时。
>
> 危言买祸非吾志，存养待机与世移。
>
> 剧恨今年秋又老，胡枝花落雨如丝。

他于1892年初写的《辛卯除夜》也非常精彩，有悲凉之气：

> 腊鼓声微夜色凝，阴风老屋冷于冰。
>
> 十年破壁尘生剑，五夜茅檐雪扑灯。
>
> 光景眼前驹隙过，穷愁客里马龄增。
>
> 文章偏觉鬼书巧，欲写手龟呵气蒸。

他在赴华工作前，曾作《晃山客舍与三刀屋大野二子饮，余禹域之游在近，末句故及之》(按，诗中"百"字疑误，"宿"？)：

> 剪烛溪亭夜，升沉话更幽。
>
> 滩喧三百雨，枫凉万山秋。
>
> 为问兴亡迹，却添离别愁。
>
> 酒杯勿驻手，何日又重游？

他在上海等地有关的交游、观感诗，尚待发掘。今知他还曾到河北宣化打过猎。立庵素喜射猎，故有"晴猎雨读楼居士"的雅号，还常以所获禽鸟制成菜肴饷客。他的《宣化道中射雁》云：

> 出门走马带微醺，白雁高飞日暮云。
>
> 我来一笑仰天射，秋空毛血落纷纷。

　　立庵在中国时，还曾写过哀悼和歌颂戊戌变法六志士的《挽志士诗》。章炳麟读后，激动地评曰："奇肆崛崒，无大白不能读，无铁板不能歌。"宋平子评曰："此种题目，正宜少陵、遗山之笔为之。"这些诗是可以留在中国解放史上的，极为重要，兹全录于下。

《杨深秀》：

> 夜深前席鉴精诚，痛哭还同汉贾生。
>
> 登车有志清河朔，上书肯避弹公卿。
>
> 且存浩气塞天地，剩有忠魂恋帝京。
>
> 剧恨豺狼当道卧，上方无剑任横行。

《刘光第》：

> 大节如公鲜矣哉，力扶兰芷翦蒿莱。
>
> 生前儋石任家破，身后黄金挂剑哀。
>
> 终古英魂归蜀道，百年侠骨藏燕台。
>
> 敢同抉眼吴门恨，忍见敌兵入阙来。

《谭嗣同》：

> 就义从容白刃前，肯将性命问青天。
>
> 论追酳古文无匹，学溯求仁书必传。
>
> 为君子儒兼古侠，宗慈悲佛异狂禅。
>
> 自从柴市文山死，碧血痕新六百年。

《林旭》：

> 和靖高风少穆贤，名家有后岂无缘。
>
> 一时人物出尘表，六烈士中最少年。
>
> 白日争光岂必古，苍生何罪其如天。
>
> 鸾离凤别知无恨，千载贞魂伴夜泉。

《杨锐》：

> 忧时策治奏新文，献赋雕虫薄子云。
>
> 百族扬眉望新政，万方多难仰明君。
>
> 朝衣有恨赴东市，左袒无人入北军。
>
> 为问草间偷活辈，金川一恸竟何云？

《康广仁》：

> 读书万卷彼何功？岭表成仁独有公。
>
> 堪痛残骸委沟壑，但余怒气薄苍穹。
>
> 洛阳无客哭彭越，许下何人埋孔融。
>
> 离筑轲歌今不再，谁过燕市吊孤忠！

西村天囚(1865—1924)，名时彦，字子骏，号天囚、硕园。大隅(今鹿儿岛县)人。从小从乡儒前田丰山(1832—1913)学，有神童之称。十四岁能在藩侯面前讲经书。明治十五年(1882)入东京帝国大学文学部古典讲习科学习，为第一届官费生。受重野成斋、岛田篁村的熏陶。二十年(1887)，因官费生制度废止而退学。后当《大阪公论》记者。二十三年(1890)任《大阪朝日新闻》记者，十年后任该报主笔。期间，组织浪华文学会，并创办《浪花文学》等。三十一年(1898)来华，翌年再次来华并滞留二年多。曾详细研究中国，并遍访名流、学者，搜集珍贵书籍。回国后，在作为名记者的同时潜心研究日本近代儒学史，并在大阪重建怀德堂书院，自任讲师。大正五年(1916)应聘担任京都帝国大学文学部讲师。八年(1919)从《大阪朝日新闻》社退职。他在记者岗位上干了三十二年。

天囚也是汉诗人，他在中国期间就写了不少值得一读的诗。如七古《西湖观月三十韵》，五古《时事有感，赋古风一篇，示沪中诸同人》等，均较长。此处且引后一首，可见他也为中国的危亡而担忧和同情。诗当作于1900年8月八国联军占领北京后：

> 悲风自北至，天日忽晦冥。
>
> 我以游览客，而亦泣涕零。
>
> 闻道圣明主，忧虞在生灵。
>
> 欲济时艰急，岂可守常经？
>
> 司晨牝鸡在，视蛇况满廷。

群阴录阳德，九夏带膻腥。

从古未尝闻，至尊被拘囹！

至今未曾见，帝位如浮萍！

祖宗垂彝训，继承有典型。

迫主破家法，一朝震雷霆。

君子戒先几，厉阶渐成形。

何以救燔丧，颓势如建瓴。

狼瞵与虎视，眈眈亦集庭。

弱肉强之食，斯言所宜铭。

举世徒醉酒，何时得一醒？

不逮今自奋，社稷无以宁。

想闻宁寿殿，君上病伶仃。

天雪炉烟细，龙烛不荧荧。

於戏，钲鼓千门里，思之不忍听。

中夜空北望，烂然星斗青！

他还有七律《南京同文书院告成，因邀中外名士于妙相庵，予亦与焉，乃赋长句二章以呈》，表达了中外人民友好交流文化之情。今录第二首：

千里论交万感添，一堂觞咏独掀髯。

同文况有同舟谊，异地原无异教嫌。

从古楚材堪晋用，于今西势奈东渐。

唯须共醉披肝胆，中外贤豪宾主兼。

宫崎晴澜(1868—1944)也是记者诗人，但久已为人忘却。据考索，他名宣政，号晴澜，别号天生我才阁主人。土佐(今高知县)人。明治二十四年(1891)，为川崎紫山经营的《经世新报》的记者。翌年夏，转到板垣退助主办的《自由》报(未久改名《自由新闻》)，为该报主笔。其后又任自由党系的《长野新闻》主笔，至明治末年(1911年顷)离去。大正末年(1925年顷)住神户。晚年情形不详。

晴澜为诗学森槐南，与佐藤六石、野口宁斋、大久保湘南被合称为"槐南门下四天王"。因此，把他放在本书上一节写也是可以的。晴澜偶亦尝试填词，今未见佳作。明治二十三年(1890)星社成立时，他亦加入，后与木苏岐山等退出。二十九年(1896)出版《晴澜焚诗》后，似乎即与诗坛疏远。他为人狂放不羁,独往独来。其诗满腔忧郁,喜用奇字僻典,幽怪深奥,人所难解。因此,当时颇有人贬之为"点鬼簿""獭祭鱼",但他仍然我行我素。作为记者,交际颇广,曾与伊藤博文、末松谦澄、国分青厓、矢土锦山等人订交。晴澜诗为人遗忘久矣,本书作者颇喜其《天生我才阁题壁四首》,凄锵磊落,感触突发,奇诡有长吉风。今录于此:

> 英雄庙下哭声奇,吾党不平荒骨知。
> 此日扪心天悔我,当时学剑敌遭谁?
> 覆樽洗脚新丰酒,乞食变名吴市簏。
> 郁郁丈夫叹利器,嗟哉兹土亦何为!

> 生为诗鬼昼啾啾,语不惊人死不休。
> 直欲读书破万卷,除非对酒抵千秋。
> 古今大局多颠倒,天地奇观有髑髅。
> 呐呐向空抛一笔,淋漓醉墨血横流。

> 呕血无多廿二年,浮云富贵笑尘缘。
> 金棺夜裂地中狱,铁骨春醲杯底仙。
> 诗到惊人终不死,世皆呼鬼岂夫然?
> 奇穷卖剑谢知己,一事功名真可怜。

> 鲸铿春丽叹奇才,劈手文章生面开。
> 天下英雄独焉耳,空中楼阁可乎哉?
> 浩歌挥袂秋风动,大笑举杯明月来。
> 我岂灰飞烟灭去,白云仙骨葬蓬莱。

晴澜与森川竹磎关系亲密,1890年曾作有《竹磎听秋仙馆题词》一首:

> 前山自在岫云舒,好向此间占我居。
> 风骨尽和灯影瘦,襟怀全与月痕虚。
> 萧萧竹院秋听雨,飒飒蕉窗夜读书。
> 一事情深饶结习,谁知门有美人车。

晴澜还写过一首《今夕何夕歌》,显然是取材于我国汉乐府《焦仲卿妻》,亦哀婉动人:

今夕复何夕，双梦鸳鸯喜。

金鸡障支合欢绮，华烛洞房蜡烟紫。

妾心恰如古井水，此后波澜誓不起。

南有樛木萦葛藟，及尔偕老相终始。

岂图狡童妒佳期，无端飞语姑舅疑。

呜呼新妇遽别离，庐江小吏心恨谁？

薄苇难纫丝，盘石可转移。

弃置复弃置，凄凄欲去时。

行行忽不见，黄尘匝地笛声吹。

笛声笛声声声悲，美人美人去安之？

森鸥外(1862—1922)，名高湛，通称林太郎，号鸥外，别号鸥外渔史、观潮楼主人、千朵山房主人等。石见(今岛根县)鹿足郡津和町人。其父是藩主侍医。鸥外六岁入藩校养老馆学汉语。十一岁随父进东京，入文学舍学德语。明治七年(1874)入东京医学院预科，十年(1877)入东京帝国大学医学部本科。十五年(1882)毕业，不久入陆军部任军医。在此期间，又随依田学海学汉语。十七年(1884)被派往德国官费留学五年。二十一年(1888)毕业归国，任陆军大学军员学校教官，同时从事文学翻译和创作。是年发表以留德经历为题材的小说《舞姬》，一举成名。还曾创办《栅草子》《醒世草》杂志。甲午战争时，他重返军队，曾参与侵略我国东北和台湾，任"台湾总督府"陆军局军医部长。日俄战争时，再度进入军队。明治四十年(1907)升至陆军省军医总监。大正六年(1917)退出军界。翌年起又担任帝室博物馆馆长和帝国美术院院长等。他的文学成就，主要是小说创作和欧洲文学的翻译(均为日文)，但由于他从小受传统汉语教育，所以也能写一手汉诗。他的汉诗留存的有二百二十多首。他有一首写日本历史故事的七古《鬼界岛》，长达一百九十六句，甚有功力。他的汉诗略举数首。如《待春》：

南厢偶坐恼沉吟，目送冻禽鸣出林。

唯喜帘前风稍暖，待花心是待春心。

鸥外在去欧洲经过四十天海船的苦闷生活而初到法国马赛港时，不禁用汉诗写下了自己的喜悦和激动：

> 回首故山云路遥，四旬舟里叹无聊。
>
> 今宵马赛港头雨，洗尽征人愁绪饶。

他的《丙辰夏日校〈水沫集〉感触有作》，作于1916年。《水沫集》是他自己的集子，初版于1892年，1916年重印，其中也含有汉诗。此诗表示对自己的汉诗水平不满意：

> 前贤文字见规模，光景由来各万殊。
>
> 几首犹存效颦作，自惭鱼目混明珠。

他的《次白水孤峰韵》是与一位禅僧的唱和：

> 去来何必问因缘，入地升天任自然。
>
> 至竟效颦非我事，不凭基督不参禅。

《十二月二十五日作》，作于1917年。他刚刚辞去军职，不意又被任命为帝室博物馆总长兼图书馆长，还要为天皇服务。此诗写得颇有幽默感：

> 既脱朝衣赋遂初，何图枕上落除书。
>
> 石渠天禄清闲地，且为吾皇扫蠹鱼。

很遗憾的是，鸥外也写过极端歌颂侵略战争的劣诗，如《旅顺战后书感次韵》：

> 朝抛鸭绿失边疆，暮弃辽东作战场。
>
> 磷火照林光惨淡，伏尸掩野血玄黄。
>
> 雄军破敌如摧朽，新政施恩似送凉。
>
> 天子当阳威德遍，何须徒颂古成汤。

前面我们引述过野口宁斋的《寄怀森鸥外在台湾》，而鸥外也步原韵写了《台湾军中野口宁斋有诗见寄次韵》。读这两位战争诗人的对唱，令人心悸和悲愤。鸥外一再称他们的侵略是送"凉气"，被侵略国的民众则感到恐怖的阴寒！

> 征程不碍一身闲，幕府名流日往还。
>
> 战迹收来诗卷里，羁愁消得酒杯间。
>
> 昨闻鼍鼓鸣貂角，今见龙旌指凤山。

好是天南凉气到，桂香飘处赋平蛮。

正冈子规(1867—1902)，名常规、子规，号獭祭书屋主人。爱媛县松山市人。他似乎不写小说，我们姑且也放在这里写。他是明治时代俳句革新的主将，为日本俳句、短歌文学的发展和创新起了重大作用；然而他也会汉诗。其外祖父大原观山(1818—1875)为幕末汉学者、藩儒，他从小跟外祖父学汉语，又从伯父佐伯半弥学书法，从而为日后的汉文学写作奠定了基础。《子规全集》中收录了他的多首汉诗，其中有他十二岁时所作《闻子规》：

一声孤月下，啼血不堪闻。

半夜空欹枕，故乡万里云。

其自注云："此为余作汉诗之始。"显然，他取名子规也当与此诗有关。在松山中学读书时，与友人竹村链卿组织同亲吟会，其诗作请汉学家河东静溪评改。后入东京第一高中读书。明治二十三年(1890)，入东京帝国大学哲学科，翌年转国文科，两年后又中途退学，专门从事俳句、短歌创作。他常与本田种竹、国分青厓、桂湖村等汉诗人交往。他创作的俳句深受汉诗的影响和启发，还曾把很多中国古诗名作转写成俳句、短歌。

子规有一首五古写晨读，不仅描述了清新的自然，也写出了读书人的精神境界：

春晨清如濯，晴日照自东。

爨炊烟细细，出窗散微风。

黄鸟鸣古木，飞入荆棘丛。

淡云翳残月，影落空庭中。

万物得自然，吾生明日终。

苟不为利缚，便能与天通。

在世岂不勤，读书味无穷。

夏目漱石是子规的同学和好友。1890年，子规曾作《十年负笈》一诗赠漱石，诗中叙述了自己在东京的经历和抱负。漱石读后曾依韵回赠诗一首，赞扬子规"多情纵住弦歌巷，漠漠尘中傲骨清。"子规诗如下：

十年负笈帝王城，紫陌红尘寄此生。

笔砚亲来既羸瘦，田园芜尽未归耕。

> 暖窗扪虱坐花影，寒褥枕书卧雨声。
>
> 独喜功名不为累，诗天酒地一心清。

子规不仅赢瘦，而且还患肺病，真的像子规鸟那样咯血。从1901年起，因病势加重，几乎终日卧床。1902年病死，年仅三十六岁。在卧病时写的《秋》，倾吐了他的寂寥心情：

> 霜林悬北斗，城市隔东台。
>
> 入籁寥寥绝，秋声自远来。

夏目漱石(1867—1916)，名金之助，号漱石。出生于江户(今东京都)牛込。明治十二年(1879)入一桥中学，因喜欢唐宋诗文，特意再到专教汉学的二松学舍学习，师从于三岛中洲，打下了汉文学基础。十七年(1884)入一桥大学预备门。二十二年(1889)与正冈子规会面，更唤起他对俳句与汉诗的兴味。二十六年(1893)文科大学毕业，曾在东京专门学校(早稻田大学的前身)任讲师。二十八年(1895)赴伊予(今爱媛县)松山中学任教。翌年，赴熊本第五高等学校任教，此时又向同事长尾雨山(1864—1942)学习写汉诗。三十三年(1900)赴英国留学。三十六年(1903)回国，任第一高等学校及东京帝国大学讲师。此后至逝世前，他发表了很多作品(日文)。明治四十年(1907)辞去教职，入《朝日新闻》社，负责文艺版，开始专业作家生活。大正五年(1916)年去世，终年五十岁。漱石从英国回国后，即成为第一流的英国文学研究、介绍者，后又成为第一流的小说家。他是日本二十一世纪初唯一一位肖像被印在钞票(千元)上的文学家。但他一生钟爱汉文学，直到晚年还写汉诗。今存他的汉诗共有二百多首，因此完全可称他为汉文学家。

明治二十二年(1889)，他受正冈子规编印汉诗集《木草集》的刺激，也自编纪行汉诗文集《木屑集》，并开始用漱石为号。这个号也充分显示他对中国典故的熟悉。《世说新语·排调》云："孙子荆年少时欲隐，语王武子当'枕石漱流'，误曰'漱石枕流'。王曰：'流可枕，石可漱乎？'孙曰：'所以枕流，欲洗其耳；所以漱石，欲砺其齿。'"又见《晋书·孙楚传》。孙楚将错就错、突发奇论，可谓机敏；更没想到还成了千余年后一位日本文学家的雅号。

他在1889年写的《山路观枫》，得到程千帆的激赏："漱石诗风流蕴藉，殆不让其说部。能者自不可测。可喜可笑也。"诗云：

> 石苔淋雨滑难攀，渡水穿林往又还。
>
> 处处鹿声寻不得，白云红叶满千山。

他在同年写的《自嘲，书〈书屑录〉后》，反映了少年漱石蔑视世俗，同时其实虚怀若谷：

> 白眼甘期与世疏，狂愚亦懒买嘉誉。
>
> 为讥时辈背时势，欲骂古人对古书。
>
> 才似老骀驽且駮，识如秋蜕薄兼虚。
>
> 唯赢一片烟霞癖，品水评山卧草庐。

1895年4月，他离开东京去松山任中学教师后，5月寄七律四首给好友正冈子规，其三显示了愤世又自嘲的口气：

> 二顷桑田何日耕？青袍敝尽出京城。
>
> 棱棱逸气轻天道，漠漠痴心负世情。
>
> 弄笔慵求才子誉，作诗空传冶郎名。
>
> 人间五十今过半，愧为读书误一生。

此诗首句反用《史记·苏秦列传》："使吾有洛阳负郭田二顷，吾岂能佩六国相印乎？"极妙。"冶郎"即野郎，日本人叱骂语，意为野小子、浑蛋。更妙的是"冶郎"在中文中亦可通，《古乐府》有"道逢游冶郎"句，李白有"岸上谁家游冶郎"句，均指不务正业的浪荡子。可知，此时漱石的汉诗已让某些诗坛老辈震惊和妒忌。

漱石1898年写的五古《春日静坐》也很不错：

> 青春二三月，愁随芳草长。
>
> 闲花落空庭，素琴横虚堂。
>
> 蟏蛸挂不动，篆烟绕竹梁。
>
> 独坐无只语，方寸认微光。
>
> 人间徒多事，此境孰可忘？
>
> 会得一日静，正知百年忙。
>
> 遐怀寄何处，缅邈白云乡。

1899年漱石赴英留学前写的一首无题七律，生动地抒发了他当时的心怀：

长风解缆古瀛洲，欲破沧溟扫暗愁。

缥缈离怀怜野鹤，蹉跎宿志愧沙鸥。

醉扪北斗三杯酒，笑指西天一叶舟。

万里苍茫航路杳，烟波深处赋高秋。

漱石写得最多最好的，就是七律。他在晚年临终前约百日之间，几乎日课有作，一连写了七十五首诗，其中六十六首均为七律(除一首外均无题目)，是他一生汉诗成就的高峰。这些珍贵的手稿今存日本东北大学图书馆漱石文库。诗中表达了隐逸和超越的思想。他将中国古典文学和禅道的有关思想相结合，找到了"则天去私"这一词汇来概括他的人生哲学。有日本论者认为这也是日本近代咀嚼中国文化所达到的思想高峰。这种说法是否正确，另当别论；但这些诗颇值得我们咀嚼。因实在写得好，这里就多抄几首：

何须漫说布衣尊，数卷好书吾道存。

阴尽始开芳草户，春来独杜落花门。

萧条古佛风流寺，寂寞先生日涉园。

村巷路深无过客，一庭修竹掩南轩。

不爱帝城车马喧，故山归卧掩柴门。

红桃碧水春云寺，暖日和风野霭村。

人到渡头垂柳尽，鸟来树杪落花繁。

前塘昨夜萧萧雨，促得细鳞入小园。

山居日日恰相同，出入无时西复东。

的皪梅花浓淡外，朦胧月色有无中。

人从屋后过桥去，水到蹊头穿竹通。

最喜清宵灯一点，孤愁梦鹤在春空。

大道谁言绝圣凡，觉醒始恐石人谗。

空留残梦托孤枕，远送斜阳入片帆。

数卷唐诗茶后榻，几声幽鸟桂前岩。

门无过客今如古，独对秋风著旧衫。

闲窗睡觉影参差，机上犹余笔一枝。

多病卖文秋入骨，细心构想寒砭肌。

红尘堆里圣贤道，碧落空中清净诗。
描到西风辞不足，看云采菊在东篱。

不爱红尘不爱林，萧然净室是知音。
独摩拳石摸云意，时对盆梅见藓心。
麈尾氄毫朱几侧，蝇头细字紫研阴。
闲中有事喫茶后，复赁晴暄照苦吟。

逐蝶寻花忽失踪，晚归林下几人逢。
朱评古圣空灵句，青隔时流偃塞松。
机外萧风吹落寞，静中凝露向芙蓉。
山高日短秋将尽，复拥寒衾独入冬。

非耶非佛又非儒，穷巷卖文聊自娱。
采撷何香过艺苑，徘徊几碧在诗芜。
梵书灰里书知活，无法界中法解苏。
打杀神人亡影处，虚空历历现贤愚。

诗人面目不嫌工，谁道眼前好恶同。
岸树倒枝皆入水，野花倾萼尽迎风。
霜燃烂叶寒晖外，客送残鸦夕照中。
古寺寻来无古佛，倚筇独立断桥东。

自笑壶中大梦人，云寰缥缈忽忘神。
三竿旭日红桃峡，一丈珊瑚碧海春。
鹤上晴空仙翩静，风吹灵草药根新。
长生未向蓬莱去，不老只当养一真。

大愚难到志难成，五十春秋瞬息程。
观道无言只入静，拈诗有句独求清。
迢迢天外去云影，簌簌风中落叶声。
忽见闲窗虚白上，东山月出半江明。

真踪寂寞杳难寻，欲抱虚怀步古今。
碧水碧山何有我，盖天盖地是无心。
依稀暮色月离草，错落秋声风在林。

> 眼目双忘身亦失，空中独唱白云吟。

其实还可以引录一些，因为确实很好。漱石好友子规曾评论他的诗"意则谐谑，诗则唐调"，其实他晚年的诗又超越了谐谑。回顾往事，甘于淡泊，学习唐调的风格更明显，更成熟。这样的优秀诗人出现在明治、大正年间，实在可说是一个奇迹。而且，他又是日本近代有世界影响的大文学家，因而尤为难得！当代出版的很多《日本文学史》上，仅介绍他的日文创作而不涉及其汉诗，是何等浅薄无知！

永井荷风(1879—1959)是继森鸥外、夏目漱石之后，又一位能写汉诗的著名小说家。可惜在日本人写的汉文学史、汉诗史及汉文学者总览一类书中，竟然没有他的名字。他名壮吉，号荷风，别号断肠亭主人、石南居士、鲤川兼侍、金阜山人。爱知县人。其父即汉诗人永井禾原，外祖父为鹫津毅堂。家学渊源深厚，他从小喜汉诗，中学时即有试作，岩溪裳川常为其批改。曾入东京外国语学校学习汉语。1897年，随父小游上海。1903年赴美留学，1907年又赴法国，在银行任职。1908年归国，专心创作小说、散文。1910年任庆应义塾大学教授，并主持《三田文学》杂志。1952年获文化勋章。

荷风诗首先引起我们浓厚兴趣的，是他十九岁时写的《沪游杂吟》，为我们留下了百余年前上海的历史风景，当时上海开埠不过五十余年。如《申城怀古》：

> 当年遗迹已榛荆，谁弄黄昏笛一声？
>
> 千岁兴亡在青史，乱烟荒月古申城。

又如《杨树浦》：

> 孤帆无影水悠悠，客路犹为汗漫游。
>
> 暮笛一声杨树浦，烟零雨散过残秋。

特别是读《浦东》一诗，联想到当今极大发展的浦东新区，真正恍如隔世：

> 枫叶芦花两岸风，寒潮寂寞晚来通。
>
> 满天明月孤村渡，舟子吹灯话短篷。

有一首《题客舍壁》，亦写于上海：

> 黄浦江头瑟瑟波，年光梦里等闲过。
>
> 天涯却喜少知己，不省人生誉毁多。

荷风在国内写的记游诗，也颇有佳作。如《墨上春游》共二十首，写的是今东京的隅田川，如果不了解情况的中国读者看了，也许以为是写我们的长江风光亦未可知。如：

> 长江三月景偏饶，柳正催鬟花正娇。
>
> 舟过白鸥渡头水，春波依旧绿迢迢。
>
> 樱花万树长江外，垂柳千条古渡边。
>
> 寒食清明三月景，多般载在木兰船。

寒食、清明，不都是我们中国的节气和习俗吗？下面的一首写的"二分月"，也分明用"天下三分明月夜，二分无赖是扬州"的中国诗典：

> 黄昏转觉薄寒加，载酒又过江上家。
>
> 十里珠帘二分月，一湾春水满堤花。

他写的日文随笔中，有时也夹有汉诗。如《下谷家》一文中有一首诗是悼念外祖父鹫津毅堂的：

> 孤碑一片水之涯，重经斯文知是谁。
>
> 今日遗孙空有泪，落花风冷夕阳时。

八、中村敬宇、本田种竹等

本书还要补述好多颇难归属的，或生平不详的，或像猪口一书称之为"独立派诗人"的明治汉文学家。因人数不少，共分两节，略依生年先后来写。其中最值得注意的有中村敬宇、木苏岐山、本田种竹、服部担风、河上肇、土屋竹雨等。

伊势小湫(1820—1886)，名华，字士靶华、君华，号小湫、小淞。长门(今山口县)藩士。有《我亦爱吾池诗草》。余不详。清人陈鸿诰《日本同人诗选》选有他《月濑图》一诗，可与斋藤拙堂名文《梅溪游记》对读，陈鸿诰评为

"以少许胜人多许"：

> 五里十里山皆梅，绕谷拥涧烂漫开。
>
> 溪流一道青如染，远自玲珑玉雪之中来。
>
> 神仙境界谁能说？十记曾嘲拙堂拙。
>
> 惨淡何人造此图，疏疏笔墨得神诀。
>
> 数株老干压仙舟，恰同月濑古湾头。
>
> 譬之龙颔珠已获，鳞爪纷纷不用搜。
>
> 游踪触目十年昨，留题却愧吾诗恶。
>
> 不如且饮三百杯，醉梦飘然驾仙鹤。

他与江马天江是诗友，陈鸿诰选有他《二十八日天江诗成邮送见示，赋此却寄》，评曰："蕴酿功深，诗中有画。"

> 云笺一片付书邮，细读几回揩老眸。
>
> 欲续瑶篇惭狗尾，看来铁画似蝇头。
>
> 风飘梧叶蝉同堕，露泫葵花蝶也愁。
>
> 小婵应嗤吟坐久，报言日脚下帘钩。

沟口桂岩(1822—1897)，名恒，字景弦，通称清兵卫，号桂岩。相模(今神奈川县)人。他是大沼枕山的学生。其诗为枕山选入《下谷吟社集》(1875年刊)，俞樾《东瀛诗选》又从中选录二首，均长篇古体。《枸杞》一诗，充满乐观精神和对大自然的赠予的感激：

> 城西目白山，我来结茅屋。
>
> 地灵树亦灵，佳杞满山腹。
>
> 薏苡非其比，罗生异凡木。
>
> 左取又右抽，朝昏翠盈匊。
>
> 和饭作斋羹，扑鼻香芬馥。
>
> 甘州与韦山，让美彼应恧。
>
> 千里虽去家，一日岂不服？
>
> 轻身坚筋骨，其健如黄犊。
>
> 乃知兼熊鱼，除病占馋福。
>
> 丹实即秘丸，粲粲期秋熟。
>
> 绿芽供茗茗，九夏可以蓄。

> 大欲延吾龄，小欲明我目。
>
> 延龄仙可修，明目书堪读。
>
> 瑞犬有时吠，无复劚根逐。
>
> 是所以为灵，可听不可畜。
>
> 时今有边警，谁问食无肉？
>
> 吾厨任屡空，吾居得吉卜。
>
> 愿言作地仙，却老且避谷。

诗中提到的甘州、韦山，是中国以产枸杞出名的地方。"千里"句用了中国古谚。李时珍《本草纲目》引陶弘景语："谚云'去家千里，勿食萝摩、枸杞'，言其补益精气，强盛阴道。"凡此皆可知桂岩对中国文化的了解。

桂岩又有一首咏富士山的《登岳》，写得颇为奇崛。只因诗太长，其中又夹杂一些中国读者看不懂的日本历史掌故，故不录。

大森解谷，名惟中，字位卿，江户人。生卒年及生平俱未详，仅从《下谷吟社集》中见到次韵沟口桂岩之诗，因亦置于此一述。诗曰《贺沟口桂岩三弦巷新居次韵》：

> 挟弹曾迎掷果车，樽前今避美人哗。
>
> 少年游戏春归梦，老后情怀夜背花。
>
> 忽筑斗诗场里垒，已移居货市中家。
>
> 空听三线渠流静，吟耳双清水一涯。

首句妙用晋代潘岳典故。潘岳貌美，每出门老妪掷果满车。诗中写出桂岩年轻时风流倜傥，老后归于淡泊。解谷又有一诗《寄樱湖，在骏洲，兼似翠峰》，颈联可玩味：

> 骏武望遥天一涯，忆曾砾水接瑶池。
>
> 东风花下多年梦，寒雨灯前半夜思。
>
> 人不可招空有酒，梅非难寄奈无诗。
>
> 翠兄相问烦传语：百事疏慵似旧时。

他又有七绝《骤雨》颇妙：

> 雨脚如奔风隧开，电驰霆击势相催。
>
> 天威虽烈多温意，一怒声中一笑来。

土岐支山,名恭,字子敬,号支山。余皆不详,仅知他是大沼枕山的学生,枕山编《下谷吟社集》也收入其诗,甚精彩。如《晚冬五日夜,翠峰、龙墟二兄见访,联吟达晓》,写诗友豪情厚谊,令人向往。其中颇有佳句:

> 良友以文会,脱然名利抛。
>
> 心期非结绶,情好是投胶。
>
> 一卷三头聚,孤炉六手交。
>
> 胸怀皆畅适,诗句互推敲。
>
> 叶雨鸣栏角,灯花映砚凹。
>
> 煎茶温当酒,煨芋美于肴。
>
> 穷巷堪娱乐,浮生比幻泡。
>
> 小楼吟彻晓,霜压半间茅。

可惜翠峰(前面解谷诗中也提及他)、龙墟二位诗人,我们一无所知。支山又有一诗,题中亦有此二人:《新春二月得枕山夫子书,书中有诗,远征次韵,同翠峰、龙墟赋此日风雨》。诗末并有注:"去年此日贺正于夫子之门,夫子方与昆溪老人饮,余亦陪焉,末句故及。"诗云:

> 东风满地自阑残,人与梅花恨一般。
>
> 乡思上眉怜索莫,远书到手喜平安。
>
> 烟笼松竹春城暗,雨压笙歌暮郭寒。
>
> 忆起去年今日宴,熙熙堂暖占酣欢。

俞樾的《东瀛诗选》中,有一位诗人平山柳南的两首诗,先后被选录了两次。这虽是编选中的疏忽,亦可见这两首诗确实值得一读。可惜关于此人的生卒年等我查不到。先是在《东瀛诗选》第三十九卷中,俞樾从各种总集中选录了很多僧人的诗作,其中有从大沼枕山编《下谷吟社集》中选录的诗三首,并注明:"光顺字断常,信浓人。"后在《东瀛诗选》第四十四卷(补遗四)中,俞樾又据《下谷吟社集》引此人诗三首,但作者注为:"平山顺,字子德,号柳南。"未知为何有此不同。其被选两次的诗,一为《寒灯》:

> 荧荧三尺亦寒檠,光照简编双眼明。
>
> 炉畔更阑红焰尽,几边风紧落花轻。
>
> 十年堂上生涯冷,半夜灯前意思清。

影与吟身俱一瘦，敢同元夕竞华荣。

另一首为《黄檗豆腐》，为咏豆腐的妙作。黄檗豆腐至今仍为京都妙品：

术出淮南妙过之，禅机敏达与时宜。

仅经燔炙供宾客，未费烹煎侑酒卮。

碧玉盘中除脆腻，白银台畔认珍奇。

高僧只道淡无味，此种嘉肴更属谁？

谷太湖(1822—1905)，名铁臣，字百炼，号太湖、醒庵，又号如意山人。彦根(今滋贺县)人。受业于森复斋(1800—1859)，文久三年(1863)列于士班，属老臣冈本黄石，上京奔走于朝幕之间。庆应三年(1867)任侍读，又进参政，参与藩政改革。维新后历任彦根藩少参事、大藏大丞、左院少议官等职，达正五位。明治十九年(1886)退职，任弘道会京都支会长。著有《如意遗稿》等。明治二十三年(1890)为庆贺俞樾七十诞辰，仅比俞小一岁的他曾寄诗九首，收于俞氏《东海投桃集》。兹选录数首。其一，肯定了俞樾不说满话、假话：

三复曲园自述诗，记真录实胜铭碑。

知君德量过人处，句里从无满假词。

其三，表明他对俞氏《诸子平议》《群经平议》等著作相当了解：

高年仍守积书城，诸子群经两议平。

天遣斯人开绝学，千秋许郑是前生。

其五，赞美俞氏概不赴宴、爱惜时间的美德：

老来戒饮十三年，爱惜分阴等古贤。

坚守君家新律令，津门不赴相公筵。

其七，写俞氏选编《东瀛诗选》：

册卷东瀛诗手编，遥遥载送采风船。

先生一夜吟窗梦，或到扶桑红日边。

其八，写自己梦寐中也想亲近俞氏：

沧波万里思悠哉，夜夜丰容入梦来。

安得我身化樱树，春风吹到小蓬莱。

陈鸿诰《日本同人诗选》亦选其诗多首，如《养蚕词》六首，其五，陈氏评曰"濮上遗风留存海外"：

夙夜何愁露湿衣，偷闲小婢弄花枝。

蚕家主妇无猜忌，任唱桑中要送诗。

其六，诗有自注："石湖诗云'绵茧无多丝茧多'，又云'留得黄丝织夏衣'，皆得其实者；赖山阳诗云'绵茧黄，丝茧白'，以黄白分绵丝，误矣。"陈氏评曰："考据精细，非多读书者不能。"

诗家自谓谙民事，赋出蚕村桑舍风。

混用黄丝与绵茧，山阳应愧石湖翁。

河野春帆(1831—1886)，名大年、通胤，字公有，号春帆。淡路(今兵库县)人。从小受家学，其父河野杏村(1811—1877)亦关西诗人、儒者。春帆后为大阪中学教师。余不详。其诗曾被关重弘《近世名家诗钞》(1861年刊)选入，俞樾《东瀛诗选》又从而选录《客感》一首：

风光已过授衣天，小雨残枫满渭川。

弹铗冯驩空落托，登楼王粲转凄然。

十年湖海无知己，半世文章不直钱。

素志难酬岁易暮，宦情羁思聚灯前。

中村敬宇(1832—1891)是值得重视的一位汉文学家，他名正直，幼名钏太郎，通称敬辅、敬太郎，号敬宇，又号鹤鸣、梧山。江户(今东京都)麻布人。其父是下级幕臣。敬宇幼从塾师学句读，嘉永元年(1848)入昌平黉学习，师从佐藤一斋，又向桂川甫周学兰学。安政二年(1855)，仅二十四岁，便被提拔为昌平黉教授。四年(1857)任甲府徽典馆教授。庆应二年(1866)留学英国，明治元年(1868)归国，随德川家移居静冈，为静冈学问所一等教授。五年(1872)，在新政府大藏省任翻译。后任东京女子师范学校校长摄理、东京帝国大学文学科教授。还曾任学士会院会员、女子高等师范学校校长、贵族院议员等，被授正四位勋三行。他还曾在明治六年(1873)在江户川开办同人社普及西学，被人称为"江户川圣人"。中国使臣、学者黎庶昌为《敬宇文集》作序，认为："其古文尤自成家，波澜态度,不滞不溢。……诗特余力所及耳,而其意趣颇与白(居易)、陆(游)为近。余尤喜其中多讽谏之词。"

敬宇意趣近似白、陆的诗不少,如小诗《绝句》状物细腻:

> 一雨苍黄至,忽然明落晖。
>
> 蜘蛛将网补,蛱蝶曝衣飞。

《水口驿途中作》写旅兴悠悠:

> 昨雪又今雨,趁程难少留。
>
> 云遮羁客眼,山学老人头。
>
> 小歇寻茅店,微醺散旅愁。
>
> 晚晴描树杪,我兴正悠悠。

又有一首七绝也清新可诵:

> 满树鸣蝉日欲斜,倚轩闲坐眄庭柯。
>
> 蓦然一雨送凉吹,声在芭蕉叶上多。

《春日杂赋》一绝耐读有味:

> 香篆斜飘帘幕风,无端闲思寄焦桐。
>
> 庭前蛱蝶作团戏,似欲入侬诗句中。

《夏晚书所见》,可与上一首媲美:

> 新竹离离漏落晖,恼人暑气晚来微。
>
> 蜻蜓紧被风吹得,约住篱头不肯飞。

敬宇还有一些诗涉及议论,即黎庶昌说的"其中多讽谏之词",也颇可读。如《鸥波君见惠幼稚园六绝句,感吟之余,呈瞩并教》一诗,指出了正确的儿童教育方式:

> 半日儿童戏此园,散归应喜入家门。
>
> 要须雍穆示仪范,切勿叱呵如狗豚。

又如《送田岛霞山之伊太利》(按即送友赴意大利),指出了正确的待人处世之道:

> 言语通时情意通,交欢正可合西东。
>
> 良谋不在公平外,商利自存忠信中。

《丁卯元旦》作于1867年,时敬宇客居英国伦敦,诗写出淡淡乡愁:

> 客舍迎春独自怜,人生苦乐两相缠。
>
> 非无他国见闻异,其奈故乡情思牵。
>
> 惊浪骇波成昨梦,明窗净几入新年。
>
> 危楼百尺凌晨倚,目断东方日出边。

敬宇最崇敬的中国诗人,当是杜甫。他有《读杜诗》一首,又有《题杜文贞公像》诗。在后一长诗中,他面对杜甫像说:"清标肃遗像,感涕迸流泉。千载魂如作,小儒甘执鞭。"一片敬爱之心,发自肺腑。《读杜诗》云:

> 雨脚如麻未断绝,挑灯独读少陵集。
>
> 傍人见我怪何事,一吟一诵一垂泣。
>
> 此老胸中万卷庋,自许稷契岂夸欺。
>
> 胡尘滚滚白日暗,蜀道漂泊苦寒饥。
>
> 一饭未曾忘君恩,穷年戚戚忧元黎。
>
> 满腔忠愤无所泄,往往淋漓见乎辞。
>
> 岂唯诗史征后代,风教直补三百遗。
>
> 唐家宰相唯奉身,痛痒谁能及下民。
>
> 独怪退之山斗望,亦赋二鸟美荣光。
>
> 何以此老几饿死,宗社民生念不已。
>
> 吁嗟乎,才大难为用,空留诗名到千载!

敬宇与中国学者、诗人黄遵宪结有高谊,他的《奉赠黄公度先生》,当作于黄氏离开日本的1882年。他对黄氏作了极高的评价:

> 公度先生轩霞表,使我对之俗念了。
>
> 一夕知胜十年读,如泛大海探异宝。
>
> 尝论墨子同西说,卓识未经前人道。
>
> 示我离诗绪余耳,亦自彪炳丽词藻。
>
> 平生心期在经纶,如闻著志既脱稿。
>
> 嗟我多歧徒亡羊,一事未成头已皓。
>
> 看君膂力将方刚,经营四方济亿兆。
>
> 他年万里垂天翼,庇护幸及蜻蜓岛。

我认为最值得肯定的,就像他名"正直"一样,他比较正直,在晚年面对日本逐步走上军国主义道路时，写过一些反对战争、希望世界和平的诗文，为我们所"尤喜"，如《偶成》：

> 几树梅花相映明，黄莺快意弄新晴。
> 客无生熟谈无择，邻有渔樵交有情。
> 职业苦中真乐在，空闲欢里暗愁生。
> 残年愿见兵戈息，四海安宁万国亨。

他还曾作诗寄鸟尾得庵，表达自己对时局的忧虑，反对侵略中国。可惜，他的忧虑后来均成为现实，坐在日本庙堂上的统治阶级是不会听他的忠告的。这首诗在明治汉诗史上是极罕见的好诗：

> 呜呼！今日乾坤果如何？悲欢中宵起悲歌。
> 物议喧腾如乱蛙，人情险恶似骇波。
> 日清之时我所忧，顷刻片晷难忘过。
> 人道韩范坐庙堂，吾侪不用杞忧多。
> 虽然吾性偏忧国，不忧一身苦轗轲。
> 若使二邦用干戈，后来结果可叹嗟。
> 蚌鹬相持利渔人，螳螂捕蝉悲生涯。
> 我恐北方伏猛虎，磨爪窥机凶威加。
> 治国只当守理直，遂过饰非是妖魔。
> 更苦庸人自扰事，妄鞭草莱走虺蛇。
> 又有好战以求利，怒目炯炯活阎罗。
> 吾知流传多谬说，或似病眼现空华。
> 愿得吾忧归妄现，二邦和亲如一家。
> 东风三月春骀荡，与君同看洛阳花。

敬宇还是文章高手，即黎庶昌说的"古文尤自成家"。猪口《日本汉文学史》中，把他与重野成斋、川田瓮江、三岛中洲、竹添井井选为明治五大文豪。松平天行曾称说敬宇无意作文，言则成章，清秀稳健不易及，家常便饭也能抵大牢，并说："明治文章后世必传者乃《敬宇文集》乎？"敬宇还写过《自叙千字文》，像中国古代的《千字文》一样，四字一句，概述了自己的一生，很可一读。猪口书中引录了他于"上章敦牂"（1870年）写的《西国立志编》的序，此处本不拟全录，但敬宇此文提出某些重要的思想，符合中华民族的理念，至今值得日本及各国深思，所以引其一段旨要如下，并见其文风雄辩：

> 余曰：子谓兵强则国赖以治安乎？且谓西国之强，由于兵乎？是大不然。夫西国之强，由于人民笃信天道，由于人民有自由之权，由于政宽法公。拿波仑论战曰：德行之力，十倍于身体之力。斯迈尔斯曰：国之强弱，关于人民之品行。又曰：真实良善，为品行之本。盖国者，人众相合之称。故人人品行正，则风俗美；风俗美，则一国协和，合成一体，强何足言。若国人品行未正，风俗未美，而徒汲汲乎兵事之讲，其不陷于为斗嗜杀之俗者几希，尚何治安之可望哉！且由天理而论，则欲强之一念，大悖于正矣。何者？强者对弱之称也。天生斯民，欲人人同受安乐，同修道德，同崇知识，同勉艺业，岂欲此强而彼弱，此优而彼劣哉？故地球万国，当以学问文艺相交，利用更生之道，互相资益，彼此安康，共受福祉。如此，则何有乎较强弱、竞优劣哉？……古不云乎：兵者凶器，战者危事也。仁者无敌，善战者服上刑。一人之命，重于全地球。匹夫之善行，有关系于邦国天下者。乃以贪土地之故，使至贵至重之人命横罹极惨极毒之祸，其违皇天之意，负造化之恩，罪不可逭矣！

当然，敬宇也难免时代的思想的局限。如他在日本正式并吞琉球王国前夕的明治十二年(1879)二月九日写的《琉球漫录题辞》中，虽然也提倡了仁义理念，但却不顾事实地美化本国的对琉侵略行径："置吏相安于无事，何尝尺寸利土疆？置兵特以备寇盗，何尝毫发示威强？"还说被欺侮的琉球人民"如子归父客回乡"。请看看本书最后所附的《琉球汉文学概述》一节，就可以知道敬宇的这些说法是多么的不对！

石川鸿斋(1833—1918)，名英，字君华，号鸿斋、芝山外史、雪泥。西冈翠园门人。三河(今爱知县)丰桥人，寓于东京。据说诗文书画皆擅，但今见他的诗颇平平，不过他在日本汉文学史上最有名的是他所编的《芝山一笑》一书。明治十年(1877)，中国首届驻日使团抵日，住东京芝山月界僧院。鸿斋闻讯后，即与二位僧人前往拜谒，中国公使何如璋等初以为鸿斋亦是僧人，后知误会，双方因而一笑。鸿斋因将他与中国多位使臣唱和之诗编集，题为《芝山一笑》。此书实为日人与清使文墨相亲又编印成书之嚆矢，有史料价值，值得重视。今选他写给张斯桂副大使一首，以见一斑：

芝岳雪晴翻彩旗，燕都使节系船时。

钟声远想寒山寺，鸿信遥传太液池。

香界水甘须煮茗，公园花发好倾巵。

扶桑本是同文国，感读康熙御制诗。

闻说晁衡叨宠荣，秘书奉职列公卿。

纪纲稍紊招莱乐，文运中衰却鲁生。

辞赋更无赓旧韵，弦歌还有奏新声。

海东始接汉家客，疑是微躯在北京。

从鸿斋诗来看，他对中国很友好，但他又有《朝鲜支那外征录》一书，则不知道写的是什么，待查。

自石川鸿斋后，日本文人与中国使臣诗文唱酬的很多，这是中日交流史上的重要篇章，本书已写到不少和将，这里顺便先介绍二位今已淹没在历史尘埃中的诗人的佳作。

秋山俭为，名纯，余皆不详。明治二十三年(1890)重阳节，中国公使黎庶昌任期将届，俭为有《送星使黎公回国》二首，载孙点编《庚寅集三编·题襟集》。其二之颈联写到的清使馆驻地芝山和中日文人常聚会的红叶楼已成了新典故：

古重阳属古琳宫，佳宴延宾意不穷。

结始终交诗有验，消今古感酒多功。

紫芝山际芝才紫，红叶楼前叶未红。

唯见菊丛能表节，金葩泛盏滟玲珑。

大岛怡斋，名正人，余亦一无所知。同年十二月，清使馆参赞陈明远也要回国，野口小苹女史特绘《红叶馆话别图》，日本人士纷纷题诗。后陈明远编刊成书。怡斋题有二诗，其二尤佳。第四句有自注："朱竹垞六岁始就家塾，塾师举'王瓜'俾作对，应声曰'后稷'。"可知怡斋对清代诗文典故之熟知：

飞觥如织醉巾斜，各擘云笺点墨鸦。

君是锦心兼绣口，我无后稷对王瓜。

东西言语虽相异，始终交情不可差。

唱彻阳关三叠曲，一帆明日即天涯。

信夫恕轩(1835—1910),名粲,字文则,号恕轩、天倪。因幡(今鸟取县)人。初受教于海保渔村(1798—1866),后师从芳野金陵、大槻磐溪学经史,兼修文辞。他才思横溢,性格傲岸。曾在茨城县丰田郡水海道村行医,后任三重县中学教谕,又为东京帝国大学讲师等。恕轩擅七绝,颇多描写江景之作,如《秋江夜泊》:

> 满窗霜月照人明,数尽流年梦不成。
>
> 逝者如斯吾与水,三年客路听江声。

又如《江村夜景》:

> 夜静江村月一弯,远帆有影破浪还。
>
> 渔家断续皆临水,补网灯明竹树间。

他描写在东京隅田川吾妻桥畔通宵赏樱的《墨陀观花》,此种情景至今在东瀛樱花开放时犹常见:

> 吾妻桥畔雨初晴,烟水微茫天欲明。
>
> 万朵樱花眠未寤,早归人尚带酲行。

恕轩自觉怀才不遇,这种心情也常见于诗中,如《自遣》云:

> 自怜命薄似残灰,热欲生时冷已来。
>
> 好是草堂风雨夕,一杯村酒洗灵台。

高桥白山(1836—1904),名利贞,字子和,通称敬十郎,号白山。信州(今长野县)人。其父为信州高远藩儒。幼从父学,后入藩校。曾向鹫津毅堂学习。(近藤春雄《日本汉文学大事典》和长泽孝三《汉文学者总览》都说他曾向坂本天山[1745—1803]学,肯定有误。)业成任藩校进德馆助教。文久年间(1861—1863)居江户,与大沼枕山结交。明治维新后,回乡开私塾。又曾任新潟、长野县的中学汉语老师。白山诗在此选录数首,如《闲居》:

> 雀罗门外绝嚣尘,一室琴书养我真。
>
> 山月溪风如故旧,款然来伴谴余人。

《野口村侨居,答友人见寄》:

> 寂寞荒村小径斜,一篱瘦菊是吾家。

凉风淡日低飞蝶，衰翅温存护晚花。

《读角田香云怀古园杂诗有感次韵》：

公园春色久关情，岁岁空思小室城。

又为新诗添旧感，分明一夜梦山樱。

富田鸥波(1836—1907)，名久稼，字美卿、厚积，号鸥波，又号病虎山人、凹县逸士。福井藩(今福井县)人。初从福井藩儒高野真斋、花木澹斋学习。安政五年(1858)，二十三岁时被选拔为藩校明道馆的句读师。翌年又受藩命赴江户，师事于安积良斋、安井息轩、藤森天山、大桥讷庵、大沼枕山、鹫津毅堂等昌平学派的硕学，修经史诗文，又在江户藩邸学问所任教。后为藩校明道馆教师。明治二年(1869)任明道馆后身明新馆的文学大训导，后又任文学佐教。废藩后任明新中学校长。他在明治后生活了四十年。其诗作今举《岁暮感怀》一首：

阅尽人间世路难，故山归卧梦魂安。

后生可畏吾老矣，逝者如斯岁又残。

苦月窥窗梅影瘦，尖风动屋雁声寒。

十年追忆桑沧事，独别灯檠坐夜阑。

饭塚西湖(1839—1929)是跨越幕末、明治、大正、昭和的人物，但其写诗主要在明治时期。他名纳，幼字修正。曾寄居在瑞士某湖畔，故号西湖。松江(今岛根县)人，其家世世为云州藩士。安政三年(1856)，十八岁时赴江户学兰学。明治元年(1868)拜谒西乡南洲，表示希望出国留学，南洲便转托胜海舟。三年(1870)，赴法国巴黎留学，学法律。但此时爆发了普法战争，法年战败，于是翌年避居瑞士。在瑞士娶德国人为妻。战罢回巴黎，与妻子一起从事翻译工作。五年(1872)岩仓具视、木户孝允、大久保利通等人访欧时，他担任通译。六年(1873)听说因"征韩论"挫败而西乡南洲下野，他大为叹息，便游历英国、意大利、德国、奥地利、比利时等国，最后卜居瑞士。十一年(1878)携妻归国。十四年(1881)与松田正久筹备创刊《东洋自由新闻》，由西园寺公望任社长，他任副社长。未久，因触犯当局而辞职。他交游颇广，伊藤博文曾推举他任职，未久辞去；青木周藏、花房义质也曾推他出仕，未久仍辞职。后其妻病故，便专以写诗排遣郁闷。逝世时已在昭和四年底，享年九十一岁。

　　西湖曾向僧台洲学诗。卜居瑞士时曾研读杜诗，专力于五律。回国后与森槐南、野口宁斋等人交游，并得到他们的赞赏。又曾一度移居大阪，与藤泽南岳、谷铁臣、山本梅厓等人唱酬，并于三十五年(1902)刊行诗集《西湖四十字诗》(所谓四十字诗即五律)，得到副岛种臣的称许。翌年(1903)又归东京。晚年尤与犬养木堂知交。他的诗除五律外不作，这未免显得单调一点。猪口的《日本汉文学史》引录其诗三首，《春兴》：

> 物情易迁转，世路任升沉。
> 人绝衣冠气，春知草木心。
> 鸟啼山径静，花发洞门深。
> 自有陶潜兴，时弹一曲琴。

《江阁》：

> 江阁弹琴罢，翛然世外情。
> 云归山有态，花落水无声。
> 鹭向波心立，帆从树背行。
> 春光看若许，时节又清明。

《晚秋漫兴》：

> 山深霜信早，红叶满前村。
> 名为诗章著，人因天爵尊。
> 水谁知有意，石我爱无言。
> 秋色饶幽兴，吟筇几出门。

　　另外，我们再选几首。如《春初》，末句表明他对自己的五律还颇自得：

> 荒宅余三亩，疏篱竹作丛。
> 雪津四檐雨，梅气一窗风。
> 慵里诗多债，愁边酒有功。
> 吾家小天地，收在五言中。

又如《春寒》：

> 门外春泥滑，余寒懒下楼。
> 草冲残雪茁，水带断冰流。

诗每教儿诵，酒唯因妇谋。

城东梅发未？何日好观游？

土屋凤洲(1841—1926)，名弘，字伯毅，号凤洲。和泉(今大阪府)人。其父为岸和田藩士。十二岁时入藩校讲习馆学习，老师是相马九方(1801—1879)，修徂徕学。十九岁入但马(今兵库县)池田草庵(1813—1878)门下，学朱子学、阳明学，及刘宗周之学。后归故里，研究经学和兵学。文久元年(1861)去姬路，向森田节斋(1811—1868)请教文章。三年(1863)西游兵库、坛浦等地，访古探幽。时值近畿政局动荡，被召回藩，任藩校讲师。明治元年(1868)迁军事奉行。后又任藩校教授兼世子侍读。时藩论分为勤皇、佐幕两派，互相争夺排陷。凤洲主张勤皇，遭诬下狱。三年后再任藩校教授。废藩置县后，隐居长龙村。明治五年(1872)，任堺县学校教师。后开家塾晚晴书院，从学者数百人。十九年(1886)任吉野师范学校校长，二十一年(1888)任奈良师范学校校长，二十六年(1893)任华族女学校教授，二松学舍、斯文会、弘道会讲师。大正五年(1916)在皇宫中讲经学。凤洲是一位学者和教育家，其亲交有细川十洲、三岛中洲、南摩羽峰、依田学海、信夫恕轩、藤泽南岳、四屋穗峰等人。

凤洲的一些七绝写得诗中有画，如《山居雨后》：

溪流涣涣与桥平，一碧山光雨乍晴。

遥见林梢路穷处，懒云徐导老樵行。

《秋江晚眺》：

寒塘红楼夕阳微，几队沙禽背水飞。

芦荻洲前秋瑟瑟，扁舟一棹划波归。

又如《瀑布图》。诗中所说苏轼诗句为"劈开青玉峡，飞出两白龙"。

一道瀑泉悬半空，看为两腋欲生风。

坡仙有句吾曾记：青玉峡间飞白龙。

七律《赠春涛髯史》写出了森春涛的风貌特点：

懒向瑶池伍凤群，漫游湖海迹如云。

兴来但喜呼红友，老去何嫌咏翠裙。

才艺两都谁作匹？风流一代独推君。

> 平生不被微官缚，果见词锋扫万军。

而为俞樾祝寿诗则更多地表达了崇敬：

> 七旬矍铄还如旧，天寿耆儒启后生。
> 物望都归李元礼，儒林窃比郑康成。
> 宠荣当日随人弋，道德千秋莫与争。
> 自笑荒芜心径甚，从君且拟试锄耕。

又有七古《观涛行》，不仅气势甚壮，而且有言外之意。作于1858年。序云："安政戊午之秋，余游但马，浴城崎温泉，遂僦小舟抵濑户浦。时风雨暴作，波涛汹涌，颇为壮观。少焉雨霁风止，海如琉璃。作《观涛行》。"

> 沧海浩荡何壮哉，天吴海若回潮来。
> 狂风怒号驱猛雨，恶浪奔逸争喧豗。
> 有如鹏飞群马跃，千乘倒转万仞壑。
> 有如战酣健儿驰，白旆央央翻碧落。
> 我来一见惊喜呼：壮哉岂有如斯乎！
> 长吟独立断崖上，一洗满怀尘垢无。
> 须臾风歇秋天净，惟见水面磨青镜。
> 呜呼，海涛虽暴看时收，人海风波何日休！

藤泽南岳(1842—1920)，名恒，字君成，号盘桥、南岳、醒狂、七香斋主人、九九山人、香翁。香川县大川郡人，徂徕学者藤泽东畡(1794—1864)之子。自小从父学，在大阪长大，后仕高松藩，参与藩政，为藩学讲道馆督学。明治六年(1873)在大阪重兴其父创办的泊园书院，从学者众。南岳反对举国欧化，于明治二十年(1887)发起大成教会，每月发刊《弘道新说》。南岳与中国旅日诗人陈鸿诰亲交，陈氏编选中国人所编第一本《日本同人诗选》，即请南岳作序。中亦选有南岳之诗。如《读易》一诗，可见其学者本色，亦可见其人生哲学：

> 洗心一部经，研几十年读。
> 况是秋满坐，凄气观将剥。
> 否泰悟往来，姤复谙倚伏。
> 人事与天时，何必用痛哭？
> 只恐仰钻心，一废不可复。

天行固应健，日新要在笃。

颐以慎吾言，损以窒吾欲。

观变且玩辞，何烦詹尹卜？

潜神神自安，不知日暮促。

回看斜阳外，西风吹瘦竹。

《金山废矿》一首，从内容看南岳似来过中国。陈鸿诰评为"音节俱古，骨重神寒"，又认为末联"见身分语"：

不是秦皇埋余物，天将岳金镇海渤。

精光高射牛斗间，错招斧凿残山骨。

剟去不充人间用，千古石髓坚凝结。

荒榛锁径绝人踪，混沌不死窟苔滑。

呼顽呼废任世人，耻为人世媒红尘。

南岳还算是明治时期比较有名的诗人，但在日人所编《明治诗文集》一类书中却一无提及；而清人陈鸿诰在《日本同人诗选》中选存的如今人们几乎一无所知的明治诗人还有不少，以下顺便列举四家可以一读的诗作。

山田子静，名钝，字永年，号子静。京都人。刻有《古砚堂小稿》《皆山楼吟草》。其《祝无功先生草书真迹歌》，陈鸿诰批注："子静家搜藏甚富，而独爱此祝无功草幅，曾缩刻小本，分贻同好。今读此诗，其嗜痂之癖，蔑以加兹。"而祝世禄在《明史》无传(仅见二处提及)，今人编的书法家词典中更是找不到的。因此，此诗还具有一点史料价值呢：

晋有羲献唐素旭，迩来草书谁继续？

宋元明匪罔名流，瑕瑜不掩伤雕琢。

但求形似罕通神，末流骩骳渐涸俗。

谁将笔阵扫千军？一家手眼出机轴。

买玉还椟自有人，万历进士祝世禄。

平生退笔几成冢，字字老苍骨胜肉。

蟠而蛟龙曲而蛇，沈著之处石没镞。

可知读书破万卷，浩气盘旋充心腹。

溢向砚池发光怪，磅礴淋漓超凡俗。

> 钝也学书索奇迹，未有一帧注心目。
>
> 偶见此幅体被地，弗惜倒囊且倾麓。
>
> 作歌志喜夸同人，斯幅应推天下独！

田部苔园，名密，字洗藏，号苔园。近江(今滋贺县)人，寓大阪。《日本同人诗选》对其《书怀》评曰"诗格与人品俱高"：

> 懒养绵疴静养神，雨窗烹茗看云生。
>
> 我家至乐无他事，半壁图书是百城。

有马虔堂，名纯心，字成美，号虔堂，又号海翁。越前(今福井县)人。其《赠如意山人》，陈鸿诰认为"'筛'字、'飑'字，句中之眼圆湛"：

> 云山落藜杖，纱帽换侯公。
>
> 煎茗竹筛月，焚香蕉飑风。
>
> 策勋玉堂上，寄傲漆园中。
>
> 门外无车辙，悠然弄古桐。

虔堂来过中国。《厦门客次游榕林黄吉甫别墅赋赠》一诗，陈鸿诰认为"读书人吐属"，"闽省地气和暖，第三联写得真确"：

> 大榕树下辟词场，墨客骚人日满堂。
>
> 万卷图书真富贵，一窗山水好风光。
>
> 莺歌檐角冬仍暖，鱼跃池中夏亦凉。
>
> 路隔东瀛闻已久，鹭城毕竟是仙乡。

《雨夜》一诗写通晓读书，陈鸿诰叹曰："老年犹好学如此，少小宜如何努力？"可知当时作者年事已高：

> 终夜涔涔檐滴声，残灯膏尽影微明。
>
> 无端忽倦看书眼，咿喔邻鸡已早鸣。

石川柳城，名足，字子渊，号柳城，尾张(今爱知县)人。其《赠清国陈曼寿明经》，在《日本同人诗选》中所收赠别诗中写得较好，陈鸿诰(曼寿)评为"轻圆流丽，推敲尽善"：

> 翰墨三生总有因，题襟会上接嘉宾。
>
> 古今典籍胸中富，天地文章眼底新。

迹似闲鸥轻点浪，心同明月净无尘。

西风果促归志否，吹老故乡千里蒁。

土居香国(1850—1921)，名通豫，字士顺，通称寅五郎、莞尔、龙辅，号香国，别号拂珊钓者。土佐(今高知县)佐川人。本姓越智。曾从伊藤兰林(1815—1895)、山本澹泊斋(1798—1869)、奥宫慥斋(1818—1882)学，以诗闻。明治八年(1875)为元老院权中书记，九年(1876)为高知县属，十九年(1886)后为秋田县属等，二十三年(1890)起入递信省，历任参事官、名古屋邮便电信局长等，为有关邮政的事业出力。二十八年(1895)，赴台湾，任所谓"台湾总督府"陆军局邮便局长及民政局事务官，参与殖民统治。在来台湾之际，他曾赋诗一首，为台湾被吞入日本"新版籍"而高兴，并表示要"报效"其帝国：

秋涛八月笑登舟，直指天南美丽洲。

别辟桃源新版籍，却思森舍故城楼。

妇耕男饁宜观俗，冬菊春荷可结俦。

聊挺幺麿谋报效，休言载笔赋奇游。

香国又曾任东京、京都、金泽等城市邮电局长。晚年为随鸥吟社的骨干，支持森槐南。槐南于1911年病逝后，香国力请森川竹磎出马，试图重振随鸥吟社，并编辑出版《随鸥集》。香国亦尝试填词，水平一般，如《浣溪沙·柳》：

杨柳春风拂碧纱，万丝窄地自参差。枝间新月影儿斜。　　月魄烟魂能样瘦，长离暂别算来赊。今宵酒醒也天涯。

倒是他的一首七律《柳线》，写得更有味一些：

风前缫罢绿依依，时逗莺梭试杼机。

无力能牵东京马，有情例拂美人衣。

露珠一一穿千点，烟絮重重缀四围。

最是缠绵偏惹恨，夕阳鞭影玉骢归。

香国著有《仙寿山房诗文集》。还有《征台集》一卷，当是他目睹及参与侵略台湾的记录，可惜今未能获见。香国晚年似乎还带教学生。中国著名学者郭沫若1933年5月30日致文求堂书店主人田中庆太郎信中提及："土居香国门下故芝香女史著《九华仙馆诗草》(大正七年出版),有法购求否? 其诗甚清隽,斯文中人远非所及。"可惜芝香其人亦已湮没在历史的尘埃中,郭沫若击赏的《九华仙馆诗草》在日本也难以寻觅。

末松青萍(1835—1920),名谦澄,字受卿,幼名谦一郎,号青萍,别号笹波子。丰前(今福冈县)人。初师事村上佛山学诗文。明治四年(1871),赴东京学习英语,因向《东京日日新闻》投稿而认识福地樱痴。七年(1874),入《日报》社任编辑。因笔力纵横,议论风发,受到伊藤博文赏识,被任为太政官权少书记官。十一年(1878),任驻英公使馆一等书记,入剑桥大学学习文学和法学。十九年(1886)回国,任文部省参事官。还发起演剧改良会,主张戏剧改革。二十年(1887),成为伊藤博文的女婿,并步入政界。二十三年(1890)为众议院议员、法制局长官、内阁恩给局长等。甲午中日战争后,赴朝鲜"管理"财政,并因"功"被赐男爵。归国后又历任递信大臣、内务大臣、贵族院议员、枢密顾问官等,并升为子爵。还担任过所谓韩国皇太子傅育。他在为帝国效劳之余,偶也从事汉诗写作,有《青萍诗存》《青萍杂诗》等。明治十三年(1880)他在英国时曾撰有《支那古文学略史》,虽极简略,却是日人在这方面较早的用西方文学史观念论述中国古代文学的书。

青萍的诗略举数首,如《风雨到木绵川》:

> 小芙蓉下望苍茫,旅客斯时最断肠。
> 篙子困眠呼不起,一蓑烟雨近昏黄。

《寄村上一卿》,末句与上诗重复,诗则颇带深情:

> 暮云空隔路三千,无限相思梦尚牵。
> 记得同游呼渡地,一蓑烟雨木绵川。

《秋吟》则充满肃杀之气:

> 秋旻寥廓澹斜晖,独恨壮年心事违。
> 处处枫林生杀气,裂将残锦任风飞。

木苏岐山(1858—1918),原姓小川,后改木苏;初名僧泰,后改名牧;字自牧,号岐山,别号果斋、三壶轩、白鹤道人、五千卷堂主人等。美浓(今岐阜县)笠松人。其父是东本愿寺派的诗僧,又说为大垣藩侍读,与小原铁心、木户松菊亲交,参与尊攘活动。岐山幼承庭训,又向野村藤阴

(1827—1899)、佐藤牧山(1801—1891)学习,善汉诗。明治十八年(1885),曾在大阪出版发行汉诗文杂志《熙朝风雅》,一年余停刊。他住在近畿时,曾受梁川星岩门下遗老宇田栗原、江马天江等人熏陶。二十一年(1888)赴东京,与岩谷一六、森槐南、矢土锦山等居处不远,时相往来。当时槐南在《东京每日新闻》、国分青厓在《日本新闻》、岐山在《东京新闻》各自主持汉诗专栏,名声颇盛。然而二十四年(1891),他却决定退出东京诗坛,应友人之邀到偏远的越中(今富山县)小杉工作,下帷授徒。并在富山创办湖海吟社,北国诗风为之一变。两年后移住金泽,又创立灵泽吟社。六年后,隐居高冈。四十一年(1908)客游大阪,为《大阪每日新闻》的汉诗栏作品评,浪华(大阪)诗风亦为之一变云。大正七年,病逝于大阪。

在汉诗创作上,岐山是有独立见解的。他虽然一度属于槐南一派而在东京活动,但对槐南父子的某些诗风并不满意。他后来离开中央诗坛,当也与此有关。前面本书讲到森川竹磎时,曾引竹磎《哨遍·论诗,与小川岐山》,其中就写到岐山的诗论:"欲作诗,先当以唐为祖,须知格调可三思。如谩斗清新,徒求奇巧,何为足挂于齿?"他后来在《五千卷堂诗话》一书中,更尖锐地批评了春涛等人的某些诗学主张和风格:

> 大沼枕山崇尚江湖派,纤仄是贵。小野湖山影掠白苏,粗豪自喜。明治初,各主坛坫,晋楚相持。森春涛专唱清诗,稍后出都,争长黄池,诗风于是一变。之三人者,所谓牛羊之眼,但见方隅,未许升大雅之堂也。槐南初从梅村入手,门风所自,未免淫丽;中年以往,幡然改辙,取法唐宋,以诗道中兴自任。惜哉天不假之年,赍志而没,而东都无人矣。

他还举出春涛的"名句":"春寒冻了吹笙手,妙妓怀中取暖来",责问道:"此等诗,得陈于端士之前乎?得上于子弟之口乎?"他认为春涛一味鼓吹性灵,"于是不学之徒,相率趋门,靡然成风。其弊流为空疏,为浮艳,为肤俗,将不救,可喟也!"应该说,他的见解是有道理的。但在当时未必中听。其人耿介,不俯仰俗尘,因此穷困江湖而终。据神田喜一郎回忆:"我在少年时代曾见过一次晚年的岐山,其傲岸凌厉,对并世的诗人痛骂抨击不已。"

他曾写七律四首《出都书怀,留别诸同人》,明白道出离开东京的原委。全诗功力确实不凡:

久矣云霄铩羽翰,萧然褓被愧衣单。

哀鸿上苑秋风老，落叶长安暮雨寒。

瀕海蛟龙愁颒洞，登盘首蓿长阑干。

伤时忧国成何济？只合溪山著鹠冠。

相逢作达酒如川，几惯花朝劈采笺。

孤负功名翻一笑，等闲风月又三年。

云龙角逐非吾事，路鬼挪揄亦偶然。

商略平生聊尔尔，江湖夜雨一灯前。

著钝名场践骇机，秫田荒矣怅谁依。

我家鸡犬惯为客，何处云山不当归？

避俗自携冰雪句，无官敢傲芰荷衣。

北方近有友生约，抗迹聊将狎遁肥。

都门酒醒夕阳红，策马青山向越中。

久以凿耕讴帝泽，敢言韬晦混渔翁？

龙湫雨后波声壮，鸟道秋阴树影空。

回望碓冰关外路，相思杳隔白云东。

他后来的诗，也多愤郁不平之气，但格调高雅。如《杂感》一首：

敢谓九州天地宽？十年书剑足悲欢。

燕台未信能延隗，淮市几过谁饭韩？

可耐吴盐凝鬓发，只将鲁酒沥胸肝。

此生判向醉乡老，乐府不须来日难。

《和国分青厓》一诗亦是如此：

镜里萧萧鬓易摧，那堪席帽走尘埃。

岂知白也诗无敌，可使王郎歌莫哀。

丘壑放情频载笔，云霄无路孰怜才？

相看脱略苍松下，卧瓮只应醉绿醅。

岐山还有长诗《大雄山房印谱引，为桑名铁城作》，甚雄奇，可与梁川星岩《元元山人磁印歌》对读：

隶草展转崇易简，字体差讹古意泯。

独凭印信存典型，恰如一发千金引。

况复人意趋凶憸，强工光泽铅刀铦。

弱草柔条络蚴缕，俗脂顽粉刻无盐。

桑生晚出思复古，远追籀斯合规矩。

编次其作盛青囊，佳者可亚《宣和谱》。

上自王侯下庶人，大者砻石细琢玗。

芒寒色正数百颗，乃知一一愁鬼神。

胸中耿耿罗象纬，运刀之间谢匠气。

焕乎阿阁栖凤凰，矫似公孙舞剑器。

吾友临池僧月庄，蒐罗碑版盈箧箱。

左陈岣嵝右石鼓，奴视定武空辉煌。

与吾汲古推博识，金石囧源可探渊。

顾余才薄空吟哦，卷还谱牒坐叹息。

本田种竹(1862—1907)，名秀，字实卿，通称幸之助，号种竹，别号梦花居士。阿波(今德岛县)人。少时，师从阿波藩儒冈本晤堂(1808—1881)及有井进斋(1830—1889)，修朱子学。明治十二年(1879)游近畿地方，受教于谷太湖、江马天江、赖支峰。十五年(1882)上东京。十七年(1884)起在东京递信局、东京府、农商务省任职。业余仍写诗，名声甚著。二十三年(1889)，与中村敬宇、国分青厓一起创办诗社，因在星冈茶寮开会，故命名为星社。他们还与森槐南一派联系，槐南也欣然率门下参加。星社共有三十五六名社员。二十五年(1891)，他又任东京美术学校历史教授。二十九年(1895)转任文部大臣官房秘书兼文书科勤务，两年后任内务大臣官房秘书。三十一年(1898)曾来华游历，著有《戊戌游草》两卷。三十七年(1904)辞去所有官职，专心从事汉诗文写作。三十九年(1906)创立自然吟社。自成立星社起，他便逐渐在诗坛上成为与森槐南、国分青厓并屹的人物，被人称为"明治后期汉诗三大家"。除《戊戌游草》外，他还有《怀古田舍诗存》六卷。

种竹擅长咏史、咏物，因喜欢怀古所以称自宅为怀古田舍，人称其"怀古博士"。相对于槐南写诗最初从吴梅村入手，青厓原本规摹李空同来说，种竹则主要奉王渔洋为正宗。其诗清新隽丽，用词明快秀逸。他在游北京时，还曾特地去琉璃厂瞻仰过王渔洋的故居，并写下四首七律，备极景仰之情。兹引其一、二、四：

松竹琉璃巷口斜，尚书四第阅尘沙。
名贤三昧提风雅，藻鉴千家集菁华。
落月丛祠吟翠羽，苍苔老屋唱桐花。
奉香一瓣平生志，终在文章此大家。

风云儿女写新辞，天壤精英憎鬼知。
巴蜀山川开气象，皇华旌节见容仪。
江春感旧红桥酒，岁暮怀人雪屋诗。
吟到衍波词几阕，家家团扇忆当时。

碧云不见美人来，曾记文章落上台。
嗟我后生三百载，从君难展一时才。
济南独角风骚盛，岱顶巨毫云汉开。
空忆落笺堂畔水，萧疏杨柳拂寒苔。

种竹的一些诗，用语精炼雕琢，色彩鲜丽，给人以新奇感。如小诗《锦枫崖》：

深林如无路，忽与前溪通。
夕阳翻石壁，山雨落红枫。

又如《登剑峰》，也写得新异峻僻：

路尽通飞栈，峰回列曲屏。
深丛晴讶雨，幽谷昼看星。
云绕山腰白，风吹树发青。
人声落空际，绝顶有孤亭。

再如《深泽途上》：

翠壁嵌天隐不见，天光一线树间亏。
溪争石处石逾静，风弄云时云更奇。
幽洞苔深猿梦冷，断崖松古鸟巢欹。
险奇孰与蚕丛路：半日人从瓮底之。

他写的一些怀古诗，如果中国读者不熟悉日本史实，就不能确知其历史含意，然而仍能感受其气势和风格。如以《川中岛》为例：

> 越奇甲正互争筹，垒壁江山拥剑矛。
>
> 剽骑牙营窥老虎，惊沙斗帐走长虬。
>
> 两雄自昔不并立，二水于今分派流。
>
> 寂寞恩仇同一梦，川原草木乱虫秋。

（这写的是战国时期的川中岛之战。"两雄"：上杉谦信，越后人；武田信玄，甲斐人。即所谓"越奇甲正"。）

种竹访华时也写了不少怀古诗，因所怀乃中国古史古迹，自然对中国读者来说更感亲切。前面引及的拜访王渔洋故居的诗即是，再如《彭泽县怀陶靖节》：

> 挂帆西指曲弯隈，笑对秋风酌浊醅。
>
> 县郭人烟围水柳，渔家罟网晒沙苔。
>
> 小姑雨洗青螺出，彭浪晴澄雪练开。
>
> 如此江山清绝处，先生容易赋归来。

又如《黄鹤楼》：

> 黄鹤仙人安在哉？人亡鹤去白云隈。
>
> 山连城郭参差出，树带汀洲迤逦开。
>
> 万里江流无日夜，千年文物此楼台。
>
> 夕阳何限登归意，独立苍茫首重回。

1899年秋种竹访华时，还特地去拜见俞樾，并持所作诗向俞请教。俞樾读后，"欣然曰得一诗人矣"；未久，又有一日本诗人桥口诚轩访俞，携去所作《山青花红书屋诗》六卷请教。俞阅之，"又欣然曰得一诗人矣"，并写了《日本桥口诚轩诗序》，说："诚轩编诗合乎古例(按，其诗集分为绝句两卷，律诗两卷，古诗两卷)，而其诗又各体皆工，清而腴，质而雅，近体远剿袭之音，古体无聱牙之语，信乎其为东国诗人也。"（可惜诚轩的诗，我们尚未获见，本书无法论及，只能在此支蔓一写，以见日本汉文学史上，尚待发掘的内容极多！）俞樾是为诚轩诗写序，所以未能对种竹的诗多作评价；但显然也是很欣赏的，他还表示将来如果再编《东瀛诗选》续集的话，一定要将种竹和诚轩的诗选进去。

种竹还偶尔填词。如他二十七岁时，就曾发表《大江东去·鸿台怀古》《孤鸾·弔手胡奈墓》，内容也都与其怀古诗相通。由于所怀乃日本古史，中国读者难以了解，今仅录前一阕词，可以欣赏其文辞之老辣(此词乃咏室町幕府时里见氏之史事)：

> 鬼雄何在？剩悬崖、绝壁高三千尺。古木凄烟狐昼叫，废瓦埋残城泗。黄叶萧寺，白茅荒墓，甲帐笙歌息。花犹啼露，土中遗镞苦蚀。　犹想夜半衔枚，千兵乱水，烟压寒江黑。太惜丸泥空恃险，将卒皆惊风鹤。百雉金汤，一朝荆棘，不听岚山曲。日落天空，只闻松籁哀激。

他后来还写过一首《钗头凤·感旧》，明显是模仿陆游的：

> 呵红手，揉青酒，落花垆冷愁妆妇。春山蹙，秋波掷，采将芳草，赠之红芍，诺诺诺。　欢难久，期何负，一朝攀尽江头柳。云山隔，心魂错，带围宽半，锦书裁尺，托托托。

种竹也写过有军国主义倾向的诗。如中日甲午战争时写的《送鸟居素川之山东》，鸟居是侵略军的随军记者。种竹难道不知道山东是中国的领土吗？中国领土岂容外国侵略军蹂躏！

> 月照辕门凛剑矛，朔风吹满白毡裘。
> 瑯琊台上定回首，雪压山东二百州。

九、服部担风、河上肇等

冈仓天心(1863—1913)，幼名角三，后更名觉三，中年号天心。出身于横滨藩士之家，1880年毕业于东京帝国大学文学部，后在文部省工作。1890年任东京美术学校校长，兼任帝国博物馆理事、美术部长等职。天心大力宣传东方文化，为日本著名美术家。1893年起多次来华。有《冈仓天心全集》。天心会作汉诗，但在日本的汉文学史书及名录中亦均未见其名。今介绍其《偶感》一诗，颇佳：

> 书山学海路悠悠，一事无成岁月流。
> 慷慨空挥楚臣泪，狂痴徒抱杞人忧。
> 苦中饮酒酒如药，病里迎春春似秋。
> 连日萧萧落花雨，听他燕恨又莺愁。

永富抚松(1864—1913)，名敏夫，号抚松。兵库揖保郡人。曾受教于高野竹隐、木苏岐山等人，又向本间虚舟、股野达轩等人学诗。与樱井几山、桥本海关交厚。有《春及庐诗稿》二卷。他写过不少田园诗，也颇可吟赏，如《初夏即事》：

> 麦收时节楝花香，雨散低檐晚日凉。
>
> 野荡水肥三尺许，农人余事种鱼秧。

《寒江归舟图》，诗中白水即泉，乃汉代时对货泉(钱)的别称；桃叶是晋代王献之妾之名，此处指美女。

> 迢迢一舸稳于家，人语忽忽异岁华。
>
> 行李归来无白水，不携桃叶载梅花。

《红叶谷》：

> 四面秋萧寂，呦呦麋鹿呼。
>
> 停车人似杜，游谷趣如愚。
>
> 林缺看禅塔，枫明映酒垆。
>
> 逍遥颇惬意，欲去又踟蹰。

石田东陵(1865—1934)，名羊一郎，号东陵，书斋名十驾堂。仙台人。少年时在仙台藩校养贤堂从斋藤真典学朱子学。明治十六年(1883)赴东京进共立学校(今开成高校)学英语和汉语。十九年(1886)后在该校任教。三十六年(1903)任教头。昭和三年(1928)辞职，后任大东文化学院教授、东京文理科大学讲师。他喜汉诗，曾向国分青厓请教。其诗有汉魏古风，不逐时流。著有《东陵诗》等。今录数首以见其风格。如《漫成三首》，其一揭示了精神财富的重要：

> 渊源无所养，涸渴精与神。
>
> 何必饿道路，然后曰穷民？

其二指出内心更重于外表：

> 可治者吾心，外饰复何用？
>
> 被身以文翎，鸱不可为凤。

其三则表明了诗人的洁身自好:

> 粗布作帨巾, 几度日澣之。
>
> 所污有不雪, 何拭他垢埃?

他的《国富一士无》更富有批判性, 讽刺了明治维新以后一些知识分子的精神堕落, 至今读来发人深思。诗中荂字读若夫, 是花的意思:

> 国以民为本, 民以士为荂。
>
> 为荂虽孔好, 空名匪所须。
>
> 所慕猗顿富, 太嗤孔孟迂。
>
> 书剑代牙筹, 甘作贾家奴。
>
> 黄金决趣舍, 国富一士无。

《答人》一首, 也显示了作者高洁的人格:

> 萧然树竹掩门扉, 笑看人间纷是非。
>
> 山客眠醒启窗望, 千峰日出白云飞。

落合东郭(1867—1942), 名为诚, 字士应, 号东郭。熊本人。他是明治、大正、昭和时代人, 不过久已被遗忘, 在日本的汉文学史及名录上极少提到他。所以我们他对的生平也了解很少。但神田喜一郎在《日本填词史话》中称他"自明治至大正时代, 一直是诗坛之雄"。他的外祖父元田东野(1818—1891)曾是明治天皇的侍讲, 而他自己也因为大正天皇喜欢汉诗而召为侍从, 奉仕宫中。他青年时曾游学东京, 与森川竹磎、高野竹隐、关泽霞庵等人交情深厚。明治二十四年(1891), 竹磎自画《花影填词图》, 东郭即题七绝三首, 其第三首云:

> 寒烟乔木有啼鸦, 画黛青山夕照斜。
>
> 兴感苍凉神鬼泣, 可无铁板换红牙?

同年, 竹磎编印自己的汉诗文集《得闲集》, 东郭又为此题七绝四首, 多为浮华之作, 不过与《得闲集》内容则颇相称。如第一首曰:

> 厌厌病里得清闲, 点检乌丝有妙鬟。
>
> 七十鸳鸯双入梦, 如花绮语不能删。

这年10月, 他在离开东京四个月后重返东京, 遂直接到竹磎的听秋

仙馆拜访,曾作有《听秋仙馆席上与主人赋》:

> 好帘栊外好阑干, 诗髻可怜双影寒。
>
> 蟋蟀金笼铃样响, 芙蓉玉露泪同弹。
>
> 三更月气侵深竹, 一点琴心动紫兰。
>
> 忆得怀人星时节, 银河杳隔碧云端。

这年,关泽霞庵有乔迁之喜,并命新居为碧梧翠竹居,曾邀东郭等人到新居小酌,并出古砚等物供客人赏鉴。东郭即席作《碧梧翠竹居席上,观芳山瓦砚及灅上题襟诗卷有作,呈霞庵主人》:

> 君家珍宝岂黄金, 使我抚摩为此吟。
>
> 古砚花纹留坠瓦, 彩笺诗句写题襟。
>
> 莺啼画阁春风满, 鬼哭行宫暮雨深。
>
> 绮事何关乱离恨, 可怜诗客总伤心。

服部担风(1867--1964),名辙,字子云,号担风、蓝亭、荨塘。爱知县人。少年时已有才名,曾师事森槐南、永坂石埭。善诗书,崇清诗。明治二十六年(1893),以诗集《梅花唱和集》闻名于诗坛。三十一年(1898)赴爱知县海部郡观赏莲花,三日内作诗百首,出版《江西观莲集》,才华惊人。三十八年(1905)创立佩兰吟社,四十二年(1909)参加随鸥吟社,大正十年(1921)开设雅声社,出版《雅声》杂志,指导汉诗创作。他还主持过清心吟社、丽泽吟社、含笑吟社、冰心吟社等。由此可知他是继国分青厓后又一位竭力撑持汉文学风雅的人物。昭和二十六年(1951),他获"中日文化赏"(这是日本《中日新闻》报社设立的一个文化奖)。二十八年(1953)他的诗集获日本艺术院奖。他逝世时已高龄九十八。著有《担风诗集》七册。

他写的百首《江西观莲集》中,颇有值得一读的佳作,如:

> 茶灶笔床供俊游, 瓜皮舣在大江头。
>
> 手持诗卷仰天卧, 仿佛当年太乙舟。

《新唐书·陆龟蒙传》说陆氏时常"不乘马,升舟设篷席,赍束书、茶灶、笔床、钓具往来,时谓江湖散人,或号天随子。""茶灶笔床"四字连词,在一般中国辞书上都是查不到的,当出于此,亦可见担风读书之博。末句则用杨万里《太平寺水诗》中"是身飘然在中流,夺得太乙莲叶舟。"又如:

> 群山紫翠日西衔, 风利开程挂布帆。

> 一道惊涛碎成雪，奇凉忽透藕丝衫。

亦新奇警僻。末句似从李贺《天上谣》"粉霞红绶藕丝裙"句化来。又如：

> 水枕听残雨点疏，无端身堕万芙蕖。
> 梦中游戏尽相似，莲叶东西南北鱼。

后联显然化用了汉乐府《江南》："江南可采莲，莲叶何田田，鱼戏莲叶间：鱼戏莲叶东，鱼戏莲叶西，鱼戏莲叶南，鱼戏莲叶北。"又如：

> 江湖闲福属吾曹，此境未酬魂梦劳。
> 争得夏天移小寓，荷衣蕙带读《离骚》。

然而，《离骚》乃愤激之诗，又岂是江湖闲福之曹所宜读？则此诗又发人思考者也。又如：

> 采莲姊妹水之浔，相唤相呼花叶深。
> 湿露花犹红似脸，含风叶更碧于襟。

写人写花，朴素映衬，活泼可爱。又如：

> 古驿隔江沙市喧，旗亭灯火又黄昏。
> 水鸡啼断炊烟起，是昔春鬒投宿村。

此诗不仅写活了水乡美景，而且追忆了曾在此投宿过的已故诗人森春涛。春涛《宿佐渡村》诗云："人宿水鸡啼处村"。

担风的《初夏杂题》诗亦可圈可点，颈联尤妙不可言：

> 祠树当帘山色同，一鹃啼破千濛濛。
> 如云荷影水心绿，欺火榴花雨里红。
> 梦买奇书悔论值，闲删旧句恐过工。
> 幽居恰有问诗客，拟敕家人侑碧筒。

担风还有一首《书感》袒露了他的人生观，亦颇可诵：

> 死前本无死，死后何有死？
> 人生只有生，寿夭偶然耳。
> 怛化将何为？养生聊尔尔。
> 古往而今来，光阴无终始。

> 旨哉昔圣言：逝者若流水。
>
> 万法唯一心，用舍顺天理。

尤可大书一笔的，是他与中国才子、诗人郁达夫的友谊。达夫在名古屋留学时，曾在《新爱知新闻》报的汉诗栏发表诗作，该栏即为担风主持。1916年5月，达夫慕名初访担风。时担风五十岁，达夫仅二十一岁，两人结为忘年交，时有唱和。如达夫在这次去访路上写了《访担风先生道上偶成》："行尽西郊更向东，云山遥望合还通。过桥知入词人里，到处村童说担风。"而担风则次韵答酬：

> 弱冠钦君来海东，相逢最喜语音通。
>
> 落花水榭春之暮，话自家风及国风。

"语音通"是说达夫能说日语。自此相见恨晚，担风对达夫的才华评价甚高。这次见面后，达夫在《新爱知新闻》上发表《日本谣十二首》时，担风便写了热情的评语：

> 郁君达夫留学吾邦犹未出一二年，而此方文物事情，几乎无不精通焉。自非才识轶群，断断不能。《日本谣》诸作，奇想妙喻，信手拈出。绝无矮人观场之憾，转有长爪爬痒之快。一唱三叹，舌挢不下。

1918年4月6日，达夫第三次拜访担风，作《重访蓝亭有赠》："一向山阴访戴来，词人居里正花开。去年今日题诗处，记得清游第二回。"担风则回赠《四月六日郁达夫来过，有诗，即次其韵》，将达夫比作宋诗人贺铸再生：

> 褉桥村路客重来，红药紫藤随处开。
>
> 欲问江南诗句好，三生君是贺方回。

达夫告辞后，又作《辞蓝亭留谢》："半寻知己半寻春，五里东风十里尘。杨柳旗亭劳蜡屐，青山红豆羡闲身。闭门觅句难除癖，屈节论交别有真。说项深恩何日报？仲宣犹是未归人。"担风又作次韵诗：

> 大江一笑送归春，春服才成不染尘。
>
> 杜宇呼醒故山梦，蓬莱寄与妙龄身。
>
> 辅车已喜国交密，绸缪原知友谊真。
>
> 折柳驿门期后会，分携暂作眼中人。

担风又写了一首《叠韵寄达夫》，序曰："达夫为余说西湖之胜景详。"

> 公然放学赋嬉春，襆被也追亭驿尘。
>
> 崔护映红寻故面，樊川伤绿忆前身。
>
> 烟波南浦程非远，风月西湖话始真。
>
> 交态忘年久倾倒，莫言瀛海绝无人。

同年11月9日，达夫第四次访问担风。可惜这次担风奉和的诗作未见保存。估计这次访问时，担风邀请达夫参加每年新正在他家召开的诗宴。于是1919年1月4日，达夫作《新正初四蓝亭小集，赋呈担风先生》："门巷初三月，诗坛第一人。蓝亭来立雪，沧海又逢春。小子文章贱，先生意气真。明年谁健在？勿却酒千巡。"担风又次韵酬答。这次将达夫与唐诗人李贺、贺知章作比：

> 海外得知己，同心有几人？
>
> 说将江汉胜，偕此草堂春。
>
> 才驾李昌谷，狂追贺季真。
>
> 檐梅香和酒，索笑与君巡。

这次拜年小集，还举行了柏梁体联句活动，由达夫开头，担风结尾。由于这是极难得的中日文学交流史料，故抄录于下。值得提及的是参与联句的角田胆岳，是当时只有十五岁的小学生，时因学校放假而暂寓蓝亭学诗。小学生竟然能参加大人们的诗会，而且出句不俗，对现代读者来说，简直是不可思议了。

> 分题斗韵雪中天　郁　达夫，酒量无多也堪怜　黑宫楠窗。
>
> 风晓之楹结清缘　花村襄州，谁拟骑驴孟浩然　堀　竹崖。
>
> 春到蓝亭诗句圆　铃木天外，梅花香中杯几传　角田胆岳。
>
> 拜岁师门上绮筵　木下高步，题咏甘让老成先　青木龙水。
>
> 雪后江山带瑞烟　立松晴涛，吾亦老矣一年年　逵　雅堂。
>
> 是酒是诗人欲仙　加藤月村，味在辣玉甜冰边　服部担风。

同年2月20日，达夫作《将去名古屋，别担风先生》，对他的推奖、鼓励、赏识极表感谢："到处逢人说项斯，马卿才调感君知。瓣香倘学涪翁拜，不惜千金买绣丝。"担风亦作《送郁达夫文，次其留别诗韵》：

> 君去何之某在斯，青衿白首两相知。

> 春风不解系离绪，吹乱城中万柳丝。

同年 8 月 16 日，达夫作《新秋偶感》寄担风："客里苍茫又值秋，高歌弹铗我无忧。百年事业归经济，一夜西风梦石头。诸葛居长怀管乐，谢安才岂亚伊周？不鸣大鸟知何待，待溯天河万里舟。"担风又作《郁达夫寄示近作，即次其韵却寄》：

> 万里悲哉气作秋，怜君家国有深忧。
> 功名唾手抛黄卷，车笠论交抵白头。
> 鲈味何曾慕张翰，鹏图行合答庄周。
> 略同宗悫平生志，又上乘风破浪舟。

渡贯香云（1870—1953），名勇，号香云、勇翁。茨城县小堀人。幼学汉文，十九岁上京，师从川田瓮江、依田学海、蒲生褧亭、永坂石埭学习诗文。二十三岁开塾教书，二十五岁任大分中学教师。后在仙台、水户的中学及东京府立一中任教。他业余喜写汉诗，有《宁国轩小草》一书。其七绝颇有成就，如《松洲秋游》，写日本三景之一的松岛：

> 秋风玉笛度迴汀，缥缈仙音带梦听。
> 应有羽人会良夜，一湾明月万松屏。

《仙台》则是凭吊三百年前筑仙台城的将军伊达政宗，"图南诗句"指伊达《欲征南蛮有作》中的名句"图南鹏翼何时奋？久待扶摇万里风"。该诗本书在论述五山时期汉文学的最后一节曾写到过：

> 山河历在古仙台，可憾英雄去不回。
> 唱断图南诗句壮，悲歌一曲雨声来。

《春尽》亦可一读：

> 酒欲醒时梦欲空，暮寒如水洒帘栊。
> 花开花落愁多少，春尽风风雨雨中。

他还有一首写给永坂石埭的诗《永坂石埭先生画梅见赠，赋此寄呈》：

> 夜雨空山一笛残，灯痕如水古香坛。
> 梅花瘦尽诗人老，写出春愁不耐看。

久保天随（1875—1934），名得二，字士奇、长野，号天随、春琴、默龙，别号大狂、兜城山人、秋碧吟庐主人等。信州(今长野县)高远人。曾读于仙台第二高等学校,后入东京帝国大学文科大学汉学科学习,明治三十二年(1899)毕业。便与大町桂月、田冈岭云、笹川临风等人一起撰写评论、随笔、纪行、新体诗等。大正九年(1920)任宫内省图书寮编修官。十二年(1923)为大东文化学院教授。昭和二年(1927)得文学博士学位,博士论文题目是《〈西厢记〉研究》。四年(1929)日本在侵占中国台湾时期开办所谓台北帝国大学,天随即为该校教授,最后也死在台北。

天随是著名汉学家,著述等身,竟有一百七十余种。其中可引起中国学术界关注的就有《支那戏曲研究》《支那文学史》《日本儒学史》《日本汉学史》等。天随善写汉诗,猪口认为当时除国分青厓、岩溪裳川外,天随当数第一。据鲁迅的学生、日本学者增田涉回忆,鲁迅说过:"日本的汉诗人中,久保天随的作品是好的。"(增田涉《鲁迅的印象》)天随有《秋碧吟庐诗钞》四卷。

明治二十四年(1891),天随十七岁时,即发表《柳桥竹枝》:

> 波光潋滟映檐牙,丝竹悠扬到处哗。
>
> 杨柳桥头眉样月,多情偏照美人家。

从那时起,他与森川竹磎开始"谊兼师友,亲侔兄弟"(天随语)的亲密关系,在各种地方接受竹磎的指导。天随还同中国诗人况蕙风(周颐)、徐仲可(珂)通信联系。况氏曾应邀为他的《秋碧吟庐诗钞》作序,称"其为诗奄有众美,不名一家。以格调论,大致得力明七子,假涂宋之四灵,而跻于盛唐"。还说:"方之吾国康乾诸名辈,其殆随园、瓯北之仲叔乎?"他又请徐氏为该书作序,徐氏认为其作"渊穆沉俊""卓有成就"。

天随的七绝《那须野》,被认为与国分青厓的《芳野怀古》、田边碧堂的《万里长城》可并称为"大正三绝":

> 浮云直北接三陆,乱水正南趋两毛。
>
> 何草不黄风浩浩,平原落日马嘶高。

他的《耶马溪》状景奇特:

> 高低错出几千峰,云木苍苍晚霭浓。
>
> 仰见奇岩耸天半,断猿声在倒生松。

又有同题《耶马溪》也很有韵味：

> 松风度水韵于箫，目断峡天秋色遥。
>
> 斜照乱山高下路，一眉黄叶有归樵。

天随少时即兄事森川竹磎，当然也练习填词。如《忆王孙》：

> 烟波万顷一孤舟，渔火江枫古渡头。明月将来独雁愁。暮烟收，芦荻无花露气浮。

当时天随的词，在《鸥梦新志》《诗苑》等杂志上发表不少，但多为香艳之作。属于别调的有1914年写的《清平乐·四十初度》：

> 数奇如此，醉里偏悲喜。四十无闻徒尔尔，嗟我雄心已矣。　从来龌龊浮生，几时幻梦能醒？无限幽忧千古，镜中双鬓星星。

1917年，竹磎中年病逝，天随写了深情的《挽森川竹磎》两首，其二云：

> 冰心一片与君同，怅绝音容转瞬空。
>
> 凤慧宁知赋诗苦，妙年既见读书功。
>
> 生前疟鬼频为祟，天下才人例自空。
>
> 惟有师恩堪记取，后山竟不负南丰。

1924年，他曾来华游历，"北穷哈尔滨，南至青泥窪"，赋诗一百四十余首，后编为《辽沈诗草》。其中颇有佳诗，如《夜过凤凰城》：

> 看如残画夜山幽，飒地凉风树巳秋。
>
> 吹角楼台斜月仄，银河一道贯城流。

又如《遥望宁古塔，有感吴汉槎之事》三首，涉及清顺治年间江南吴江举人吴汉槎被朝廷流放到极北酷寒之地宁古塔二十年(诗中"十"当作"廿")之事。这是清代文坛一大冤案，但外国人写此事的作品罕见。天随此诗之二云：

> 潦倒南冠几断魂，蛾眉谣诼奈烦冤。
>
> 河冰山雪寒加紧，白草黄榆日易昏。
>
> 万里吴江归梦杳，十年辽海一身存。
>
> 穷荒合见马生角，凤志蹉跎谁共论？

天随对清末吴汝伦的诗评价甚高,作有长诗《读吴君挚甫诗集,乃题其后》:

> 阴云压屋雨声起, 空斋灯火夜如水。
> 危坐展卷诵遗诗, 蔚然霞光照净几。
> 禹域地气东南倾, 近古词派属桐城。
> 先生桑梓之所在, 文章经济推凤成。
> 眼看浩劫驱豺虎, 年少雄心闻鸡舞。
> 慷慨罪言杜牧之, 纵横说议陈同甫。
> 枕戈誓欲扫攙枪, 鸛鹆参军名姓扬。
> 范老胸中兵十万, 陈琳草檄亦寻常。
> 儒生功成甘牛后, 笑杀儿曹印如斗。
> 衙斋烧烛闲讲经, 莲池书院栖迟久。
> 一朝丹诏降紫霄, 观风万里趁海潮。
> 日射珊瑚红十丈, 蓬瀛群仙举手招。
> 龙章凤彩玉堂选, 执谒下风缘非浅。
> 知己为君吐胸奇, 几度拍节且称善。
> 当日声望晁董俦, 须除君王宵旰忧。
> 讵图空中甲马去, 白玉楼高云自愁!
> 先生既重冰霜节, 自系家国肝肠热。
> 日星河岳正气钟, 区区文辞非所屑。
> 诸将曾续杜陵吟, 江西嫡嗣人相钦。
> 乃知一卷二百八十首, 总是洋洋中兴雅颂音。

服部空谷(1878—1945),名庄夫,字子敬,号空谷,别号闲闲老人、沧浪孺子、九松庐主人。伊予(今爱媛县)人。他二十岁出家,在越前(今福井县)孝显寺削发为僧。三十三岁还俗。曾与仁贺保香城、土屋竹雨等人创办艺文社。五十岁顷名闻诗坛,擅长七绝。有《空谷诗》《苍海诗选》等。在诗坛衰微之际,他的诗却别具风采。如《盆植》:

> 盆植可怜萝与枫, 霜余染著浅深红。
> 不敢寻诗出门去, 十分秋色一床中。

又如《纵笔》,外语教育与研究出版社出版的《日本汉诗撷英》选录此诗,最末一字为"搏"。初疑其不押韵,复思乃悟必是编选者不识"搏

(抟)"字！此诗对仗极佳：

> 自古诗人多脱略，于今志士足饥寒。
>
> 任他狡兔营三窟，犹想秋鹰快一抟。

又如《端阳》：

> 人生苦短意常长，浪走风尘鬓既苍。
>
> 未免此心多怵惕，老夫生日是端阳。

又如《银杏》：

> 参天银杏纷黄落，树上无多地上繁。
>
> 风前飘荡不飞去，也合缘难离故根。

河上肇(1879—1946)是日本人所撰任何汉文学史、汉文学者名录及汉文学事典中都没有著录的名字。然而，他确实是一位汉诗人，而且是一位非常特殊的、杰出的诗人。河上是山口县人。他是著名的经济学家，日本传播马克思主义的先驱者，无产阶级革命家。中国著名学者、马克思主义中国史学开拓者郭沫若就曾说过，把他从半眠状态里唤醒，从歧路的彷徨里引出，从死的暗影里救出的，就是河上肇的马克思主义著作。河上1902年毕业于东京帝国大学法学政治科，先后任东京帝国大学农科讲师、《读卖新闻》记者、京都帝国大学经济学讲师。1905年在《读卖新闻》上连载《社会主义评论》，引起强烈反响。1913年留学欧洲各国。1915年回国任教。1916年在《大阪朝日新闻》发表《贫乏物语》，从穷苦人民立场出发逐渐深入地介绍马克思主义，影响很大。1919年创刊《社会问题研究》，从事庞大的马克思著作的翻译和介绍工作，并参加无产阶级革命运动。1928年，在反动当局压迫下被迫辞去京都帝大教授职务。1929年与同志重建劳农党。1932年加入日本共产党，参加《赤旗》编辑工作。翌年被捕，被判劳役。1937年出狱，自号"闲户闲人"，开始潜心撰著《自叙传》。战后，1946年1月30日，因肺炎病逝于京都。

河上虽出生在明治初期，但他本来并没有像其他汉文学家那样专门攻治过中国文史。他写作汉诗，完全是后来在反动统治的环境中被逼出来的。1933年2月18日，在他被捕一个月后，在因所写给夫人的信中说："在读投送来的《唐诗选》时，自己也模仿起唐人的絮叨来，自然不合平仄。"这次所写的诗如下：

> 年少凤钦慕松阴，后学马克斯礼忍。
>
> 读书万卷竟何事？老来徒为狱中人。

可知他少年时最崇拜的是山口的同乡前辈、维新志士吉田松阴；后来则研读马列主义著作(礼忍即列宁)。"读书万卷"一句，有日本研究者认为与杜甫名句"读书破万卷，下笔如有神"并无直接关系，而是出自吉田松阴在家乡办的松下塾的塾联："自非读万卷书，宁得为千秋人；自非轻一己劳，宁得致兆民安。"河上的这首诗，虽然在艺术上、格律上也许并不高明，但对研究他的思想发展和汉诗写作经过则具有重要意义。

至今所能见到的河上在狱中写的汉诗，一共只有两首；其他都是在出狱后写的。刑满释放，表面上获得了"自由"，实际上却依然受到严密监视，他的六百四十多册藏书也被当局没收，他在一首诗的小序中说："身边特别寂寞，只有《陆放翁集》日夜翻看不倦，聊以自慰。"由此我们可以了解他后来写汉诗的原因。1938年1月26日，即他出狱半年时，写了《六十初学诗》一诗：

> 偶会狂澜咆勃时，艰难险阻备尝之。
>
> 如今觅得金丹术，六十衰翁初学诗。

很显然，此诗是他读陆游的《夜吟》诗后而写的。陆诗云："六十余年妄学诗，工夫深处独心知。夜来一笑寒灯下，始是金丹换骨时。"陆游说他在寒灯下写诗时，体会到金丹换骨般的好感觉。河上也因学写汉诗，而找到了度过不自由的晚年的好方法。所谓"狂澜咆勃"，当指反动势力猖狂。河上最喜陆游诗，曾有"放翁诗万首，一首值千金"的诗句。1941年起，他还写评论陆诗的专著，1943年完稿，在他逝世后1949年出版，书名为《陆放翁鉴赏》。

1938年初，他还写了一首《不卖文》。此诗原载他的《自叙传·出狱前后》一章末尾：

> 守节游世外，甘贫不卖文。
>
> 仰天无所愧，白眼对青云。

河上始终没有放弃他的马克思主义立场，所以他用了"守节"一词。不卖文，当然实际是说不出卖灵魂。此诗表达了他坚定的信念。

同年2月的《天荒》一诗，不仅隐晦写出革命处于低潮时他的心情，也隐约表现了对日本侵华战争的悲愤，还用"狗"来暗喻监视他的特务：

> 人老潜穷巷，天荒未放红。
>
> 狗吠门前路，云低万里空。

同年10月20日，是他的五十九周岁生日，他写了一首《天犹活此翁》赠送给好友崛江邑一。这首诗的题目即取自陆游《寓叹》诗句。诗前有小序，是用日语写的：五年前"我被解往小管刑务所。当时下着雨，风很大，身着单薄囚衣的我打着寒战，带着手铐，登上囚车，渡过靠小管很近的荒川。当天光景至今难忘。乃赋诗一首赠崛江君。诗中'奇书'乃埃德加·斯诺关于中国的新著。"在这天日记（日语）中，他也写道："数月前，从崛江君处借来埃德加·斯诺的《红星照耀下的中国》（按，中译本名《西行漫记》）。从其中毛泽东同斯诺谈'抗日战争'一章读起，甚为有趣。已有五年多未捧过外国书，相隔很久，今日翻阅此书，证明尚有读书能力，极为愉快。"他在后来脱稿的《自叙传》篇二集中，还写到他从《西行漫记》中了解了中国红军万里长征的史实，并因书中写到的谢觉哉被批准加入中国共产党时激动流泪的情节，回忆起自己加入日本共产党时的心情，说："我当然不是他那样的勇士，但我得到入党的机会时比他年纪还大，实实在在，我也像老谢一样哭了。"此诗末句"尽日魂飞万里天"，动人地反映了老诗人的心已飞到了万里外战斗中的中国，也可证明前引一诗中"云低万里空"的"万里"乃指中国，是暗喻日本侵略战云重重压在中国大陆。《天犹活此翁》诗云：

> 秋风就缚度荒川，寒雨萧萧五载前。
>
> 如今把得奇书在，尽日魂飞万里天。

1944年9月19日，他写的《兵祸何时止》是一首闪耀着无产阶级国际主义光辉的诗。同时也反映了日本反动当局的侵略战争也给日本人民带来了深重的灾难：

> 薄粥犹难得饱尝，煮茶聊慰我饥肠。
>
> 不知兵祸何时止，破屋颓栏倚夕阳。

他从1945年4月起，好几次写"辞世诗"。因为他长期受迫害，营养不良，加上勤奋写作，此时身体明显衰弱，时常发烧，因此做好了辞世的思想准备。他在去年底，已坚持完成了《自叙传》全稿，了却一大心愿。

当年在卧病中，终于迎来了日本的投降。9月1日，他撑持病体，写了一篇文章《小国寡民》，说有很多日本人对战败感到委屈、遗憾、悲愤，而他则认为是大喜事，觉得高兴。但他自知生命之火已快燃尽，在1945年12月4日，将以前几次写过的辞世诗加以补充、修改，写了他一生中最后一首汉诗《拟辞世》：

> 多少波澜，六十八年。
> 聊从所信，逆流棹船。
> 浮沉得失，任众目怜。
> 俯不耻地，仰无愧天。
> 病卧已及久，气力衰如烟。
> 此夕风特静，愿高枕永眠。

河上肇的诗，是昭和汉诗坛上独一无二的奇葩。在整部日本汉文学史的结尾，出现了河上肇的汉诗，是一大奇迹，值得我们高度的重视！河上肇的汉诗，可与越南胡志明的汉诗相媲美，也是世界革命诗坛上的奇葩！

今关天彭(1881—1970)，名寿麿，号天彭。房州(今千叶县)人。五六岁时，从祖父读四书五经及唐诗等。十岁左右试写诗文。十一岁即代祖父教塾生。约十七岁上东京从石川鸿斋学。日俄战争爆发时，他参军赴中国东北。明治四十年(1907)因病从军队辞退。此时他曾出入森槐南、国分青厓等门下学诗，也向森川竹磎学写词，又与来日中国文人章太炎、康有为、梁启超、郁曼陀、李息霜等交游。四十三年(1910)入《国民新闻》社，翌年转《国民杂志》社工作，编撰《译文大日本史》。大正五年(1916)，因德富苏峰、国府犀东的推荐，任日本侵略政府的朝鲜总督府嘱托，并任《京城日报》社社长，编写所谓《日韩并合颠末》。因其议论、见解与当局有所不合，于七年(1919)辞去朝鲜总督府职，飘然赴中国北京。在三井财团资助下，在北京设立"今关研究所"，专门研究中国国情及文化，并常到中国各地巡游调查。昭和六年(1931)"九一八"后回国。由于他是"中国通"，曾被侵略当局聘为外交大臣重光葵的顾问。战败后隐居东京，曾为日本银行等单位讲解汉诗。1951年在友人资助下发行汉诗杂志《雅友》，共出七十七期。1962年出版《天彭诗集》十五卷。1964年出任集英社《汉诗大系》的编委。著述甚丰。晚年撰写《近世日本诗人传》，可惜未完成而病逝。

天彭的诗略举几首。《岁端杂吟》是晚年之作：

> 江湖满地欲何之？犹是万方多难时。
> 八十老翁无所用，拥炉暗诵少陵诗。

《次竹雨词长蓝社席上诗韵》是步土屋竹雨原韵，诗中有注云："蓝社，三浦英兰女史所创，女诗人多。"

> 不须一笑两行分，同是江湖鸥鹭群。
> 事涉琴书皆可乐，趣经风月忽成文。
> 满园草木生春色，浮座香薰带异芬。
> 更有梅花横竹外，自将逸气远尘氛。

《寒泉移居，濯缨帖题词》是赠友人柳井寒泉的诗：

> 新买城南云树幽，欣君起卧日悠悠。
> 半生未尽计然术，一棹何须范蠡舟。
> 有酒有琴寻古道，濯缨濯足唱渔讴。
> 更开三径邀佳客，忘却人间万种愁。

桥本关雪(1883—1945)是一个画家，也善汉诗。他名贯一、关一，号关雪。其父是明石藩儒。八岁从片冈公旷学中国南画，十八岁随竹内栖凤学日本画。明治三十六年(1903)去东京，大正二年(1913)移居京都。曾赴欧洲、中国游历。八年(1919)为帝国展览会审查员、帝国美术院会员。关雪青年时曾向其父桥本海关学习作诗，后有《关雪诗稿》等存世。其诗略举几首。如《题画》：

> 木鱼声歇晓岚低，汲水雏僧立竹溪。
> 风蹇纱厨人欲碧，雨中新树一鹃啼。

《懒起吟》云：

> 药气笼帘日影迟，一衾泥暖读陶诗。
> 园梅昨夜东风信，春自南枝到北枝。

《笠置山》写六百年前元弘元年(1331)后醍醐天皇在笠置山招兵抗幕失败事：

> 山色迷蒙暮雨过，当年遗恨竟如何？
>
> 一从松露沾龙袖，长滴行人衣上多。

土屋竹雨(1887—1958)，名久泰，字子健，号竹雨。山形县鹤冈人。幼好赋诗，随角田鸟岳、三好蜻洲学习。明治三十九年(1906)入仙台第二高等学校读书，同时向大须贺筠轩学写汉诗。四十二年(1909)入东京帝国大学法学部政治科学习，又曾向岩溪裳川学诗。大正三年(1914)毕业后，入信州伊那电气铁道会社工作。八年(1919)转入帝国蓄电池株式会社。十二年(1923)，一些议会议员及学者、实业家筹创大东文化协会及大东文化学院，竹雨被推为协会干事。当时，教授兼诗人有国分青厓、田边碧堂、石田东陵、长尾雨山、冈崎春石、久保天随、长田盘谷等人，竹雨与他们都成为忘年交。又与仁贺保香城、服部空谷最亲近，相互切磋。昭和三年(1928)艺文社创立，刊行汉诗文杂志《东华》，由竹雨主持。六年(1931)任大东文化学院讲师，十年(1935)升教授，讲唐诗。八年(1933)曾与国分青厓、长尾雨山、仁贺保香城等到中国东北游历。十六年(1941)任大东文化协会理事兼大东文化学院次长。二十三年(1948)任协会理事长兼学院总长。翌年，学院改为大学，他为校长。同年又成为艺术院会员。

竹雨多才多艺，诗、书、画被人称为三绝。著有《猗庐诗稿》等。猪口笃志认为，进入昭和年代后，国分青厓、岩溪裳川、服部担风等人不过是保持其老将的地位而已，实际的汉文学活动是以竹雨为中心展开的，而仁贺保香城、服部空谷等人也不过是配合他而已。甚至有旅日中国学者孙简盦(伯醇)认为"日本汉诗终于竹雨"。可知竹雨的重要地位。

竹雨的七绝写得不错，时有清新飘逸之作。如《云》：

> 白云一片碧霄间，仰可瞻望不可攀。
>
> 羡尔飘飘无检束，随风飞度万重山。

又如《芭蕉》：

> 一团翠色映书帷，有个清阴床可移。
>
> 劈破墙头云几片，午窗好写散人诗。

又如《题画》：

> 高下石林微径通，白云摇曳一溪风。
>
> 修琴道士去何处？门掩寒山落木中。

《梦友》写思念之情甚挚：

> 春帆细雨去年别，短褐秋风今夜逢。
> 未尽平生无限意，五更残梦一声钟。

《梅花》将清幽与激越相结合：

> 涧流鸣玉韵清微，明月梅花白我衣。
> 独立苍岩横铁笛，夜云吹裂万星飞。

《萤》也表达了洁身自好和孤芳自赏：

> 数萤流入水中苹，星点水心难认真。
> 生不趋炎唯惯冷，可怜身世似诗人。

他在访华时写的《山海关》颇有气势：

> 长城北与乱山奔，远势盘天限朔藩。
> 谁倚雄关麾落日？风云黯澹古中原。

他晚年写的《暮秋杂吟》格律谨严：

> 六十年华指一弹，颜朱销尽鬓凋残。
> 文黉久宰无微绩，艺府新除是散官。
> 鸿雁长天秋信远，桑榆故国夕阳寒。
> 余生那愿轩裳贵，欲泛沧江把钓竿。

　　竹雨也写有古体。《原爆行》一首，描写了1945年美国在广岛、长崎投放原子弹给日本平民带来巨大灾难，读来惊心动魄。然而，日本是第二次世界大战中的侵略国、加害国，中国及东南亚诸国人民才是战争的最大受害者，竹雨的诗未能达到这种认识。现在，日本年年纪念原子弹被害日，我们对受害的日本平民深怀同情，同时我们也希望日本国不要忘了战争责任的问题。

> 怪光一线下苍旻，忽然地震天日昏。
> 一刹那间陵谷变，城市台榭归灰尘。
> 此日死者三十万，生者被创悲且呻。
> 死生茫茫不可识，妻求其夫儿觅亲。
> 阿鼻叫唤动天地，陌头血流尸横陈。

> 殉难殒命非战士，被害尽是无辜民。
>
> 广陵惨祸未曾有，胡军更袭崎阳津。
>
> 二都荒凉鸡犬尽，坏墙坠瓦不见人。
>
> 如是残虐天所怒，骄暴更过狼虎秦。
>
> 君不闻，啾啾鬼哭夜达旦，残郭雨暗飞青燐！

滨青洲(1890—1980)，字子兴，通称隆一郎，号青洲。长野县松本人。弱冠赴京，入二松学舍，师从三岛中洲。毕业后在帝室博物馆任职。当时馆长为著名汉诗人森鸥外。青洲曾先后向国分青厓、岩溪裳川、冈崎春石学习诗文。战后，他在松本医学专门学校(后为信州大学医学部)任教，讲东洋哲学。昭和三十三年(1958)为二松学舍大学教授。青洲享年九十一岁，有《青洲遗稿》存世，收入千余首诗和三十五篇文章。

青洲擅七绝，善状景。如《十国岭头望岳》，写富士山，并引其老师三岛中洲《富岳》诗句：

> 端丽正襟开玉颜，冰清特立出尘寰。
>
> 吾今欲诵前贤句：君子国中君子山。

又如《清明日雪》：

> 同云一色销楼台，节入清明暖未回。
>
> 昨夜东风卷酿雪，红花枝上白花堆。

《归乡偶感》写得亲切温馨：

> 草庐临水拥寒林，今日归乡惬素心。
>
> 话尽旧时犹未寝，信山夜雪一灯深。

1959年他七十岁时归乡过年，老母犹健在，其《己亥新年古稀自述》表示要效老莱子娱亲：

> 故山省母迎三元，雪酒青松又压门。
>
> 七十年前生诞处，莱衣偏谢旧恩敦。

阿藤伯海(1894—1965)，名简，字伯海。冈山县浅口郡人。幼时在家塾岭南精舍读书，后入矢桂中学、一高，又入东京帝国大学哲学科。曾任法政大学教授。他曾向著名学者狩野君山学汉学。伯海享年七十二，著有《大简诗草》一卷，其中七绝颇佳。如《陪狩野君山夫子访寂光院》：

> 山衔翠黛水流东，古寺风烟一梦中。
>
> 何事杜鹃啼不止？夕阳影里蹴残红。

又如《重阳二首寄舍弟》之一：

> 秋风满地菊花香，九日登高独举觞。
>
> 万木寒声不堪听，天涯回首望家乡。

又如《过西山处士馆址》，西山处士即江户时代学者西山拙斋：

> 山阴雪后野梅风，忆昔栖迟老此中。
>
> 好与先生象高节：一林清瘦旧时同。

富长蝶如(1895—?)，名觉梦，号蝶如。他的名、号显然都从《庄子》中来。由于迄今日本的汉文学史、汉文学词典、汉文学者名录之类书中均无他的介绍，所以我们对其生平尚不详知。仅知他在大正元年(1912)随父初谒服部担风，翌年正式入门，后被推为担风门下四天王之一。曾在名古屋的同朋大学长期任教，1980年退休。直到晚年，仍主持蓝川吟社(岐阜)、麋城吟社(大垣)、湘川吟社(关原)、冰心吟社(尾张一宫)等诗社。可知是昭和后期诗坛老将。

他年轻时，是中国诗人郁达夫的诗友。1920年6月郁达夫要回中国，蝶如曾写《送郁达夫兄归乡》三首，达夫亦有次韵三首。蝶如原诗如下：

> 柳丝不缩别情多，君棹长江兴奈何。
>
> 省却游资买藤纸，西风当寄采莲歌。
>
> 青春虚拟执金吾，取得丽华余事无？
>
> 儿女英雄千载迹，羡君书剑入西湖。
>
> 吾尚白衣嗟客尘，红笺临别费吟神。
>
> 征途若向钟陵过，为示青楼未嫁人。

1923年他写的《寄怀郁达夫在上海》，更是感情真挚的一首长诗，其中还写到关东大地震。服部担风写有精彩评语："蝶如、达夫，一时并游于吾社，丽唱妍酬，才力相敌，转有云龙上下之观。兹篇细叙契分，更写及各自近况，挥霍纵横，笔无涩滞。料达夫获此，必有酬答之作，则其佳观精彩，果如何哉？刮目刮目！"蝶如诗如下：

忆昔东京共杯酒，吐胆倾心情笃厚。

击碎唾壶发醉歌，家国殷忧慨慷久。

天下财赋收敛难，干戈纷纷羽檄走。

白面书生论世务，冷笑大臣印如斗。

时艰殊重经济学，匡时之略不辍口。

玉璞金矿隐光彩，落魄且伍流俗丑。

虽称余技句惊人，吾辈久为莫逆友。

别后二岁消息空，人生变化真难穷。

九月关东大地震，百万人家一炬红。

杞人忧天非徒事，炼石谁继补天功。

朱门豪客骨成灰，绮楼美妾花委风。

盗贼蜂起恣暴掠，流言蜚语锋刃中。

我思故人惨不言，此意恻恻愁萦胸。

宁期故人在沪上，闻之愁眉乍舒畅。

陌头万犬车马尘，华灯灿映琉璃帐。

当垆少女施粉白，道左美人凝时样。

知君襟期特风流，一枝红管如天匠。

艳情传奇女儿情，一一文字写万状。

绝世声名重文章，据地狂歌避谗谤。

君不见，绾绶由来误潘岳，嵇康布衣喜自放。

吁乎，梦里夺君五色之笔，

我辈何日敢为诗坛将！

花村蓑洲(?—1932)，名弘，号蓑洲，别号如竹山人。美浓(今岐阜县)人。生年和生平均不详，仅知他亦是服部担风的门人，善诗、画、篆刻。有《蓑洲遗稿》一卷。其诗立性高洁，虚清可诵。如《题自画梅花书屋》，末句尤佳：

门径清涧隔，梅拥好村庄。

人影迷花影，书声细细香。

又如《题自作花瓶》：

坦腹虚心自保真，不阿富贵不嫌贫。

野人性格清如水，只爱闲花一掬春。

又如《山阁惜春》：

暮寒帘幕酒空消，时有檐铃破寂寥。
悄向东风伤小别，落花残笛雨萧萧。

他的怀古诗《游芳野竹林院》在众多咏吉野山的七绝中亦卓然自立：

竹林投宿夜萧萧，旧院春寒魂欲消。
犹有残僧来劝酒，雨窗剪烛话南朝。

他还有写同门富永蝶如的一诗，也颇可读：

人间蝴蝶两相忘，十二万年一梦长。
觉来非觉幻非幻，草自芊眠花自芳。

井上舒庵(1900—1977)，名万寿藏，号舒庵。其人未见载于日本汉文学名录及词典中。仅知其父是实业家，又是汉学家。其本人毕业于东京帝国大学法科，后在铁道省工作。辞职后，在交通博物馆任馆长。他擅诗，喜画。汉诗学于土屋竹雨，南画学于日下部道寿。著有《舒庵诗钞》。其诗好写田园村庄，闭门读书，有悠然闲适之趣。如《偶成》：

白云为侣竹为邻，此境幽栖三十春。
定识移居西去日，倚辕回首几逡巡。

又如《草堂》：

涉趣村园未索然，有梅有竹有清泉。
柴门春日无人访，也好炷香翻简编。

又如《山中杂吟》：

尘外栖迟远世纷，蓬蒿没径不曾耘。
山中日夕更无课，读《易》之余看白云。

又如《偶成》：

无端微恙坐春风，叉手耽诗书屋中。
不似世间忙且急，闲人忘老乐雕虫。

七律《夏日偶成》读之能驱暑：

> 寂寂山居觉地偏，盘桓尤喜露双肩。
>
> 闲门不闭风如水，虚室无为日似年。
>
> 槐下清阴移榻坐，蕉前永昼曲肱眠。
>
> 却炎妙计君知否？都忘人间返自然。

描写能登半岛北部山岩奇景的《能州旅次曾曾木海岸》，腾跃警拔。诗中提及北苑（宋画家董源）、南宫（宋画家米芾），知作者本人即画家也。

> 曲径崎岖断复通，峻崖矗矗乱云中。
>
> 拦蹊危石虎蹲地，欹岸老松龙跃空。
>
> 气象雄浑怀北苑，点皴奇逸似南宫。
>
> 何人妙手能收拾？掷笔偏叹造化工！

十、最后一批文章家

明治到大正、昭和时期，还有一些汉文学家、学者写诗较少，有的甚至不写汉诗，但汉文文章却写得较好的，我们集中在此节作一评述。

先是在明治初期，随着大量吟社（诗社）诞生，也有人组织了以文为主的文会。如明治五年（1872），藤野海南召集重野成斋、冈鹿门、鹫津毅堂、小笠原午桥、阪谷郎庐、横山德溪、小野湖山、鲈松塘、广濑林外等人，在自宅成立了"旧雨社"。后来参加者还有青山铁枪、堤静斋、川田瓮江、三岛中洲、中村敬宇、薄井小莲、依田学海、蒲生裒亭、信夫恕轩、龟谷省轩、岛田篁村、股野蓝田、森春涛、日下勺水等。可见该社集中了当时最有名的一批文人。他们一个月活动一次，除了写文章外，也写诗。文章由重野成斋负责品评，诗则由小野湖山负责品评。明治十二年（1879），以重野成斋为首又另行组织了"丽泽社"。原因是成斋觉得旧雨社后来有不少人主要是聚宴吟诗，不大写文章，为了重振文运，他便另组文会，亦每月活动一回，参加者必须写一篇文章，由成斋加以评论。该社成员有藤野海南、冈鹿门、岩谷一六、小山春山、龟谷省轩、蒲生裒亭、村山拙轩、日下勺水、松平天行等。可见仍有不少人是两属的。

另外，明治七年（1874），川田瓮江还创立了一个"迴澜社"（又称盍簪社)。从这个名称看,也可知汉文创作比汉诗要更快地进入衰退期,所谓"迴澜",就是要挽汉文颓势于既倒的意思("盍簪"则与"丽泽"一样,出于《易经》,意为朋友讲习)。社友有鹫津毅堂、依田学海、盐谷青山、日下勺水、内田远湖、松平天行等。相对于前两社而言,该社还吸收了一批在文坛上没有什么名气的人。到三十四年(1901)顷,旧雨、丽泽二社的老人凋谢不少,便合并,仍称丽泽社。至三十六年(1903)春,又合并到迴澜社内。三十五年(1902),安井息轩门下的石幡东岳、山井清溪、涩谷床山等人还组织过一个"以文会",参加者还有安井朴堂、日下勺水、秋月天放、牧野藻洲、馆森袖海等人。与迴澜社一起,努力试图振兴文运。此后,较大较有名的文社,便不再听说了。

汉文的颓势较汉诗来得早,比汉诗衰退得快,其原因是在当时汉文比汉诗更不受重视,更无"用处"。明治后,学校已经开始不教汉诗文写作了,学者也开始不以写不好汉诗文而羞耻。但汉诗毕竟在某种个人抒情的场合,或应酬的场合,还有点用处;而汉文甚至在写碑文、序文的场合也不用了,写了也无处发表,看得懂的人也越来越少。所以其颓势是无法挽回的。

明治以后的汉文作家,本书前面实际已讲过不少,这里再补充讲述几位。

日下勺水(1852—1926),名宽,字子栗,号勺水。下野(今栃木县)人。其父为藩士。初从川田瓮江学,又从重野成斋学,故善于文章。学成,在修史局供职,后转任史料编纂官,一度在东京帝国大学史学科任讲师。后辞职专事文墨,与盐谷青山、村山鹅堂等人筹备成立迴澜社。晚年致力于振兴"大正诗文",试图挽文澜于既倒。勺水早就以史学文章名于世,重野成斋、星野丰城等人都赞赏过这一点。据说《成斋文集》中的《佐久间象山传》就是勺水代作的。勺水传世有《鹿友庄文集》等。猪口笃志的《日本汉文学史》录有他送盐谷青山登富士山的一篇文章《送盐谷修卿登岳序》,可供我们鉴赏勺水的文笔:

> 天下快心之事,惟山水为然。吾欲富贵焉,而天不与也;吾欲功名焉,而时不至也;吾欲利世济世焉,而地与势不称也。郁积磅礴之气,蕴乎内而不能摅,必也假于物而后发之。是故古今瑰琦绝特之士,往往走名山大川,踏险怪不测之境,以试其胸中之奇也。是亦士之不得已也。
>
> 盖尝有志焉,欲周五洲、极东西,以大求吾所志;然才薄质劣,加以

双白在堂，饥寒困穷之足忧，不能决然远去。闲搜讨海内山川，亦不过数十百里之中，所历通都广邑、峰峦丘阜，率皆寻常之观，未足以资志气之发也。

吾友盐谷修卿，才大而气豪，与予论文十年，富贵功名、利害得失，皆不足以动之，嘐嘐然以古人为期。吾对修卿文，叔子所谓当勖敌者，目张胆动，而精神倍常。以为文者不可徒作，要当有用于天下。古之圣贤，不得乎位，则发于言，不得已而文。故其文益可以传也。修卿已彷徨五畿，寄慨英雄兴废。前年航北海，察其地势阨塞，论北鲁逼边之慨，视犹欿然；今将攀富岳之巅，以益泄其愤。

呜呼，修卿所志，即古人之志也，文之与行，亦足以廉顽立惰。予则亡状，困于衣食，未能酬平生万一。兴言及此，拊膺痛叹！其贤不肖，相距何如耶？吾闻，富岳横绝东海，日月从左右升降，驾云雨，摩苍穹，登览者有轻宇宙之想。行矣修卿！物之隽者，其根必伟。大丈夫志在百世。我亦将为吾所为，宁可以区区利害得失变其志哉！遂序以壮其行焉。

勺水亦偶尔写诗，如俞樾七十华诞时曾作有寿诗：

> 诗书岁月足优游，清福如君莫与俦。
>
> 春在堂中春不老，澹烟疏雨亦千秋。

盐谷青山(1855—1925)，名时敏，字修卿，号青山。其父盐谷箕山(1812—1874)、伯父盐谷宕阴(1809—1867)均为江户后期著名儒者。青山从小承家学，后入昌平黉，曾师事芳野金陵、岛田篁村、中村敬宇。其学以程朱为主，长于文章，亦能诗善书。曾在下谷讲课，后为第一高等中学教师，兼东京帝国大学文学部讲师。著有《青山文钞》等。他的儿子盐谷温后亦成为著名汉学家。青山是明治、大正时期汉文家，明治二十三年(1890)为庆贺俞樾七十寿辰他曾作文一首，俞氏《东海投桃集》列第二篇。青山此文对俞樾深表敬意，文中所称"王父"，即其伯父宕阴。

古之所谓三不朽者，立德、立功、立言是也。夫蕴之为德行，发之为事业、文章。事业、文章必须德行，而后足以行远而垂后；若夫离德行而论事业、文章，固不足观也。则谓之三不朽，又何不可？平大乱，清海寓，救生民于涂炭，系纲维于将绝，庆泽施于百世，此事业之不朽者也。讲道考古，躬行实践，阐明往圣之绪，以待后之学者，言论文章卓然为一世宗师，令人人闻风而兴起，此文章之不朽者也。大丈夫生世，有一于兹足矣。

清国康熙乾隆之治，比隆三代，名臣硕儒相望于朝，至近时曾公文正称中兴名臣，而其门下乃出二杰，曰李公少荃，曰俞先生曲园。一以事业，一以文章，共著称于当世。李公才兼文武，奋迹词林，躬履戎行，东西驰骛，屡冒危难，终能削平大憝，苏息生黎，身兼将相，系国家之轻重安危。而先生少小笃学，流离颠沛未尝释卷，早岁闲退，主讲浙中，以教育群才为己任，多士济济，皆出其门，所著之书，远播海外。文正曾有言曰："拼命作官者，李少荃也；拼命著书者，俞荫甫也。"二公之为人，可以见矣。

先生研求经史，泛览九流百氏，钩深抉秘，细大不捐，尤精于训诂，博贯综该，上窥许郑之室，下摩顾阎之垒，著《群经平议》《诸子平议》等书数百卷，主讲紫阳、诂经等书院，受业者数百人。浙东西固多山水之美，先生老而益健，幅巾杖屦，徜徉其间，登高而赋，临流而诗，不复知有人事之扰。比之李公尽瘁在公、日昃不遑之勤，其得失果何如也？

余凤获《春在堂全书》，读之，稔闻先生之名，书中举王父所著《宕阴存稿》而评骘之，又窃有海外知己之感。前数岁，井上子德自中土归，首叩以先生安否。子德亲炙有年，深受薰陶之益，为诵其学行，津津不止。于是向慕之念加深。今兹庚寅，适丁其七十寿辰，乃因子德之请，而以斯言进。

安井朴堂(1858—1938)，名朝康，通称小太郎，号朴堂。肥前(今长崎县)人。江户后期汉诗人安井息轩的外孙。原姓中井，其父为幕末维新志士，被捕后虐死狱中，其母携他回外公家，遂改姓安井，时六岁。明治九年(1876)，十九岁入岛田篁村(1838—1898)的双桂精舍修汉学。十一年(1878)赴京都，随草场船山学诗文。十五年(1882)，入东京帝国大学古典科学习，毕业后任学习院助教授，后为教授。三十五年(1902)应京师大学堂之聘，来华任教习。四十年(1907)归国，任第一高等学校教授，为高等官二等、从四位勋四等。大正十四年(1925)辞官，后任大东文化学院教授，并在东京文理科大学、二松学舍、驹泽大学等处任教。逝世时已是昭和十三年，法谥朴堂素愿居士。

朴堂是一位汉学家，著有《日本儒学史》《日本汉文学史》(未写完)、《经学门径》等。泷川君山是他的同学，他的墓志铭就是君山写的。他擅写汉文文章，猪口的汉文学史中引录了三篇，今择其短的两篇录于此，供

鉴赏。《孟荀二子不见〈论语〉》一文,简明扼要,善于提出问题,启人思考:

> 《礼·坊记》云:"《论语》曰:'三年无改于父之道,可谓孝矣。'"
> 《论语》之名始见于此。〈坊记〉之作,虽未详,其为先秦则可以无疑矣。
> 而《孟子》所引孔子之语二十六条,同于《论语》者止于六条;且"生事
> 之以礼"云云,为曾子之语。此孟子未见《论语》也。不独孟子未见,荀
> 卿亦未曾见也。《荀子》〈宥坐〉〈哀公〉〈尧问〉诸篇,多引孔子之言,
> 而无一与《论语》相同者;〈勤学〉篇"古之学者为己,今之学者为人",
> 及"可与言而不言,谓之隐;不观颜色而言,谓之瞽",不证以为孔子之言。
> 盖《论语》之成,后乎孟子,先于荀卿,未遍行于世,是以二子不之见也。

《小峨眉记》是一篇论画之作,颇含哲理:

> 峨眉之山几千仞,连峰接岫,其大数百里,岑崿崄巇,吐纳风云,诗
> 咏画象,郁为西州名山。苔岩之峨眉,高广不过四寸,可以弄于掌上,可
> 以藏于袖中,何其甚小也。苔岩善画,尽之巧者,能收百里溪山于尺幅。
> 人唯见山愈高、水愈长而已,谁复疑其大小远近乎?善观于物者,外形骸
> 而玩其神。苟玩其神,则虽齐毫末于马体可也。宋潜溪曰:"以目求山者,
> 有山而始有山,未尝能无山而有山。"苔岩其善观于物者耶?无山而有山
> 者耶?

朴堂亦偶尔为诗,如《吉水院》是凭吊南朝史迹的:

> 满目芳山红几丛,翠帏零落古行宫。
> 三朝五十年天地,都在飘香飞雪中。

又如《建礼门院歌意》则咏平安朝史事:

> 青苔白石是吾家,山寺萧条依涧阿。
> 恨杀清凉殿上月,彩光偏照他人多。

内田远湖(1858—1945),名周平,字仲准,号远湖,别号帆影子。远
州滨松(今静冈县)人。幼好读书,十九岁负笈东京,入东京帝国大学医
科大学学医,又学德语。业未成,又转读文科大学,研究东西哲学。此时
学校教授中有岛田篁村,远湖钦佩其博学,倾心师从之。另还向萩原西
畴(1829—1898)学习。毕业后,在哲学馆(今东洋大学)任教,后去熊本第
五高等学校任教。在熊本时,常去请教楠本硕水,修崎门学。后返归东

京,在东洋大学、庆应大学、国学院大学、大东文化学院等校任教。远湖以文章名,初向同乡盐谷宕阴学,后又请益于中村敬宇、藤野海南(1826—1888),刻苦多年,文名大扬。又创设谷门精舍,指导后学。著有《远湖文髓》等。

远湖为人狷洁,提倡忠孝节义,生活俭朴,喜欢购书,后又捐赠无穷会文库。其友人川田雪山认为其文"辞藻富赡,笔致豪宕,心匠所营,雄富大作甚多。命意必正,造语必隽,灏灏噩噩,纵横驰骛,而不失法度。小品亦神韵飞动,天窍自发,如海飓忽鸣。"猪口笃志《日本汉文学史》录其文两篇,今选其一《书〈天盖楼四书语录〉后》,所记乃清朝之禁书保存在日本者,不仅见其文笔之老练,也是有关中国民族文献之珍贵记载:

> 清初承王学盛行之后,而笃信程朱、崇正辟异以著书者,有张武承、陆稼书、吕晚村三先生。武承《王学质疑》,载在《正谊堂丛书》;稼书《三鱼堂集》,广行于世。但晚村以明遗民,于华夷之辨痛论不遗余力,已没之后,有曾静者,深信其说,谋义兵,事觉就捕,晚村之书皆为毁版。《天盖楼四书语录》若干卷,晚村所著也。版之未毁,有舶载来东者,而传本綦鲜。往岁书贾携此本来示,卷首有藕潢林氏藏书记,及"不出阃不借人"印。价殊贵。余时贫甚,为典衣以购焉。《四书汇参》往往收其说,标曰"辑语"。《三鱼堂集》时有阙空涉数行者,余尝考据他书补足之。盖在清朝,其人罪首,其书国禁,故凡系晚村者,二书皆避而不著其尔。余顷借楠本翁所藏《大义觉迷录》四卷而读之,其载曾静事,颠末具备。晚村言论意衷,亦藉此益彰。其书雍正中刊布,及乾隆时列为禁书。翁所藏者,则为誊本。卷首有"孝经楼"及"善庵"印。盖亦希觏之珍也。

牧野藻洲(1862—1937),名谦次郎,字君益,号藻洲、静斋、宁静斋、爱古田舍主人。赞岐(今香川县)高松人。祖父为菅茶山学生、江户时期高松藩士。父亲为佐藤一斋门人,亦为该藩儒员。藻洲少承家学,后赴大阪,从藤泽南岳(1842—1920)学,又向片山冲堂(1816—1888)学文章。二十一岁时继主家塾。明治二十六年(1893)移家东京,翌年为旧藩事迹取调员,兼史谈会干事。二十九年(1896)为开成中学教谕,三十四年(1901)为《日本新闻》记者兼早稻田大学讲师。大正十二年(1923)为大东文化协会理事、大东文化学院教头。十三年(1924)任早稻田大学教授,杂志《东洋文化》每期执笔。藻洲为明治、大正、昭和时期著名学者,有《日本汉学史》等著作。友人松平天行称:"牧野君不下围棋,也不玩将棋,不唱歌,不游戏,是全无趣味爱好之人;然而只喜欢一件事,就是朗吟《史记》中的《项羽本纪》。"可窥知其人性情。藻洲以文章名。猪口的汉文学史中引录了他在明治四十一年(1908)写给当时在军队和政府中权势很大的枢密院议长、元老山县有朋的一封信《上山县含雪侯爵书》。此信较长,但文笔雄健,又反映了明治后期日本文化界的重要动态以及藻洲对有关废弃汉学等问题的忧虑和看法,十分重要,因此还是不惜篇幅予以转录:

> 东京书生牧野谦再拜,白含雪山县侯爵阁下:

> 谦尝闻之,泰山不让土壤,故能成高;河海不择细流,故能成深。我朝上古神圣政教之美,固足以自建国;而儒学采之于前,佛教收之于后,迨至今上即位,欧米文明又行之于现时。苟世界各国有一长技可师,辄取为我用。孟子所谓"乐取于人以为善",真我朝之谓也。宜矣其各发挥特色,聚而成宇内无比之伟观。而谦等退而窃思之,方今国家教学之事,其心尚有未能晏然者。请且就其大且切者,一二而论之。

> 其一,大凡教育制度之观,粲然具备,而至其精神一贯、能总统民心者,则上下茫莫,殆不知适归是也。夫忠孝仁义,其名虽有出乎儒,而其实固存于我祖宗之所以总统民心而为治。今上又复下敕,揭而为教育之大本,炳如日月,四方中外咸悉仰而取范焉。然而乃今距其敕之下,仅二十年,自大学中学以下,教师所以教,学生所以学,果皆有能遵奉之而益加砥砺者乎?且以谦等所闻,则彼辈动辄肆然开口讲说人类进化之无已,论议我国体之竟难独保;或以亲之养子,为其应尽之义务,而以子之养亲,为野蛮未开之陋习,不复足取。教师业已以此施教,学生亦复以此修学,则其他日所成就者,不亦可知哉?蜉蝣摇撼大树,世皆笑愚;龙蛇苦于蝼蚁,人或不之察。鱼不可离于渊,国家不可失民心。民心而涣散,虽有圣明,不获为治也。《易》曰:"履霜坚冰至。"防微杜渐,君子所当勉。岂可以其祸未大作,而忽之备乎哉!

> 其二,改革从来学弊,矫枉过直,而其失反有甚焉者是也。夫我国古昔姑置之。德川氏锁国年久,凡学问唯以国学、汉学为自足,海外事情瞢不谙熟。是以米舰始来浦贺,上下狼狈失措。而当时所谓有识志士,忧国之为,自今观之则亦多不过区区井蛙之见耳。迨维新中兴,奋然改革学制,务竭力于欧米新学。教者、学者,惟其言语风俗之习,汲汲然不能及是惧。

而至曩时所崇尚之国学、汉学，则一切弃置不复顾。甚者欲举凡我国民所用汉字，尽易之以罗马字；或议并我国字而废之。夫国语、国字者，一国之命脉，而其消长盛衰，国之兴亡系焉。今猝欲废之，妄矣！我国用汉字二千年矣，不为不久。久则难变。强而变之辄乱。昔者满清起自朔方，奄有支那，其初议禁汉人用汉字，易以满字，严法莅之；未几扞格百出，其事竟寝。英国征服印度，令国人悉学英语英字；而至今土民所用，未能尽从。彼其挟战捷之积威，而莅即亡之邦国，犹且如此；况今圣世宽仁之政，人民各得自由，岂得妄挟武力强迫，而俾行其所不便者乎？且我国在东亚诸国，同文之邦支那、韩国，皆各有与我互相关系不可得离者。而欧米各国，久朵颐垂涎于支那沃富之地，而彼其自以为竟不可及于我日本国者，其所原因虽不一而足，然文字之相同实居其首矣。露国有汉学之设，米国有汉文之教，其他列国近时颇留心于支那教学。当是之时，我邦反欲弃旧来斯学，举而全废之，谦未知其果何心也！

虽然，谦亦尝自少从学于庠序学校，今又现承乏于其教授，故今日之新学，非敢谓之全无益可废也。不唯是已，又实愿其修之者，益愈勉励不止，以上称圣朝取人为善之盛意，与往时儒学、佛学，前后照映，而成彼泰山河海之高深，遂见宇内无比之伟观者也。语曰："虽有丝麻，不弃菅蒯。"汉学行于我国，忠孝仁义由此益盛，尊王报国由此而益盛，名分正于上，大义明于下，明治中兴之鸿业亦实由此而成。今其学虽衰，苟善培养而存之，则比之世人贵重新学，乃其最少者，岂不获亦为菅蒯乎？况忠孝仁义，圣皇教育之大本。其于我邦，譬之五谷善养人，虽有刍荛浆酪之甘，迨其久而竟不可无者，五谷尔！欧米文明，刍荛也，浆酪也；仁义忠孝者，五谷也。古之善摄生者曰："肉虽多，不使胜食气。"今国家之于教育也，独不可然乎？

伏惟阁下少壮勤王，发愤唱义，既戡祸乱于中兴之际，又辅大政于立宪之初，元帅之府、枢密之院，文武并施，勋业赫奕，垂晖百世，恩礼隆渥，亚于皇族。此其忠诚虑国之念，必有日夜眷眷不能自已者。是谦之不敏，所以不顾唐突而欲有言也。阁下若以为可假以一见之荣乎？愿晋谒左右，而更有所陈述焉。冒渎尊严，惶惧不知所裁。

明治四十一年月日，谦再拜谨白。

馆森袖海(1862—1942)，名鸿，字子渐，通称万平，号袖海。初承家学，及壮赴东京，游于冈鹿门、重野成斋门下十余年，专修经学、文章。明治二十八年(1895)跟随侵华的"台湾民政局长"赴台，做文书工作。据说当时种种交涉文件均出自他手。其间曾与章太炎交往。又曾赴大陆，拜访俞樾、孙诒让等人。晚年任日本大学教授，兼任大东文化学院讲师、艺文社顾问等。袖海喜欢汉学，不喜宋学，最推崇顾炎武以及阎若璩。为文则心折司马迁、韩愈、曾国藩。他博览强记，猪口认为可称"昭和之物徂徕"。他像荻生徂徕一样不轻易许可人，壮年时曾有"善骂居士"之诨名。日本大学曾赠其文学博士学位，他却嘲之曰："比起'博士'来，我更喜欢馅饼。"袖海善文，文廷式曾将袖海之文与国分青厓之诗并列称美。猪口的书中引录其文两篇，今兹选其在台湾时赠章太炎文一篇《送章枚叔序》：

> 杭州章君枚叔，高才能文，与余相善。去年冬，载书数车入台疆，乃以文字订交。每相见，辄问难经义，评骘文章，纵谈时事。神王兴至，逸宕激越，投笔起舞，恢哉有国士风。枚叔审时势之得失，知举业不足为，师事曲园先生。道既通，与中外诸名士游，又与同志讲求时务。崇论宏议，将大有为。适值时艰，同志或触刑辟，或自窜逐，而枚叔托迹绝域。何天之遇仁人志士如是之惨也！

> 然窃谓夫倡天下之大义，风励一世，以图国家维新，事虽不成，兆朕已启，则今日所谓不幸不遇者，安知非他日润泽天下之资哉？我国嘉安之际，内讧外沮，士论纷然，仁人志士以国事自任者，蹈汤火，冒兵刃，视死如归。后贤继起，卒赞成王政维新鸿业。盖藤田东湖、佐久间象山、吉田松阴辈启发兆朕之所致也。若枚叔者，其庶乎？

> 余尝读其所著《訄书》，议论驱迈，骨采雄丽。其论时务，最精最警，而往往证我维新新事例，以讯切时政。自言论事说理，未多让人。在枚叔自处甚审，非恒人所得喻。即以文字论，亦卓尔不群也。余殊推服，乃以拙著就政。枚叔一见称善，序之。殆所谓"文章有神交有道"者耶？

> 枚叔在台仅半载，今夏将归里，徵余一言。吁，余论枚叔之大者，枚叔许余为知言乎？即承诿，恶可以不文辞哉？闻政变以来，法网綦严，若不戒陷穽，虽糜顶踵，何益？因劝东游。余亦将乞假归京。若得同游于神山蓬岛之间，访先贤遗迹，发石室秘籍，以养胸中之奇，岂不快哉！抑纵览英雄豪杰之所驰骛，或凭吊仁人君子之所正命，以赋诗，更如何也？临别书此，以为他日息壤云。

松平天行(1863—1945),名康国,字子宽,号天行,又号破天荒斋、琼浦。江户(今东京都)人。其家世世为幕臣。 原姓大久保,七岁时过继给松平氏为养子,故改姓。初从堤静斋、三岛中洲学诗文,后入东京帝国大学预备门,学英语等。明治十九年(1886)赴美国留学,入密西根大学学政治法律。回国后,入《读卖新闻》社,为主笔。三十六年(1903),曾应清国直隶总督袁世凯之聘来华工作。三十九年(1906),为湖广总督张之洞的政治顾问。四十一年(1908),任早稻田大学教授。天行精于经史,擅长对汉文学作品的评论,亦善诗文,有《天行文钞》《天行诗钞》传世。其最亲交者,为日下勺水、盐谷青山、内田远湖、牧野藻洲等。其《小田原城墟赋》《学轩诗集序》《玄白诞言》等,均是有名于时的文章。猪口书中引录了他的《祭乃木大将文》,就文笔而言,写得不错;但乃木希典乃狂热的军国主义的象征,我们厌恶这样的文章。仅从《玄白诞言》中摘录若干文句。这些"诞言"有的如同格言,有的则具有强烈的批评和讽刺性:

> 石碑不若口碑,墨画不若心画。

> 大上贷德,其次贷智,其次贷财。

> 贵莫贵于无病,富莫富于无债。

> 成人在学,用学在人。

> 政治询乎商贾,国是听乎外人,是谓小人为国。

> 以理制情,以情行理。

> 善读者,眼中无字,纸背有书。

> 处今之世:发欲黑,面欲白;颜欲厚,唇欲薄;鼻欲高,头欲低;皮欲硬,骨欲软;肉欲温、血欲冷;名欲趋,责欲逃;长欲夸,短欲护;刚欲吐,柔欲茹;怨欲记,恩欲忘;功欲专,罪欲分;与欲少,受欲多;巧欲炫,拙欲藏。

天行的诗亦有颇深刻者,兹引一二。如《咏史》:

> 钜桥之杰鹿台财,身后唯余禾黍哀。
> 想见当年长夜饮,万人泪涨酒池来。

又如《言志》：

> 我志在千载，自比狂简侪。
>
> 尚论而尚友，日与古人游。
>
> 独行甘踽踽，操守违欲流。
>
> 不患一朝患，唯有终身忧。
>
> 同世人相贱，侮慢何足尤。
>
> 至圣孔夫子，犹是东家丘。

又如《镰仓杂感》：

> 满目荒凉霸气空，源家遗迹只秋风。
>
> 函关西峙八州固，相海南开万里通。
>
> 天地何心生祸乱，山河几度阅枭雄。
>
> 低回无限诗人恨，来自离离禾黍中！

本城问亭(1864—1915)，名赟，字实生，号问亭。越前(今福井县)三田町人。自幼好学，其父奇之，临终遗嘱他努力学习。他也立志发愤向学，不负父望。二十四岁时上东京，师从三岛中洲学文章，又旁修政治经济学。后出仕大藏省，未久罢辞。参加迴澜、丽泽二文社，致力汉文。曾向重野成斋请教，文风一变，骎骎乎入作家之域。他常以自己未达父亲遗愿而自责，但对文章一事则颇自负。五十岁那年他说："五十年间所得不少，千百岁后宁无一二读吾遗而思吾者乎？"问亭精诸子，长考证，曾为《庄子》作注。他安于贫困。一夕有盗持刀入侵，问亭神色自若，说"书生无财"，并要请盗饮酒，盗夺其夫人外套而去。未久，盗被捕，对衙役曰："我劫人多矣，而未尝见沉着如本城某者。"这自然与他的文化修养有关。猪口的汉文学史中，引录了他的《一枝巢记》和《尾藤水竹事略》二文。后一文评述了江户时期汉文学家尾藤水竹(本书前面对此人有论述)，颇有史料价值，以文长此处不抄；仅引《一枝巢记》一文，可见其飘逸轶宕、芥视轩冕之概，颇与《庄子》相通：

> 友人儿岛子文，好学能文章。官于博物馆，非其志也。尝名其居曰"一枝巢"，征记于余。诺而未果。今兹夏余养病于相之叶山，子文来访，与语半日。肮脏不平，呐呐愠世道不可。既去未数日，遽罢官而退。余闻而叹曰："果然矣！子文名居之意，全在乎此。"昔者杜子美负才落魄，寄

严武幕府，有"强移栖息一枝安"句，子文盖取之，余不可以不记也。后一月，余归京，一夕过访。时井梧叶落，中庭月白。余举杜句质之，且告曰："子已罢官，则一枝之巢亦随毁矣。虽然，余愿子文之终身用此名也。"

夫鹪鹩巢深林，唯一枝；而鲲鹏游冥海，一跃九万里。乃鹪鹩不以一枝自小，鲲鹏亦不自见冥海之大、九万里之远。且自造物而观之，均皆幺么一小禽耳。而世之徼倖攀高位、博虚名者，扬扬以鲲鹏自比，其鄙陋可恶。令子文他日得志，位官与文章并进，名声盖一世，余知其必不然也。则其高堂大厦，犹扁以"一枝"，鹪鹩自居，顾使世人仰以为鲲鹏也，岂不善哉？且夫人之在世，倏来倏去，曾不能踰百年，亦何异蜉蝣之朝夕？惟其浩浩之气与天地交者，可永不没耳。而能文章者，独得与于此。嗟，子美名存千古，而彼严武者今安在也？因相与取几上杜诗读之，至"同学少年多不贱，五陵衣马自轻肥"，开口而笑。又读至"王侯第宅皆新主，文武衣冠异昔时"，相顾爽然。遂记之以赠。

泷川君山(1866—1945)，名资言，通称龟太郎，号君山。出云(今岛根县)人。明治二十四年(1891)毕业于东京帝国大学古典讲习所汉书科。三十年(1897)起在仙台第二高等学校任教。大正十二年(1923)为东北帝国大学讲师。昭和九年(1934)为大东文化学院教授、艺文社顾问。太平洋战争爆发后，归乡。八十岁逝世。君山是著名汉学家。其《史记会注考证》一书有很高的学术价值。中国学者钱钟书撰写巨著《管锥编》，以十部大书切入，其中之一便是君山此书。君山善汉文，苍劲奇古，为当时一流。猪口的书中引录其文三篇《纂标〈孟子〉集注自序》《书〈文心雕龙〉后》和《望波山楼记》。因篇幅太多，前两篇又学术味甚浓，所以本书仅录其《望波山楼记》，约作于1915年：

明治三十八年二月，市村奎卿买家于东京牛込稚松街。前厅堂，后房室，有楼翼然，人皆贺得佳宅也。未几，市厅改修道路，收其前面地，撤门墙，伐树木，奎卿恍然不乐。一日登楼眺瞩，豁然见青螺几度，如旧相识。谛观，则筑波山也。喜甚，乃命曰"望波山楼"，远寄书征予记。

奎卿少小好游，北至北海，南极筑肥，踪迹既遍海内而不自足，航于禹域者四。嵩华之高，江河之大，亦皆足蹈而目睹之矣。筑波一拳之山，何所取而眷眷如此？呜呼，是桑梓之所在也。胡马北嘶，越鸟南巢，凡有血气之伦，莫不恋故思乡。汉高祖过沛，与父老子弟置酒纵饮，慷慨语曰：

"吾虽都关中，万岁后，魂魄犹乐思沛。"宋韩琦为三朝宰辅，德望盖当世，而作昼锦堂于其乡，赋诗言志。帝王之尊，卿相之贵，尚且如此。昔人云："故乡之乐，人之梦寐在焉。"顾不信邪？而今之乘势趋时者，往往异乎是。遗亲戚，弃坟墓，而轻去其乡土，比比皆是。曰："吾成我事，取我名，足矣。父母何有？兄弟何有？族戚乡党何有？"岂其真情乎哉！

主卿，常陆北条人，才敏志笃，尤精于史学。今以文学博士，为东京大学教授。禄位年进，名声日著。世方求于主卿，主卿亦以明道育才为任，孜孜矻矻，无敢或懈。闲则归其乡，访亲戚，会旧故，洽欢度日，如笼禽投林然。天之所以使其日夕望桑梓者，盖非偶然。是不可不记也。因忆戊戌之夏，予访主卿于其乡，遂携登波山巅。会天晴气爽，八州山河悉丛目睹。相与指点古英雄遗迹，慨然各自期许。岁月如流，倏忽十七年，主卿既已立身成家，而予驽钝如故，能无愧乎！并书以系感怀云。

山田济斋(1867—1952)，名準，字士表，号济斋。备中(今冈山县)人。弱年赴东京，在二松学舍向三岛中洲学。后入东京帝国大学文科大学古典汉籍科，跟随岛田篁村、三岛中洲、冈松瓮谷、中村敬宇、秋月韦轩、南摩羽峰诸儒，学习经史诗文。毕业后，在熊本第五高等学校工作三年，又转任鹿儿岛第七高等学校教授，在职二十六年。昭和二年(1927)任二松学舍校长及二松学舍专门学校校长，兼大东文化学院教授。期间参加国分青厓主持的兴社。十八年(1943)乘"喜寿"(即七十七岁生日)之机回乡，编集江户汉学家、其祖父的《山田方谷全集》。后以八十六岁高寿逝世。他精于经学，长于诗文，被人称为日本阳明学第一人。昭和己丑年(1949)，他为老友川田雪山的《雪山存稿》作序，是一篇佳文，又可视为明治至昭和汉文学史的重要资料；但顾虑文长，兹录其序文后半部分：

……今兹君龄跻古稀，知友门生酿资，乞刊行其集。君辞焉不得，抄诗文各一卷授焉，令余序卷端。夫君学问有素，加之天资通敏，凤淹贯史册，识见精透，又尚气义。是以其发于文辞者，浑浑灏灏，老笔纷披，精警无前。其诗亦隽妙，各体皆备，尤精于长篇，沈郁顿挫，投之所向无不如意。及今刊之，亦已晚矣。顾文章之盛衰，往古姑不论，我德川幕府末叶，王气郁蒸，遂致明治中兴，前后数十年，文运于是为盛。次而政局荐艰，教法多歧，文章渐衰。而犹有若迴澜社，有若以文会，俊才相率，规抚前人，其志不为不笃。昭和丁卯，余辞教职于镇西东归，时以文会蹶而又兴，且国分青厓以一代诗宗创数诗社。其一日兴社，余与君前后皆参焉。君精悍俊茂，令先辈侘傺不措。既而军阀当塗，外战延年，遂终于败灭。此间文运不得独盛，滔滔颓靡，诸社与诸老先生凋落殆无遗。诗坛犹有一二可推，文章一途荒废尤甚。而君岿然独存，所谓硕果不食，岂非斯文之幸欤？因惟天祚于祖国，兴复恢昌，百度维新，可期而俟矣！当此时，克援椽笔，黼黻国纪，令世人叹文章盛事不敢输政事者，岂非君所仔任乎？余虽老矣，庶几及见之乎哉？于是乎序。

山田济斋为之写序的川田雪山（1879—1951），名瑞穗，号雪山。土佐（今爱知县）人。初赴大阪，从山本梅崖（1872—1928）学经史、诗文。后又东游，向根本羽岳（1822—1906）学经学，向清人王漆园学诗文，同时曾在文部省维新史料编辑局工作。后又赴京都，编辑《近畿评论》，兼任奥繁三郎经营的汉学研究所的理事。时又向长尾雨山（1864—1942）学。此后致力于汉学复兴运动。大正十二年（1923），为创办大东文化学院尽力，任该校副教授。昭和五年（1930）任早稻田大学高等师范部讲师。十年（1935）任教授，二十五年（1950）退职。他好学不倦，大正末年时，还向国分青厓学诗，向松平天行、牧野藻洲学文。雪山以文章名，并曾为司法省起草过文书。雪山的文章，这里引录一篇较短的《岩岩居说》以见一斑：

> 予命读书处曰"岩岩居"，取乎《诗》"维石岩岩"也。或曰："岩，岸也，险也，非中庸之德也，其犹子路行行欤？夫子曰：'如由也，不得其死。'然子何为取乎此？"曰："方今士气颓废，道义扫地，不进于当进，而退于不可当退者，比比皆是。故今之所谓行行，尚不如古之容悦也。然则'岩岩'以自居，庶几可以免有祝鮀之佞。若夫中庸之德，则予岂敢！"

加藤天渊（1879—1958），名虎之亮，字子弸，号天渊，静冈县人。其家世代务农，并制茶、养蚕。其父为乡里名士，曾任村会议员、郡会议员。明治三十二年（1899）入某师范学校，毕业后继务家业。三十八年（1905）再入广岛高等师范学习，师事三宅真轩（1853—1934）修汉籍。四十一年（1908）毕业，任该校附属中学教谕。大正六年（1917）赴东京，任武藏高等学校教授。十三年（1924）转任大东文化学院教授。昭和十三年（1938）任东洋大学教授，二十三年（1948）任该校校长。后退职，任该校名誉教授。大正四年（1915）他曾发起成立无穷会，晚年任无穷会图书馆馆长。还曾发起组织兴社、鹃社、以文会等。昭和二年（1927）后，任宫内省御用系三十多年，为皇后进讲经书。三十三年(1958)逝世前被授予紫绶褒赏。天渊曾向国分青厓学诗，被称为青厓门下四天王之一。但其长处仍在文章。猪口书中引录《石楠庄记》和《望岳轩记》二文，因顾虑篇幅，此处仅引录前一文，该文作于1931年。其对国分青厓的颂评，并无媚容，且有微旨，确实是好文章：

> 青厓先生有烟霞疾，南台、北桦，以及满、韩，游踪殆遍。其攀高山，窥幽壑，必采石楠树而归，栽诸庭院。岁月之久，至数十百株。乃名其居曰石楠庄。命虎记之。
>
> 夫石楠之为树，生高山之中，养于岚气，润于岩溜，枝叶郁苍，岁寒不凋。春华秋实，绝不求人之见知。颜子尝爱其隐逸，手自植之；明皇亦赏其典丽，呼为端正。今先生嗜诗，出于天才，藻正而菢，尤薄名利，高标绝尘，乃与斯花心契之深，良有以也。
>
> 今兹辛未春，虎访庄，花方开。先生立庭，延虎共赏之。砌阶院落，莫不石楠。大盘小盂，姿态万状，叶叶凝碧，枝枝成姝。红菢白瓣，丰艳端丽，可远观而不可亵玩。先生一一指点曰：某盘某山所得，某盂某壑所获。乃凭吟榻，掀银髯，顾而乐之。所谓"一日千回看，看来眼益明"者，非耶？因念先生大隐二十年，真如山中之花。近时大雅榛芜，同人忧之，恳请辟之。先生一起，咏、朴、兰、兴诸社，郁然踵兴，词林忽生色，亦似庄中之花然。而盛名之所在，有利而用之者焉。即操觚含毫之士，欲附尾而远致；朱门势家之徒，拟借光而自耀。于是世或疑先生颓然下乔入谷。虎虽列名社末，获知遇也晚矣，故不识高卧之先生，即不知其颓然与否。虽然，把庄中之花，视山中之花，其香色不相输，则先生不磷不缁之操，可以卜也。虎今于公务，不暇赏山中之花，庶几年年陪观庄中花，永颂先生寿康。
>
> 是为记。

最后，我们以猪口观涛(1915—1986)为本节的殿军。他名笃志，号观涛，熊本县人。昭和十四年(1939)毕业于大东文化学院高等科。曾向国分青厓、土屋竹雨学汉诗，又向馆森袖海、泷川君山学文章。长期在大东文化大学任教授。观涛是著名的汉文学史家。他于昭和五十九年(1984)由角川书店出版的《日本汉文学史》，是他根据长年执教的讲义改写的，是日本迄今为止这方面最完整最详尽的专史。尽管它还有不少不足之处，但确是研究日本汉文学史的必读书。本书也认真参考了它。观涛还为角川书店编撰了《日本汉诗鉴赏辞典》,为明治书屋《新释汉文大系》编选了《日本汉诗》上、下册等。观涛的汉诗我读到得很少,他的汉文则拜读过几篇,如壬戌(1982)三月署"东海观涛散人猪口笃志",为中国研究者黄新铭编注的《日本历代名家七绝百首注》写的序,就是精彩之作,而且极精炼地概述了日本汉诗的发展史,列举了历代最著名的日本诗人:

> 中华之文章,冠绝宇内者,于诗为最。地域之大,年月之久,作家如云如林。若夫陶、谢、李、杜、韩、白、苏、陆之作,雄伟浑浩,建矩矱于天机之中,设瑰辞于空灵之外,人世之能事毕矣。

> 日本偏在东海,承流中国者,千七百余年。上古,宁乐邈焉;平安,道真、长谷雄以白氏余风为巨擘;中世,五山之淄徒,学有根底,雪村、中岩、义堂、绝海,规抚杜、苏为翘楚;近世以来,文运益开,诗人簇出:白石、徂徕、玉山、蜕岩、茶山、宽斋、山阳、虎山、稻川、淡窗、星岩、旭庄,其尤者也。延及明治、大正,仅仅六十年,隽才接踵而起:春涛、柳北、苍海、槐南、碧堂、东陵、青厓、裳川、天行、竹雨,殆不遑偻指。尔来岁月之几何,至今作家寥落,徽音不嗣,可惜!

> 顷徐州黄新铭先生,选日人七绝百首,且细注其法格、字义,将上诸铅椠,征序于余。先生诗眼卓绝,事出日中友好,腆意不得以不文辞也。抑吾闻之,诗如妇人,面貌肥瘠,所好在人。然具眼之审定,吾侪受益者,岂鲜少哉!余乐竦之。

观涛的诗清隽雅淡,如《寒山曳杖》:

> 寒山秋老瘦稜稜,一路崎岖挥策登。
> 西峰日落人家远,乍自烟中认夜灯。

又如《山居》:

> 萧然结屋倚林皋,数卷诗书世外逃。
> 休道家无儋石蓄,满山春色属吾曹。

又如《春兴》:

> 中庭经雨雪初消,渐见东风上柳条。
> 袖诗欲访溪南友,缓缓看云渡野桥。

十一、旅游中国的汉诗

明治后期和大正、昭和年间，有一些日本人不以诗鸣世(尽管其中有的人是著名学者)，在日人写的汉文学史书上也从不提及他们的名字；然而他们曾经到中国旅行、访友，在禹域留下过汉诗，或回国后以诗回忆在华经历。这对我们中国人来说，就感到分外亲切。从这些诗中可知，他们来华前都熟读中国古诗古史，对有关史迹传说向往已久，或者对中国当代名学者十分仰慕，渴望面对面学习交流。这些诗中不仅有佳作，而且对研究中日近代文化交流史也是非常有价值的。故专列一节，为本章的结束。

前面曾经提到过的与岩谷一六、长三洲书法并称的日下部鸣鹤(1838—1922)，本姓田中，名东作，字士旸，号鸣鹤。近江(今滋贺县)人，彦根藩士，明治二年(1869)以征士入东京，累进太政官大书记官。1891年来华访学，与俞樾、吴大澂、杨岘等人游。他亦善诗，中国学者胡怀琛《海天诗话》称其"尝游中国，所至纪以诗"，并录其《自苏州至杭州舟中》，诗颇佳：

> 十日篷窗十日闲，梦魂每落翠微间。
>
> 遥青一抹好眉样，知是西施湖上山。

有一位自署"日本处士王半田"的人，亦在杭州留有诗作。俞樾《春在堂随笔》卷六记载："余乙亥之春，至西湖三潭印月，访彭雪琴侍郎。见案头一笺。"笺上有诗云：

> 西湖今日放扁舟，淡淡轻烟隔画楼。
>
> 不料功风名雨际，三潭别有小瀛洲。

俞樾又记："询所自来，则上一日有一东海客游此所作。此客颏下无须，而喉间则须甚多。时日本变化西洋之服，而客所衣犹褒衣博带也。殆亦彼中有志之士欤？"俞樾特别提到"'功风名雨'四字未详。彼国当自有所出耳。"这四个字确实颇新异。乙亥为明治八年(1875)，逾二年，日本汉文学家竹添井井再度游华，特赴苏州春在堂，拜访俞樾。笔谈时俞"因记乙亥之春在西湖彭雪琴侍郎处见'日本布衣王半田'诗，有'功风名雨'句，不详所出，因举以问之。曰：'此亦杜撰也。作此诗者则固识之，姓上田，名休，字半田，与仆同为细川侯臣。彼居要路，我作儒官。封建废后

（按，即明治后），半田不喜新政，雅慕中国，常曰身死禹域于愿足矣。然性编狭，见人不善，则望望然去之。亦一奇人也。"（《春在堂随笔》卷七）关于王半田，我们仅知道这些了。

僧心泉（1850—1905），俗姓北方，名蒙，号心泉，别号云迸、小雨等。加贺（今石川县）金泽人。他于明治十年（1877）往上海布教，由竹添井井介绍，于1881年特赴杭州拜访俞樾，不巧俞樾人去苏州，未遇。遂寄信与书写楹联赠俞樾。由此与俞樾书信来往，并帮助岸田吟香（1833—1905）催成俞樾编选了《东瀛诗选》。俞樾在《东瀛诗选》"方外"四卷中最后也选了心泉的诗，并介绍说："心泉于壬午岁访余于西湖，承以手书楹联见赠，余赠以诗，所谓'一联壮我楹间色，万里寻君海外踪'者也。兹选《东瀛诗》，因采其诗入选。其游西湖而归也，剪指爪埋之孤山林处士墓畔，赋诗有云：'我骨愿埋林墓畔，先将指爪葬孤山。'可想见其为人矣。"壬午为明治十五年（1882），据分析，心泉访俞当在此前一年，此乃误记。

俞樾提到的心泉所赠一联，内容为：

> 柳阴六桥尽青眼频邀宾客
> 钟敲三竺喜白云迸入楼台

俞樾提到的他的一首诗为《将别西湖，剪十指甲埋林处士墓畔》：

> 一支健杖纵跻扳，游遍山光水色间。
> 我骨愿埋林墓畔，先将指爪葬孤山。

再录其《八日舟泊嘉善县东门外》一首：

> 船入城濠日已斜，泗洲古塔暮云遮。
> 篙师窥得诗人意，故把扁舟傍酒家。

《偶成》一首，亦当作于中国：

> 一衣一钵出禅关，行脚三年未肯还。
> 此地真堪留锡处，故乡无此好湖山。

1882年俞樾收到心泉首次来信并赠楹联时，曾回赠诗一首："飞锡湖滨惜未逢，书来犹带墨花浓。一联壮我楹间色。万里寻君海外踪。东国青编传信史，西方黑学示真宗。更烦问讯竹添子：何日吴门再过从？"此诗原件今仍珍藏于日本金泽市常福寺心泉后人处。心泉并作有《和曲园太史见寄韵以作》：

> 六朝烟柳忆重逢，递到佳章墨淡浓。
>
> 老僧真儒方契合，闲云野鹤得相通。
>
> 子承孙继殊诸派，何肉周妻有别宗。
>
> 我佛慈悲施宝筏，不教山海阻相从。

松田淞雨(1845—?)，名敏，号淞雨。出云(今岛根县)人。生平不详。1915年他曾来华游历，自上海溯长江，西抵西陵峡，返程水陆交替，经上海归日。后发表《禹域游草》，都为七绝。如《入扬子江》，颇有气势：

> 积流千里大江开，极目汪洋不见隈。
>
> 舰首冲涛澎湃碎，万群白马蹴天来。

《焦山岛夜泊》：

> 焦山岛下夜维船，胜境喜闻天下传。
>
> 树影灯光来落枕，行人一夜不成眠。

《南京怀古》：

> 黍离麦秀感何胜，王气难终几废兴。
>
> 自有春风无限恨，落花吹乱古金陵。

《天门山》诗提及李白名诗《望天门山》：

> 中断楚江疑鬼工，危岩对峙势隆炊。
>
> 千秋不变东流水，船在青莲妙句中。

《九江登琵琶亭》写到白居易《琵琶行》：

> 琵琶亭古晚凄其，追想当年不耐悲。
>
> 剩见江州司马泪，春风露滴翠杨枝。

《峡中杂作》诸诗更为奇险，如：

> 搜奇闯秘不容闲，胜景教人几解颜。
>
> 篷背洒来神女雨，巫山近在暗云间。

他在游览苏杭时写的几首诗充溢天地灵秀之气，如《姑苏旗楼望天平山》：

> 一望姑苏秀气钟，五湖春水荡诗胸。
>
> 三杯卯饮思挥洒，欲假天平卓笔峰。

又如写杭州西湖孤山北麓的《放鹤亭》，而此亭正是当年(1915)重建者：

> 水抱孤山碧四围，小亭潇凄锁烟霏。
>
> 林公仙去无消息，放鹤千年不复归。

最令我们感动的是《秋鉴湖墓》，凭吊了八年前刚刚牺牲的中国革命家、女诗人秋瑾：

> 巾帼何图出伟人，淋漓慷慨胆轮囷。
>
> 一朝遭祸衔冤死，名系千秋磨不磷。

杉田鹑山(1851—1929)，名定一，号鹑山。所有日本人写的汉文学史书及名录中均未提及他。出身于福井县豪农之家，后创立"自乡社"，成为著名思想家，主张亚洲主义，著有《兴亚策》。另有《鹑山诗钞》存世。他的《长城行》是一首非常精彩的古诗，当作于1884年秋，因为诗中写到了中法战争的"福建一败"。诗人对中国人民在鸦片战争后蒙受帝国主义的侵略表示了同情。诗中写到的"台湾失色"，是指当时法军侵犯台湾；诗人当年不会想到，十年后正是日本完全割占了台湾！

> 晓发南口裹粮行，鸡鸣咿喔星尚明。
>
> 时正深秋气凛冽，马蹄坚冰碎有声。
>
> 驼群羊队道杂沓，乱山复水相送迎。
>
> 关门扼要麋鹿避，雉堞连天飞鸟惊。
>
> 八达岭头立马望，边寒茫茫秋草平。
>
> 万感涌胸不能制，频解腰瓢饮数觥。
>
> 尧舜禹汤施仁政，四海九州仰光荣。
>
> 秦皇唐宗逞霸业，匈奴不敢为抗衡。
>
> 中州正气今全尽，衣冠礼乐委榛荆。
>
> 文学八股没人智，政贵专政愚苍生。
>
> 夷狄竟出中华上，亚洲草木枉纵横。
>
> 咸丰年间鸦片役，吞恨遂结城下盟。
>
> 近来佛人又猖獗，席卷安南迫东京。

福建一败尸埋海，台湾失色满朝轰。

吁呼，四百余州土地大，何处不能成功名？

吁呼，四亿万民人口夥，岂莫一个出俊英？

吾生扶桑一寒士，凤慨东洋大势倾。

胸有六合合纵策，欲向强秦试输赢。

金城铁壁岂要害？自主独立是甲兵。

万里长城真长物，愿筑人心万里城！

鹑山积极参加自由民权运动，其诗发露性情，孙中山曾为其诗集题词"慷慨悲歌"。黄兴为其题诗："三十年来一放歌，放翁身世任蹉跎。毁家纾难英雄事，独向人间血泪多。"诗后跋云："鹑山先生尽力国事，至老不倦，尤关心支那改革之事。民国光复以来，独挥伟论，无隔岸观火之念。来游，出此诗，书此以鸣谢悃。"1916年黄兴逝世后，鹑山有《悼黄兴，次其所赠我诗韵》：

慷慨平生击节歌，英雄事业奈蹉跎。

秋风今日故人泪，洒向春申江上多。

鹑山因参加政治活动而被捕，有《十一月五日夜，查官二名卒然来拘，引余福井警察署，临发赋一绝遗家》，读罢令人肃然起敬：

既以斯身供自由，死生穷达又何忧？

丈夫心事人知否？山自青青水自流。

田冈淮海（1864—1936），名正树，号淮海。土佐（今高知县）人。其父田冈正躬为维新志士。淮海初在海南学校读书，后赴东京，在明治义塾学习。余不详，仅知他曾游历中国，还曾在大连创办《辽东诗坛》。著有《游杭小草》《楚南游草》《汴洛游草》等，均为游华之诗。如《发上海》：

出门休问路迢迢，入画春波逐小桡。

魂梦夜来何处绕？西湖烟雨浙江潮。

他的《西湖杂诗》共十二首，今录几首，如：

绿水青山一抹痕，此行恰遇晚春暄。

斜风细雨西湖楼，不是愁人亦断魂。

绿杨桥外子规啼，湖上风光路欲迷。

最是游人回首处，蒙蒙烟雨白公堤。

鹤子梅妻夺化工，孤山处士与仙同。

千秋鹤去亭还寂，惟有梅花放朔风。

他又写有《金陵杂诗》五首，如：

秦淮尚咽来去潮，楼外垂杨接画桥。

有客伤心千载下，残山剩水认前朝。

简野虚舟(1865—1938)，名道明，字子洁，幼名米治郎，号虚舟，又号柳乡、不除草堂主人。伊予(今爱媛县)人。毕业于东京高等师范学校。曾任青山师范学校教谕、东京女子高等师范学校教授。他曾到荆楚旅游，所作《长沙》一诗颇有韵味：

长沙城外系轻舟，曳杖吟行芳草头。

日暮无端思楚客，澹烟微雨隔湘流。

内藤湖南(1866—1934)，名虎次郎，字炳卿，号湖南，别号卧游生、忆人居主、加一倍子等等。秋田县人。他倒绝非无名之辈，只因旅华诗写得不少，我们也放在这里一叙。明治十八年(1885)，县立秋田师范学校毕业后，任小学训导。二十年(1887)去东京，后从事《日本人》和《亚细亚》等杂志的编辑工作，二十七年(1894)为《大阪朝日新闻》记者。三十年(1897)赴台湾任《台湾日报》主笔。翌年，从台湾归来，任《万朝报》主笔。又再入《大阪朝日新闻》社，担当写社论。三十二年(1899)，第一次来大陆，其后多次访华，共达九回，与中国学术界颇有交游。但他亦非纯粹的学人，例如1905年被聘为日本外务省顾问，参与所谓"日清协约"的谈判。又与日本"满洲军总司令部"合谋，偷拍《满文老档》，强行压价掠购《金字蒙古文大藏经》。1907年中日两国发生所谓"间岛交涉"，他又受日本参谋本部之托编制有关"史料"供当局使用。1917年他受日本首相寺田正义派遣为密使，借访学为名，刺探政治，以献当局。这在当年罗振玉致王国维信中也曾提及。直到他临死前一年，还来我国东北，担任所谓"日满文化协会"理事，并将他在中国用不正当手段窃取的文献编为《满洲写真帖》。

湖南在日本学术界很有地位。明治四十年(1907)任京都帝国大学文科大学讲师，讲授东洋史。后升为教授。四十三年(1910)被授予文学博士。

大正十五年(1926)退官。为日本史学界京都学派的开创人之一,著名汉学家。他也写汉诗,如1899年他游华时,作有《游清杂诗,次野口宁斋见送诗韵》五首,其四写南京秦淮河和莫愁湖:

> 寂寞山川阅废兴,秦淮秋色感难胜。
> 莫愁湖冷疏疏柳,长乐桥荒漠漠塍。
> 儿女英雄千载恨,君王宰相一春灯。
> 凭谁更问南朝事?碎雨零烟满秣陵。

同年,又写有《烟台夜泊》:

> 湾头烟罩四茫茫,吹笛何人度水长。
> 来泊烟台无月夜,不忆家乡忆异乡。

1897年他到台湾办报,为侵略当局出谋划策,直到1931年,他还写《南荒曲》十首,津津乐道,并歌颂乃木希典是什么"帝差猛士卧治之"。他写的游"满洲"的诗,还有什么《满洲铙歌》之类,鼓吹侵略。如《送某从军赴满洲》,有"词源滚滚倾江海,胸底森森列甲兵"句,正是他自己的写照。不过,他终究崇敬中国文化,与中国学者有友情。如《哭王静安》《戊辰十一月念六张菊生来访,出涉园图卷索跋,即赋三首》等,均可读。

他写的欧游诗也颇精彩,如《航欧十五律》之七是写埃及的,颈联写金字塔和苏伊士运河如画:

> 要起九泉扬子云,辎轩译语资多闻。
> 名山遗帙留图像,出土方砖有楔文。
> 古墓奇觚千砌累,长渠如线两洲分。
> 历山坟籍浑星散,柱下谁当访老君?

湖南还写过很多汉文,多为古籍、书画之题跋,学术性很强,文采略输,这里就不多讲了。

狩野君山(1868—1947)亦著名汉学家。名直喜,号君山。熊本县人。明治二十八年(1895)毕业于东京帝国大学汉学科,后赴清留学。三十六年(1903),作为台湾旧惯调查委员参与编纂清国行政法。三十九年(1906)任京都帝国大学教授。昭和三年(1928)退休,翌年任东方文化学院京都研究所首任所长。他自称是考证学派,力排朱子学派的随意性,祖述清儒乾嘉派治学方法。重视俗文学,于东瀛首开元曲研究,并于敦煌学、中国哲学史、清朝法制研究等方面卓有建树。1944年曾获文化勋章。著有《支那学文薮》《支那文学史》《中国哲学史》《读书纂余》等。

他曾多次来华。1902年前后，在上海留下《沪上杂诗》四首。其二、其四云：

平生痼疾是烟霞，勿怪书生不忆家。

三月江南春又去，十年辜负故山花。

家在扶桑路万重，吴头楚尾渺萍踪。

江枫渔火今犹昔，肠断寒山古寺钟。

1928年，他与学生小川琢治、吉川幸次郎等人到北京等地旅游，曾写有《戊辰四月游北京，舟中次凤冈祭酒送别韵》。凤冈即京都帝国大学总长荒木凤冈(1866—1942)：

四月春风词客船，远游笑我志愈坚。

名山未就千秋业，沧海空望万里烟。

今日师生为伴侣，他年鸿雪得同传。

闻道蓟南多豪士，谁诵平原赋一篇？

1924年，他曾与东京帝国大学另外二位博士一起，荒谬地"以中国废弃清帝号，实为颠复王道根基之乱暴行为"的"理论"，欲向中国当局提出恢复帝位之"劝告"云。当时即遭中国文人周作人等人的驳斥。

山本二峰(1870—1937)，名悌二郎，号二峰。新潟县人。毕业于德国协会学校，曾赴德国留学。归国后，任第二高等学校教授。以后入商界和政界，先后出任劝业银行课长、台湾制糖株式会社常务取缔役、众议员、农林大臣。晚年任大东文化协会副会长。可见他也非等闲之辈。但我们仅读到其《游燕诗草》，是他1926年秋在华游历四十余天的作品。他在京时曾与北京大学教授沈尹默交往，有《颐和宫，次沈教授韵》一首：

三十六宫秋色荒，海龙庙峙水中央。

宫人有泪伤先帝，石马无声忆后皇。

忽见风尘侵上苑，岂知鼙鼓动渔阳。

千年史事迁陵谷，二十一朝兴复亡。

他写颐和园万寿山的《排云殿》，亦不胜沧桑之感：

> 御笔门联墨气薰，潇湘烟雨楚天云。
> 殿荒不复迎行辇，残树秋风空夕曛。

写故宫的《乾清宫后苑》，时也一片破败，与如今的游人如织全然不同：

> 秋草秋花白露生，荒凉宫殿是乾清。
> 四边昼静无人影，后苑斜阳我独行。

《天坛》一诗则十分警策：

> 祈天何若克治民？民怒天坛迹已陈。
> 不管兴亡唯老柏，鸢栖千岁翠如春。

《居庸关》：

> 凭吊犹怀秦汉间，征人暴骨万重山。
> 不知羌笛吹惊梦，卧过居庸古塞关。

《张家口》：

> 秋山日赤挂铜钲，万里霾云塞北横。
> 胡马不嘶烽火熄，游人袖手望长城。

他曾经过旅顺，写了《舟望旅顺》，大概想起了日本军以前在那里打过的血战：

> 层峦叠嶂限乾坤，尖塔冲空峙海门。
> 昔日风云龙虎迹，鬼磷无影月黄昏。

森沧浪(1876—1928)，名茂，号沧浪。生平仕履不详。曾游中国，见其《汴都怀古》一诗，记游开封时忆及宋代史事。程千帆认为其颔联亦工，然未免与赵孟頫"南渡君臣轻社稷，中原父老望旌旗"相雷同：

> 繁台落日望无涯，千古兴亡入客怀。
> 南渡君臣歌玉树，北征将士泣金牌。
> 中原云涌连三晋，河朔风来接两淮。
> 不耐登临重转首，故宫衰柳草侵阶。

仁贺保香城(1877—1945),名成人,字士让,号香城。羽前(今山形县)人。曾与土屋竹雨、服部空谷创办艺文社,又曾任随鸥吟社主事、大东美术振兴会干事等。著有《带星草堂诗》一卷。昭和八年(1933)曾游中国东北及苏杭等地,留下一些可诵之诗。如《渡扬子江》,诗中"金焦"指镇江的金山和焦山:

掠舷白鸟影双双,春水桃花满大江。

直到中流风浪起,金焦飞翠扑船窗。

《吊真娘墓》则是游苏州之作,真娘又作贞娘,是唐代名妓:

吴中儿女丽成行,江上蘼芜绿映裳。

日暮风花洒如雪,香山一路吊真娘。

盐谷节山(1878—1962)也是著名学者,名温,号节山。东京人,盐谷青山之子。盐谷一家自宕阴以来,一直是汉学名门。他从小继家学,明治三十五年(1902)毕业于东京帝国大学文科大学汉学科。又入大学院学习。后任学习院教授、东京帝国大学助教授等。三十九年(1906),赴德国和中国留学。在中国时师事叶德辉。归国后,以《元曲研究》而获博士学位,并任东京帝大教授。昭和元年(1926)开始与鲁迅通信,三年(1928)在上海与鲁迅会晤,交流和请教有关中国文学的问题。十三年(1938)退休,为东京帝大名誉教授。他在旅游中国时写的《管仲墓》颇耐咀嚼:

料峭春风拂柳梢,驱驴来访古齐郊。

一匡霸业无处寻,青史空传管鲍交。

管仲墓在牛山北麓,离淄城有十多里路,如果骑驴来回,要四五个小时。可见节山对中国古贤和古迹的深厚兴致。当然,自李白在华阴骑驴,杜甫自称"骑驴十三载"后,中国诗人纷纷以骑驴为风雅的标志。如贾岛也骑驴赋诗,郑綮说"诗思在驴子上",陆游云"细雨骑驴入剑门"等等。因此,此诗中的"驱驴"也可能是沿用这种表现手法,未必就是真的骑驴吧?

1932年,他曾赴欧、美、非洲旅游。在埃及时曾咏金字塔,《埃及怀古》:

三角陵荒岁月悠,怪神像古没沙丘。

帝魂不返繁华尽,唯有大江依旧流。

1956年夏,中国京剧代表团应《朝日新闻》社等团体的邀请,前往日本进行访问演出。当时日本政府追随美国,对中国取敌对政策,这次访问实际是一次很重要的民间外交活动。中国最著名的京剧大师梅兰芳亲任团长。节山与梅兰芳有三十多年交情。梅将自己的书《舞台生活四十年》赠给节山。在东京帝国饭店举行的隆重的代表团话别酒会上,节山亲自朗诵了一首回赠梅兰芳的诗:

> 舞台生活四十年,大器晚成志愈坚。
> 积善何唯余庆在,师恩友爱又兼全。

铃木豹轩(1878—1963)同内藤湖南、狩野君山、盐谷节山一样,也是著名的汉学家,也因他多次来华,并写下大量的旅游华夏的诗,所以也放在这里写。他名虎雄,字子文,号豹轩、蕴房。新潟县人。其父惕轩开设长善馆教学生,豹轩从小也在家塾中读书。明治二十三年(1890),十三岁上东京学英语。三十五年(1902)东京帝国大学文科大学汉学科专业,入《日本新闻》社工作。翌年,赴台湾,在台湾日日新闻社工作。三十八年(1905)任东京高等师范学校讲师。四十一年(1908)任京都帝国大学副教授。大正五年(1916)赴中国留学。八年(1919)任京都帝国大学教授,获文学博士学位。昭和十三年(1938)退休。翌年,为学士院会员,同时在数所大学兼任讲师。豹轩著述甚多,最有名的如《支那诗论史》《支那文学研究》等,时人有称其为中国文学研究第一人者。

豹轩青年时在台湾就留下不少诗。比如《船入基隆港,舸上口占》:

> 驰舸苍衣篝笠蛮,晴波淡淡载人还。
> 岩屏曲折抱湾水,水底倒涵鸡笼山。

1905年他漫游江浙一带,写下如《杭州西湖有感》:

> 苏堤春晓忆前游,吊罢林君拜岳侯。
> 今日重逢湖上雨,风荷烟柳不胜秋。

从“前游”“重逢”诸语看,他曾来游不止一次了。这年他在南京写的《秦淮》,气格陈郁:

> 烟雨青山六代愁,吴宫晋苑邈难求。
> 潺湲唯有秦淮水,长向石头城下流。

他在镇江写的《多景楼》,足以与五百多年前他的同胞绝海中津的同题七律媲美：

> 形胜东南第一楼，登临与客坐矶头。
> 天垂山色排云出，地坼江光压树浮。
> 细雨疏钟京口寺，春风断角秣陵舟。
> 羁情不觉沧州远，疑是丹青屏里游。

1916 年，他在北京写《卢沟桥》，流露出怀乡之情。但他不可能预料，二十一年后，日军就是在这里挑衅，历史于是掀开了中国全面抗战的第一页。

> 两岸平原水浊流，依然风景是并州。
> 卢沟桥上回头立，禾黍西风动客愁。

这年他还从北京出发，到河南开封、山东泰山等地旅游，不仅写诗，还写词。如《登岱》诗：

> 巍然青色压群峰，渐听幽林岩壑淙。
> 寒涧花明皇帝道，苍崖日冷大夫松。
> 天边城郭浮平野，鞋底烟云起怪龙。
> 七十二君何处觅？抚碑绝顶驻孤筇。

《顺德途上即目》写太行山动态的美极为动人：

> 黄粱刈尽麦斑斑，野旷天清鸟倦还。
> 惊见千峰如马背，向南腾跃太行山。

他的《念奴娇·汴京怀古》词，写得怆然涕下：

> 朔天深碧，叶声干、凄紧西风时节。杳渺湖边，只剩得、昔日龙宫半壁。断雁迷云，斜阳无力，芦荻花喷雪。残僧烧烛，宣和遗事犹说。
> 万乘天子轻狂，狭邪微服，启奸臣间发。花石山成民怨起，金虏公然栖阙。南渡衣冠，不知谁更似，鄂王忠烈？西湖酣梦，两宫枉泣边月。

他还有一首《八声甘州·岁暮有怀》，也是在北京时写的：

> 滞燕山容易岁华移，又逢暮冬头。正寒飙凄切，空林索莫，饥雁呼俦。半世文章误我，去国任萍游。翻恐兰芳歇，旧誓尝修。　目断蓬莱云隔，嗟美人杳渺，依恋难休。想伊人怜我，消息故悠悠。更将教侬无乡念，我岂堪、

日夜结离愁？泪襟红尽肠回绝，憔悴孤囚。

豹轩一生写了万余首诗，除了来华时写的诗外，当然还有不少好诗。如他晚年写的《桂湖村墓》，是悼念其父的学生、早稻田大学教授桂湖村的。有小序云："在染井墓地。湖村自选题碣之辞，乞中村不折书之。其辞曰：'读书万卷无所成，志存天下慨焉终生，是何痴汉埋斯茔？'"诗云：

> 万卷读书无所成，是何痴汉葬斯茔？
>
> 数言题碣何悲痛，反复花飞春鸟鸣。

1941年10月17日，就在日本帝国主义疯狂发动太平洋战争二十来天前，豹轩写了一首无题诗，对时局极为忧虑，流露出强烈的反战精神。应该指出，在整个第二次世界大战中，日本汉文学界的反战作品是很少见的。(诗中的"神州"是指日本。)

> 夺将民志赴干戈，四海风云日夜多。
>
> 若使管商长跋扈，神州天地竟如何？

1953年，他还写了一首《癸巳岁晚书怀》，对日本政府限制使用汉字等政策表示强烈反对，也很值得一读：

> 无能短见愍操觚，标榜文明紫乱朱。
>
> 限字暴于始皇暴，制言愚驾厉王愚。
>
> 不知书契垂千载，何止寒暄便匹夫？
>
> 根本不同休妄断，蟹行记号但音符。

吉川善之(1904—1980)，名幸次郎，字善之。他也是著名汉学家，是狩野君山和铃木豹轩的学生。兵库县人。大正十五年(1926)毕业于京都帝国大学文学科。昭和三年(1928)来华在北京大学留学。六年(1931)回国，在东方文化学院京都研究所工作。二十二年(1947)，任京都大学文学部教授，讲中国文学。四十二年(1967)退休，任名誉教授。他以元杂剧研究为题获文学博士学位。三十九年(1964)为艺术院会员。四十五年(1970)因研究中国文学成就卓著而获"朝日赏"。中日恢复邦交后，1975年，他任日本政府文化使节团团长访华；1979年，又以高龄再次应邀访华。他逝世后，《吉川幸次郎全集》陆续编集出版，有二十八卷之多。

善之偶为汉诗，多作于旅华途中。如1929年在北京留学时，曾作《与松浦学士游香山静宜园，是夜宿香云别墅》二首，其二云：

忽作数峰暝，石廊射照翻。

支筇烟接野，投舍树依村。

欹枕阶泉合，对床檐月昏。

平生湖海意，仔细此宵论。

同时，他还曾作《碧云寺礼孙中山榇》一首：

白塔明霞外，疏林萧寺边。

昔营由石显，今看葬孙权。

事业苍杉默，风烟丹旐缠。

中原还战鼓，凭吊意茫然。

1931年2月，为农历正月，他曾游南京，作有《夫子庙书肆》：

雪后江山剧可怜，恰逢废历入新年。

笙歌寂寞秦淮岸，好向书坊问蠹编。

1960年，他游香港，并与中国香港著名学者饶宗颐诗歌唱和，作有《香港大学汉学大会，用饶固庵南海唱和诗韵》：

吾车行绝巇，吾游乃竟日。

结伴多诗人，篇章自可十。

忽逢飞瀑泉，银丝林际出。

山道屡逶迤，登顿绿涧隙。

其坦尽如砥，岂不以傲昔？

俯看暝色近，海陆如接席。

奇观冠平生，默诵苏赤壁。

1975年，他游桂林，有《桂林游漓江二首》，其二云：

玲珑回互犬牙衔，矗立平芜无不岩。

天上浮云任万变，白衣苍狗愧其凡。

还值得大书一笔的是，1956年梅兰芳率中国京剧代表团访日时，善之不仅高兴地赴京都的南座观看演出，而且热情地写《南座观剧绝句》五首，在《朝日新闻》上发表。这些诗几乎首首精彩，并有重要的跋语，一并录下供研读欣赏：

其一：

> 锣鼓喧天歌绕梁，重来三岛问沧桑。
>
> 人民中国乾坤辟，齐放百花斗艳芳。

不闻锣鼓之声久矣。梅兰芳团长远别日本，逾三十载，其间三岛饱经沧桑，而大陆中国拨云见天。毛泽东主席所示"百花齐放、推陈出新"之伟论，亦于京剧革新中见之。

其二：

> 歌声当日彻云霄，旧梦宣南尚可招。
>
> 铜狄堪摩人未老，美君风度愈迢迢。

余始观梅氏《洛神》一剧，在北京宣武门外某剧场，已二十年前事。绕梁余韵，犹记渭城。而世事变迁，乃如梦幻。梅氏此来，翩翩风度，不减当年，又孰信其为六十以外人耶？

其三：

> 何如唐代踏谣娘，鱼卧衔杯亦擅长。
>
> 莲步蹒跚尤夺魄，可怜飞燕醉沉香。

梅氏之《贵妃醉酒》，与唐代古舞如何，固不可知；然如"卧鱼""垂手""衔杯""醉步"，种种姿态，令人神往于李白《清平调》"可怜飞燕倚新装"及"沉香亭畔倚阑干"之佳句也。

其四：

> 由来百戏汉京能，平子赋存犹足征。
>
> 差喜延年后人在，跳丸挥霍尽飞腾。

欧阳予倩副团长云，武剧源流出于汉代百戏，张平子《西京赋》已及之。然则李少春之《三岔口》，腾跃多姿，岂李延年之苗裔欤？

其五：

> 好事当年记品梅，东山墓石长莓苔。
>
> 贞元朝士凋零尽，陈氏道人句偶裁？

大正八年(按，1919年)梅氏初次访日，内藤湖南、狩野
君山、滨田青陵暨京都之学者名流，竞作观剧文字。当时曾
由汇文堂书店辑为《品梅记》行世。今则耆旧凋零，汇文堂
旧主逝世后，由陈道人接手经营，此次亦为南座观剧之座客，
不审能继承前人，再度刊行《品梅专集》否？

这里，我们再录他在1957年写的七古长篇《寿斯波教授六十三辞官》。
那一年，著名汉学家斯波六郎(1894—1959)从广岛大学退休，斯波对《昭
明文选》深有研究。此诗不只是"寿诗"，简直是一篇中日《文选》研究简
史：

> 文选楼久圮，《文选》学久微。
>
> 只看李善独卓荦，五臣肤浅东坡讥。
>
> 近来清儒稍钩沈，言多绪余少登挥。
>
> 退庵旁证类獭祭，兰坡集释徒疏稀。
>
> 芜秽悠悠殆千祀，谁知昭明文采翚？
>
> 况乎村学宝唐宋，沈思翰藻事愈非。
>
> 忽然崛起得夫子，继得绝学鲁殿巍。
>
> 由来我邦富旧本，某氏集注尤珠玑。
>
> 句梳字栉一一校，董而理之杼在机。
>
> 只字有疑不敢忽，读书深切如救饥。
>
> 当今熟精选理者，舍此冥行欲安归？
>
> 负笈问学桃李满，星布骎骎各骖騑。
>
> 顾我戋戋何为者？几席昔同董生帏。
>
> 尔来淡交三十载，奇义共析心莫违。
>
> 国家功令有引年，闻君冠挂神武闱。
>
> 祝君名山业可就，祝君道腴体自肥！

最后，本书再记述几位大正末年和昭和年代出生，有的而今仍健在的
诗人。由于本书著者人在中国，缺少资料，根本无力全面论述当前日本汉
文学的全貌；但我知道汉文学，尤其是汉诗，直到今天在日本仍未消绝。
在有的地方，甚至还有吟社(但据说这些吟社主要是诵吟汉诗或中国诗，
参加者大多自己并不能写汉诗)，但更多的是没有组织的个人的偶尔吟咏。
这种吟诗大多在赴中国旅游、访学、开会时。有时还引起中国诗人的唱和。

本章最后列举这样几位，虽然自知肯定是"挂一漏万"，但正可以以一见万，姑且以此作为对当今日本汉诗人活动的一种随机的抽样调查吧。

羽田武荣(1925—)是本书著者在日本访学时通信认识的一位老人。山梨县富士吉田市人。他的专业可以说与中国文学乃至日本文学均无关系。1951年，毕业于东北大学工学部化学工业科。为工学博士和化学技术士。长期从事化工工作，至今仍在自己家附近有着自己的研究室和工厂车间。可是，由于他的故乡富士吉田传说是中国秦代徐福东渡的落脚之地，又据有关史料记载，徐福的后代有的便改姓"羽田"(读音与"秦"字的日本训读一样)，如中国五代后周时(951—960)义楚的《释氏六帖》便记有："日本国有山名富士，徐福止此，谓蓬莱，至今子孙皆曰秦氏。"至今在富士吉田的甲子神社里还有徐福祠，在福寿寺中有鹤冢。相传徐福奉秦始皇之命，到蓬莱仙岛访集不老不死药，到达不死山(富士山)，有三只仙鹤在空中飞舞，后其中一只死了，落在福寿寺，当地人便建鹤冢瘗之。时人认为那三只鹤是徐福及童男女的英灵所化。武荣从小就听父母讲述当地这些传说，在读小学时就曾向同学介绍自己是秦人的后裔，并以此自豪。这在当年日本侵华的年代里是要有点勇气的。他自认是秦人之后，因而从小就刻苦攻读汉文，对中国文史具有浓厚的兴趣，尽管后来他的本业是化工。他还是日本小型船舶一级操纵士，1992年六十八岁了，还赴西班牙参加哥伦布航海五百周年的纪念活动，在地中海驾驶帆船航行。其实这也是与他对两千多年前航海先驱徐福的景仰分不开的。武荣一直热心于徐福研究，为东京徐福研究会会员，并著有《徐福浪漫》《真说徐福传说》等书。

1990年，武荣访问中国江苏省赣榆县徐阜村(传说是徐福的故乡)，即作有《题徐福像》：

> 始皇求药蓬莱岛，奉命徐福势如龙。
> 率众东迁波涛里，渐达玲珑芙蓉峰。
> 得药欲还绝归路，学人百工继仙踪。
> 庙中英姿无比类，世人今日仰遗容。

1991年，武荣又访问中国山东省黄县徐福出海的传说地"登瀛门"，又作有《访登瀛门遗迹》：

> 初知黄县登瀛门，今临深感母国温。

> 徐福至恩遍蓬岛，万民如今仰祖神。

武荣还写过《徐福王节偶成》(按，日本二月八日为徐福节)：

> 万民岁岁诣王祠，恰若黄河入海驰。
> 岂意母邦友相告，古碑西向似怀齐。

值得一提的是，武荣的这些诗在中国友人中流传后，引起唱和的热潮。后来，中国学者王大均以苏州沧浪诗社、常熟红豆诗社、盐山千童诗社的名义选印了一本《中日咏徐福酬唱集》。书中除武荣等四位日本友人的六首诗以外，竟共选收了中国一百八十二人的近三百首诗，而且很多都是步次武荣原韵的。这在中日文化交流史上是少有的壮观，值得载诸史册！

石川忠久(1932—2022)，号岳堂。东京人。先后在东京大学、樱美林大学、二松学舍大学任教授。二松诗文会会员。多次来华访问、讲学。曾多次在日本电视台、电台讲授唐诗。我在日本访学时，就在深夜的NHK(日本放送协会)电视台中常见他讲述唐诗。著有《汉诗世界》《汉诗风景》等。他在华作诗甚多。如《天安门即事》：

> 夹道柳条才带烟，黄沙淡罩早春天。
> 天安门上夕阳处，儿女趁风扬纸鸢。

《长城春望》：

> 步步登高轻汗催，岭风吹处立烽台。
> 抬头一望长城外，万里春光天地来。

《洛阳》：

> 九朝帝阙风霜古，几处河山光景新。
> 请看当年金谷路，笙歌今日是何人？

《月牙泉》写的是敦煌鸣沙山上所见奇景：

> 丘稜斜划半空青，沙底蘸青一水停。
> 日暮迎风就归路，骆驼背上满天星。

《秦兵马俑坑》则更是世界伟观：

> 秦山之北灞之东，嬴政陵前黄土中。

> 不见太平开朗世，八千兵马为谁雄？

《夜过万县》写四川青年女工辛勤劳动：

> 夜下楼船寻万县，临江织厂绮罗春。
> 山城少女更深作，古为王侯今为民。

《屈子祠堂》则写自己与二千年前屈原的心灵交流：

> 屈子祠堂寻汨罗，骚人感慨此何多。
> 二千年后海东客，低唱沧浪渔父歌。

宁波藏书楼天一阁，也留下了这位日本学者的诗：

> 书藏王库盛名长，七阁规模由此堂。
> 今日四民偕浴惠，范公遗德自流芳。

入谷仙介（1933—2003），毕业于京都大学文学部，曾任岛根大学、山口大学等校教授。著有《近代文学中的明治汉诗》等书。曾多次来华。1987年，在火车上还作诗赠同车厢的两位中国将军，见《车中偶吟，次杜牧之〈江南春〉，兼呈前席二将军》：

> 千里黄花间杂红，细流粉壁笑春风。
> 关西老将谈兵事，同在江南画境中。

《过奉节怀古》，写到杜甫、陆游：

> 子美行吟白帝春，放翁踏碛五溪滨。
> 前贤落拓悲伤处，急峡水声愁杀人。

《武昌赠故人》写中国友人对他热情招待：

> 日东孤客下江来，柳绿湖滨春色开。
> 剪韭故人相待厚，共望落日古琴台。

松浦友久（1935—2002），静冈县人。1963年获早稻田大学大学院文学研究科博士学位，后任该大学教授。专攻中国古典文学、日中比较诗学。曾多次来华旅游、讲学。1995年曾赴四川寻访李白、杜甫诗迹，并留下佳作不少。如《杜甫草堂怀古》：

> 浣花溪上一扁舟，十五年来梦里游。

> 今日再寻琼树下，绿荫深处锁清秋。

《重游成都怀杜甫》：

> 浣花溪水浣花流，万里桥船万里游。
> 忆昔白头忧世客，诵诗伤酒几登楼。

《李白故里览古》：

> 西蜀临风碧树天，匡山遥望白云边。
> 依稀英丽谪仙子，犹倚青松抱石眠。

《嘉州凌云山怀古》则是写唐诗人岑参：

> 岷江大渡并青衣，水国山河秀又奇。
> 恰得嘉州岑太守，至今堪诵望乡诗。

日本汉诗，至今仍在中日两国人民友好关系中发挥着重要的作用。

［附］琉球汉文学概述

在论述日本汉文学史，尤其是近世汉文学时，不能不想到琉球汉文学。

中国和琉球，在历史上有过五百多年的宗藩关系；仅仅百多年前，日本明治政府以暴力侵占琉球，"废琉置县"，改名冲绳县，由此琉球才被划入日本版图。

日本学者写的日本汉文学史，倒是从来不说到琉球的。但琉球确实也有汉文学，那么，这个已被灭亡的小国的汉文学史，难道不值得记述和研究吗？它又该放到哪里去论述呢？

本书决定作为特殊情况，附在这里述写。当然，我并不认为它是隶属于日本汉文学的。（不过，旅琉日人如僧侣的汉诗文应该算日本汉文学；所谓"废琉置县"以后的琉人的汉诗文，或可归入日本汉文学史。）

我认为，这也是中国人和日本人不可不知道的一段文学史。

一、琉球王国兴亡简史

历史上的琉球国，位于中国大陆东方（台湾岛的东北方）、日本九州岛西南方的大海中，为一群岛。同古代日本一样，关于其国的最早的文字记载，出于中国古史。《隋书》中即有《琉求传》。据1650年成书的该国用汉语自撰的第一部国史《中山世鉴》记：我朝开辟"当初，未［有］琉球之名。数万年后，隋炀帝令羽骑尉朱宽访求异俗，始至此国地界。万涛间远而望之，蟠旋蜿蜒，若虬浮水中，故因以名'琉虬'也。"这就是说，在中国隋朝时代（581—617），该国始被称为"琉虬"。查中国典籍，虬是龙的一种。东汉王逸《楚辞章句》曰："有角曰龙，无角曰虬。"而唐代李善《文选注》引

《说文》则曰："虬，龙无角者。"以琉球群岛散布大洋的状态而言，谓之"琉虬"，实在非常形象。然而可能因为古代中国都将龙作为华夏帝王的象征，史官写史多有忌讳，所以《隋书》就将它改为同音的"琉求"了吧。此后，《元史》又写作"镏求"，有的书中又称"留仇"。总之，都是谐音。

到明代洪武五年(1372)，明太祖朱元璋派使臣杨载携带诏书出使该国。据《殊域周咨录》所载，诏书中称其为"琉球"。从此乃成为正式名称。可见琉球国的国名也是中国取的。该诏书并说："朕为臣民推载，即位皇帝，定有天下之号曰大明，建元洪武。是用遣使外夷，播告朕意，使者所至，蛮夷酋长称臣入贡。惟尔琉球，在中国东南，远据海外，未及报知。兹特遣使往谕，尔其知之。"这份诏书除了以华夏自居中央，使用了中国历代皇帝习用的"蛮夷"之类词以外，并无威胁恐吓的意思，可以说是一种和平外交。因此，琉球国中山王察度首先领诏，并立刻派遣王弟泰期，与杨载一同来中国，奉表称臣。"由是，琉球始通中国，以开人文维新之基。"(见1725年琉球国用汉语自撰的第二部正史《中山世谱》)继中山王后，琉球山南王承察度和山北王怕尼芝，也相继于翌年向中国皇帝称臣入贡。当时琉球正值"三山分立"，相互征战。明太祖知悉后，又去诏云："使者自海中归，言琉球三王互争，废弃农业，伤残人命。朕闻之不堪悯怜。"因此要求他们"能体朕意，息兵养民，以绵国祚"。后三王果然罢战息兵。可见，此时中国皇帝在琉球已有高度政治权威。当时的琉球已是中国的属国。

据琉球国史及各种史料记载，自洪武十六年(1383)起，历代琉球王都向中国皇帝请求册封，正式确定君臣关系。这种关系延续了整整五个世纪，即使是日本庆长十四年(1609)发生日本萨摩藩(今鹿儿岛县)岛津氏入侵琉球，琉球国在受到萨摩制约的情况下，也始终未变。据日本学者统计，琉球国向中国正式派遣的进贡使、庆贺使、谢恩使等，在明代约三百五十次，在清代约一百二十次(野口铁郎《中国与琉球》)。洪武二十五年(1392)，朱元璋"更赐闽人三十六姓"二百余人入琉。这批中国移民主要是向琉球传授中国先进的生产技术和文化。琉球王国也曾主动请求赐人，如1606年，尚宁王受册封时，便请赐明人归化。如从中国去的蔡氏为蔡襄的后人，林氏为林和靖家族的后人。与此同时，琉球王还经常选派子弟到中国留学。

从明洪武五年(1372)以后，琉球王国一直使用中国的年号，奉行中国正朔(直至清光绪五年1879，日本强行"废琉置县"为止)。琉球王国的官方文书、正史等，都是用汉文写的。连它的国都首里城的宫殿，都不是坐北朝南，而是面向西方，充分表示其归慕中国之意。琉球住民也与日本人做生意，但据日本野史笔记记载，每逢中国册封使到琉，琉球官方必禁用假名、和歌、宽永通宝(日币)，令日人也改穿唐服。琉球还配合中国抗倭，《明史》就有记载，如嘉靖三十六年(1557)，"先是，倭寇自浙江败还，抵琉球境。世子尚元遣兵邀击，大歼之，获中国被掠者六人，至是送还。"

1609年，萨摩"以劲兵三千入其国，掳其王，迁其宗器，大掠而去"(《明史》)。当时琉球王侍从写的《喜安日记》记载："有如家家日记，代代文书，七珍万宝，尽失无遗！"萨军将琉球王尚宁等百余人俘至鹿儿岛，达三年五个月，逼迫尚宁王屈辱地承认向其"进贡"。同时还强行割占琉球北部五岛。当时琉球有郑迥率众抵抗，失败被俘，惨入油锅，壮烈殉国。但即便如此，中琉关系也尚未改变。据《明史》记载，万历十四年(1616)，"日本有取鸡笼山之谋(其地名台湾)"，当时忍辱负重的尚宁王在国家残破的情况下，依然不忘秘密"遣使以闻"，通报中国防备日本侵略。清朝入主中原后，中琉册封关系继续保持，贸易和文化交流还更为扩大了。例如，康熙十三年(1674)琉球在中国影响和帮助下始建学于久米村，二十二年(1683)康熙颁赐御书"中山世土"四大字等，俱载《琉球学纪》诸书。

然而，日本明治维新后，迅速走上对外侵略扩张的军国主义道路。原先萨摩对琉球的侵略掠夺，还只是日本西南某个岛藩的强盗行为；现在，日本则要进行整个帝国的侵略扩张了。明治初年的所谓"征韩论"中，就提到了要侵占琉球。明治五年(1872)，日本借琉球使者到访日本之际，突然强制"册封"琉球国王为藩王，并列入所谓"华族"。这是维新政府强行改变日琉关系的第一步。而这些行径，当时都是暗中进行，对中国隐瞒的。从此，琉球便成为日本某些历史学家所谓的"日清两属"。而后，日本政府不断施加政治、军事压力，进一步胁迫琉球断绝与中国的宗属关系，但每次均遭严拒。如1875年8月5日琉球王尚泰答复日方的信中，便明确地说不能"忘却中国累世之厚恩，失却信义"。还提到日方"以往对中国隐匿"，"恳请对中国说明，采取明确处置"，表示"愿对两国奉公，永久勤勉"。但日本欲壑难填，非独霸不肯罢休。

面对日本政府的百般逼迫，琉球国在不断向日本"请愿"要求保持中琉关系、不改变琉球国体政体的同时，还向西方各国公使发出外交求援信。这使日本恼羞成怒，1879年1月10日日本《朝野新闻》竟称"琉奴蔑视我日本帝国甚哉"！于是，日本决定不顾国际公法，不顾琉球国臣民的意愿，加快吞并琉球。1879年3月，日本向毫无国防力量的琉球悍然派出军警人员，采取突然行动，在首里城向琉球王代理今归仁王子命令交出政权。4月4日，日本横蛮宣布"废琉置县"，即把琉球国改为他们的冲绳县。随即大肆抢掠中琉往来的文书、文物和宝印，以及琉球国的政府档案，销毁和隐匿历史见证。并强迫尚泰王等去日本。

这时，琉球王国仍拼死反抗，发出血泪抗议，并曾派官员赴天津谒见李鸿章，请求中国"尽逐日兵出境"。清政府也据理与日本力争过，但终究未能派兵援助琉球。这当然也是与清朝政府腐败、实力衰落有关的。当时，琉球国陈情通事林世功还在北京壮烈自杀，以死抗议日本侵略，以死请求中国出兵。然而，"自为一国"的琉球还是生生被日本强行灭绝了社稷！但该国人民的反抗运动一直继续进行，大概到甲午战争中国失败以后才逐渐消沉。

值得一提的是，直到1919年，时任中华民国大总统的徐世昌，在组织人员辑集清诗总集《晚晴簃诗汇》（1929年编成）时，还仍然将琉球诗人的诗作为"属国"的作品收入。1925年，著名诗人闻一多发表名作《七子之歌》，将被帝国主义列强强占去的澳门、香港、台湾、威海卫、广州湾、九龙、旅顺大连七地，比作离开了母亲怀抱的七个儿子，哭诉着被强盗欺凌蹂躏的痛苦，在"台湾"一节中他还写到了琉球："我们是东海捧出的珍珠一串，琉球是我的群弟我就是台湾。"

琉球灭国一百二十年后，日本政府别出心裁地把2000年西方七国首脑会议放在冲绳召开。日本还特意新印新发了面值2000日元的纸币，上面的图影是当年琉球王国的遗迹。真不知是什么意思，真不知道那些世界富国的首脑，坐在当年琉球王国的土地上，会不会回想起历史并不十分久远的那一幕灭人社稷的暴行？又会有什么感想？

又令人感到不解的是，这一段历史，在现在日本和中国的课本里，课堂上，都是不讲的。

二、琉球前期汉文学

以下简述琉球汉文学史。

由于本书著者在日本看书查资料的日子很有限，琉球汉文学史料更因为如上所述历史的、政治的原因而惨遭破坏(此外，琉球灭国六十多年后，在第二次世界大战末，冲绳又被美军炮火炸为废墟，日军甚至还强迫当地居民集体自杀)，保全不多，难以寻找，现在主要根据著者当时在日期间的有关笔记和复印资料，再加上在国内搜寻到的点滴史料整理撰写，不备不善，自知难免。聊作瓦釜之鸣，暂填空白。更详确的研究，或俟异日有无机会。又由于琉球汉文学史在国内似尚无专门研究和介绍，因此本书不得不较多引述一些史料。

在十七世纪中国清代以前的琉球汉文学，本书统称作前期。

琉球汉文学何时开始？这个问题迄今中日学界都没有明确的说法。因为有关文献大多被毁。日本学者上里贤一在《关于琉球汉诗》等文中提到，日本汉文学五山时代的十三世纪中叶，日本僧侣渡来琉球时，传来了汉诗；同时，琉球僧也有赴日学习的。那么我想，中琉的僧侣间也理应有交流，只是至今未找到确凿详尽的史料。又有日本人认为，唐代著名高僧鉴真和尚等人到过琉球，因为日本奈良朝淡海三船所写《唐大和上东征传》中，就记载天平胜宝五年(753)十一月"廿一日戊午，第一第二舟同到阿儿奈波岛"，并在岛上逗留了半个多月，而"阿儿奈波"即"冲绳"，因前者读音同后者(Okinawa)相近。但此说也有人不同意。

其实，除了僧侣界的交流，从十四世纪末明洪武二十五年(1392)开始，琉球国就正式向中国派遣留学生，又称官生，一直到清同治十二年(1873)，长达四百八十年。上里贤一《琉球官生与汉诗》根据今见文献统计，明代时琉球国派遣的官生至少有八十四人，清代时则至少四十二人，合计一百二十六人以上。其中大半来自久米村，那儿是几百年前中国"渡来人"后代的居住地；另外则来自首里，那儿是国王、王府官员及其子弟的居住地。明代洪武帝特批准并诏令工部在南京国子监前，专建一所王子书房，以供琉球官生学习和生活。清代沿袭了明代这一制度，继续接纳琉球陪臣、子弟来华入监读书。康熙帝亦特批在北京国子监内敬一亭西厢建立琉球官学。正厅有匾额"海藩受学"，两旁对联为"所见异，所闻异；此心同，此理同。"琉球官生在中国首都良好的学习环境中读书，所学无非是四书五经等中国传统文化学术，同时当然也学习诗文写作。

除官生外，还有更多的无法统计的琉球人，就近到福建学习，相当于民间的"自费留学生"。明初永乐三年(1405)，泉州市舶司就为专门接待琉球人而附设了"来远驿"；成化五年(1469)，"来远驿"移置福州，改名"怀远驿"；至万历年间又改称"柔远驿"。民间则通称"琉球馆"。该馆显然亦官方(地方)性质，如清康熙帝为该馆重修还下过"圣谕"。琉球馆一直存在到清末，甚至琉球亡国后仍有琉球人到旧址居住。明清两代，该馆除了作为琉球贡使、商人等食宿之地外，更为"自费留学生"提供了条件。由于他们的学习时间和方法都较官生要灵活，在这些留学生中也出了不少汉诗人。他们对于琉球文化的贡献和汉诗文成就并不在官生之下。

可是，非常奇怪的是，明代的琉球官生和自费留学生却都没有留下什么汉文学作品，迄今连他们的一首汉诗也没见到。这在情理上是无法解释的，只能判断乃为萨摩所毁灭。而清代琉球留学生和琉球本土诗人却留下了不少汉诗，我们将在后面着重记述。

琉球最早的汉文学，同日本汉文学一样，本当从金石文中寻找。可惜琉球今存的铭文、刻文中的汉文学作品甚少。今知最早的，当推树在首里城外园比屋武御岳内的古碑《安国山树华木之记碑》。遗憾的是字迹漶漫不清。经日本学者仔细研究，知是尚巴志王"宣德二年(按，即1427)岁次丁未八月既望"所建，大意是记载十年前琉球国王访华，见到礼乐文物之盛，名山大川之壮，回国后便在首里城外安国山仿中国园林筑土掘池，以为政之余游息之地，现变成鸟语花香、池中有鱼的士民游览胜地，今又在山上种植桦木。碑文中有一句，自称琉球国"俗尚淳朴，重信义，自汉唐通中国"。后六字极富史料价值。

琉球人自古极其敬慕中国文字，所写字纸不随便销毁，要销毁则设有专门的"焚字炉"。甚至对字纸灰也十分敬惜，每隔一年半载，取之扬撒于海口。然而，因萨摩及其后日本政府的毁其家国文化的暴行的缘故，至今遗存的古文书却极少。据冲绳学者真境名安兴《关于尚德王的新史料》一文考察研究，今存琉球最古字迹，为尚德王(1441—1469)所写横幅，内容为书录《诗经》开篇《周南》中的头两句"关关雎鸠，在河之洲。窈窕淑女，君子好逑。"字为楷书，有唐代欧阳询、颜真卿遗风。卷首钤长方形印，篆文是"小楼一夜听春雨"，乃陆游《临安春雨初霁》名句。落款"尚德"。下钤古隶长方形印，隶文为"热肠冷面傲骨平心"。据鉴定，此幅字迹略为稚嫩，估计当是尚德王二十岁左右所书。这幅墨宝虽然不是其本人的汉文学创作，但我们从其书录《诗经》，以及所使用印章上的文句，可以深切地体会到尚德王一定具有很深的汉文学修养。

成化五年(1469)铸造的《相国寺钟铭》,是所知完整的一篇汉文:

> 琉球国君世高王,乘大愿力,新铸巨钟,寄舍相国寺,说偈以铭,是
> 祝王基之万岁。安国利民圣天子,继唐虞之化;全文偃武贤宰相,需霖雨
> 之秋。兹有巨钟新铸就,高楼挂著万机心。无端扣起群生梦,天上人间妙
> 法音。时成化己丑十月七日,住持溪随记之。

世高王即尚德王之神号。据《中山世谱》及《中山世鉴》,当时尚德
已死约半年。真境名安兴说,看此铭文尚德则还活着,因此认为这是个谜。
然而我们按读铭文,并未见说尚德尚健在,只说此铜钟是尚德决定铸造而
已。撰文者溪随,则不知是琉球僧人还是日本或中国僧人。

琉球最有名的金文,还有1458年铸成的被人称为"万国之津梁钟"(因
文中有"万国之津梁"语)的铭文,也是汉文写成,曰:

> 琉球国者,南海胜地,而钟三韩之秀,以大明为辅车,以日域为唇齿,
> 在此二中间涌出之蓬莱岛也。以舟楫为万国之津梁,异产至宝,充满十方刹,
> 地灵人物,远扇和夏仁风。故吾王大世主庚寅(按,1410年)庆生尚泰久,
> 兹承宝位于高天,育苍生于后地,为兴隆三宝,报酬四恩,新铸巨钟,以
> 就本州中山国王殿前挂著之。定宪章于三代之后,戢文武于百王之前,下
> 济三界群生,上祝万岁宝位。……

撰写者溪隐则是日僧,因此,此文似不能算真正的琉球汉文学。而且,
此文显然代表了日本的意识。所谓"以大明为辅车,以日域为唇齿",似
乎中日二国当时已是"平起平坐",甚至所谓"和夏仁风",还将日本放在
中国之前。此文反映了琉球"以舟楫为万国之津梁"以及当时琉球与中
日皆有往来的事实,但并未揭出中琉、琉日之间关系的本质。

十五世纪琉球的汉文学,还可提到二则内容相近的传奇故事。不过
下面看到的文字可能是后人写的。一是《大宗蔡姓家谱》所记:

> 正统四年己未(按,1439年)四月初九日,奉使为庆贺通事,随长史
> 梁求保赴中华。船到中洋,被台风所坏,人多溺死。(蔡)让抱国简浮在
> 海浪间,万无一生时,一大龟忽来负让,又有双鳣左右扶之。让抱著国简,
> 以坐龟背,任他走去。只见云乱天昏,风猛浪怒,万死一生,不知走向何处去。
> 经二昼夜,忽然走到一所,让就登岸,乃南京境内之地也。让揖龟鳣而言曰:
> "汝既救我,恩深难报。倘若我得全命归国,则教我子孙,永誓世世弗食
> 汝肉!"言罢,龟鳣摇尾而去。让手捧国简,禀报官长,转达礼部。由是

礼部将让奉使庆贺及被台风覆舟并龟鳖救让等由，详细具题以奏。既而庆贺事毕，归国复命。我蔡氏之家，不敢食龟鳖者，从此时而始矣。

　　附，正统三年戊午正月初二日，让偶过那霸，见市中有人将宰大龟，不忍视之，赎而放于海。盖此其报也欤？

十八世纪中期，郑秉哲等人根据往昔记载，用汉文撰编的琉球国第三部、也是最大的一部国史《球阳》，在其卷三亦记述了尚真王(1477—1526治世)时一则故事：

　　首里孟杨清·大里亲方宗森为进贡使，那霸开洋，走到中洋，台飓覆船，人多溺死。杨清随浪浮沉，气将绝息，忽有鳝鱼从浪间跃来，撞著杨清。杨清抱鳝鱼，载杨清有相救之形。杨清座鳝背，任他走去。天昏风猛，不分东西，不知走向何处。已经二昼夜，走到一所，杨清就登岸，乃福建境内之地也。杨清揖鳝而言曰："汝既救我，我得再生，深恩难报。若得全性命归国，则教我子孙永誓世世弗食汝肉！"哭泣称谢，言罢，鳝鱼摇头摇尾，有欢喜之形。杨清茫茫然则喜则悲。寻来乡邑禀报覆舟并鳝鱼救生等。既而归国，孟家一族不敢食鳝鱼，从此而始也。

上面两篇文字均十分流畅可喜，虽然它们可能是后来的作家写的；但今见十五、十六世纪之交的《喜安日记》，运用汉文水平就已极好。据说《喜安日记》中还有汉诗，可惜我尚未能读到(其中记载萨摩人侵掠夺之语，前已引用)。

三、琉球汉文学黄金时代

琉球汉文学的黄金时代是在十七、十八世纪。此时出现很多汉诗人。其最初的成果，显示在清朝康熙四十八年(1709)中国江南松江府人孙(思九)辑评、黄朱苪(奕藻)编校的《皇清诗选》①再版本中。书中收录了作为

---

① 关于《皇清诗选》(又称《皇清诗盛初编》)，中日学者在出版时间等方面的记述错误甚多。据我考查，是书孙编有约九年，卷首有最晚康熙二十七年(1688)孟冬汪琬写的序，初版自在其后。但此书最初并没有收入琉球汉诗。在其卷首刊载的按地区编排的所选作者名单中，也无"琉球"。且孙在卷首的《盛集初编刻略》中明确写道："胜朝文敎覃敷，殊方异域咸知讴颂，侧闻朝鲜、日本诸国，多有诗歌传播，而竟无从考索。……尚容补辑，以扬盛化。"乙酉(1705)春，康熙第五次南巡时，孙曾进呈此书。己丑(1709)八月初十，琉球使臣毛文哲、陈其湘乘入贡之便，在苏州邮寄给孙琉球诗稿六帙及《琉球学纪》一部，并有诗启一通，要求选诗入集。孙便于当年"中秋后一日"写了跋识，曰"披览之次，用仿绛云楼故事(按，钱谦益编《列朝诗集》附有朝鲜等国汉诗)，附于集内。深叹前此之蒐罗为未备云"。因此，《皇清诗选》再版当在此后，才收有琉球汉诗。

"属国"的琉球的久米村和首里诗人二十五人共七十首之多的五七言律诗和绝句。作者有程顺则、蔡铎、曾益、王明佐、周新命、毛文哲、陈其湘、尚弘毅、尚纯等。(这里写的都是他们的"唐名"。下面具体介绍时,如知道他们的琉球名,则用中圆点号并列写出。)这可以说是世上集中展现琉球汉诗成就的第一本书,使当时的中国人第一次集中了解和欣赏了琉球的汉诗。这些汉诗的原稿共有六帙,是当年八月琉球陪臣毛文哲、陈其湘乘入贡之便在苏州邮寄给孙,要求选收入集的。据孙俟孙孙卫回忆,琉球使臣"临行亟购百有余部,并延画师绘公(按,即孙)之像而归"。可见,他们是多么重视此书。

琉球人自己编的第一部、而且是迄今所知唯一的一部汉文学总集叫《中山诗文集》,刊于中国福州,时为雍正三年(1725)。编选者是程顺则·名护亲方(1663—1734),久米村人,童名思武太,字宠文,号雪堂、念庵。据《程氏家谱》,程顺则在这五年前(1720)他作为琉球谢恩使节第五次来华时,曾自费购买了《皇清诗选》数十部(每部三十卷)带回国,用以分赠王府书院、孔庙、评定所及有关诗友。因此,他编选《中山诗文集》,当然也受到《皇清诗选》的影响。该书收录三十九位琉球诗人的二百五十六首汉诗,以及一位琉球王、二位朝官的八篇汉文,全面反映了当时琉球汉文学的水平。(同时,书中还收入了清人诗文五十多首,因此简直还可称它为"中琉诗文集"了。)

程顺则是琉球硕儒,汉文学黄金时代最有影响的代表作家。他五次渡清,四次入京,在福州先后留学七年,曾捐资购买大量中国书籍携回琉球,其中有的书作为琉球全国国民修身课本达二三百年之久。因此,他被称为琉球伟人,至今在冲绳还矗立着他的塑像。他又可称琉球第一诗人,其诗在《皇清诗选》中占十分之三,在《中山诗文集》占十分之四以上。而更可贵的是,其一家亦可称汉文学之家。其父程泰祚(?—1675)亦善诗文,曾作为进贡都通事来华。他为保护贡品而与十三只海盗船(倭寇?)英勇战斗,身负重伤,后不幸客死于江南苏州府。当时琉球国正议大夫蔡彬盛赞他说:"公固国中翩翩贵介也。生平笃实,以道事主,以孝事亲,交朋友以信,训子弟以礼,国人莫不钦仰焉。"程顺则的弟弟程顺性也作为当时俊秀被选拔为留清学生,可惜在归国时不幸遇海难,未得展其才华。三子程抟云(1692—1702),仅十一岁就染病夭亡。隔数月,其长子程抟九(1681—1702),二十二岁也早逝。其后,次子程抟万(1691—1704)

又是十四岁即早夭。抟万在十一岁时即能写诗,被称为鬼才。其遗诗《焚余稿》被程顺则编入《中山诗文集》中。程顺则的中国老师陈元辅在《程仲扶焚余稿序》中说:"吾门程雪堂,有子抟万,蚤岁能诗,每以生长海外未得见余为憾。且言其梦寐间如或见之。向往于余,亦可云至。余果何以得此于抟万耶?抟万虽稚龄,力于学,即卧疴床蓐,手不释卷。有如此之人,天不老其才,反促其寿,天乎不可问矣!丙戌(按,1706)冬雪堂来闽,袖抟万焚余数首,乞余序之。余阅之再,明畅流转,字字欲仙,非鬼才也。不禁为雪堂惜,且为抟万伤之!使天假之以年,窥杜陵之堂奥,大程氏之家声,正未可量。夫何白雪之歌未终,芳兰之花已谢!仙耶鬼耶,余又何能测之!抟万已不得见余而长逝,余复不得见抟万而且老矣!悠悠此恨,永隔幽明,仅留残稿数行,助余之太息!"这篇序文情深意挚,是中琉文化交流史上的佳篇。更令人伤心的是,程顺则的四子程抟霄(1694—1729),总算能继家学,于雍正七年与贡使一行赴华,但不幸又逝于山东临清,葬于张家湾头,年仅三十六岁。程顺则四个儿子都走在他的前头,其时他已六十七岁,凄凉晚景非常令人同情!

程顺则最有名的诗,当推《姑苏省墓》二首,不仅收入其诗集《雪堂燕游草》中,在《皇清诗选》和《中山诗文集》中也收录了。诗前小序曰:"先君讳泰祚,号景阳,为中山世臣,勤劳王事,精白一心。癸丑(按,1673)十月,护贡进京。甲寅(按,1674)五月,回至江南,闻闽变(按,当时有耿靖忠之乱)道梗,留滞姑苏,家国忧心,奄奄病笃。越乙卯(按,1675),捐馆,葬于吴县。不孝顺则于甲子(按,1684)观光帝阙,便道拜省。抵今一十四载,重瞻墓木,血泪横流,感赋二律,以志依恋云。"诗当作于1697年,时程氏第三次来华,第二次扫墓也。其诗如下:

> 劳劳王事饱艰辛,赢得荒碑记故臣。
>
> 万里海天生死隔,一时父子梦魂亲。
>
> 山花遥映啼鹃血,野蔓犹牵过马身。
>
> 依恋孤坟频恸哭,路傍樵客亦沾巾。
>
> 忍看霜露下苏州,十四年中泪复流。
>
> 鹿走山前松径乱,鸟啼碣上墓门秋。
>
> 凄凉异地封孤骨,惭愧微官拜故丘。
>
> 过此不知何日到,茫茫沧海望无由。

　　《皇清诗选》对此二诗有评语,曰:"哀慕之思,溢于言表,令人不忍卒读。"

　　程顺则的诗集除了《雪堂燕游草》,还有《雪堂杂俎》。前者是他在康熙三十五年(1696)来华后,主要在北京期间所写的诗。后者主要是在琉球国内的杂咏及与师友的唱和。此外他还编有《雪堂赠言》,则是师友们(其中有不少中国人)寄给他的诗文。其老师、福建人陈元辅序其《雪堂燕游草》曰:"吾门程子宠文,奉国命来朝京师,自发棹至燕邸,又自出都至解缆,历时八阅月许,往返万有余里。凡所过之通都大邑,所游之古刹荒祠,与所交之名公巨卿,皆著之于诗。而三州佳丽,披奇抉胜,尤多吟咏。予曩寓之空言,兹乃得之游览,予愧程子矣。"又说:"程子攻诗有年,为中山之秀。"另一中国学者,曾任赴琉册封副使、内阁中书舍人林麟焻也为之作序,回忆当年入琉,颇有琉球文人以诗文向他请教,其中"程子宠文,时方髫龄,亦在就正之列。今相距十六年,充彼国贡使,入觐天朝,使旋,衰其道里往来,著《雪堂燕游草》一卷,介榕城请序于予。予受而阅之,见其集中所载,若《赐宴》《颁币》《舟中拜阙》《放鹤亭读圣制》诸作,瞻仰吾君也;《姑苏省墓》二首,不忘乃父也。忠孝之思,蔼然言里。至其登临赠答,俯仰陈迹,流连吊古,有慷慨悲歌之致,则又思如泉涌,笔若涛飞,秀句得江山之助也。观程子之诗,知其为人,洵不愧彼所谓豪杰之士矣。"《姑苏省墓》二首已见前引,这里再录林氏评及的其他几首,均可作生动的中琉关系史料观。如《赐宴春官》:

　　　　　　九重传旨宴中山,柔远恩深礼法宽。
　　　　　　日射锦堂开绮席,霞流晴树抹朱栏。
　　　　　　仙醪光映黄金盏,天馔香浮赤玉盘。
　　　　　　饱食敢言还卜夜,欢声一路下春官。

《午门颁币》:

　　　　　　鸿胪高唱午门开,币帛鲜新簇帝台。
　　　　　　花织一枝梭几转,丝牵五色络千回。
　　　　　　黄金榜映云霞灿,赤羽旂飘锦绣堆。
　　　　　　东海君臣何以报?承恩竞捧出蓬莱。

《长至舟次拜阙》：

> 九重阊阖向阳开，此日鹓行列上台。
>
> 唯有使臣烟水次，嵩呼声响彻蓬莱。

《放鹤亭拜读圣制〈舞鹤赋〉》：

> 万年一赋勒山亭，苔色从今不敢青。
>
> 留与游人下马读，空林知有少微星。

《雪堂燕游草》记游诸诗，如《小武当山八景》，颇受福建长乐诗人、著名学者梁章钜注目，曾在《南浦诗话》中提及。这里再选引其他几首，都可见他对中华河山的热爱。如《登金山塔二首》：

> 金山塔势独嶙峋，晴日登临气象新。
>
> 半壁江南看未了，一声飞鸟下红尘。

其二又表达了对故乡的想念：

> 千尺浮图插碧空，冯虚独上御天风。
>
> 中山遥在云飞处，极目苍茫望海东。

《芜城怀古》：

> 隋帝豪华蔓草中，萧条二十四桥风，
>
> 鸦翻废苑香云散，龙去长江锦水空。
>
> 只有山川留胜迹，更无父老说行宫。
>
> 琼花冷落峨眉老，愁见芜城夕照红。

《渡黄河》：

> 黄河秋色满，喜是大清时。
>
> 源自昆仑出，山从砥柱支。
>
> 潆洄斜塞雁，奔放走云螭。
>
> 九里看新润，三门溯旧基。
>
> 朝宗归海疾，鼓浪到天奇，
>
> 舟楫空中度，星辰水面移。
>
> 廻澜冲柂急，落叶带烟披。
>
> 大势吞秦障，丰功勒禹碑。

> 东溟思献雉，涉此敢云疲？

《过扬子江》：

> 维扬水阔放船宽，吴越山川纵目看。
>
> 归客帆樯冲浪急，连天星斗过江寒。
>
> 断烟日夜浮空际，胜地东南壮大观。
>
> 一叶飘然芦荻外，沙鸡无恙喜安澜。

《雪堂燕游草》中还有与中国友人酬应之诗，如《再寄杨舟岩》：

> 久客他乡即故乡，并州风景似咸阳。
>
> 九秋听雁登高阁，半偈寻僧到上方。
>
> 黄叶黄河过水驿，孤舟孤月挂牙樯。
>
> 只因更宿燕台下，回首闽南一断肠。

1714年，日本德川家继继任征夷将军，程顺则加入琉球的庆贺使团首次、也是唯一一次赴江户，与日本文人墨客作交流。[①]归途经过江州草津驿时，曾作诗吟咏京都鸭川的近卫摄政家熙公的物外楼景色，并将自己从中国山东孔子阙里庙所得的纪念品楷杯，和康熙皇帝御诗宸笔的石摺，以及《诗韵释要》等赠送家熙公。他并作有《寄赠物外楼隐君子》四首。其一：

> 闲居物外谢浮华，玩月题诗试露芽。
>
> 闻道鸭川清且胜，羡君坐卧乐烟霞。

其二：

> 幽韵萧然迥出尘，野鸥江鹭日相亲。
>
> 楼头半榻高悬处，山水清晖护主人。

（末句有自注：“楼上有‘山水清晖之处’六字匾额。”）其三、四云：

> 年来高眼看佳山，每坐江楼自解颜。
>
> 松鹤情应忘世路，烟霞梦不隔柴关。
>
> 新诗喜共梅花折，旧客当乘明月还。

---

① 据日本学者统计，从1634年到1850年，琉球向江户遣使共18次。这与琉球在明清两代共向中国遣使约470次是无法比的。

　　绿野堂前多景色，知君行乐画图间。

　　解组归来鬓未皤，夔龙事业付烟萝。

　　茂勋百代无伦比，世绩千秋足颂歌。

　　膝下莱衣辉昼锦，阶前玉树发新柯。

　　栽培旧德门庭好，善积无疆福自多。

　　上述程顺则诗，艺术水平都是较高的。曾任中国赴琉册封副使的徐葆光，有诗称程氏为"君是中山第一流"，并说："由来东国解声诗，肯让朝鲜绝妙辞？"正是由于有了程氏这样高水平的汉诗人，方使琉球汉文学能与朝鲜、当然也与日本的汉文学，并秀于世。

　　这里再介绍程顺则次子程抟万《焚余稿》中的诗，以见程顺则培养出多么优秀的诗童，而他十四岁早夭又是何等可惜！下面是其十一岁时所作《春日登山》：

　　春山一望景无穷，海色苍苍万里空。

　　飞鸟数声云几点，何时收入画图中？

其十二岁时作《步月》：

　　中庭满树白璘璘，万里清光绝点尘。

　　寻句踏残三径后，夜深欲问广寒人。

其十三岁时作《咏竹》：

　　　庭前百尺竿，九十夏生寒。

　　　高节压花径，清姿护玉阑。

　　　月来生个个，风过动珊珊。

　　　群木凋霜落，虚心独自安。

　　此处"个个"显然是"象形文字"，写的是月下竹叶之影，中国古诗文中常见。有日本学者竟解释为是写竹枝的量词，真是不懂装懂，大煞风景！最后，我们看其十四岁时所作《咏兰》：

　　紫茎绿叶满庭幽，独秀园中一片秋。

　　空谷无人明月夜，幽香不散客滞留。

　　与程顺则一起被梁章钜《南浦诗话》提到的琉球诗人，还有蔡铎·志

多伯亲方(1644—1724)，幼名思德，字天将，号声亭。首里人。他比程顺
则要大二十岁。他二十岁任通事，二十三岁曾到福州留学。1688年，以
进贡正议大夫身份访华。他的诗收于《中山诗文集》，另又著有《观光堂
游草》，为在华所作诗三十首。他还编过《中山世谱》《历代宝案》等。梁
章钜《南浦诗话》云"近代琉球贡使往还中土者，多尔雅之选，并工吟咏。
尝阅蔡铎《观光堂游草》，中有《夜宿渔梁》绝句"，并评曰："不必遥深，
亦自冷然可诵。"该诗曰：

> 看山一路到渔梁，客邸寒深月似霜。
>
> 独对孤灯愁寂寞，为有梅影护匡床。

蔡铎的好诗还可以引《琼河发棹，留别闽中诸子》为例，该诗抒发了
与中国友人的深情：

> 裘马如云送客船，简书遥捧出闽天。
>
> 骊歌古驿三杯酒，帆挂空江五月烟。
>
> 别泪已随流水去，离情不断远山连。
>
> 故人若忆西窗话，极目燕台路八千。

比程顺则年纪大的诗人还有曾益和蔡肇功。曾益(1645—1705)，久
米村人。童名加路美，初名永泰，后改名益，又因避尚益讳改名燮，号虞
臣。十九岁时曾在福州留学两年。1681年被任为长史。1683年任谢恩都通事
上北京，1686年又以正议大夫任进贡使来华。他的诗亦入选《中山诗文
集》，另又有诗集《执圭堂诗草》。他写于杭州的《游灵隐寺》，《皇清诗选》
评道："结构谨严，通篇老成。"诗曰：

> 我爱西湖灵隐寺，寺门斜傍薜萝开。
>
> 蒲团竟日谈兴废，花径由人数往来。
>
> 草色遥连骑马路，涛声长绕讲经台。
>
> 幸留一片袈裟地，不共沧桑化劫灰。

他的《游虎丘》，《皇清诗选》称赞其三四句"可当虎丘棒喝"：

> 曾梦江南好，探奇到虎丘。
>
> 川原经万劫，花鸟自千秋。
>
> 过客知携酒，看山竟浪游。

吴王歌舞后，回首使人愁。

　　蔡肇功·湖城亲方(1656—1737)，久米村人。童名思五郎，号绍斋。他曾五次来华，特别是1679年后在福建滞留三年半，学习中国历法，回国后在琉球印行《大清时宪历》。最后一次是以正议大夫身份来的。他有诗集名《寒窗纪事》，收诗三十八首。他写"寒窗"、说寂寥的诗不少，如《寒窗独坐》：

　　　　寒窗多寂寞，翘首望长空。
　　　　云起远山白，风飘疏叶红。
　　　　频吟愁不已，漫酌兴无穷。
　　　　日暮人来少，忽闻雨落桐。

　　他的《寒月即事》亦很有诗意，其时他在福州琉球馆学习：

　　　　寥落寒风过客楼，黄昏独立漫凝眸。
　　　　砧声敲破关山月，一片冰心万里愁。

　　《秋日薄暮》中"敲句"一语颇新，唯出现"无边""无限"，重字重意：

　　　　薄暮卷书兀坐时，无边残景胜凄其。
　　　　幸逢客子来敲句，无限幽情只寄诗。

　　《中秋咏月》中更用了"敲诗"一语，亦新：

　　　　丹桂飘香入夜清，金风凛凛拂高城。
　　　　近看螺髻含烟暗，遥听鲸波拍岸鸣。
　　　　雁避秋寒浑有意，月浮天外却无情。
　　　　敲诗难了今宵趣，点缀还须藉鞠生。

　　蔡肇功的隐逸诗也有佳作可录，如《山居》：

　　　　松阴幽处曲溪边，深结茅庐晨夕禅。
　　　　鸟宿柴门恒出入，云侵竹榻任牵连。
　　　　朝看野老锄田亩，晚听樵夫唱岭巅。
　　　　莫笑寻常人迹少，青山流水自悠然。

　　周新命·目取真亲云上(1666—1716)比程顺则年略小，童名真牛，字熙臣。1681年为秀才，1687年升通事，翌年赴福州学习，共七年。回国后，晋升至正议大夫。其诗见于《中山诗文集》,有集曰《翠云楼诗笺》,共三十二首诗,全收《中山诗文集》。中有给程顺则一诗《寄程宠文》,颇带情感:

> 与子握手别,愁心绕故乡。
> 驿亭花径冷,江路草桥荒。
> 客梦随山月,溪声落雪堂。
> 故人如问我,万里一空囊。

此外还有《高楼远眺寄怀旧友》《初冬晚眺》等,亦均是思乡怀友之作,不再录。这里再引其《秋兴》七律一首:

> 无边木叶下秋风,楼外云山四望中。
> 满眼烟光都在菊,一林霜气半宜枫。
> 离情每向闲中切,玄草还从醉后工。
> 岁月易过生幻想,好携瓢笠访崆峒。

蔡文溥・祝岭亲方(1671—1745),童名百岁,字天章,号如亭。久米村人。是康熙二十七年(1688)入北京国子监留学四年的官生。回国后即在王府任教,后升至正谊大夫和紫金大夫。著有《四本堂诗文集》,其诗亦入选《中山诗文集》。这里选录的《上巳同诸友集饮江楼》,生动地描写了他学成即将归国的心情:

> 几年北阙苦淹留,诏许辞归到驿楼。
> 花柳多情逢客笑,山川有意待人游。
> 兰亭胜事虽难继,琼水风光尚未收。
> 相对一樽期尽醉,当欢又动故园愁。

《秋夜》也写乡愁,十分感人:

> 银汉横天夜欲分,惊秋愁客易纷纷。
> 身栖旅馆家何处,目断乡音雁几群。
> 笛韵乘风沿岸过,砧声捣月隔村闻。
> 寻思此际真无奈,闲倚栏干望白云。

《秋夜怀友》则写思友深情:

> 风满江楼月满林,悲秋宋玉最难禁。

萧疏雁影庭前过，断续蛩声夜半吟。

星斗渐移天欲晓，灯花落尽酒频斟。

幽窗此际无人到，为忆相过语素心。

他曾因病辞官，《春日病窗书怀》一诗很有意味：

因疴解组久辞朝，十载江头卧听潮。

半箧诗书供蠹尽，百年心事向云消。

频将竹叶锁愁思，时托丝桐破寂寥。

最是不堪肠断处，杜鹃枝上泣通宵。

蔡温·具志头亲方(1682—1761)，字文若。他是前面写到的蔡铎的儿子，程顺则的忘年交。二十七岁时，他以进贡留存役的身份随团入华，即滞留福州，在琉球馆学习两年。不仅学业大进，而且懂得了学以致用的道理。他后来升至国师、三司官，治理农林、水利等，很有贡献，亦与他在中国学习有关。三十五岁时，他曾任进贡副使访华。他著述甚多，还留下了汉诗文集《澹园诗文集》。当程顺则晚年丧失最后一子痛苦万分之时，蔡温写了只有真朋友才能写得出的《答程大夫宠文书》，亦可见其汉文功力之深：

惟足下饱读经书，坚守礼法，每窥周程之室，若探仁义之源，固当代之君子也。不佞信之久矣。奈昨所赐书内，似有哀悼尤怨之意，不佞实为足下惜焉。窃想壬午岁三月，足下第三子拕云染病竟亡，长子拕九隔几月逝，第二子拕万又历岁月毙，唯第四子拕霄长而康健，讵想己酉岁出使赴京时，又在半途病故。四子俱不幸短命，先乎足下而亡。此岁因贡船归，既闻讣音，深为之嗟叹。是诚人家之最凶者，而人情之所当深悼者也。然凶吉祸福之致而至者，命也。君子必俟命于天而不苟疑，岂有尤怨之理耶？不佞反复阅书，乃不得已强逞愚见，聊述一二。

盖人身生死，万物成坏，以及智愚贤否、穷达荣辱之类，皆命之所致，而非人力之所容也。夫命者，虽圣人亦未如何而已。故伯鱼先乎孔子而亡，颜路后于其子而存，尧有丹朱，舜有商均，伯夷就饿，比干受害，如此等类，非各人之命而何哉？足下书内又有"何报"等语，不佞愈为足下惜焉。大都世指命以为善恶之报，或归罪于父祖，或求免于神佛，此世俗之惑，而非君子所顾也。夫为善者，众皆爱之；为不善者，众皆嫉之。夫嫉与爱，如影随形，如响应声，即所谓善恶之报也。命岂然耶？命迟速亦非必由善恶之所致。故善人或逢不幸，而不善之人或逢幸者，往往有之。此皆足下之所深知，而非不佞之可言也。

足下素爱不佞，相交以心，故忘愚陋，谨酬数语，乞垂察昭是幸。

蔡温诗集中有描写琉球事物者，如《我部盐居》，题目即是当地地名，写的是海盐生产：

> 草屋轻烟冲碧空，隔峰相望白云同。
>
> 应知煮海成盐味，只在乾坤造化工。

民国年间中国编选的清诗总集《晚晴簃诗汇》中，选了蔡温诗二首。《吴我天底道中》：

> 林树冥濛隐碧天，穿行忽睹数家烟。
>
> 藤萝拂袖露常湿，石径横云马不前。
>
> 山远时添游客恨，潭深疑有毒龙眠。
>
> 何年此地开幽境，断绝风尘学散仙。

《千手院访赖全上人》：

> 僧寺从来爱碧山，上人独傍万家湾。
>
> 松花落地茶方煮，竹径临江门不关。
>
> 旷野晨钟千树秀，半窗夜月一心闲。
>
> 应知传说蓬瀛处，只在风尘咫尺间。

四、琉球后期汉诗人

杨文凤·嘉味田亲云上（1747—1805），字经斋，首里人，曾被选为官生。有《四知堂诗稿》三卷。清使李鼎远称他为"球阳（按，即琉球）第一诗友"。他的诗主要写琉球风物及人物。这与《中山诗文集》中诗大多是以中国为题材的，形成对照。其诗如《九日上山游》：

> 日霁风清一望秋，登高凭眺思悠悠。
>
> 采莫帽向龙山落，载酒人同彭泽俦。

几阵乱鸦投远树，数行野鹤下平洲。

开樽对景情无极，不羡滕王高阁游。

他还写过多首描写那霸港的诗，如：

灞港潮平两岸宽，扁舟泛初夜将阑。

一轮明月波间照，拟是仙槎棹广寒。

又如《落平瀑布》：

落平矶上灞桥头，万丈青岩吐醴湫。

如雪如霜光瑟瑟，亦晴亦雨响悠悠。

清风起处飘扬散，旭日辉时激潋流。

不识云根灵液出，恍疑银河落琼楼。

又如描写波上断崖的诗：

波上山头赋胜游，杖藜徐步伴群鸥。

寒涛渐沥晴如雨，晚岳凄凉夏似秋。

数行渔歌声断续，几行雁阵影沉浮。

祇园一会多幽兴，更有云笺壁上留。

下面我们记述几位确知其入华年代的"官生"诗人。

郑孝德(1735—?)，字绍衣，他是乾隆二十三年(1758)年入华留学的，他的中国老师潘相在《琉球入学见闻录》一书中记载了他留学时写的几首诗。如《恭庆圣母皇太后七十万寿诗进呈》八首，其二云：

华府门前膺册封，一方阜寿沐恩隆。

三平村酒千家碧，万岁山花四野红。

地应离明长捧日，天瞻乾极远呼蒿。

今朝恭庆璇宫福，躬沐春晖虎拜同。

诗甚平平，但反映了琉球国民对中国的向心。诗中注云：华府乃琉球王殿名，三平村乃琉球村名，万岁山取义于"望阙嵩呼"。孝圣宪皇后七十诞辰乃乾隆二十六年(1761)，诗即作于此时。郑孝德又有《春望》诗：

帝畿无地不春光，万里风怡化日长。

到处江山辉锦绣，望中云物焕文章。

春归柳线高低色，红入桃腮远近香。

俯仰乾坤双眼豁，一时新景拂诗囊。

郑孝德还学会写七古长诗，其《接家信志喜》颇带深情，令人感动：

海外一帆渡重洋，舌耨笔耕傍六堂。

回忆离家经四载，思亲何尝一日忘。

年年空作登楼赋，雁飞曾不到炎荒。

有客忽从榕城至，遗我平安书一囊。

开缄惊视眶旋泪，捧诵一过喜欲狂。

天相蓬庐常迪吉，慈母康宁晚景昌。

从知万金何足宝，置书怀袖乐无疆。

孤身远道虽未返，欢心何异到家乡。

《晚晴簃诗汇》中也选入郑孝德一诗，并说有中国老师瑞安孙衣言(琴西)赞赏他的"我与诸君交，淡如不相偶"等句，"以为能学昌黎"。《晚晴簃诗汇》所收其《秋日偕蔡汝显游悯忠寺》，是写与同学在北京秋游之作：

燕山九月秋，相约梵宫游。

树密禅扉静，苔深曲径幽。

香云笼古殿，花雨入经楼。

上界西风峭，钟声傍晚愁。

《晚晴簃诗汇》还选录了郑孝德之弟郑孝思(字绍言)的一首诗，并介绍说："绍言从其兄诣京师，以额满，自诡为仆，因得入学。琴西称其笃志向道。学成将归，病作，卒于四译馆。"这真是太可惜了！其诗《江楼晚望》云：

欲舒悃怅独登楼，四面山川晚色幽。

倦鸟冲烟投暮树，归船带雾到前洲。

云深远寺钟声起，风转层楼水气浮。

俯仰骋怀情最好，渐看海角月华流。

与郑孝德兄弟同期入华学习还有蔡世昌(1737—1798)，字汝显。他的诗也见于《琉球入学见闻录》。如作于1761年的《游陶然亭》，序云："岁在辛巳，节近重阳，函晖先生邀吾师及颙斋先生携予两人南游陶然亭。兹

亭也,贤士大夫之所以游目骋怀者。是日天朗气清,金风徐来,倚栏纵目,
真可乐也。饫聆明训之余,忘其固陋,赋诗一章,以志胜游。"诗云:

> 高台一上思悠悠,且喜黄花插满头。
> 碧水晴光摇草树,名山画景拥城楼。
> 一时诗酒同清赏,百代风流纪胜游。
> 况有雄谈惊四座,更教远客豁双眸。

蔡世昌另有《晴望》一首,亦颇可诵:

> 川原雾敛雨初晴,翠黛鲜新霁色清。
> 涧草还需余润湿,野林尚映早霞明。
> 山分宿雾无云迹,树散疏烟有鸟声。
> 画景环城供客望,凭高送目惬诗情。

马执宏·丰平亲方良全,字容斋,首里人。他是嘉庆十五年(1810)入
华的官生。他的诗被收入《琉球咏诗》一书中,大多是留学归国后在琉球
所作。《晚晴簃诗汇》中选录其《游善兴寺》一诗:

> 寻幽来古寺,旭日照松门。
> 石发翠蹭顶,山丹红到根。
> 偶闻清磬落,已远俗尘喧。
> 何日逢支遁,无生细讨论。

与马执宏同期留学的毛世辉·我谢亲方盛保(1787—1830),童名真
山户,号笔山,也是首里人。他著有《毛世辉诗集》。特别值得珍视的是,
他在留学期间学写的诗,还附有中国老师黄景福的评语,以及黄老师在诗
旁的批改。这生动地展现了当时中国老师对琉球官生的亲切指导。今选
引两首,括号中的是老师的批改和评语。如《晓起》:

> 一庭风露晓寒余,坐拥衾裯万虑虚。
> （萧瑟）　　　　　（秋风何碧疏）
> 翘首犹怜残月影,卷帘闲读古人书。
> （窗外不知）　　（课晨只）
> （"坐拥衾裯",是未起也。且少诗趣。）

又如《灯火》:

> 不是栽培物,花开亦可难。

（觉灯粲灿）　　（正未阑）

却惊新彩朗，浑带笑颜丹。

（光）　　（忘影衾单）

岂为三春至，偏宜一夜看。

（此）

报来应有喜，棋子莫敲残。

（结便有意）

（"灯"字应明点，不然则"花"字无着落矣。）

东国兴·津波古亲方，字子祥，首里人。著有《东国兴诗稿》。他是道光二十年(1840)入华的官生。他与向汝霖·恩河亲方是好朋友。这于《向汝霖诗卷》中亦可见到。东国兴有《呈汝霖向兄台下》一诗：

思看昔日屡相过，朝夕连床得趣多。

月上书窗花送影，风飘琴榻酒生波。

伤离且似三秋久，写意聊颂七字哦。

烦问清风林下客：不知诗况近如何？

研究者真境名安兴认为此诗当作于东国兴被选拔为赴华官生即将离国之前，因为向汝霖一诗则是《恭贺东国兴选官生》：

海邦独美汝豪雄，赋罢三场宠命隆。

知是璧雍攻错力，球阳从此振文风。

《东国兴诗稿》中，也极其难得地保存了中国老师的批改与评语。当时他的老师是孙衣言，字劭闻，又字琴西。浙江瑞安人，道光三十年(1850)进士，由庶常授编修累官江西布政使改太仆寺卿。著有《逊学斋诗钞》《同文钞》等。这些书中收录了不少与琉球官生交流的诗文。(按，前面写1758年入华留学的郑孝德、孝思兄弟时，曾提到孙衣言的评语。孙衣言是道光时人，东国兴是1840年入华的，与郑氏兄弟相隔八十多年，孙不可能是郑氏兄弟之师。《晚晴簃诗汇》所引诗话有误，可能是孙后来读诗时所批。)孙衣言批改的东国兴诗，略引二首，以见一斑。《游拈花寺》：

无人幽径爱徘徊，壁上琳琅看几回。

（门外高车空往来）

铃声禅塔清阴里，一犬篱边卧碧苔。

（有"门外高车"一句，乃衬得出第四句幽静之意。）

《春郊》：

> 春风拂面马蹄凉，鞭指孤村水一方。
> （东）　　　　　（路入）　（春水长）
> 杨柳酒旗青一色，桃花隔岸送红光。
> 　　　　　　　　　　　　（芬芳）

（"红光"二字，病在粗率，与桃花风致不称。）

道光二十四年(1844)出版的《琉球诗课》，是东国兴与其同学阮宣诏、郑学楷、向克秀四人在华学诗的习作，前有老师孙衣言的序。所选诗后多有老师的评语，可惜未注修改的情况。如东国兴《落日更见渔樵人》，诗后评语曰："'波移孤艇'十字，秀炼近唐贤。"诗云：

> 幽居山水好，落日更鲜新。
> 况见渔樵侣，相呼涧谷人。
> 夕岚萦曲径，斜照绕前津。
> 屐响幽林外，蓑痕古渡滨。
> 波移孤艇远，云送半肩春。
> 钟磬遥峰隐，烟霞暮色匀。
> 同心耽野趣，到眼隔嚣尘。
> 还看西庄客，悠然气味亲。

我们从真境名安兴的《冲绳一千年史》中，还看到东国兴的《咏昭君》：

> 孤月当空照泪痕，琵琶马上欲销魂。
> 偷生犹使烽尘静，不负君王一顾恩。

阮宣诏·神村亲方(1811—1885)，字勤院，久米村人。学成归国后，又曾三次出使来华。琉球亡国时，他与日本内务大臣抗争甚烈，后亡命中国，直至去世。《琉球诗课》有其《看山旦连夕》一诗，评语曰："颇得下三字之意。"大概是对"旦连夕"三字之意表达甚好的意思。诗云：

> 极目晴空里，青山旦夕看。
> 连峰呈缥缈，尽日乐盘桓。
> 几阵凉风到，千林翠色攒。
> 最宜朝霭淡，尤爱落晖寒。
> 策杖钟初动，归樵唱未阑。

> 关心云片片，回首月团团。
>
> 栖鸟知幽径，浮岚满碧栏。
>
> 松窗相对处，吟兴寄层峦。

在真境名安兴的《冲绳一千年史》中，还选录了阮宣诏的《海上观潮歌》：

> 八月凉风拂江滩，扁舟挂帆泛轻澜。
>
> 一朝经过千余里，银涛忽上姿奇观。
>
> 是时明月挂河汉，浮云舒卷星光阑。
>
> 岛屿隐见雾中小，波涛汹洞天涯宽。
>
> 东风号怒助声势，一夕欲卷沧溟乾。
>
> 迴涛倒撼地舆坼，轻舟一叶随奔湍。
>
> 平生不履险阻地，逸居谁知客路难？

郑学楷·宫城亲方，字以宏，也是久米村人。《琉球诗课》中有其诗《早寺独行远》：

> 古寺寻何处？苍苍翠色横。
>
> 云深遥引望，路远独前行。
>
> 已隔山千仞，曾传磬一声。
>
> 关心颇顾盼，缓步自逶征。
>
> 雁塔田中见，鲸钟树外鸣。
>
> 欲探金地静，谁借玉蹄轻？
>
> 怅望思前约，孤吟指去程。
>
> 何当同卓锡，相向话幽情？

真境名《冲绳一千年史》中，选了郑学楷《黄河》一诗：

> 积水落昆仑，长流向海门。
>
> 波涛吞泰华，日夜荡乾坤。
>
> 路接天河近，槎侵北斗尊。
>
> 荣光欣有瑞，重译谒宸垣。

向克秀，字朝仪，首里人。很可惜，他在学成归国的途中死于福建。《琉球诗课》录有他的《万松径里支吟筇》一诗，末有老师评语："'人如鹤意

慵'五字,自然入妙。"诗云:

> 步入深山里, 森森列万松。
>
> 寻诗宜静径, 乘兴倚松筇。
>
> 晓籁千林密, 晨烟十里浓。
>
> 锦囊初得句, 藤杖共留踪。
>
> 路记羊肠曲, 人如鹤意慵。
>
> 吟风应我知, 敲月更谁逢?
>
> 妙想闲叉手, 苍容近荡胸。
>
> 赏心知未易, 伫立对群龙。

真境名《冲绳一千年史》中,选录向克秀《枕上作》小诗一首:

> 识有前期在, 不堪此夜愁。
>
> 推窗遥望处, 云雁渡江洲。

五、琉球汉文学的绝唱

琉球国最后一批入华官生,是同治七年(1868)年派出的。今知留传下汉诗文的有林世功、林世忠二人。他们在国子监的作品收录于《琉球诗录》和《琉球诗课》两书中。两书都为二卷,卷一都为林世功,卷二都为林世忠。两书都有同治十二年(1873)中国教习孙衣言的序,书中还附有中国教习徐幹的简单评语。可惜的是,书中没有留下教习批改、添削的语句。从内容上看,《琉球诗录》是作者的自由创作,《琉球诗课》则是中国老师出的题目,即书前写到的"帖体诗"。

林世功·名城里之子亲云上(1841—1880),字子叙。久米村人。他留学归国后,任国学人师匠和世子尚典的讲师。1876年,受三司官浦添朝昭之命,与向德宏、蔡大鼎一起秘密赴福州,1879年又奉命秘密北上,从事救国工作。同治九年(1880),为抗议日本灭亡琉球,壮烈自决,以身殉国!他在《琉球诗录》中有一首《卢沟晓月》,诗末有老师评语曰:"起超脱。"诗云:

> 一片卢沟月, 多情照客行。

> 阑干分马色，村店度鸡声。
>
> 流水滔滔去，青山隐隐横。
>
> 停鞭遥望处，天半耸高城。

在《琉球诗课》中，他有一首《山爱夕阳时(得山字)》，诗末有老师评语："佳句可入锦囊。"诗云：

> 落雁栖鸦外，苍茫数点山。
>
> 晚霞余隐隐，夕照爱闲闲。
>
> 仄径人双屐，归途路几弯。
>
> 残痕留树杪，倒影下溪湾。
>
> 远尚青排闼，高还翠拥鬟。
>
> 千峰延暝色，半壁带酡颜。
>
> 景驻黄昏候，情娱碧岫间。
>
> 待看新月上，犹有鸟飞还。

林世忠(?—1870)，字子翼，也是久米村人。他1868年入北京国子监留学，两年后即不幸逝世。他的汉诗很有功力，《琉球诗录》中收有他的《晓发》，老师的评语是"写景入妙"。诗云：

> 轻舟夜雨带潮咸，曙色熹微燕语喃。
>
> 几点疏星稀碧落，一钩残月挂秋帆。
>
> 荒鸡野店催征毂，晓露长堤湿客衫。
>
> 千里关河艰跋涉，前途山脊日初衔。

《琉球诗课》中他的《闻鸡起舞(得鸡字)》一诗，老师评语为："魄力雄厚，英气逼人。"诗云：

> 起舞何为者？关山正鼓鼙。
>
> 中原谁逐鹿？孤馆忽闻鸡。
>
> 志奋鹏程运，情嗟燕幕栖。
>
> 星霜双剑在，风雨一灯迷。
>
> 梦醒边云远，声传店月低。
>
> 壮怀推枕迫，盛业著鞭齐。
>
> 欲逐雄飞愿，才惊报晓啼。
>
> 英贤思典午，青史共名题。

　　这首诗虽然是老师出题的练习之作，但很显然其中寄托着诗人真实的忧国、爱国之情。如果他不英年早逝，也必将同林世功等人一起从事救国运动。

　　1879年，日本灭亡琉球，林世功曾与毛精长、蔡大鼎等人联名在北京多次向清朝总理衙门及礼部等处上书(今见请愿书九件)，痛诉琉球国被灭惨状，请求清政府出兵救亡。然而眼看无力回天，于是在1880年11月20日，林世功一人向总理衙门恭亲王奕诉等上书，表示以死抗议日本侵略，以死请求中国出兵。字字血泪，绝不仅仅是汉文功力深厚而已。全文如下：

　　　琉球国陈情通事林世功谨禀：为以一死泣请天恩迅赐救主存国以全臣节事。

　　　窃功因主辱国亡，已于客岁九月随同前进贡正使耳目官毛精良等，改装入都，叠次匍叩宪辕，号乞赐救，各在案。惟是作何办法，尚未蒙谕示。昕夕焦灼，寝馈俱废。泣念功奉主命，抵闽告急，已历三年。不图敝国惨遭日人益肆鸱张，一则宗社成墟，二则国主、世子见执东行，继则百姓受其毒虐，皆由功不能痛哭请救所致，已属死有余罪。然国主未返，世子拘留，犹期雪耻以图存，未敢捐躯以塞责。今晋京守候又逾一载，仍复未克济事，何以为臣？计惟有以死泣请王爷暨大人俯准，据情具题传召驻京倭使，谕之以大义，威之以声灵，妥为筹办，还我君王，复我国都，以全臣节，则功虽死无憾矣。谨禀。

　　　光绪六年十月十八日。

　　林世功于是日辰刻壮烈自决，而后蔡大鼎即将他的上述亲笔禀词上呈总理衙门。可恨当时的清政府还是无能为力。林世功在自杀前还曾题绝命诗两首：

　　　　　　古来忠孝几人全？忧国思家已五年。
　　　　　　一死犹期存社稷，高堂专赖弟兄贤。

　　　　　　廿年定省半违亲，自认乾坤一罪人。
　　　　　　老泪忆儿双白发，又闻霾耗更伤神。

　　这里提到的蔡大鼎·伊计亲云上大鼎(1823—?)，字汝霖，久米村人。他曾多次出使中国，与清代文士交往密切，更是一位多产诗人。二十五岁时就印行个人诗集。1884年，即琉球亡国五年后，他还在中国出版第五部诗集，创琉球汉诗人出诗集的最高纪录。另外，他还写有《北上杂记》，记述他们在中国的救亡活动。他最后客死中国。可惜的是他的书我都还没能读到。这里只能记下我见到的他写给中国友人的一首诗《和答郑省三先生送别韵》，感情真挚，十分动人：

> 从此迢迢隔海天，东南山水别愁牵。
>
> 驿楼依旧羁人返，月镜来宵独自圆。

琉球末期的汉诗人还有毛有庆·后津波左亲方（1861—1893），名盛栋。著有《竹隐诗稿》。他年轻时旅居中国，琉球亡国后回去，竟被日本当局以"国事犯"问罪关囚，三十三岁即辞世。可见他一定也是参与救国的。他在中国福州时，在琉球馆见到领兵抗法援越的左宗棠，曾献诗两首，其一曰：

> 法兰仇属国，皇上敕长征。
>
> 命重能谋将，令严敢死兵。
>
> 旌旗分队灿，刁斗拥军鸣。
>
> 贺到琉球馆，焚香鼓舞迎。

琉球末期还有汉诗人源河朝常，著有《放斋诗集》。毛居易·真境名安兴（1875—1933），亦写有不少汉诗文。但因他们的主要作品写于琉球亡后的冲绳，所以这里便不引述了。值得一记的是，约编成于民国十八年（1929）的清诗总集《晚晴簃诗汇》中，除了上面已经提到的四人五首外，另外还有一些诗人诗作，其人生卒年不详，有的如郑永功并不是后期诗人，但因资料难得，一并引录于下。

郑永功，乾隆庚戌（1790）曾任琉球副使，《晚晴簃诗汇》收有《恭和御制赐朝鲜、琉球、安南诸国使臣诗》一诗，表达了对中国的忠诚：

> 御极垂衣正八旬，普天沐德献琛频。
>
> 四夷骈贡蒙王化，五代同堂仰圣人。
>
> 召入华筵龙液酒，飞登紫苑凤卮亲。
>
> 天颜咫尺沾恩湛，永祝升平万寿仁。

阮超叙，字松庵，书中选录其《送人之官外岛》：

> 六月南风欲送君，临歧人语那堪闻。

> 扁舟明日千余里，回首中山只白云。

梁学礼，字时亭，书中选录其《客中逢雨》：

> 细雨随风拂草堂，晚来弥觉一身凉。
>
> 披襟不寝犹烹茗，怕益离愁梦故乡。

魏学源，书中选录其两首，《末石社坛》(诗中有两个"远"字，疑刊误)
云：

> 飞阁人间远，登临畅客心。
>
> 不知山远近，只见白云深。

又一首《送别》：

> 五月榴花满径芳，骊歌一曲断人肠。
>
> 劝君莫忘殷勤意，明日悬帆即异乡。

蔡如茂，书中选录其《夏日游护国寺》：

> 为有乘凉约，经过波上楼。
>
> 山因邻碧海，夏亦觉清秋。
>
> 天落花如雨，人看石点头。
>
> 熏风宜少住，日暮尚迟留。

琉球汉文学史的最后一页，就是一些琉球人士在中国为救亡图存而写的致清政府及与琉球有外交关系的各国公使的请愿书。当然，这些不是一般的文学作品，而是一个小国、一个弱民族在被强蛮帝国灭亡时的血泪控诉和抗议，至今读来令人百感交集，激动万分。我认为，感人就是文学，就是好文学。一些学者不把它们当作文学作品，然而这正是特殊的、动人的汉文学。除了上面我们已引录过林世功一信外，下面再引几通，存以鉴赏。

今知最早的一份琉球国向各驻日公使发出的请愿书，是1878年10月11日琉球国法司官毛凤来、马兼才写的。毛凤来·富川亲方盛圭(1832—1890)，1875年任三司官。马兼才·与那原亲方良杰，生卒年不详，亦是日本所谓"琉球处分"时的琉球三司官之一。1876年，毛、马二人为救亡图存赴东京，此后二年半在东京积极从事救国运动。日本吞并琉球后，"任命"毛凤来为冲绳县厅顾问，但未久他便于1882年亡命中国，继续从事救国运动，最后双目悲愤失明，死于中国。马兼才在琉球亡国后，作为国王尚泰的随行人员被押往东京。十几年后因病回乡，郁郁而亡。他们当年写给西方各国的信中，热情颂扬了中琉不平凡的传统友谊，揭露了日本如何步步侵吞琉球，呼吁外国加以阻止：

　　具禀，琉球国法司官毛凤来、马兼才等，为小国危急，切请有约大国俯赐怜鉴事。

　　窃琉球小国，自明洪武五年，即一千三百七十二年，入贡中国。永乐二年，即一千三百九十九年（按，当为 1404 年），我前王武宁受明册封，为中山王。相承至今，向列外藩，遵用中国年号、历朔、文字，惟国内政令许其自治。大清以来，定例进贡土物，二年一次。逢大清国大皇帝登极，专遣陪臣，行庆贺之礼。敝国国王嗣位，请膺封曲。大清国大皇帝遣使册封嗣王为中山王，又时召陪臣子弟入北京国子监读书。遇有漂船遭风难民，大清国各省督抚皆优加抚恤，给粮修船，妥遣回国。自列中国外藩以来，至今五百余年不改。

　　前咸丰九年，即一千八百五十九年，日本安政六年，大荷兰国钦奉全权公使大臣加白良来小国互市，曾蒙计立条约七款，条约中即用汉文及大清国年号，谅贵公使有案可以查考。大合众国（按，即美国）、大法兰西国，亦曾与敝国立约。

　　其在日本，即旧与萨摩藩往来。同治十一年，即一千八百七十二年，日本明治五年，日本既废萨摩藩，逼令敝国改隶东京，"册封"我国主为藩王，列入华族，事与外务省交涉。同治十二年，即一千八百七十三年，日本明治六年，日本勒将敝国与大荷兰国、大合众国、大法兰西国所立条约原书送交外务省。同治十三年九月，即一千八百七十四年，日本明治七年，又强以琉球事务改附内务省。至光绪元年，即一千八百七十五年，日本明治八年，日本国太政官告琉球国曰："自今琉球进贡清国及受清国册封即行停止。"又曰："藩中宜用明治年号及日本律法，藩中职官宜行改革。"敝国屡次上书，遣使泣求日本，无如国小力弱，日本决不允从。

　　切念敝国虽小，自为一国，遵用大清国年号，大清国天恩高厚，许其自治。今日本国乃逼令改革。查敝国与大荷兰国立约，系用大清国年号、文字，今若大清国封贡之事不能照旧举行，则前约几同废纸。小国无以自存，即恐得罪大国，且无以对大清国，实深惶恐。小国弹丸之地，当时大荷兰

国不行拒弃，待为列国，允与立约，至今感荷厚情。今事处危急，惟有仰
仗大国劝谕日本，使琉球国一切照旧，阖国臣民戴德无极！除别备文禀求
大清国钦差大臣及大法兰西国全权公使、大合众国全权大使外，相应具禀，
求请恩准施行！

今知琉球被亡后，救亡臣民写给中国政府的最早的一封求救信，是琉
球国紫巾官向德宏·幸地亲方朝常，于1879年7月3日写给清直隶总督
兼北洋大臣李鸿章的(此前如蔡大鼎等人的信，今已不见)。向德宏等奉
琉球王尚泰世子之密令，发换装来华求救。后来他辗转流亡，卧薪尝胆，
客死于中国。这第一封信如下：

具禀，琉球国陈情孤臣紫巾官国戚向德宏，为泣血吁天立救国难事。

窃照本年闰三月，有漂风难民来闽，据称敝国业于本月间被日本灭亡。
闻信之下，心神迷乱，手足无措，业经沥血具禀闽省各大宪在案。尔时即
欲躬赴宪辕，叩恳救难；但恐事益彰露，转速非常之祸，乃著蔡大鼎等先
行北上，密陈苦情。当蒙中堂恩准，速为函致总理衙门定夺，并承道宪郑
传示训词。宏等感激涕零，焚香碰头。讵于四月十七日，倭回闽商交到敝
国王、世子密函，内云：业于本月初三日，有日本内务大书记官松田道之，
率领官员数十名，兵丁数百名，到琉咆哮发怒。备责国主何以修贡天朝等事，
又不从日谕，乃敢吁请天朝劝释。"如此行径，甚属悖逆！应即废藩为县！"
现虽合国君臣士庶，誓不甘心屈服；而柔弱小邦，素无武备，被其兵威胁制。
国主万不得已，退出城外。举国惊骇！松田又限定日期，欲敝国主赴日候令。
当有官民人等，再三哀请：敝国主染病卧床，乞免赴日。松田不允。敝世
子思欲延缓日期，以待天朝拯救，已于闰三月间，前抵日京，具禀日国政
府，号泣哀恳暂缓敝国主赴日之期。该政府不允所请。敝世子拟即禀明钦
差大臣，而日人查禁甚严，不能通达消息。不得已托闽商带回密函，饬宏"迅
速北上，沥血呼天，万忽刻缓。如不能收复，惟有绝食而死，不能辱国负君！"
泪随笔下。宏泣读之余，肝胆几裂，痛不欲生！

溯查敝国自前明洪武五年隶入版图，至天朝定鼎之初，首先效顺，纳
款输诚，叠蒙圣世怀柔，有加无已。恪遵大清会典，间岁一贡，罔敢愆期
下意。光绪元年，日本禁阻进贡，又阻庆贺皇上登极各大典，当即具备情由，
百般恳请，该日本不肯允准，敝国主特遣宏等捧咨赴闽陈明，荷蒙福建督
抚宪具奏。钦奉上谕："著总理各国事务衙门，即传示出使日本大臣，相

机妥筹办理。钦此。"钦遵在案。嗣于钦差大臣抵任之日，敝国驻日法司官等屡次沥禀，恳求设法。节蒙钦差大臣与日国外务省剀切理论，冀可劝释。讵料日人悍然不顾，竟敢大肆凶威，责灭数百年藩臣之祀！主忧臣辱，主辱臣死，宏等有何面目复立天地之间！生不愿为日国属人，死不愿为日国属鬼！虽糜身碎首，亦所不辞！在闽日久，千思万想。与其旷日持久，坐待灭亡，曷若薙发改装，早日北上！与其含垢忍辱，在琉偷生，不如呼天上京，善道死守！全国臣民及商人、乡农，雪片信至，催宏上道，效楚国申包胥之痛哭，为安南裴伯耆之号求。用敢不避斧钺，来津呼泣。伏维中堂，威惠播于天下，海岛小邦久已奉若神明，必能体天子抚绥之德，救敝国倾覆之危！吁请据情密奏，速赐拯援之策，立兴问罪之师。不特上自国主，下及臣民，世世生生，永戴皇恩宪德于无既；即日本欺悖之态，亦不敢复萌，暹罗、朝鲜、越南、台湾、琼州，亦可皇图永固矣。

再，此番北上情节，应先禀明闽省各大宪，再行启程；只恐枉需时日，缓不济急，故敢星夜奔驰，径趋相府。犯法之罪，谅不容辞。宏等在上海，闻得日本之党密防敝国来华求救，遇必拿捉。宏等为此薙发更服，延邀通事等同伴，以作贸易赴京。然谣多言杂，心怯神迷，且风土不悉，饮食艰难。可否恩赐保护怜察，或可有人照料，以全孤臣？临词苦哭，稽颡延颈，待命之至！须至禀者。

今见琉球国最后的求救信，是距上信整整六年后1885年7月10日李鸿章收到的向德宏、魏元才等人的两封请愿书。今选录其中一封较短的：

具禀，琉球国陈情陪臣国戚紫巾官向德宏等，为下情迫切，泣恳恩准据情奏请皇猷，迅赐兴师问罪，还复君国，以修贡典事。

窃宏等奉主命，来津求援，瞬将十年。（按，1876年12月，向德法·幸地朝常曾奉琉球国王常泰之命，秘密来华，陈奏日本阻止琉球国向中国朝贡之事。）国主久羁敌国，臣民火热水深。宏不忠不诚，以致未能仰副主命。乃近住日本之华裔，带来敝国密函，内云"日人又胁迫敝国主再幽京。且紫巾官金培义等，于客岁九月间由闽回国，才到国后，日人拘禁狱中，至今不放"等情，前来。闻信之下，肝胆崩裂！嗟乎，人谁无君？又谁无家？乃俾敝国惨无天日！惟所以暂延残喘者，仰仗天皇之援拯耳！兹幸法事大定（按，指中法战争结束），天朝无事之日，即敝国复苏之时也。若复任日本横行，彼将谓天朝置敝国于度外。数百年国脉，从是而斩，其祸尚忍言哉！伏惟傅相老中堂，入赞机宜，出总军务，天朝柱石，久已上俞下颂，中外仰如神明，必救敝国于水火，登之于衽席。为此沥情再叩相府，呼号泣血，恳求老中堂恩怜惨情，迅赐奏明皇上，严申天讨，将留球日人尽逐出境，庶乎日人狡逞之心从是而戢，敝国主得归宗社，亡而复存。非特敝国君民永戴圣朝无疆之德，且与国共安于光天化日之下，是有国之年仰沐皇上恩施，实出傅相老中堂之赐也。敝国上自国主，下至人民，生生世世，感戴皇恩宪德于无既矣！临禀苦哭，不胜栗悚待命之至！须至禀者。

琉球汉文学，就以这样的血泪篇章，作为它的最后的绝响！

后记

　　一个研究者和著作者，在他的论著即将付排而撰写后记时，大概是最幸福也是最感慨的时刻。此刻，我又一次想起清人张潮《幽梦影》中语："人生必有一桩极快意事，亦不枉在生一场；即不能有其事，亦须著得一种得意之书，庶无憾耳。"不宁唯是，我的体会，在自己即将出版的书稿后写后记，除了可以补充交代一些事项外，还是最可以抒心情，最可以发感慨，而不像在报刊上发表文章，老是要被编辑删改的。

　　我曾经两次赴日本当访问学者，都已在十年之前了。一次是完全自费，靠偷偷"非法"打工为生；一次是国家改革公派留学制度后自己直接向国家申请到的，虽然经费很少，但毕竟是中国人民的血汗钱，永不敢忘。在日本看书研究时，我深感日本汉文学极有研究的价值，而现在研究的人又太少。又在看了彼邦学者写的几本《日本汉文学史》后，觉得不能满意，才立志发愤撰写此书的。这在本书绪论里已提及。现在想补充说一点回国后在撰写中和写出初稿后的一些经历。

　　首先，很荣幸的是，本课题曾先后被批准列入上海市哲学社会科学研究规划，和中国社会科学院中日历史研究中心的规划。我在这里要特别对这些科研规划单位，对那些我不知其名的评审专家，表示由衷的感谢！中日历史研究中心还曾把本书稿（初稿）列入他们主编的某大型学术丛书，交给了社科院下属的某出版社。然而，也许是那家出版社嫌研究中心给的出版资助费不够多吧，交稿一年之久，居然一次也不和我联系，甚至一直不安排责任编辑。我给研究中心打电话反映、催询，他们也无能为力。又给那家出版社写过不少信，打过无数次电话，都没用。我还提出要对初稿中某些内容作修订，他们也不睬。最后，我实在不能忍受这种不死不活、莫名其妙的态度，悲愤之下就向研究中心和那家出版社分别写信，声明不愿在该社出版了。（当然，我对中日历史研究中心仍然深深感谢。）而该社仍不给任何回信，甚至连我的打印稿和电子文本的磁盘也至今没有还我。

由于那家出版社拖了一年，并将继续拖下去，倒使得我有机会申请并获得了教育部新试行的哲学社会科学研究"后期资助项目"的立项。不仅让我得以再次进行了一番修订，并且于一年后由教育部社科司直接安排教育部下属的另一出版社出版。这使我感到坏事变成好事，却又万万没料到我的华盖运还没有完，后来的这家出版社更牛。首先，该社一工作人员就态度蛮横地断然拒绝接受书稿。因拙书稿电脑打字是按通行的1.0的行距，而他们为了看稿子更舒服，非得要我按1.5的行距重打。可我这是百余万字的书稿啊，A4型纸打印已近七百张了，如照他们的要求重打肯定要超过千张（而且按社科司的要求得一式交上三套）。我想，我们毕竟还是发展中国家吧？我们应该提倡勤俭、"低碳"吧？我也断然拒绝了这个任何出版社都没有的无理要求（我也曾在出版社工作过，也在好几个出版社出过书，从未听说有这种"规定"），于是陷入僵局。

整整两个月后，在社科司同志的斡旋下他们总算接受了书稿，也安排了责任编辑。但初审编辑大概刚从学校毕业，水平很差，看不懂古文，还常常提出一些令我哭笑不得的问题或要求（如要我在书上将那些她不认识的字注上拼音，但我这又不是通俗读物，而且有的古字或日本人自创的字连我也不知道怎样读，怎么注音呢），处理稿子极慢。而二审者为显示自己高明，随便提了几句意见，就使得初审编辑吓坏了。于是又拖，拖，拖。我一直是耐着性子解释，有时违心地略作修改。好容易三审都完了，却又没有消息了。时间过了一年多，打电话去问，才知道又有人刁难，说书稿中所引作品要注明出处。我认为写文学史引古人作品，是不必非写出何书何卷不可的，中外文学史家都如此；何况我人在中国，很多日本书都借不到，根本做不到这点；再说，我这是教育部"后期资助项目"，立项时即把成稿送审，那么多专家看过，都没有提出这种无理要求。但我的反复解释，恳求高抬贵手，都没有用。眼看又将无限期地搁置下去了。于是，我被迫向教育部社科司提出自己另找出版社出版。由于我此前多次向社科司领导反映过该社的情况，他们迅即破例同意了我的要求。

拙书稿曾遭遇到这般奇事，白白耽搁了那么多年，可能是读者想象不到的吧，故在此记上一笔。现在，一个无钱无势的人要想真的做学问，要想出一本书，实在是一件非常"奢侈"的事，必须极大的付出，包括生命！因为时间就是生命！但我要悲愤地说：任何人都是无权漠视、浪费他人的生命的！

教育部社科司同意我另找出版社，我如释重负。得到通知当天，即向上海外语教育出版社社长庄智象同志提出出版申请，当即获得他的快诺。不久，外教社又为本书稿向上海文化发展基金会申请"上海图书出版专项基金"，亦获得通过。我的感激之情无以言表！

初稿完成至今已经五年了，虽然作过一点修订，但我心中明白，基本上还是五年前的水平。以自己三十年来的切身体会，我感到国家对于社会科学、人文科学研究的支持力度，近年来确实不断地有明显的提高。(虽然，我获得的科研经费比起别人来要少，但想到我以前写的好几本书，连一分钱科研经费也没有，我现在已经非常知足。)不过限于国力，我们还没有达到可以用科研经费去国外查阅资料的程度。而我的这本书，如果真的要再提高质量，是必须再赴日本查书的(我很有把握，因为还掌握了不少资料线索)。但我虽然在一个领导、同事频繁出国的学校里工作，可学校就是从来不派我出去，奈何！在本书撰写和修订期间，我还多次向认识的日本学者、日本有关学术基金会、学术单位联系，希望能获得帮助再去日本看书，遗憾的是连回信都几乎没有。写到这里，我忽然不由得想起我专门研究过的宋诗人郑思肖的一句诗："此世但除君父外，不曾别受一人恩。"本书不能有更大的修改和提高，这不仅仅是我个人的遗憾，老实说，其实也未始不是日本汉文学史研究的损失。

但即使是这样，我觉得本书还是足以对得起读者，对得起那些支持过我的单位和人士的。关于本书的"突破""创新"等类乎"王婆卖瓜"的话，在《绪论》里我已经写过，就不再说了。走笔至此，我忽想起两个人的话来。一位是与我同龄的某兄，我们认识也不久，记得他在他写的某书的后记中曾说：当然，我知道这部书还有很大的修改余地，我也知道一部书要多改多删才能完善，不过，在几经反复以后，我已经不打算再作大的增删改动了，并不是自我感觉已经良好，只是因为很累。无论别人怎么看，我几乎是已经筋疲力尽。——对这句话，我现在颇有同感，故特引在这里。

我想起的另一位是我最崇敬的鲁迅。记得鲁迅说过这样的话：他在写作中，到烦厌、疲倦了的时候，就随便拉本新出的杂志来翻翻，算是休息。这是他的老脾气，休息之中，也略含幸灾乐祸之意，其意若曰，这回是轮到我舒舒服服地来看你们在闹什么花样了。记得鲁迅还说过，他写的东西一经发表，总有攻击或嘲笑的人，他想，那是应该的，如果他的作品真如所说的庸陋。然而一看那些人写的东西，却凌乱错误，更不行了。这种情形，就只能使他大胆阔步，小觑此辈。

我从鲁迅这些话中看出，他当年也是颇有怨愤。既然伟大如鲁迅也不免要发发牢骚，那么，藐余小子腹中有气，也是可以在自己书后一吐的吧。有一事对我很有刺激，几位了解内情的朋友和领导都说，到时候可在后记中记一笔。我曾经将本书的序言的前半篇，改写为一篇论文，投给自己所在单位的一本刊物，该刊主持者很"公正"地将拙文送出"外审"（平时他们并不这样做）。那位被送审"专家"明白主持者用意，便只好煞有介事百般挑剔，写上几句极为幼稚又外行的话。然后拙文就理所当然地被枪毙了。我至今还保存着该刊编辑转给我的"鉴定评语"（当然是匿名），本来很想在这里恭录一下让读者鉴赏的，但怕浪费篇幅就算了。（至于拙文，不久在某著名大学的学报上发表了，人家还将拙文题目作为要目，醒目地印在了封面上。我又以拙文作为申报日本文学博导资格的论文之一，也得到校外匿名专家的好评并获通过。）

现在，我的书终于将出版了。真正的评判者是所有的读者，包括日本等外国学者。对所有从学理上提出意见的朋友，我都是非常感谢的，不管他说得对不对，也不论我同意不同意。对不是从学理上提出的意见，我就只好置之不理，而且将轮到我舒舒服服地来看他们在闹些什么花样了。但可怜的是有的人连拿得出的花样也没有。当然，那种颇有一点花样的浅识薄殖之徒我亦见识不少，对其花拳绣腿也非常了解，无非是在文字上，以拗口易畅言，以难解释易晓，以生造代熟成，以玄虚弃直白，甚至竟用其他不相干学科的术语；在内容上，则只翻翻第二三手材料，不会或不肯下功夫，于是只好倾力于所谓"角度""观点"甚至"话语"的翻新。因为这些东西可以枵腹为之，不必博览群书。有些玩虚的朋友，还整天看"假洋鬼子"的书，写出来的东西也就只能是"效颦更效效颦人"了。可惜复可笑的是，当今的某些出版社和刊物，就是喜欢用这样的东西来充颜面。本书自幸绝对与此辈异类。如果因此而见贬于人，我也不会感到苦恼。

我现在常常感到苦恼的倒是独学无侣，在某些课题（如这里的日本汉文学)的研究上颇感孤寂,似乎孑然于学林之外。而且还不时有被抹杀的感觉,甚或是更可怕的"默杀"(鲁迅语)。为此,我甚至常常不惜出之以"挑衅",指责一些风头十足的论者的错误,以至"激怒"对方,主要也是想引起别人的注意,以便展开讨论。尽管这样做非常容易得罪人,但也总比被默杀要好一点。在本书中,可能也有这样的情绪的表露,读者亮鉴!

最后,还有几点说明。

日本出版学术书,大多在书后附有人名索引,甚至综合索引。这对研究者来说是十分有用的。我也十分喜欢有索引的书。但是,考虑到中国的出版社大多似乎不愿意在书后印上索引,我即使编了索引,也可能是白费劲。我怕浪费精力,也就没有编。但作为一种变通的补救办法,我在本书的目录中写上了人名,并附上生卒年(生卒年不详的当然没法附),相信这对研究者是有用的,并希望读者能体会到我的这点苦心。

书中对日本汉文学家的籍贯,一般在当时的地名后面加注了如今的地名,以便当今读者了解。但千百年来日本的行政区划变化很大,书中所注古今地名不少并非等同概念,只是大致相同或相属。本人无精力也无能力一一作出说明。这一点要提请读者注意。

书中在介绍汉文学作者的学历和师承时,对汉文学作者的一些教师,特别是有名的汉学家,也尽可能地注出生卒年,以便研究者进一步查考。这一点,也花费了我不少心血。但如果某位教师、汉学家在本书中也是作为汉文学作者写到的,则只在专门写他的地方注出其生卒年。

本书各章节中的作家,大体上是按其生年先后顺序作述评的。我注意到外语教学与研究出版社出版的《日本汉诗撷英》一书,是按作家的卒年编排的,但我考虑到作家享年有长有短,如按卒年顺序,有的早逝作家就排在很前面,有的作家寿长而晚年又不创作,却排在很后面,容易引起读者错觉。因此,我觉得相对来说还是按作家的生年顺序来写比较合适,毕竟大多数人开始学习和写作汉诗文的时间是差不多的。

我在读书中还看到,在日本不同的书中,有的汉文学作者的生卒年、籍贯等等说法不一,有些汉文学作品的个别地方有异文,在本书中我只能根据自己的考证或判断,挑选其中一说,一般也不作详考。若有不妥之处,敬请高明指正。

临末,我还要真诚地写出曾经帮我看过本书写作计划和部分文稿的黄霖、谭晶华、董乃斌、刘永翔、王兴康、皮细庚、王勇、王宝平、夏锦乾、黄曙辉、印晓峰、吴谷平，曾经帮我在日本复印过有关资料的顾伟良、工藤贵正等等先生的大名，再次表示我衷心的感谢！同时，当然还要深深谢谢出版社的庄智象社长和李振荣编辑！

陈福康

2010年6月8日

我女儿的生日，本书就送给她吧

校毕补记

校样草草读罢，见尾页空白尚余，遂漫填数言。

兹书为国人所撰首部日本汉文学全史，成稿已近廿载。即被出版社定入"高被引丛书"再版计划，亦骎骎八年已过。犹记初版为"十二五"国家计划重点书，后又获国家级奖。然著者仍未逃落寞之运。国内相关"高端"研讨皆不我招，彼日邦对拙书更似视若未睹。廿年来敝人未获机缘再赴东看书，故此番不作若何增补，未能更进一层亦绝非一己之憾也！惟泊今不见两国出过第二部同类著作，敝著仍领遥遥，是可傲亦可哀也！忽忆曾撰二联"海外分无徐福岛，云间尚存杜康醪"，"贫也原宪非病也，贱耶子方是骄耶"，不禁枯哭也。临末赋诗三首，以寄慨焉。

乾嘉马列皆深奥，至老尤知腹尚荒。不信玄谈宁祭獭，唯从实证勿搬姜。
君平既是遭世弃，巢父何妨回首昂。尽管终生谤声里，此身犹幸寄缣缃。

知命年余之旧籍，养生主汝又新姿。元来陋矣元堪愧，讵料终焉讵可追。
岂夺蛾眉横不冶，宁争贱骨骏无卑。古希偏受江湖恶，矍铄还因意气贻。

抛书失语一长嗟，遍历艰屯再绽华。汉有奸皆辽左豕，委余奴亦井中蛙。
非惟默杀吾非幸，更致倾排汝更渣。符尽诒蚩人尽画，题多重大鬼多哗。

陈福康

2023 年 8 月 25 日